KB076823

이토록 달콤한 고통

THIS SWEET SICKNESS

by Patricia Highsmith
First published in 1960
Copyright © 1993 by Diogenes Verlag AG Zurich

Korean translation rights © 2017 by Openhouse for Publishers Co.,Ltd.
All rights reserved.
This edition published by arrangement with Diogenes Verlag AG through
Shinwon Agency Co.

이토록
달콤한 고통
THIS SWEET SICKNESS

퍼트리샤 하이스미스 지음
김미정 옮김

오픈하우스

어머니께 바칩니다.

1

　데이비드는 질투로 잠을 못 이루다 컴컴하고 적막한 하숙집의 헝클어진 침대에서 빠져나와 거리로 나섰다.

　오랫동안 질투를 품고 살아서 그런지 가슴이 철렁 내려앉는 웬만한 상상이나 얘기로는 마음의 외피조차 흔들리지 않았다. 지금은 그냥 상황이 그랬다. 상황은 변하지 않고 2년 가까이 지속됐다. 일일이 신경 써봐야 소용없었다. 가슴에 2킬로그램짜리 돌덩이를 올려놓고 밤낮으로 돌아다니는 것과 비슷했다. 일이 없는 저녁이나 밤이면 낮보다 좀 더 심해질 뿐이었다.

　낡고 스러져가는 주택가 동네 도로는 컴컴하고 쓸쓸했다. 자정이 막 지난 시각. 데이비드는 모퉁이를 돌아 허드슨 강으로 가는 내리막길로 들어섰다. 등 뒤에서 여기저기 차에 시동을 거는 소리가 약하게 들렸다. 메인 스트리트에 있는 영화관에서 사람들이 나오고 있었다. 그는 인도로 올라서서 안쪽으로 기울어져 자라는 나무 기둥을 피해 걸었다. 2층 목조 주택의 위층 구석방에 누런 불이 켜져 있었다. 누가 늦게까지 책을 읽나, 아니면 화장실을 가려고 잠깐 켠 걸까? 데이비드는 궁금했다. 한 남자가 술에 취해 흐느적거리며 그를 스쳐갔다. 데이비드는 '길 없음'이라는 표지판까지 가서 낮은 하얀 울타리를 넘어 자갈밭으로 들어갔다. 팔짱을 끼고 서서 눈앞에 펼쳐진 암흑을 응시했다. 강이었다. 실제로 강이 보이진 않았지만 냄새가 느껴졌다. 저기, 회녹색 깊은 물이 출렁이는 지저분한 강이 있다. 재킷을 안 입고 나와서 그런지 가을바람이 매서웠다. 그는 5분 정도 서 있다가 몸을 돌려 낮은 울타리를 도로 넘어갔다.

하숙집으로 돌아가려면 앤디네 식당을 지나가야 했다. 공터에 비스듬히 서 있는 알루미늄 박스카(지붕이 있는 화물차)에 차린 식당이다. 그는 출출하지도 춥지도 않았지만 그리로 향했다. 손님은 단 두 명. 두 남자가 일렬로 늘어선 스툴 양쪽 끝에 뚝 떨어져 앉아 있었다. 데이비드는 그 중간에 앉았다. 식당에 들어서니 햄버거 패티를 굽는 냄새와 그가 선호하지 않는 커피 향이 은근하게 풍겼다. 근육질 체구를 이끌고 굼뜨게 움직이는 샘이라는 사내와 그의 아내가 식당을 운영했다. 소문에 앤디는 2년 전 세상을 떠났다고 한다.

"뭘 드릴까요?" 행주로 카운터를 대강 훔치던 샘이 데이비드를 쳐다보지도 않고 지친 목소리로 물었다.

"네, 커피 부탁합니다." 데이비드가 말했다.

"블랙으로요?"

"네." 크림과 설탕을 넣으면 커피는 차와 비슷해져서 잠이 확 깨지 않는다. 데이비드는 양쪽 팔꿈치를 카운터에 세우고는 차가운 오른손은 주먹을 쥐고 왼손으로 감싸 쥐었다. 그가 밝고 화사한 음식 사진을 건성으로 쳐다보는 사이, 누군가 들어와서 옆에 앉았다. 여자였다. 데이비드는 여자에게 눈길을 주지 않았다.

"안녕하세요, 샘." 여자가 인사를 건네자 샘의 얼굴에 생기가 돌았다.

"아, 네! 안녕하세요! 뭐로 하시겠어요? 늘 드시던 걸로?"

"네, 그 위에 휘핑크림 잔뜩요."

"그러다 살찌는데."

"안 쪄요. 걱정 안 해요." 여자는 고개를 데이비드 쪽으로 돌렸다. "안녕하세요, 켈시 씨."

데이비드는 고개를 돌려 여자를 쳐다보았다. 모르는 여자다. "안녕하세요." 그는 기계적으로 미소를 지었다가 시선을 앞으로 돌렸다.

잠시 후 여자가 물었다. "원래 말이 없어요?"

그는 여자를 다시 쳐다보았다. 쉬워 보인다기보다는 그냥 평범한 여자였다. "그런 것 같네요." 그는 숫기 없이 말한 다음 커피 머그잔을 몸 쪽으로 끌어당겼다.

"절 기억 못 하시나 봐요, 그렇죠?" 여자가 웃으며 물었다.

"네, 모르겠네요."

"저도 매카트니 부인 하숙집에 살아요." 여자가 활짝 웃으며 말했다. "월요일 밤에 부인이 인사시켜주셨잖아요. 그쪽을 매일 밤 식당에서 봤어요. 하지만 아침 식사는 제가 먼저 먹어요. 에피 브레넌이라고 해요. 두 번째 만남, 반가워요." 여자가 목례를 하자 밝은 갈색 머리칼이 찰랑거렸다.

"만나서 반갑습니다. 죄송해요. 제 기억력이 시원찮아서요."

"다들 그렇죠, 뭐. 매카트니 부인께 들으니 대단한 과학자시라면서요. 잘 마실게요, 샘."

여자는 코코아 잔 쪽으로 몸을 숙이고 김을 들이마셨다. 데이비드는 그녀를 쳐다보지 않았지만 여자가 냅킨으로 슬쩍 닦은 스푼을 잔에 넣고 휘핑크림으로 조금 장난을 치다가 휘휘 저어 코코아와 섞고 있음을 알았다.

"혹시 오늘 밤 영화 보러 가지 않았나요, 켈시 씨?"

"안 갔어요."

"별로 아쉬워하지 않으시네요. 사실 전 영화광이거든요. 이제 TV가 없어서 그런 것 같아요. 전에 같이 살던 친구한테 TV가 있었는데 그 친구가 이사를 갔어요. 고향집에 한 대 있지만 못 간 지 6개월이나 됐네요. 전 엘렌빌(미국 뉴욕 주에 있는 마을)에서 왔어요. 당신도 여기 사람은 아니죠?"

"네, 캘리포니아에서 왔습니다."

"아, 캘리포니아!" 여자가 감탄하며 말했다. "사실 프로스버그(하이스미스가 만든 뉴욕 주 가공의 마을)도 대단친 않지만 제 고향보다는 커요. 물론 그곳과 관련해선 할 말이 별로 없고요." 여자가 또다시 활짝 웃었다. 큼지막하고 네모난 앞니와 다소 여윈 얼굴이 보였다. "여기에서 괜찮은 직장을 잡았어요. 데퓨스라는 목재 저장소에서 비서로 일해요. 아마 아실 거예요. 전에는 괜찮은 아파트에 살았는데 룸메이트가 결혼하는 바람에 이사 나와야 했거든요. 지금은 다른 아파트를 알아보는 중이에요. 매카트니 부인 집에서 영영 살고 싶진 않거든요." 여자가 웃었다.

데이비드는 무슨 말을 해야 할지 몰랐다.

"그쪽은요?" 여자가 물었다.

"뭐 괜찮습니다."

여자는 몸을 숙여서 조금 더 마셨다. "남자들한테는 괜찮겠죠. 전 욕실을 같이 쓰는 게 싫어요. 얼마나 계셨어요?"

"1년이 넘었습니다." 데이비드는 그를 바라보는 여자의 시선을 느끼며 말했지만, 쳐다보지는 않았다.

"세상에, 그럼 그 집이 마음에 든다는 거네요."

남들도 그에게 그렇게 말했다. 다들, 심지어 매카트니 부인의 집에서 하숙을 막 시작한 이 여자까지도 그의 벌이가 꽤 좋다는 걸 알았다. 조만간 하숙집 누군가가 그녀에게 그가 월급으로 뭘 하는지도 말해줄 것이다.

"매카트니 부인께 들었는데, 편찮으신 어머니를 모신다면서요."

여자는 이미 알았다. "맞습니다." 데이비드가 대답했다.

"매카트니 부인은 당신이 정말 장하대요. 저도 그렇게 생각해요. 혹시 성냥 있어요, 켈시 씨?"

"죄송합니다만 담배를 안 피워서요." 그는 손을 들어 올렸다. "샘, 여기 이분께 성냥 좀 부탁합니다."

"그러죠." 샘은 지나가면서 데이비드에게 성냥통을 건넸다.

여자는 매니큐어가 발린 손가락 사이에 담배를 끼워 입에 물고 그가 불을 붙여주기를 기대했다. 그러나 그는 웃으며 여자 쪽으로 성냥통을 내밀고 카운터에 10센트를 내려놓은 다음 스툴을 뒤로 밀며 일어났다. "그럼, 이만."

"잠시만요. 같이 가요. 혹시 집으로 가실 거면요."

데이비드는 그대로 굳은 채 아무 말도 하지 않았고, 어쩌다 보니 여자에게 문을 열어주었다. 여자가 다시 떠들었다. 목재 저장소가 근처에 있어서 식당에 커피를 마시러 간다고 했다. 여자의 수다가 이어지자 데이비드는 듣는 척했다. 그녀는 데이비드에게 체스윅 섬유에서 무슨 일을 자문하는지 물었다. 그는 그 질문은 이를테면, 여러 경쟁 업체 사람들이 들이닥쳐 공장을 돌아다니면서 합성 섬유용 수세수 제조법을 캐려고 하는 것과 마찬가지라고 설명했다.

"음, 농담이시죠? 매카트니 부인 말로는 당신이 체스윅 사장님이라던데요. 그래서 회사에서 하루도 시간을 뺄 수가 없어서 당신이 밖으로 만나러 나가는 게 아니라, 남들이 만나러 온다던데요." 여자는 계속 걸었다. 또렷하고 큰 목소리가 잠든 거리에 울려 퍼졌다.

"부인께서 어디서 그런 소리를 들으셨는지 모르겠지만, 사장은 르위슨 씨이고 전 그저 수석 엔지니어에 불과합니다. 일개 화학자죠."

"화학 얘기가 나와서 하는 말인데, 하숙집 2층 욕실에 있는 신소재 보셨죠?" 여자가 웃음기 섞인 말투로 말했다. "수도꼭지 밑 욕조 안에 누런 거 말이에요. 맙소사!"

데이비드 역시 누런 침전물을 알고 있어서 같이 웃었다. 그는 가로등 밑을 지나며 여자를 쳐다보았다. 신장 162센티미터에 나이는 스물넷 정도. 미인은 아니지만 그렇다고 매력이 없는 것도 아니었다. 여자는 밝은 갈색 눈동자를 들어 올려 그를 빤히 바라보았다. 장난기가 어린 천진난만한 눈이었다.

"다 왔네요. 저기 맞죠?" 여자는 줄지어 늘어선 주택가에서 컴컴한 집을 가리켰다.

"맞습니다." 데이비드는 눈 감고도 발밑으로 느껴지는 울퉁불퉁한 인도를 따라 하숙집을 찾아갈 정도였다.

한발 앞서 걷던 여자가 멈칫했다. 순간, 데이비드는 여자가 무엇을 봤는지 알아챘다. 웨스였다. 웨스가 현관문 계단에 앉아 있었다.

"이런, 이런." 웨스가 여자를 쳐다보다 낮은 목소리로 말했다.

"설마 부인을 깨운 건 아니지, 웨스?" 데이비드가 물었다.

"그럴 리가. 대신 아래층에 있는 남자를 깨웠지." 웨스가 여자에게 고개를 숙였다.

"그럼 잘 자요." 데이비드는 여자에게 조용히 말했다.

"소개 안 시켜줄 거야?" 웨스가 물었다.

"미안. 이쪽은 웨스 카마이클이에요. 이쪽은……"

"브레넌이에요. 에피 브레넌."

"에피, 처음 뵙겠습니다." 웨스가 웃으며 이름을 따라 했다.

"안녕하세요, 카마이클 씨? 저 이제 들어갈게요. 안녕히 주무세요, 켈시 씨."

"네, 그러세요."

여자가 현관문을 따기도 전에 웨스가 다급하고 맥 빠진 목소리로 말했다. "데이비드, 나랑 우리 집에 가자. 토 달지 말고. 말싸움할 기분 아니야. 이미 할 만큼 했거든."

"늦었어, 웨스. 늦었다고." 데이비드는 웨스의 팔을 조심스레 뿌리쳤다.

"아냐, 가자. 내가 백 마디 하는 것보다 네가 우리 집에 코라도 잠깐 들이미는 편이 훨씬 나아. 그놈의 잔소리! 로라가 얼마나 듣기 좋은 소리를 하던지!"

"또 싸웠어?"

웨스는 얼굴을 두 손에 파묻고 고개를 끄덕이며 서 있었다. "사람들이 술 마시러 왔어. 내 친구들이! 그런데 금방 일어나질 않았거든. 친구들이 집에 있는데 로라가 뚜껑이 열렸어. 나랑 같이 가자, 데이비드. 제발. 내 차 타고 가자."

"안 가."

"가야 해. 넌 우리 집사람 한 번도 안 봤잖아. 오늘 밤이 딱이다."

"안 만나고 싶어. 진심이야. 미안해, 웨스. 게다가 내일 9시까지 출근해야 하잖아."

"얼마나 늦었다고 그래. 한 11시 됐나?" 웨스는 손목시계를 보려다가 그만두었다.

"대신 운전해줄게. 난 걸어오지 뭐, 어때?"

"날 데려다주고 우리 집에도 들어가자. 가자, 제발! 지금쯤이면 로라가 집에 있는 접시란 접시는 죄다 깨부쉈을 거다."

"조용, 제발." 데이비드는 웨스를 차가 있는 쪽으로 밀었다. 녹색 올즈모빌이 매카트니 부인의 집 진입로를 절반이나 막고 있었다. 그는 웨스를 차 안으로 밀어 넣고 운전석에 앉았다.

열 블록을 운전하는 동안, 데이비드는 그날 밤 사정을 자세히 들었다. 그동안 들은 여느 날 밤과 별반 다르지 않았다. 그런데도 웨스는 그동안 싸운 밤들과 오늘 밤은 다르다며 로라와 사이가 점점 나빠지고 있다고 확신했다.

"그러더니 나더러 하재! 내가 어떻게 해? 그걸 누가 해? 하는 남자도 있겠지만, 난 못 해." 웨스가 분개하며 말했다.

웨스의 이야기가 데이비드와 상관없는 저 멀리에서 벌어진 폭행 사건처럼 들렸다. 웨스의 집이 가까워지자 데이비드는 유심히 두리번거렸다. 혹시나 화난 로라가 인도나 정원에 나와 있는 모습은 보고 싶지 않았기 때문이다. 집 뒤쪽 측면 창이 훤했다. 접시가 죄다 박살 난 부엌인 것 같았다. 2층 방에도 불이 켜져 있었다. 쥐 죽은 듯 고요했다. 데이비드는 로라가 이미 잠자리에 들었을 테니 자신이 이 시간에 들어가 봐야 아무 소용 없다고 했다. 웨스는 투덕투덕 몇 마디 반박하다가 입을 다물었다. 아내와 물리적으로 가까워졌다는 사실만으로 웨스의 용기와 의지가 허물어지자 데이비드는 울적한 기분이 들었다.

"데이비드, 이 차를 가져갔다가 내일 아침에 날 데리러 와라. 걸어가지 말고."

"아냐, 아냐. 이제 간다. 괜찮아."

웨스가 갑자기 몸을 세우더니 데이비드의 어깨를 한 손으로 꽉 쥐었다. 얼굴에는 두려움이, 술 취한 눈에는 우울한 눈물이 어렸다. "데이비드, 넌 최고의 친구야. 내가 아는 사람 중에 제일로 멋져."

"자기 전에 두통약 먹고 물 많이 마셔." 데이비드가 속삭였다.

"자라."

데이비드는 손을 흔들고 어둠 속으로 발걸음을 옮겼다. 강해지고 자유로워진 듯한 기분이 들었다. 웨스가 갇힌 너저분한 비극에서 완전히 벗어났다. 그 때문에 웃음이 새어나왔지만 안쓰러운 마음에 고개를 내저었다. 허니문에서 막 돌아온 웨스를 만났을 때가 기억났다. 그때 웨스의 행복이 얼마나 부러웠던지. 부럽다 못해 씁쓸했고, 질투가 날 정도였다. 그는 공장에서 웨스가 해주는 편안하면서도 힘든 연애 시절과 아름다운 로라 얘기도 듣고, 온갖 사연을 다 들어주었다. 석 달 정도는 그랬다. 그때만 해도 웨스는 행복해서 반짝반짝 빛이 났다. 그건 신들이 잠시 매만져준 덕분일 뿐, 금방 사라질 운명이었다. 그래도 그 시기가 너무 짧았다. 데이비드는 그런 때가 있었는지조차 기억하기 힘들었다. 웨스는 순식간에 지옥으로 떨어지더니 지금도 그곳에 살고 있다. 웨스는 로라가 잔소리를 해대며 유난스럽게 청소에 집착하는 상황에서 벗어나려고 저녁이면 종종 데이비드를 찾아왔다. 주말이면 데이비드는 웨스가 안쓰러웠다. 웨스에 따르면, 로라는 전업주부인데도 주말에 대청소를 하기 때문에 웨스가 방에 들어가기만 해도 어지른다며 잔소리를 해댄다고 했다. 데이비드는 다시 고개를 저었다. 결혼처럼 중차대한 일이 사과처럼 눈앞에서 썩어 문드러지게 내버려둬야지. 데이비드는 그와 애나벨에겐 그런 일은 절대로 없을 거라고 예전에 그랬듯이 지금 또다시 다짐했다. 애나벨을 떠올리기만 해도 심장이 쿵 하고 뛰듯 따스하고 부드러운 물결이 순간 온몸을 타고 퍼지는 것 같은 기분이 들었다. 그는 매카트니 부인 하숙집 앞 진입로에 들어섰다.

그가 현관문 계단에 도착하기도 전에 전화벨이 울리기 시작했다. 데이비드는 현관문을 열고 조용조용히 복도를 걸어 어둠 속에서 수화기를 정확히 집어 들었다. "여보세요." 그가 속삭였다.

"데이비드, 나야, 웨스. 로라가 자서 다행이야. 어떻게 생각해?"

"잘됐네."

"있잖아, 우리 내일 밤에 보자. 내가 저녁 살게. 어디든 가서 맥주나 마시면서……"

"내일은 금요일야, 웨스."

"젠장, 그렇구나."

"미안, 다른 때라면 내가……"

"알아, 안다고." 웨스는 처참한 목소리로 그의 말을 끊었다. "알았어. 내일 보자." 웨스는 길고 긴 주말이 기다린다는 생각만으로도 울먹이며 전화를 끊었다.

데이비드는 수화기를 살짝 내려놓고 까치발로 2층 서편에 있는 그의 방으로 갔다. 욕실 옆 뒷방 방문 밑으로 불빛이 새어나왔다. 저기가 그 여자의 방인 것 같았다. 그는 기다란 열쇠로 방문을 땄다. "에피라는 이름요, 정말 별로죠?" 아까 여자가 미안해하며 물었다. "아빠가 옛 애인들 이름에서 하나를 골라 붙여주신 거예요." 데이비드는 그 여자의 아버지가 아직도 옛 연인 에피를 사랑하면서도 드센 여자와 결혼한 건지 궁금했다.

인생은 대단히 묘하다. 그럼에도 데이비드 켈시는 그의 인생은 뭐든 제대로 풀리리라는 불굴의 신념을 품었다.

2

매주 금요일 오후 5시 30분께, 데이비드는 깨끗한 셔츠와 잠옷, 치약과 면도기가 들어 있는 파란 더플백을 가지러 매카트니 부인 하숙집으로 돌아갔다. 사실 하숙집에서 쓰던 물건을 주말에 가져갈 생각은 애초에 하지도 않았다. 작은 가방 속에 책 여러 권과 와인이나 진을 한 병 담고 그 집에 필요한 물건 하나만 집어넣었을 뿐, 월요일부터 금요일까지 쓰던 물건은 하나도 챙기지 않았다. 사실 금요일 오후마다 매번 더플백을 가지러 하숙집에 들르는 대신, 아침에 출근할 때 가방을 들고 나가는 방법도 있었다. 그러나 그는 오전 10시에 도착하는 우편물 속에 애나벨의 편지가 있는지 확인하려고 하숙집에 들렀다. 그는 강박적으로 그걸 확인했다. 지난 2년간 여기에 살면서 애나벨의 편지를 받은 건 딱 두 번이었다. 그가 편지를 보낸 것도 네 번뿐이다. 편지 세례를 퍼부었다간 크나큰 실수가 되리라 생각했기 때문이다.

데이비드의 방은 주인을 닮아 깔끔했다. 그 방을 보는 순간 나이를 먹을 만큼 먹은 사람이라면 겪었을 법한, 혹은 신문 기사나 사진으로 봤지만 잊고 지낸 과거의 모습이 묘하게 겹쳐 보였다. 아래층 중간 방에 사는 배불뚝이 피아노 조율사 해리스 씨나 아래층 앞 방에 사는 홀아비 멀더븐 씨, 매카트니 부인 같은 이들이 이런저런 이유로 어쩌다 데이비드 방문 앞에 서게 되면 놀란 표정으로 잠시 방을 뚫어져라 본 후 용건을 말했다—데이비드 때문에 그의 방에 들르는 이들은 좌절했다. 그가 직접 빗자루와 걸레를 마련해 깔끔하게 청소하는 바람에 청소 아줌마 세라는 그의 방에 아예 들를 필요가 없었다. 그렇지만 데이비드는 세라가 가끔은 그의 방을 청소해준다는 걸 알았다─. 방은 전체적으로 색이 바래 누랬다. 다른 방과 비슷하게 낡은 가구와 새 가구가 중구난방 섞여 있었다. 침대, 의자, 안락의자, 서랍장, 테이블 등 꼭 필요한 것들만 갖추었다. 데이비드의 방에는 서랍장 대신 밑에 서랍이 두 개 달린 짙은 색 장롱이 있었다. 큼직한 카펫은 빗자루와 청소기에 쓸려 해지고 보풀이 일고 올이 드러나 구멍이 두 군데나 뚫렸다. 기계 코바늘로 짠 깡총한 이불보를 씌운 추한 갈색 더블 침대와 책을 한 줄로 늘어세운 평범한 책상으로 구멍을 대충 가렸다. 그의 방에서 가장 새것인 갈색 안락의자도 족히 20년은 된 것이었다. 방에는 잡동사니가 전혀 없었다. 그는 벽에 그림 한 장 걸지 않았기에, 사람들이 처음 이 방에서 쳐다보는 물건에는 늘 순서가 정해져 있었다. 그러고 나면 어디서 본 듯한 묘하게 낡은 느낌을 받았다. 훤칠하고 조용한 데이비드가 방에 있으면 그런 느낌이 더욱 강하게 들었다. 매카트니 부인은 이 모든 걸 음미하는 데 거의 시간을 쏟지 않았다. 부인은 데이비드 켈시를 이상적인 세입자이자 괜찮은 청년, '백만 명 중에 하나 있을 법한 젊은이'로 여겼다. 데이비드는 담배와 술을 전혀 하지 않고, 오후 10시 이전에도 여자들이 절대로 찾아오지 않도록 했다─부인은 10시 전까지는 여자들이 집에 가야 한다며 세입자들이 이사 오기도 전부터 대놓고 말했다─. 게다가 데이비드는 금요일 밤부터 월요일 아침까지 주말이면 요양원에 있는 아픈 어머니 곁을 지켰다. 부인이 데이비드 켈시를 향해 유일하게 걱정하는 부분은, 그가 아내로 삼을 만큼 정말 괜찮은 여자를 절대로 찾지 못할 거라는 점이었다.

5시 30분, 노크 소리에 데이비드가 방문을 열자 매카트니 부인의 얼굴이 보였다. 그를 스쳐 방 안으로 들어온 부인은 호기심까지 무뎌진 덤덤한 표정을 지었다. 깡마르고 칙칙한 몸을 꼿꼿하게 세운 채 돈만 밝히는 부인을 보니 데이비드는 짜증이 나고 기분이 상했다. 틀니를 낀 부인은 마음에도 없는 미소를 힐끔 짓더니 그의 방이자 '자신'의 자산이 구석구석 추한 몰골에도 불구하고 여태 망가지지 않았음을 확인했다. 그걸 간파한 그는 매카트니 부인을 엄마로 둔 세인트루이스에서 사는 두 아들 생각에 가슴이 미어졌다.

"데이비드, 방해해서 미안한데요, 떠나기 전에 비첨 부인이 올라왔다 가라네요." 매카트니 부인은 몸을 앞으로 숙인 채 목소리를 낮추었다. "어머니 갖다 드리라고 괜찮은 걸 주실 모양인가 봐요."

"알겠습니다. 고맙습니다, 부인."

"집세 고마워요." 부인은 이렇게 말하며 뒷걸음치다가 순간 멈춰 섰다. "저 큰 창으로 물이 새는 건 아니죠? 월요일에 비가 왔는데……"

데이비드는 등 뒤로 보이는 창을 힐끔 쳐다봤다. 양쪽으로 좁고 긴 창문이 달린 큼직한 퇴창이었다. "아뇨, 전혀 안 새는데요." 어쩌면 샐지도 모르지만, 그는 그가 없는 사이 매카트니 부인이나 수리공 조지가 이 방을 드나드는 게 싫었다.

"알았어요. 그럼 주말 잘 보내요, 데이비드. 어머니께 안부 전해드리고요."

"그러죠, 고맙습니다." 데이비드는 문을 닫고 우두커니 서서 기다렸다. 계단을 오르는 부인의 발소리가 점점 작아져 고요해지고 나서야 밖으로 나가 방문을 잠갔다.

비첨 부인은 3층 뒷방에 살았다. 이 집의 3층은 다른 층에 비해 훨씬 좁았다. 비첨 부인의 방과 중간 뒤쪽에 욕실 하나, 왼쪽에 비첨 부인의 방만한 방이 하나 더 있었다. 거기가 매카트니 부인이 지내는 곳이었다. 데이비드는 비첨 부인의 방문을 조용히 노크했다. 다정하고 높은 톤의 목소리가 곧장 응답했다. "들어와, 데이비드." 비첨 부인은 데이비드의 발소리를 알았다.

비첨 부인은 휠체어에 앉아 무릎에 책을 올려놓고 뜨개질을 하고 있었다. 책 위에 네모난 돋보기를 놓고 페이지 아래쪽으로 훑어 내리며 책을 읽었다. 뜨개질과 독서를 동시에 하는 중이었다. 여든일곱. 20년 전 뇌졸중으로 왼쪽 다리와 왼쪽 팔 일부가 마비되었다. 데이비드는 캘리포니아에 사는 딸이 정기적으로 소액을 부쳐주긴 하지만 한 번도 어머니를 보러오지 않았다는 소문을 들었다.

"앉아, 데이비드." 비첨 부인이 좌석 부분을 왕골로 짠 낡은 의자를 가리켰다. "얼굴 보고 가라고 불렀지. 어머님 체격이 나만 하다고 그랬던가?" 부인은 휠체어를 능숙하게 밀어 서랍장까지 가더니 그 옆에 세웠다.

"그렇긴 하신데요." 예전에도 여러 번 데이비드는 이렇게 말했다. "설마 또 뭘 만드신 건 아니죠?" 그는 웃으며 자리에 앉아 예의 바르게 굴었다. 부인이 서랍장에서 분홍색 옷을 꺼내는 순간, 데이비드는 긴장한 채 벌떡 일어났다.

"그냥 잠옷 하나 더 짰어. 짜는 데 얼마 안 걸려. 데이비드, 내가 이거 줄 사람이 또 누가 있겠어?"

데이비드는 감탄하며 잠옷을 살피면서 비첨 부인에게 답례로 뭘 줘야 할지 애써 고민했다. 선물은 여러 번 했었다. 그런데 부인에게 줄 선물을 정하는 게 힘들었다. "정말 예뻐요, 비첨 부인. 그런데 작년에 짜주신 옷도 아직 입고 계세요."

"두 개 입는다고 큰일 나. 데이비드, 양말도 두 켤레 놓고 신기에 부족할 테니 구멍 나면 꼭 가져와. 지금은 얼마 전 태어난 증손자한테 입힐 코트랑 모자를 짜는 중이니, 데이비드 양말은 이거 다 짜고 짜줄게." 부인은 뜨개바늘로 뜨개질을 했다. 잠옷을 들고 좋아하는 데이비드를 보고 신나했지만 부인의 얼굴은 너무 늙고 칙칙해서 화색이 드러나지 않았다.

데이비드는 분홍색 잠옷을 손에 든 채 쳐다보고 서 있었다. 증손자에 대해 뭐라도 물을까 하다가 마음을 접었다. 손자인지 손녀인지 잊어버렸고, 게다가 부인의 가족이 사진을 보내줄 정도로 괜찮은 사람들인지도 확신할 수 없어서였다.

"아래층에 있는 참한 아가씨한테 잠옷을 넣을 상자를 갖다달라고 부탁했어. 오긴 올 텐데 여태 안 오네. 이미 발소리도 외워뒀거든, 확실히." 비첨 부인은 안경 쓴 눈으로 그를 해맑게 바라보았다. 덕분에 부인의 눈동자가 크게 확대되어 양쪽 동공에 낀 백내장까지 고스란히 보였다.

"아가씨라뇨?" 데이비드가 물었다.

"에피 브레넌. 설마 아직도 못 만나본 건 아니지?"

"아, 물론 만났죠." 데이비드가 웃으며 말했다. "그럼 비첨 부인. 이번에 갔다 오면서 뭘 사다드릴까요? 치즈를 좀 더 사올까요? 아니면 좋아하실 만한 화분은 어떨까요?" 부인의 동쪽 창엔 온갖 꽃 화분이 빼곡했다.

"더 둘 데도 없어, 데이비드." 부인이 웃으며 대답했다. 그러더니 주의를 주듯 손가락 하나를 세웠다. "에피가 오네."

"저는 가보겠습니다." 데이비드는 몸으로 살짝 가리며 더플백 지퍼를 열어 개켜진 잠옷을 조심조심 집어넣었다. 비첨 부인이 있는 자리에서는 가방 안에 뭐가 들었는지 보이지 않을 것이다. 그런 다음 그는 인사말을 전하며 자리에서 일어섰다. "어머니가 정말 좋아하실 거예요. 그럼, 월요일 아침까지 몸조심하세요, 비첨 부인."

부인은 에피의 발소리가 점점 크게 들리자 황홀한 기대에 젖어, 나가기 전에 한마디 듣겠다고 어색하게 기다리는 그에게 대꾸도 하지 않았다. 노크 소리가 들렸다. 비첨 부인은 노래하듯 들어오라고 소리쳤다.

여자가 한쪽 팔에 금빛 꽃다발을 한 아름 안은 채 문을 벌컥 열고 들어왔다. 만일 그가 조금 더 무례하고 몸이 조금 더 잽쌌더라면 들키지 않고 빠져나갔을 것이다.

"여기에 담아 가지고 가." 비첨 부인이 여자의 팔에서 흰 바탕에 은색 줄무늬가 그려진 상자를 건네받으며 말했다. "잠옷을 여기에 넣으면 좀 더 근사해 보일 테니."

"안녕하세요?" 에피가 활짝 웃으며 인사했다. "그러니까 이 상자가 당신 거였군요."

"저희 어머니 겁니다." 데이비드가 대꾸했다. "상자 때문에 수고해주셔서 고맙습니다." 그는 가방 지퍼를 열고 잠옷을 휙 꺼냈다.

에피가 그를 거들었다. 안 그래도 되지만, 그녀는 잠옷을 상자 속에 있던 종이로 포장했다. 두 사람의 손이 스치자 데이비드가 후다닥 손등을 뗐다. 여자가 그를 쳐다보았다.

그는 상자를 겨드랑이에 끼웠다. "가보겠습니다, 비첨 부인. 다시 한번 감사드려요." 그는 여자에게 목례를 했다. "그럼 이만." 그가 방문을 닫는 순간, 운전 조심하라고 비첨 부인이 외치는 소리와 뚫어져라 보는 여자의 시선이 동시에 전해졌다. 그가 계단을 내려가는 사이 두 여인이 투덜대는 소리가 들렸다. 그는 비첨 부인이 여자한테 그가 얼마나 괜찮은 청년인지 말하는 소리라고 여겼다. 몇몇 하숙집 사람들이 뒤에서 그를 '성인'이라고 부른다는 걸 데이비드는 알고 있었다. 짜증이 났지만 애써 무시했다.

데이비드는 북쪽으로 향하는 고속도로를 타고 달렸다. 황혼이 급히 내려앉았다. 겨울이 시작된다는 뜻이다. 데이비드는 기뻤다. 밤이면 때론 우울한 순간이 찾아오기도 하지만 낮보다 밤이 좋았고, 여름보다 겨울이 좋았다. 이제 차를 타고 집으로 가는 길이니, 앞으로 맞이할 저녁을 상상하며 몽상에 빠지기로 했다. 벽난로 옆에 책을 들고 앉거나 지하 저장고에서 가구를 만든다. 혹은 벽난로 앞에 누워 어둠 속에서 음악을 듣는다. 꽃이 만발하는 여름은 집어치우라지. 꺾어놓은 장미는 일주일도 못 가서 시들어버리잖아. 거실 창으로 내다보면 푸르른 아이비가 보인다. 싱싱하고 짙은 아이비가 집 아래쪽 거친 돌에 들러붙어 있다. 그는 예전에 얼음 속에서 얼어버린 아이비를 본 적이 있었는데, 그럼에도 여전히 싱싱하고 푸르렀다. 아이비는 손이 갈 일이 전혀 없지만 그래도 가끔은 살폈다. 그러면 아이비는 여름에서 겨울까지 버텼다.

집에서 15킬로미터 정도 떨어진 발라드라는 마을의 교차로에 도착하자, 데이비드는 정육점에 들러 스테이크용 고기와 햄버거 패티용 고기를 샀다. 또 다른 상점에서 갓 구운 롤빵과 야채샐러드, 배 두 개, 한 번도 사 보지 않은 수입 겨자를 샀다. 옆에 있는 주류 가게에 들러 푸이퓌세(부르고뉴의 대표적 화이트 와인 품종) 포도주 두 병과 상자에 든 프라스카티(이탈리아 로마 인근의 도시에서 생산되는 백포도주)를 샀다. 그러고는 차를 계속 몰아 좁은 포장도로를 지나 비포장도로로 진입했다. 소나무 숲이 양쪽으로 우거졌다. 강을 가로지르는 작은 다리를 넘자 다리 상판이 덜덜거렸

다. 살짝 굽은 도로에 접어드니 헤드라이트 불빛을 받은 창문의 흰 문설주
가 그를 반기듯 순간 번쩍거렸다.

주변에 다른 집은 없었다. 데이비드의 집은 돌과 벽돌로 지어졌고, 한쪽
구석에 어울리지 않게 굴뚝이 우뚝 솟아 있었다. 이 집보다 한 층은 더 높
은 주택에 어울릴 듯한 굴뚝이었다. 집은 칙칙한 갈색에 군데군데 회색빛
이 감돌았다. 천연석 색상이 원래 회색이었다. 누가 씨를 뿌려놨는지 잔디
가 조금 돋긴 했지만, 잔디밭 세 면이 숲으로 빠르게 변해갔다. 헤드라이
트 불빛에 번쩍이던 나머지 창문 문설주 한쪽에도 소나무 두 그루가 굴뚝
보다 웃자랐다.

데이비드는 한 팔에 장바구니를 들고 현관문을 연 다음, 거칠거칠한 밤
색 도어매트에 자연스레 신발을 털었다. 그런 다음 현관문 오른편에 달린
전등 스위치를 켰다. 숨을 깊이 들이쉬며 근사한 거실을 둘러보았다. 보
들보들한 소파, 갈색과 흰색이 뒤섞인 소가죽 러그, 애나벨의 사진 액자
두 개, 책과 레코드가 놓인 벽난로 선반. 장바구니를 들고 주방으로 갔다.
30분 만에 2층 침실에서 샤워를 하고 깨끗한 청바지와 셔츠로 갈아입은
다음, 화로에 불을 붙이고 상자에 든 와인을 저장고에 넣고 장거리를 정
리한 후 벽난로에 불을 지필 준비를 했다. 불이 붙었다. 어깨까지 오는 갈
색 웨이브 머리를 하고 은은하게 미소 짓는 여인의 사진 액자를 선반에서
내려 그날 저녁 두 번째로 살포시 입을 맞췄다. 작은 주전자에 마티니를
만든 다음 목이 길고 큼직한 잔 두 개에 나눠 따르고, 안초비와 블랙 올리
브가 담긴 접시를 그 옆에 놓았다. 잔을 들어 홀짝인 후 더플백에 넣어온
벽등을 달러 갔다. 뉴욕에 있는 백화점에 우편으로 주문하여 매카트니 부
인 하숙집으로 배달받은 특별한 등이었다. 그는 벽등을 책장 두 개 사이

에 놓인 소파 위에 달았다. 그 무렵 첫 잔이 비었다. 그는 두 번째 잔을 주방으로 들고 들어가 조금씩 비우며 저녁을 준비했다. 전엔 마티니 첫 잔을 들고 상상 속 애나벨에게 "그대를 위하여!"라고 말한 다음 술을 마신 기억이 떠올랐다. 그러나 이제 몇 달째 그러지 않았다는 걸 깨닫자 흐뭇했다. 그렇게 멍청한 짓을 해봐야 아무 소용이 없다. 계속 그랬다간 사람이 미칠 수도 있다.

감자를 굽는 동안, 그는 전축에 브람스 심포니를 걸고 매끈매끈한 마호가니 식탁에 1인용 은식기, 와인 잔, 리넨 냅킨을 세팅했다. 식사하다가 읽고 싶은 마음이 들 경우를 대비해 손을 뻗으면 닿을 자리에 지리학 서적 한 권을 놓았다. 그는 아름다운 심포니 1악장 선율을 콧노래로 조용히 흥얼거렸다. 집에 누가 있는 것처럼 옆 사람을 방해하지 않게 작게 소리를 냈다. 주위에 아무도 없으니 전축을 크게 틀었다. 전축 소리에 그의 콧노래가 잠겼다. 하숙집이나 공장에 있을 때보다 훨씬 유연하고 행복하게 움직였다. 이따금 동작을 멈추고 아직 남은 두 번째 마티니 잔을 들었다. 애나벨이 거실에 앉아 그에게 무슨 말을 건네거나 질문이라도 한 듯, 그는 눈썹을 치켜세우며 기대하는 표정으로 거실을 살폈다. 가끔은 그녀와 함께 주방에 있는 상상도 했다.

마티니 두 잔을 마시고도 저녁 식사 반주로 와인 반 병을 비운 그는 가끔 이런 상상에 빠졌다. 애나벨이 윌리엄의 애칭인 '빌'이라고 부르면, 그가 그 소리에 미소를 짓는다. 그런 때가 오면 만감이 교차할지도 모르겠다. 이 집, 그의 집에서 그는 스스로를 윌리엄 뉴마이스터라고 상상하기를 좋아했다. 뉴마이스터는 원하는 모든 것을 가졌으며 인생을 사는 법, 웃는 법, 행복해지는 법까지 아는 남자였다. 데이비드는 이 집을 윌리엄 뉴마이스터 명의로 구입했다. 몇몇 동네 상인들, 청소부와 부동산업자는 그를 윌리엄 뉴마이스터로 알았다. 어느 날 뜬금없이 이 이름이 머릿속에 떠올랐다. 동시에 이 이름이 독일어로 '새로운 거장'을 의미한다는 걸 알았다. 이이름을 선택한 이유가 다소 어리석고 뻔하지만, 듣기에도 좋고 입에도 잘붙어서 계속 쓰기로 했다.

약 2년 전, 애나벨이 제럴드 딜러니와 결혼한다는 소리를 처음 들었던순간, 데이비드는 어떻게든 이 갑갑하고 고통스러운 우울감에서 벗어나고 싶었다. 그는 일도 손에서 놓고 몇 주 내리 술에 절어 사는 스타일은 아니었다. 그 대신, 아예 생각을 접고 더 열심히 일에 몰두하다 보니 뭘 해야할지 생각할 수 있을 만큼 회복되었다. 그는 혼자 있고 싶었고, 주변 분위기를 바꾸고 싶었다. 직장 때문에 주변 분위기를 바꾸는 건 불가능했지만, 그럼에도 주변을 바꾸고 싶다는 꿈을 꾸었다. 그러다 보니 상상에 살이 붙었다. 애나벨이 결혼이라는 끔찍한 실수를 저지르긴 했지만 아무 일도 일어나지 않았다고 잠시 상상한다고 뭐 안 될 게 있을까? 아주 잠시나마 애나벨이 나와 결혼했다고 한숨 돌리며 행복한 상상에 빠지는 게 왜 안 되는데? 그렇다면 나와 애나벨은 무얼 하고 있을까? 분명 프로스버그에 있는작은 아파트에서 어딘가에 있는 예쁜 주택으로 이사 갔을 것이다. 그는 조금도 지체하지 않고 집을 장만했고, 그게 지금까지 이어졌다. 회사가 있는프로스버그의 누추한 하숙집, 그리고 그가 월급의 90퍼센트를 쏟아붓고많은 시간을 투자하는 교외에 있는 이 집. 그는 이 집을 추적해도 데이비드 켈시라는 이름이 나오지 않도록 하고 싶었다. 그래서 이름을 새로 지은것이다. 새 이름이 생기자 어느 정도 새로운 인물이 탄생했다. 윌리엄 뉴마이스터는 아무리 사소한 일이라도 그게 뭐든 실패한 적이 단 한 번도 없다. 그렇기에 애나벨을 얻었다. 애나벨은 이 집에서 그와 같이 산다. 그는 책을 훑어볼 때도, 토요일과 일요일 아침에 면도할 때도, 마당을 거닐 때도 그렇게 상상했다.

그가 이 집을 하룻밤 사이에 뚝딱 구한 건 아니었다. 그는 몇 주에 걸쳐 윌리엄 뉴마이스터의 신용 조회서를 준비했다. 한 장은 '리처드 패터슨'에게 받았다. 패터슨의 이름으로 뉴욕 시에 우편 및 전화 서비스를 신청한 다음, 부동산 중개인 윌리스 씨가 발송한 질의서에 윌리엄 뉴마이스터를 극찬했다. 또 한 장은 '존 애딜리'에게 받았다. 데이비드는 존 애딜리라는 이름으로 포킵시(뉴욕 주 동부에 있는 도시)에 있는 어느 호텔에 일주일 정도 투숙하면서 윌리스 씨의 질의서를 수령했다. 끝으로, 발라드에서 약간 북쪽에 있는 벡스브룩 도서관에 회원 가입까지 하며 소소한 것에도 대비했지만 그쪽으로는 신용 조회서가 오지 않았다. 그뿐 아니었다. 그는 작은아버지에게 수천 달러를 빌려서—그리고 갚았다—이 집의 착수금을 두둑이 마련했다. 부동산업자들이 집값의 3분의 1이나 되는 돈을 현찰로 지불하는 사람을 의심하기란 쉽지 않다. 그는 집을 장만할 돈이 필요하다고 작은아버지에게 말했고, 몇 달 후 마음이 바뀌어서 하숙집에서 계속 지낼 거라고 둘러댔다. 그는 벡스브룩 퍼스트 내셔널 은행에서 당좌 예금과 보통 예금 계좌를 동시에 개설하고 패터슨과 애딜리를 윌리엄 뉴마이스터의 신용 보증인으로 또다시 세웠다. 그러나 은행에서 데이비드에게 편지한 통 보내지 않은 걸 보면 조사조차 하지 않은 게 분명했다.

그의 집은 절대로 외로워지지 않는 어마어마한 지복을 베풀었다. 방마다 애나벨의 존재가 느껴져서 그는 그녀와 같이 있는 듯 행동했다. 생각에 잠겨 식사할 때도 그랬다. 주변에 사람들이 북적이는데도 허공을 떠도는 먼지처럼 외로운 하숙집과는 달랐다. 이 예쁜 집에서 애나벨은 그와 함께였다. 애나벨은 그의 손을 잡고 바흐와 브람스와 바르토크를 감상했고, 멍하니 있는 그를 놀리기도 했다. 그는 걸으면서 이 집에 가득한 은총을 들이마셨다. 햇살은 천국 같았고 비 내리는 주말에는 독특한 매력을 풍겼다.

밤이면 그는 2층 더블 침대에서 그녀와 같이 잠들었다. 그녀에게 팔베개를 해주다 몸을 돌려 그녀를 꽉 끌어안으면 그의 욕정은 상상 속 여체의 무게를 느끼며 여러 번 절정에 도달하고도 그 이상으로 치솟았다. 그런 다음 손으로 침대보를 쓸면 그저 헛헛함과 외로움에 젖었다. 어느 일요일 아침, 그는 애나벨이 종종 뿌리는 걸 눈여겨보고 사둔 카슈미르 향수병을 내다 버렸다. 애나벨이 떠오르는 그따위 물건은 필요 없었다. 더군다나 향수는 도저히 감당하기 힘들었다.

일요일 밤에 벽난로 숯에 바비큐를 구워 먹은 다음, 데이비드는 위층 빈방에 놓인 누런 일본식 책상에 앉아 만년필 뚜껑을 열고 10분 정도 생각에 잠겼다. 머릿속으로 편지를 작성한 후, 애나벨에게 받은 편지 두 통이 든 전용 보관함에서 편지를 꺼냈다. 봉투에는 코네티컷 하트퍼드 소인이 찍혀 있었다. 데이비드는 그곳에 대해 아는 게 별로 없지만 추하기로 따지면 프로스버그만큼 누추하다고 생각했다. 그는 3미터 간격으로 벽돌집이 늘어선 주택가에 가보았다. 집과 집 사이 공간엔 쓰레기 캔과 아이들 장난감 손수레가 나뒹굴었다. 바람에 흔들리는 빨랫줄과 지붕 위에 정신없이 솟은 TV 안테나도 보았고, 애나벨의 집 앞 도로가 어딘지도 알았다. 데이비드는 거기까지 갔으면서도 줄지어 늘어선 붉은 집들 중에 어디가 그녀가 사는 집인지 확인하고 싶지 않았다. 아픈 상처에 손가락을 갖다 대는 대신, 그저 쳐다보기만 하는 심정과 비슷했다.

그는 애나벨이 가장 최근에 보낸 편지를 꼼꼼히 읽었다. 사실 전부 다 외웠다. 그녀는 다소 큼지막한 글씨체로 똑바로 줄맞추어 작성했다.

1958년 7월 3일
사랑하는 데이브

편지를 받아서 너무 기뻐. 혹시나 제럴드가 이 편지 봉투를 본다면, 난 어쩔 수 없이 상투적으로 변명하며 그이를 안심시켜야 하겠지만. 당신이 하는 일이 계속해서 잘 풀리고 있다니 참 좋다. 고향 사람들이 종종 편지에다 당신이 얼마나 성공했는지 알려주곤 해. 축하해!
나도 우리가 같이한 행복한 시절을 기억하고 있어. 이곳 생활은 아주 신나지도, 재미있지도 않아. 하지만 인생이 다 그렇지 뭐. 제럴드의 가게는 아주 잘되고 있지만 운영비가 계속 올라가고 있어. 당신이 만나자고 한 후론 나도 당신 생각이 나서 꼭 만나고 싶어. 하지만 커다란 풍파를 일으키지 않고 약속 잡기는 어려울 거 같아. 당신이 지내는 그곳에서 친구들도 많이 만나고 혼자 너무 오래 있지 않았으면 좋겠어. 나는 당신이 남들보다 잘났다는 걸 알아. 그렇지만 내 음악 선생님 중 한 분인 솔로프 씨가 이런 말씀을 하셨지. '사람은 남들에게서, 심지어 아주 미천한 이들에게서도 배울 부분이 조금 있다'고. 제럴드한테 들킬지 몰라서 당신 편지는 보관하지 않을래. 그이에게는 당신이 안부를 전하려고 가끔 편지한다고 할 거야. 나는 당신이 아주 잘 지낸다는 걸 알아. 아무튼 데이브, 일 열심히 해. 말이 벌써 길어졌다. 내일은 피크닉에 가져갈 샌드위치를 잔뜩 만들어야 해!

언제나 사랑과 안부를 전하며

애나벨

'어쩔 수 없이 상투적으로 변명하며'와 '이곳 생활은 아주 신나지도, 재미있지도 않아'라는 글귀가 가슴 아팠다. 편지를 받을 당시에는 저 글귀가 마음에 걸렸고, 이제는 심장에 콱 박혀 생생했다. 그녀는 제럴드를 사랑하지도 않고, 사랑한 적도 없었다. 하지 말았어야 할 결혼이었다. 데이비드는 결혼 한 달 전, 처음 그 소식을 듣고 취소하라고 그녀를 설득하려고 애썼다. 마지막 한 달을 프로스버그에서 지내는 바람에 모든 걸 망쳐버린 크나큰 실수를 저질렀다는 생각에 또다시 고개가 절레절레 흔들리고 이가 갈렸다. 체스윅에서는 그가 프로스버그에 있기를 바랐다. 그에겐 새 직장이 었다. 데이비드는 연봉 2만 5천 달러를 받는 조건이니 공장 공정을 속속들이 파악해야겠다고 생각했다. 2주면 업무를 다 배울 것 같았고, 실제로도 그랬다. 그는 간신히 분노를 가라앉힌 다음, 종이 한 장을 앞에 끌어다 놓았다. 먼저 받은 편지는 읽을 필요도 없었다. 이 편지보다 짧았고, 이미 다 외웠다. 안타깝게도 그 편지를 읽어도 데이비드는 힘이 나지 않았다. 그는 애나벨이 7월에 보낸 이 편지에 답장을 아직 쓰지 않았다. 그가 그녀를 위해 수고를 자처하기 전에 편지를 다시 보내 확답을 듣고 싶었다. 물컹한 짐승처럼 생긴 남편 때문에 애나벨이 고생한다고 생각하니 그것 때문에 더욱 분통이 터졌다. 고자 같은 자식. 데이비드는 그가 진짜 고자이기를 막연히 바랐다.

그는 날짜를 적고 이렇게 서두를 시작했다. '내 사랑하는 애나벨.' 그리고 계속 써 내려가기 전에 봉투에 그녀의 주소만 적고 발신인의 주소는 적지 않았다.

네가 보낸 편지는 요즘 내 행복의 원천인 동시에 크나큰 고통의 원인이야. 전에 내게 그랬지? 남편을 사랑하지 않는다고. 혹시 잊은 건 아닌지 궁금하군. 거기에서 도움받을 사람이 아무도 없어서 네가 운명이라고 믿는 것에 무릎을 꿇은 건가? 자기야, 네가 하트퍼드에서 지내는 모습은 사는 게 아니야. 전혀 아니라고! 넌 그 남자를 사랑하지 않고, 그자는 심지어 돈도 없어. 돈에 관심이 없거나 많이 벌 재주가 없는 거라면 난 그 사람이 돈이 없어도 원망하지 않아. 하지만 돈이 없다는 건 고생하고 추해지는 거잖아. 그래서 화가 나. 게다가 네겐 그걸 버티게 할 사랑조차 없다는 게 가장 중요해. 잠시라도 객관적일 순 없을까? 내 눈에, 밖에서 지켜보는 남들 눈에 어떻게 보이는지 당신이 그걸 볼 수는 없을까? 날 만나는 게 두려운 건 아니지?─그는 취소 줄을 그었다. 다른 편지지에 옮겨 적을 것이다. 대개 그렇게 했다─널 보고 싶어. 하트퍼드보다 더 괜찮은 곳이 있어. 조금 먼 곳이라 네가 생각할 시간을 많이 가질 수 있을 거야. 널 뉴욕에서 만나고 싶다. 12월 21일에서 24일 사이면 언제든 좋아─크리스마스에는 네가 집으로 돌아가야 한다는 걸 알아─. 네가 빨리 알려주면 내가 그날 계획을 짜놓을게. 제럴드한테는 뭘 사러 간다고 둘러대. 아주 구체적으로. 그럼 내가 그 물건도 마련해둘게. 가능하면 알로퀸 호텔에 묵어. 참고로 말하면, 네가 도착하는 그날, 거기에서 너를 기다리고 있을게. 혹시 괜찮다면, 네가 어느 기차 편으로 오는지 알려줘. 그러면 내가 역으로 마중 나갈게. 잊지 마, 넌 나한테 언제든 편지를 보낼 수 있어.

뉴욕 주 프로스버그, 애쉬 레인 137 1/2번지

30분만 내줘도 좋아. 만일 세 시간이라면 황홀하겠지. 차 마시고, 점심
도 먹고 저녁도 먹자. 먹고 싶은 거 다 먹자. 아니면 로비에 앉아 얘기만
하고 아무것도 하지 말든가. 네가 원하는 건 뭐든 다 해줄게. 신명 나게,
재미있게, 아니면 진중하게.

　순간 그는 비첨 부인이 준 분홍색 잠옷이 떠올랐다. 재미있는데. 그러
나 그 얘긴 애나벨에게 할 수 없었다. 그가 주말을 보내는 이 집에 대해서
도, 늘 그녀를 떠올리며 수집하는 레코드와 책에 대해서도 아직은 말하고
싶지 않았다. 젠장! 그는 이 집에서 주말을 같이 보내자는 말을 꺼낼 수조
차 없었다. 왜냐하면 애나벨이 그런 짓은 절대로 하지 않을 것이기 때문이
다. 그녀의 순결이 돼지에게 팔려갔다. 아니, 팔려간 게 아니라 돼지가 손
을 뻗어 낚아챘다. 그는 이 집으로 오라고 그녀에게 제안하는 상상을 했
다. 그가 편지에 쓰자 그녀가 그 제안을 받아들인다. 그리고 그가 주말마
다 이곳에서 꿈꾸던 주말을 그녀와 보낸다. 애나벨이 실제로 이 집에 온
다. 진짜로 그와 같이 식사하고 술을 마신다. 그러나 그건 상상할 수 없는
일이기에 그는 마음을 접었다. 사랑을 담아 보낸다고 서명을 하고, 추신을
덧붙였다.

　네가 나더러 성공했다고 하니 아주 좋긴 하다만, 너 없이 나는 불완전해.

3

거의 2주가 지났다. 애나벨한테서 답장은 오지 않았다. 데이비드는 이해하려 했지만, 애나벨이 그에게 편지하는 건 그리 어렵지 않을 거란 사실이 마음에 걸렸다. 장 보러 나갔다가 우체통에 엽서를 떨구기만 하면 되는데. 그녀에게서 아무 연락이 없는 게, 뉴욕에서 만나자는 제안을 고민 중이라고 말 한마디 없는 게 그에게 어떤 의미인지 애나벨은 모르는 것 같았다. 그는 그녀가 지금 고민하느라 확신이 설 때까지 편지하지 않는 거라 믿었다.

우울하고 바쁜 나날이 흘러갔다. 공장에서 근무하다 보면 종종 정신이 없었다. 수석 엔지니어라서 10여 개의 부서에서 진행되는 업무를 총괄하고 현재 진행 상황을 파악해야 했다. 전기 엔지니어가 혼자서는 아주 사소한 결정조차 내릴 수 없는 사람이라 하루에 최소 네 번은 데이비드를 찾았다. 직기 시프트 바에 문제가 생겼다는 둥, 튜브 부품 단가가 375달러면 적당하냐는 둥, 이 플레이트가 다 닳았다고 생각하냐는 둥 연신 물어댔다. 새로 온 직원이 롤러에 무슨 짓을 했는지 1롤당 중량이 6킬로그램이어야 하는데 7킬로그램이 나왔다. 공장에서는 자동차 시트 커버, 싸구려 소파 및 의자 커버, 아기용 담요, 여행 가방 안감은 물론 사장 덱스터 르위슨 같은 이들이 가능하다고 생각하는 각종 용도의 합성 섬유를 제조했다. 신문 윤전기를 닮은 수많은 직기가 롤에 감긴 합성 섬유 생지를 풀어 분홍,

파랑, 초록 등 원하는 색상의 화학 염료 사이로 통과시키며 염색한다. 그리고 일정한 간격으로 다이아몬드, 사각, 점 등 다양한 문양을 그 위에 찍어 날염한다. 그 결과는 어마어마했다. 원단은 미국 전역으로 팔려나갔고 심지어 외국으로도 수출되었다. 체스윅 원단 위에는 물을 쏟아도 된다. 그 천으로 만든 옷을 입은 아이는 토를 해도 상관없었다. 그저 쓱 닦아 비누를 묻혀서 빨면 도로 깨끗해진다. 이 합성 섬유에서 심미적 측면을 찾는다면, 폭 1.5미터, 지름 0.9미터의 눈처럼 새하얀 생지 롤 원단의 무게가 깃털처럼 가볍다는 것이다. 적어도 겉보기엔 깨끗했다. 그러나 롤에 하얗게 감기기 전, 원단은 정련 후 수세 과정을 거치는데 이때 다양한 수세수가 쓰인다─르위슨은 다소 로맨틱하게 이 수세수 제조법을 경쟁 업체에는 공연히 비밀에 부쳤다─. 그리고 뭉친 생지를 풀어주는 카딩 공정을 거치면 하얀 솜 같은 먼지가 허공에 둥실둥실 떠다니다가 콧속에 들어가거나 옷이나 머리에 들러붙었다. 2층 '실험개발부'에서는 웨스 카마이클과 대여섯 명의 젊은 화학자들이 일하고 놀고 실험하면서 하는 일 없이 월급을 꽤 많이 챙겼다. 그들은 전선용 피복, 플라스틱 식기 건조대를 만들며 놀다가 렌지 기름때 제거용 세제를 만들었다. 피부 연화제, 쥐약, 은 광택제도 개발했다. 그들은 서로 앞다투어 만화를 그리고, 공장의 사기와 효율 진작에 도움이 되지 않는 슬로건을 선정했다. 2층 남자 화장실 앞에는 '황소', 여자 화장실 앞에는 '암소'라고 붙여놓았다. 데이비드가 이 일을 하기로 수락한 날, 르위슨은 기쁘다는 듯 양손을 찰싹 맞붙이며 이렇게 말했다. "우리가 만드는 모든 제품이 며칠 만에 죄다 돈이 되고 있다네." 이 말은 '실험개발부'가 만드는 제품에는 들어맞지 않았다. 르위슨은 자신의 허영심을 채우기 위해 낭비하고 있거나, 어쩌면 데이비드 자신이 또 다른 낭비일 수도 있다. 르위슨 씨는 이렇게 말하면서 우쭐댔다. "날 위해 일할 진정한 화학자를 확보하게 됐군. 학위를 세 개나 딴 젊은 친구를."

데이비드는 이 일이 싫었다. 공교롭게도 오로지 애나벨 때문에 선택한 일이었고, 업무를 배우는 그 중요한 한 달간 여기서 일하느라 그녀를 잃었다. 데이비드에게는 연구직이 더 좋았을지 모른다. 그러나 서둘러 결혼하려면 수중에 현찰을 쥐고 있어야 하고 들어오는 돈도 많아야 한다고 생각했다. 그 직전 해에 다니던 오클리의 연구소는 월급이 적어서 저축을 많이 할 수 없었다. 데이비드는 능력 있는 화학자였기에 전도유망하게 출발했다. 머리가 팽팽 도는 데이비드를 본 르위슨 씨는 그에게 아래층 전체를 맡기고 유난히 효율이 떨어지는 현장 주임 두셋을 해고할 생각이었다. 데이비드가 라호이아(캘리포니아 샌디에이고 외곽에 있는 부촌)로 돌아가 애나벨에게 청혼해야겠다고 마음먹었을 때가 바로 이 무렵이었다. 그는 애나벨에게 매일 편지하면서, 이제 한 달 정도 늦어질 것 같다고 적어 보냈다. 그는 기다려달라는 말도, 결혼하자는 말도 편지에 쓰지 않았다. 직접 보고 얘기하고 싶었기 때문이다. 결국, 겨우 두 달 전에야 애나벨은 그에게 '나도 사랑해, 데이비드'라고 말했다. 그때 그녀가 그를 '데이브'가 아니라 '데이비드'라고 부른 사실로 인해 모든 게 더욱 진지해지고 진실해졌다. 작은어머니가 애나벨이 다른 남자와 결혼했다는 소식을 편지로 전하자, 그는 믿을 수가 없었다. 제럴드 딜러니라는 이름은 들어보지도 못했다. 작은어머니는 제럴드가 투스칸 출신이라고 했다. 애나벨이 그 남자를 안 지 한 달도 안 돼 식을 올렸다면서, 너무 급작스럽긴 한데 애나벨의 가정 형편이 계속 안 좋아서 결혼한 거라고 했다. 데이비드는 애나벨의 어머니가 병환으로 짜증이 많았고, 아버지도 성미가 까다롭다는 걸 알았다. 게

다가 있으나 마나 한 남자 형제 둘은 애나벨을 하녀 취급 하면서 시중을 들라고 강요했다. 아무리 그래도 그렇지 만난 지 한 달도 안 된 남자와 결혼을 하다니! '어느 날 느닷없이 사랑을 차지하는 자는 늘 이방인인 법.' 사촌동생 루이스가 그에게 이렇게 적어 보냈다. 루이스는 열여섯 살이었고 앞으로 작가가 되는 꿈을 간직한 소녀였다. 그가 그제야 라호이아로 급히 가봐야 아무 소용 없었다. 애나벨과 남편이 한 달 일정으로 캐나다로 떠났는데, 정확히 어디로 갔는지는 모른다고 루이스가 말했기 때문이다. "대신 애나벨 언니 어머니 말씀으로는 언니가 신혼여행 다녀와서 라호이아에 짐을 챙기러 온다고 했대. 내가 계속 알려줄게. 그래도 너무 슬퍼하지 마. 솔직히 말해, 그 언닌 오빠 짝이 되기엔 모자랐어. 엄마가 그러시잖아. '다 끼리끼리 만난다'고."

데이비드는 한 달을 다 채운 후에야 라호이아로 돌아갈 수 있었다. 그는 일주일간 비행기를 갈아타고 대륙을 횡단한 후에야 애나벨의 집에서 그녀와 조우했다. 그녀는 몇 가지 물건을 챙기러 왔다며 제럴드가 전기 엔지니어라 이제 동부로 가서 살 거라고 했다. 그 거창한 직업명을 들으며, 데이비드는 제럴드가 토스트기나 고치고 다리미 바닥이나 새로 교체할 거라고 지레짐작했다. 그런데 실제로도 그 남자가 동부에서 작은 수리점을 차려서 그런 일을 할 거라고 했다. 데이비드는 화들짝 놀랐다.

"너 몰랐어? 내가 너하고 결혼하고 싶어 한 거?" 그가 순진하게 물었다.

그녀는 속으로 민망해하는 것 같았다. 아주 사소한 잘못을 하다 걸리긴 했지만 양심은 있는 소녀처럼 보였다. "있잖아, 데이브, 난 확실히 몰랐어. 내가 어떻게 확실히 알 수 있었겠어?" 그녀는 또래보다 키가 컸고 골격도 다소 큰 편이었지만, 굉장히 우아했고 춤추는 걸 좋아했다. 스물두 살인데도 사춘기 시절의 통통한 볼살이 여태 남아 있었다. 입술은 싱그러웠다. 얄팍하고 보드라운 그 입술은 그녀의 회청색 눈동자만큼 순수했다. 애나벨은 너무 진지해서 농담을 잘 하지도, 잘 받아주지도 못했다. "미안해, 데이브"

"그래도 너무 늦은 건 아니야, 애나벨! 너 그 남자 사랑하지 않잖아?"

"모르겠어. 그이가 잘해줘."

"하지만 네가 그 남자를 사랑하는 건 아니잖아?" 데이비드가 애절하게 물었다.

"사랑하진 않는 것 같아. 아직은."

그런 다음 말다툼이 이어지다 결국 언성이 높아졌다. 그때 남자 형제 하나가 위층에서 낮잠을 자다가 깨서 아래층을 향해 고함쳤다. 데이비드는 애나벨을 품에 안고―그게 마지막이었다―제럴드와의 결혼을 물리라고 애원했다. 그는 애나벨과 함께할 수 없다면 살 가치가 없다고 말했다. 이보다 더 진심 어린 말은 할 수 없었다. 그러다 그가 중심을 잃으면서 두 사람이 바닥에 놓인 트렁크 위로 쓰러졌다. 애나벨과 나눈 가장 달콤한 추억은 그녀가 그런 상황에서 웃으면서 그에게 일으켜달라고 부탁하던 모습이었다. 그러더니 애나벨은 제럴드가 곧 올 테니 가라고 했다.

"난 그 남자 두렵지 않아." 데이비드가 말했다. 바로 그때 집 앞에 차 한 대가 와서 섰다. 애나벨의 또 다른 남자 형제와 그보다 키가 작은 남자가 차에서 내렸다. "그렇다고 꼭 그 남자를 만나고 싶은 건 아니야." 데이비드는 조용히 덧붙였다. "사랑해, 애나벨, 평생 널 사랑할 거야." 그 말은 어떻게 받아들이느냐에 따라 대단하게도, 혹은 굉장히 하찮게도 들렸다. 데이비드는 그녀에게 입을 맞추지도 않고 밖으로 나갔다. 분명 그녀에게 키스할 수도 있었다. 그는 놀라면서도 황당해하던 그녀의 표정이 지금도 떠올랐다. 가끔은 궁금했다. 그가 1분만 더 있었더라면 어떻게 됐을까? 그녀가 '알았어, 데이브, 제럴드와 이혼할게'라고 했다면 어땠을까?

그는 인도에서 충분히 비키지 않아 제럴드와 어깨가 스쳤다. 정확히, 팔뚝 위쪽이 스쳤다. 데이비드는 제럴드의 얼굴을 쳐다보았다. 크고 통통한 아랫입술, 매력적이라기보다 게을러 보이는 인상, 작고 짙은 원숭이 같은 눈, 수염이 보이지 않는 매끈하고 투실투실한 턱이 기억에 남았다. 몇 달이 지나자, 데이비드의 기억 속에서 그 통통한 아랫입술은 원숭이의 한쪽 엉덩이처럼 기괴하게 일그러졌다. 그는 생각했다. 대체 왜 그랬을까! 그는 심하게 흔들렸다. 그날 작은어머니 집으로 돌아가 잠자리에 들 때까지 용기가 되살아나지 않았다.

다음 날 정오에 애나벨에게 전화했다. 그녀의 어머니는 그녀가 남편과 떠났다고 했다. 데이비드는 그날 오후 동부로 가는 비행기에 올랐다. 가족들은 그제야 그가 애나벨을 사랑하고 있다는 사실을 알았다. 가족이란 작은아버지 부부와 사촌동생을 의미했다―아버지는 그가 열 살 때 세상을 떠났고, 어머니는 그 후 4년 뒤에 사망했다―. 데이비드는 가족들이 알게 되어 유감이었다. 만일 그가 애나벨과 함께였다면 그들이 아는 게 그에게도 좋았겠지만, 지금 아는 건 전혀 도움이 되지 않기 때문이다. 게다가 숫기 없고 무뚝뚝한 작은아버지는 데이비드를 쳐다보지도 않은 채, 이번 일은 '조앤 웨거너처럼 여자를 잘못 고른 경우'가 또다시 생길 뻔한 일이라고 했다. 데이비드는 아무 말 하지 않았다. 그러나 작은아버지가 애나벨을 조앤 웨거너와 같은 여자로 치부했다는 게 화가 났다. 조앤은 데이비드가 열일고여덟 살 때 사귀던, 지금은 기억조차 나지 않는 여자였다. 조앤

도 다른 남자에게 시집갔는데 그게 두 여인의 유일한 공통점이었다. 작은
아버지네 가족은 공항에서 배웅하며 슬프지만 궁금한 표정으로 그를 쳐
다보았다. 마치 그가 중병에 걸렸는데 해줄 게 하나도 없다는 사실을 이제
막 깨달은 사람들 같은 표정이었다.

당시는 그가 애나벨을 안 지 5개월 정도 됐을 때였다. 사랑하는 데 시간
이 뭐가 중요할까? 순간, 1년, 한 달, 이런 건 적용이 되지 않았다. 어느 봄
날, 교회 바자회에서 애나벨이 미소 지으며 그에게 "안녕"이라고 하던 순
간, 그가 이렇게 말하는 편이 나았으리라. "당신과 내 남은 생을 보내고 싶
어요. 데이비드라고 합니다. 당신 이름은요?" 그는 그날 작은어머니가 부
스를 세우는 걸 거드는 중이었다. 그는 몸을 세우다가 톱을 떨어뜨리고 커
다란 판지 뒤에서 흘러나오는 피아노 소리에 이끌리듯 걸어갔다. 커다란
판지가 피아노에 기대어 있었다. 그녀의 몸의 절반은 땡볕에, 절반은 그늘
에 있었다. 그런데 햇빛은 건반 위 아름다운 손등 위로만 쏟아졌다. 반팔
소매 끝에 작고 검은 벨벳 리본이 달렸고, 밝은 갈색 머리칼을 앞가르마로
타서 뒤로 꽉 묶은 모습이 마치 갈색 구름 같았다. 그는 5초 정도 서 있었
다. 얼마나 서 있었는지는 알 수 없었다. 그 순간, 그녀가 그를 쳐다보았다.
한 번 보고 또다시 보더니 연주를 멈추고 이렇게 말했다. 마치 그를 안다
는 듯 미소를 지으며 "안녕"이라고 했다. 그는 그날 그녀의 집─열여덟 블
록 떨어져 있었다─까지 같이 걸어간 다음 사이다나 콜라를 마시자고 했
다. 그런데 그녀가 거절했다. 그러면서도 다음 날 저녁 식사를 마친 후에
같이 산책하자고 약속했다. 그녀는 가족들 식사를 차려야 해서 같이 저녁
을 먹을 수 없다고 했다. 그녀에게는 남자 형제가 둘 있었다. 애나벨은 데
이비드의 작은어머니가 그녀의 어머니를 알고 있다고 했다. 데이비드는

그동안 왜 두 사람이 한 번도 마주치지 않았는지 궁금했다. 그가 멀리 학교를 다니느라 대부분 집을 비웠다 해도, 방학 때는 집에 있었기 때문이다. "운이 없었네." 애나벨은 수줍게 웃더니 말을 끌며 대답했다. 그런 모습을 보니 그녀는 실제보다 훨씬 어려 보였다. 그녀는 자기가 연주하던 곡이 쇼팽 연습곡이라고 했다. 그날 집으로 돌아오던 길에 데이비드는 그 곡을 기억하려 했지만 실패했다. 대신 그때 그 느낌은 가슴이 터질 듯이 꽉 찼다.

세 번째 만나던 날, 두 사람은 그녀의 집에서 그리 멀지 않은 숲을 거닐었다. 그가 그녀의 손을 잡았다. 그리고 천천히 걸어가자 두 사람의 어깨가 맞닿았다. 닿았다 떨어졌다, 그러다 더는 참을 수 없었다. 둘은 걸음을 멈추고 서로를 향해 얼굴을 돌렸다.

데이비드가 애나벨을 집에 데려오자 작은어머니는 그녀를 많이 예뻐했다. 그런데 데이비드가 보기에도 그녀의 태도는 이해가 안 갈 정도로 무심했다. 그는 작은어머니에게 애나벨 스탠튼을 사랑한다고 털어놓지 않았다. 그럴 필요가 없다고 생각했기 때문이다. 잠시 그걸 비밀에 부치고픈 욕심도 있었다. 애나벨처럼 매일, 매년, 일평생을 가족을 위해 희생하는 사람은 아무도 없었다. 데이비드는 그녀와 같이 거리를 걸을 때면 이런 사실을 아는 이가 몇몇 있다는 걸 눈치챘다. 그녀를 아는 이들은 애나벨을 좋아하면서도 집에서 대우받지 못한다며 그녀를 불쌍히 여겼다. 그녀의 남자 형제들이 가장 입김이 셌다. 애나벨은 청소하고, 요리하고, 빨래하고, 다림질하는 여자였다. 만일 그녀가 피아노를 치겠다고 하면, 얼마든지 치라고 허락했지만 그렇다고 집안일을 못 하면 안 되었다. 애나벨은 2년제 대학을 다녔는데, 학비가 모자라 휴학해야 했다. 장학금을 받으며 피아노를 전공했지만 그마저도 그만둬야 했다. 아버지가 뇌졸중으로 쓰러지자 엄마를 거들어야 했기 때문이다. 데이비드는 대단히 자신만만하게 자만하면서 그녀의 안쓰러운 삶에 분개했다. 그는 애나벨에게 그 얘기는 별로 하지 않았다. 대신 한 번, 아니 두 번째에는 목이 막히지 않고서는 내뱉지 못할 말을 더욱 과감히 말했다. "내가 널 이 모든 것에서 벗어나게 해줄게. 그것도 금방, 아주 금방." 그는 당시 스물여섯이었고, 오클리에 있는 연구소에 변변찮은 월급을 받으며 다녔다. 그는 연구소로 되돌아갈 생각이었지만 애나벨 때문에 계획을 틀었다. 기업체에 일자리를 찾기로 한 후, 뉴욕 프로스버그에 있는 체스윅 섬유의 공고를 보고 지원했다. 그는 라호이아로 돌아올 날짜를 정하지 않았지만, 두세 달 동안은 적어도 주말마다 오겠다고 했다. 그가 동부로 향했을 때가 두 사람이 만난 지 6주째였다. 결혼하기 전 서로를 알아가기에는 그리 길지 않은 시간이었다. 그러나 그 무렵 데이비드는 애나벨이 그의 아내가 되리라는 걸 믿어 의심치 않았다. 그건 너무나도 지당한 일이었다. 그는 애나벨도 그걸 알고 있다고 생각했다.

그는 작은아버지 부부에게 이런 마음을 조금은 흘리려고 애를 썼던 것 같다. 정확히 기억나진 않지만, 두 분이 스탠튼 가족을 깔보는 듯한 느낌을 받았다. 그건 사실일지도 모른다. 스탠튼 가족이 켈시 가족보다 가난했다. 아니, 가족의 위상을 돈으로 따지나? 그녀의 형제들이 술을 마시고 집에서 빈둥거리는 게 애나벨의 잘못인가? 데이비드의 아버지이자 작은아버지의 형은 데이비드의 양육과 교육에 쓸 돈을 충분히 남기고 세상을 떠났다. 사실 켈시 가족 중에 돈 걱정을 하는 사람은 아무도 없었다. 그건 모든 이들이 누리는 특혜가 아니었다. 작은아버지는 보험회사에서 안정적으로 근무했다. 무려 30년간 그 일에 종사했다. 때때로 작은아버지는 형 아서가 무모하게 사업을 벌였다며 서글프게 머리를 내저으며 말하기도 했지만, 데이비드의 아버지가 무일푼으로 세상을 떠난 건 아니었다. 그의 어머니도 친정에서 상속받은 재산이 있었다. 데이비드가 열 살 때, 아버지는 폐렴으로 세상을 떠났고, 4년 후 어머니는 교통사고로 사망했다. 작은아버지 부부는 그를 아들처럼 키웠다. 물질적으로는 안락하게 키워주었다. 그들은 데이비드를 칭찬했고 학교에서도 뛰어난 그를 자랑스러워했다. 작은아버지는 아버지 역할을 할 때면 모든 면에서 쑥스러워했지만, 데이비드는 신경 쓰지 않았다. 작은아버지는 품성이 좋고 인자한 후견인이었다. 작은어머니는 그리 똑똑하지는 않았지만 대신 남들 눈을 중시해 마흔둘의 나이에도 꽤 성공적으로 젊은 외모를 유지했다. 작은어머니의 편지에는 오로지 고리타분하고 쓸데없는 속물의식으로 가득한 실리적 조언과 그의 재정 상태와 관련된 질문만 담겨 있었다.

데이비드는 어머니가 애나벨을 어떻게 생각했을지 궁금했다. 어머니가 의도적으로 "당장 그 여자를 잡아"라고 하셨을까. 아니면, 사회적 경제적 조건을 따져보고 결혼을 반대하셨을까? 데이비드는 어머니가 조금 두려웠다. 그의 기억 속 어머니는 이런 모습이었다. 당시 그는 열네 살이 채 되기 전이라 엄마보다 키가 작고 더 수줍었다. 게다가 학교에 묶인 몸이라 굉장히 자유롭지 못했다. 어머니는 비행기를 전세 내 미네소타나 플로리다를 여행할 계획을 세웠고, 아버지와 사업 문제를 논의하려고 장거리 전화를 했다. 또 부부가 대화하면서 엄마가 그동안의 일을 말하면 아버지의 흐뭇하고 애정 어린 웃음소리가 방 밖으로 흘러나왔다. 가끔, 한 달에 한 번 미만이었지만 어머니는 침대맡에 앉아 잘 자라며 그에게 입을 맞추었다. 그가 훗날 과학자가 되리라는 걸 아셨다면 어머니는 무슨 생각을 하셨을까, 데이비드는 상상조차 할 수 없었다. "과학자가 되어라"라고 어머니가 요구하셨을지 모른다. 그래도 처음엔 좋아하셨겠지만, 남자가 인생 목표로 삼기엔 너무 얌전한 일이라며 곧 결단을 내리셨을지도. 아무튼 그는 어머니가 애나벨 스탠튼을 인정해주셨을 거라고 생각하는 편이 좋았다.

달콤한 사랑이 불타오르는 연애 초기에 데이비드는 담배와 술을 끊었다. 사실 둘 다 심하게 하는 편은 아니었지만, 빛바래고 시시한 즐거움은 더는 필요 없었다. 체스윅에서 딱 한 번, 오전에 커피를 마시며 담배를 피운 적이 있었다. 그 순간 그는 결심을 어긴 것이 신성모독을 한 듯한 기분이 들어 담배를 껐다. 이제 담배는 아예 안 하지만, 술은 조금씩 했다. 애나벨과 함께 있으니 식전주로 칵테일 한두 잔 정도는 할 거라고 상상하며 주말마다 자축하며 술을 조금 했다. 반주로 와인을 마시는 게 그의 취향에 맞았다. 그는 애나벨에게 이렇게 적어 보낸 적이 딱 한 번 있었다. "박하 리큐어(박하 맛이 나는 칵테일) 좋아해? 브랜디는? 샤르트뢰즈(프랑스 수도원에서 만드는 달달한 주류의 일종)는 어때?" 애나벨은 답장을 잊었다. 애나벨이 제럴드와 결혼한 후에도 이런 궁금증은 그를 계속 따라다녔다. 이제 애나벨은 즐거움을 누릴 시간이 거의 없을 것이다. 제럴드에게는 브랜디를 살 돈도 분명 없을 테니.

4

갈색과 노란색으로 물든 잎이 떨어졌다. 붉게 변한 잎은 나뭇가지에 매달려 몇 주를 더 버텼다. 11월 1일인데도 애나벨은 여태 소식이 없었다. 편지를 또 보내야 하나? 아니면 그 편지 때문에 곤란하게 되어 편지가 오기라도 하면 제럴드에게 꼬투리를 잡히나?

그는 애나벨에게 전화할까 고민했지만, 그녀를 놀라게 하고 싶지 않았다. 그녀한테서 나중에라도 절대로 마음을 바꾸지 않겠다는 부정적인 대답도 듣고 싶지 않았다. 그가 전화할 엄두도 내지 못하는 건 본질적으로 같은 이유에서였다. 만일 이런 말을 듣는다면 참을 수 없을 것 같았다. "목소리를 듣는 건 언제나 좋아, 데이브. 그래도 절대로 다시는 전화하면 안 돼. 다신 안 하겠다고 약속해줘." 그녀가 이렇게 부탁한다면 그는 당연히 약속할 것이다. 그가 전화하는 것 말고, 그녀가 그에게 전화하는 길은 언제나 열려 있었다. 최후의 수단으로.

에피라는 여자는 매카트니 부인의 하숙집에서 그를 응시하며 곧잘 미소를 지었다. 그리고 또렷하고 완벽한 문장으로 늘 이렇게 말했다. 오후 5시 30분에 하숙집에서 마주치기라도 하면, "안녕하세요! 와우, 시계처럼 정확하시네요!" 지금 그녀는 그가 아침저녁으로 앉는 4인용 식탁에 같이 앉았다. 그가 아침을 먹으면서 볼 책을 꺼내기 전에 에피는 어떻게든 그를 대화로 끌어들이려고 번번이 애썼다―그는 저녁 식사 때는 책을 보지 않았다. 아침보다 저녁 식사 자리에서 책을 읽으면 훨씬 무례해 보이기 때문이다~. 저녁을 먹을 때도 애쓰는 그녀를 보더니 같은 식탁에 앉은 해리스 씨와 멀더븐 씨가 다 알겠다는 듯이 씩 웃었다. 그녀의 수다는 해리스 씨와 멀더븐 씨의 불평보다 못할 게 없었다. 두 남자는 구시렁대며 야구 얘기를 하거나 음식 타박을 했다. 에피의 쾌활함 속에는 적어도 따스함이 담겨 있었다. 데이비드는 그걸 진심으로 느꼈다. 늙은 남자 둘이서 재미있다고 쳐다보는 표정을 보자 데이비드는 짜증이 치밀고 민망했다. 저 천치 같은 녀석들이 생각하는 재미란 남자 여자가 만나는 모험이 다였다. 그는 매카트니 부인도 저들을 음탕한 부류로 봤을 것만 같았다.

웨스 카마이클은 일주일에 최소 두 번 저녁때마다 데이비드를 찾아왔다. 웨스는 데이비드에게 그 여자에 관해 물었다. 현관문 앞 계단에서 기다리던 밤, 데이비드가 여자와 같이 있는 걸 목격한 사실을 조금도 잊지 않았다. 데이비드가 여자와 같이 있는 걸 본 게 그때가 처음이었기 때문이다.

"잘 모르는 여자야." 데이비드가 웨스에게 말했다.

"그 여자가 어디에서 일한다고도 말 안 했어?"

"했는데 잊어버렸어."

웨스는 조롱하듯 미소로 화답했다. 데이비드는 그런 그를 빤히 쳐다보았다. "그 여잔 네 일거수일투족을 죄다 알던데. 아주 사소한 것까지도." 웨스가 활짝 웃어 보였다.

데이비드는 웨스가 양쪽 손바닥 사이에 구릿빛 맥주 캔을 끼우고 돌리는 모습을 지켜보았다. 공포로 머리 가죽이 쭈뼛했다. 혹시 그 여자가 그 집까지 따라왔나? 그런데 여자한테는 차가 없는데. "그게 무슨 뜻이지?" 데이비드가 물었다.

"내 말은, 그 여자가 네 얘길 꼬치꼬치 캐물었다는 뜻이야. 세상에, 내가 해준 얘기를 까먹지도 않더라!"

"네가 그 여자하고 얘길 했다고?"

"같이 커피 마셨어. 그게 다야." 웨스는 차분하고도 떨리는 목소리로 말한 다음 맥주를 좀 더 홀짝이더니 누런 카펫을 내려다보았다. "사실은 두 번이야. 한 번은 식당 근처에서 우연히 마주쳤고 또 한 번은 식당 안에서 만났어."

그게 전부라니 데이비드는 믿을 수가 없었다. 웨스의 죄책감이 감지됐다.

"웃긴 게 뭐냐면, 내가 그 여자에 대해 물어보려고 했는데도 그 여잔 곧장 네 얘기로 화제를 돌리더라는 거야. 그래서 같은 회사에 다닌다고 했어. 아휴, 얼마나 묻고 또 묻던지. 네가 확실히 그 여자 마음을 사로잡았더라."

"웃기지 마." 데이비드는 눈을 감고 양손을 깍지 껴 머리를 기댔다.

"농담 아니야. 그 여자는 네가 주말마다 멀리 가는 걸 굉장히 아쉬워했어. 나한테 그랬다니까. 하여튼 내가 아무리 원했어도 그 여자하곤 아예 시작도 못했을걸."

"그러고 싶어?" 데이비드는 눈을 뜨며 물었다.

웨스는 고개를 비딱하게 기울인 채 데이비드를 쳐다보았다. "아니, 친구. 농담일세. 난 그저 여자와 어울리는 걸 즐길 뿐이야. 저녁에 맥주 한잔하고, 수다 좀 떨고, 웃고. 그러다가 집으로, 그 불쾌한 곳으로 돌아가는 거지. 그 기분, 넌 그게 뭔지 모를 거다."

데이비드는 잠자코 있었다.

"그 여자하고 얘기하는 동안 아주 재미있는 생각이 떠올랐어. 만일 내 오랜 친구 데이비드가……" 그는 데이비드의 얼굴에 시선을 고정한 채 말을 멈추었다.

"말해." 데이비드가 말을 툭 던졌다.

"말하면 안 되는데. 네 어머님을 생각한다면 말이야." 데이비드가 입을 다물고 있자 웨스가 서둘러 말했다. "생각해봤는데, 만일 네가 주말마다 어떤 곳으로 가서 여자를 만나는 거라면 재미있지 않을까? 남들은 네가 여자한테 털끝만치도 관심 없다고 생각하더라. 전에 말한 그 여자 때문에 네가 딴 여자는 거들떠도 안 볼 수 있잖아." 그는 데이비드를 보며 웃었지만 약간 민망한 눈치였다. "나쁜 농담이었다네."

그 '농담'이란 말에, 데이비드는 수긍한다는 듯이 웃었다. "맞아, 그럼 재미있겠네."

웨스는 다 마신 캔을 쓰레기통에 갖다 버리고 들고 온 봉지에서 새 캔을 꺼냈다. 그는 데이비드에게 얌전히 캔을 건넸지만, 데이비드는 고개를 저었다. 이미 한 캔을 마셨기 때문이다. 웨스는 공장에서 몰래 맥주를 마셨지만 술살이 찌지는 않았다. 웨스는 172센티미터에 마르고 골격이 작아서 실제 키보다 커 보였다. 가늘어진 갈색 머리칼이 이마를 타고 넘어가려 했다. 그래도 웨스는 거의 늘 행복하고 똑똑한 열일곱 살 소년, 늘 안경을 써야 하는 소년 같아 보였다.

"어디로 멀리 간다는 얘기가 나와서 말인데," 웨스가 말했다. "나도 주말에 어디 갈 데가 있으면 좋겠다." 그는 맥주 캔을 입에 대고 고개를 들어 천장에 매달린 조명을 쳐다보았다. 사지를 쩍 벌린 채 고문당하는 철제 조명에 전구 두 개와 빈 소켓 두 개가 매달려 있었다. "네가 이렇게 단출하게 사는 게 부러울 때가 있어. 공용 욕실을 쓴다고 해도 그래. 최소한 이 방은 순전히 네 거잖아. 누가 쳐들어와 같이 쓰자고 하진 않을 테니. 에피는 예외고!" 웃으며 말을 맺는 그의 얼굴이 일그러졌다.

"매카트니 부인이 감시하며 돌아다녀서 안 돼."

"흠, 원래 여자 집주인들은 감시를 하지. 그런다 해도 일은 일어나는 법이고." 웨스는 어울리지도 않게 지적인 척 검지로 안경을 꾹 눌렀다.

사흘 후, 웨스가 매카트니 부인의 하숙집 1층 작은방에 세를 얻었다. 빼빼 마른 오십 대 여성이 그 방에서 얼마 살지도 않고 금방 나가서, 데이비드는 그 여자 이름을 듣지도 못했다. 데이비드는 밤에 산책하러 나가다가 집 앞 인도에서 에피와 마주쳤을 때 이 얘기를 들었다.

"안녕하세요, 켈시 씨!" 에피가 외쳤다. "친구분이신 카마이클 씨가 여기로 이사 들어오는 거 알고 계시죠?"

데이비드가 맨 처음 든 의문은 웨스와 로라가 정말 헤어지기로 했는지였다. 연이어 요전 날 저녁에 웨스가 한 말이 떠올랐다. "그래요? 언제요?"

"매카트니 부인이 허락하시면 내일 저녁때라도 이사 온대요. 방금 카마이클 씨와 얘기했어요. 메인 스트리트에서 우연히 만났는데, 혹시 빈방이 나오면 알려달라고 하더라고요. 내일 아침 일찍 부인께 전화한대요."

"그렇군요." 데이비드는 그녀가 뿌린 향수 냄새를 맡았다. 상큼한 향이었다. 그녀가 뿌리리라 예상한 것보다 훨씬 더 흥미로운 향이었다.

그녀는 머뭇거리더니 웃으며 그에게 고개를 들었다. "친구분이 그러던데 짐이 별로 없을 거래요. 자기 집 별채처럼 쓰겠대요. 창고처럼죠. 그분은 가끔 말씀을 재미있게 하세요."

데이비드는 슬쩍 웃으며 고개를 끄덕였다. "친구가 가까이 있으면 좋죠." 그는 손을 흔든 다음 멀리 걸어갔다.

그는 산책을 할 때는 목적지를 정하지 않지만, 지금은 메인 스트리트 쪽으로 향했다. 내 알 바 아냐, 이렇게 혼잣말을 하고 나니 뒤죽박죽 복잡했던 생각이 또렷해졌다. 데이비드는 뭔가 미심쩍었지만 적어도 그게 의심은 아니란 걸 알았다. 그는 웨스가 길거리에서, 두 사람이 맥주를 마시러 가는 마이클스 태번(Michael's Tavern)에서, 심지어 공장에서 여자들을 어떻게 쳐다보는지 알았다. 웨스는 어떤 여자든 그녀들과의 성공담을 빼기고 다녔다. "느긋한 척해야 해, 전혀 불안하지 않은 척. 그러다가 과감히 들이대는 거야." 웨스가 떠들었다. "여자들이 은근히 다가오는 걸 좋아한다는 건 착각이야. 강하게 밀어붙여서 자빠뜨려야 해!" 그날 밤, 데이비드는 놀라서 헛웃음이 나왔다. 이제야 왜 화가 나고 우울한지 그 이유를 깨달았다. 웨스가 그보다 못나서가 아니었다. 이 세상에 숱하게 많은 2류 인간처럼 외간 여자와 놀아나느라 자기 아내한테 잘못해서도 아니었다. 데이비드는 웨스가 졸업 후 쓴 불활성 기체에 관한 논문을 본 후 그에게 존경심이 샘솟았던 기억이 났다. 체스윅에서 몇 년을 더 허비하지 않으면 웨스는 아직도 학계에 큰일을 할 사람이다. 그런 그가 에피 브레넌이나 다른 여자들과 어울리다가 오점을 남길지 모른다. 그렇게 되면 웨스는 자존감을 잃을 것이고, 죄책감이 상상력을 방해해 일에 영향을 줄 게 뻔했다. 아니 그게 말이 돼? 그게 뭐든 말이 되냐고?

내 알 바 아냐, 마음속 목소리가 또다시 말했다. 데이비드는 마이클스 태번을 밝히는 분홍색과 노란색 불빛 몇 걸음 앞에서 멈춰 섰다. 그리고 뒤돌아서서 하숙집 쪽으로 되돌아가기 시작했다. 오늘 밤엔 지리학 책이나 읽어야지. 읽어봤자 다 잊어버리겠지만.

다음 날 저녁 6시, 웨스가 매카트니 부인의 하숙집에 도착했다. 짐은 여행가방 하나, 끈으로 묶은 책 두 뭉치, 타자기가 전부였다. 웨스는 데이비드의 차를 얻어 타고 출퇴근한다는 가정하에 차를 로라한테 주고 왔다. 데이비드는 당연히 그러라고 했다. 데이비드는 저녁 식사 도중에 해리스 씨와 멀더븐 씨를 방해하지 않으려고 매카트니 부인에게 이렇게 부탁했다. 카마이클 씨가 자기와 같이 식사하는 걸 더 좋아할 테니 부인께서 두 분께 다른 테이블로 자리를 옮겨주십사 부탁해달라고 말이다. 매카트니 부인은 기꺼이 그러겠다고 했다. 부인은 카마이클 씨를 좋아할 준비가 이미 됐다. 카마이클이 부인이 가장 좋아하는 세입자인 데이비드 켈시의 친구라는 단순한 이유 때문이었다.

에피 브레넌은 그날 저녁 데이비드와 웨스와 한자리에 앉아 식사하면서 약간 긴장했지만 기분은 좋아 보였다. 그녀는 검정 바탕에 파란색 줄무늬가 그어진 새틴 블라우스를 입고, 분홍빛이 도는 산호색 귀걸이를 했다. 갖고 있는 옷 중에서 제일 좋은 거라고 에피가 말했다.

"이 정도면 나쁘지 않은데요." 웨스가 미트로프(고기로 만든 샌드위치)에 케첩을 뿌리며 신나서 말했다.

"그래도 여기서 살은 더 안 찔 거예요. 아침은 그저 그래요. 오트밀만 자주 나와요. 일요일 아침엔 베이컨이 나오긴 하지만 부인이 꽤 짠 편이에요."

아무리 머리를 쥐어짜도 데이비드는 할 말이 떠오르지 않았다. 웨스와 로라 사이에 무슨 일이 벌어졌는지, 둘이 이혼할 건지, 로라가 웨스가 있는 곳을 아는지 등등 데이비드는 그런 게 하나도 궁금하지 않았다. 게다가 에피 브레넌의 숙명에 대해서도 전혀 관심이 없었다. 지난 밤, 뭔가 어색한 용감함이 그의 가슴에 차오르긴 했다. 그녀의 순수함을 지켜주고픈 욕구가 일긴 했다. 에피는 처녀 같아 보였는데, 그걸 누가 알 수 있으랴? 데이비드는 앞쪽 벽에 걸린 우중충한 북부 지방의 숲 사진을 응시했다. 싸구려 잡화점에서 사온 두툼하고 허연 머그와 접시 몇 장이 추하게 놓인 코너 찬장을 쳐다보았다. 벽지는 하늘색이었으나 색상이 고르지 않았다. 빛바랜 부분 덕분에 수년간 빛을 막고 있던 액자와 가구의 윤곽이 드러났다.

"말 좀 해봐, 데이비드." 웨스가 익살스레 말했다. "뭘 보고 웃는 거야? 내가 방에서 집들이한다는 게 웃겨?"

"전혀!" 데이비드는 두 사람이 하던 애기를 놓쳤음을 깨달았다.

에피는 냅킨으로 입을 닦으며 웃었다. "이쪽 분은 넋 놓고 계시네요." 그녀는 긴 속눈썹이 달린 눈을 데이비드 쪽으로 돌렸다.

데이비드는 바닐라 아이스크림이 콩알만큼 올라간 스펀지케이크를 조금 맛본 후, 동그란 아이스크림을 커피 속에 넣어 동동 띄웠다. 에피는 괜히 놀란 척더니 따라 했다.

"주말에 어머니 계신 곳까지 차로 얼마나 걸려요?" 에피가 물었다.

"한 시간 정도요." 데이비드가 대답했다.

"거기서 자도 돼요?"

데이비드는 그녀가 요양원에서 잠자는 걸 허락한다는 소리를 비첨 부인이나 웨스에게서 들었다고 확신했다. 그가 그 얘기를 그 둘에게 했기 때문이다. "네, 요양원에서 아주 잘해줘요. 제가 가면 욕실 딸린 독실을 내줘요. 게다가 어머니와 같이 식사도 챙겨주고요."

"그 요양원 이름이 뭔가요?"

데이비드는 낮은 테이블 밑에서 다리를 조심스레 꼬았다. "음, 어머니가 몇 년 전에 부탁하셔서 말씀 안 드리는 편이 낫겠습니다. 어머니는 당신이 거기에 계셔야 한다며 속상해하세요. 물론 저 말고도 찾아오시는 친구분이 몇 분 계시죠. 하지만 다른 사람들한테는 말하지 말라고 어머니가 당부하셨어요."

에피가 그를 쳐다보았다. "어머님이 굉장히 안타까워요." 그녀가 진지하게 말했다. "하지만 당신처럼 괜찮은 아들을 두셨다는 걸 고마워하실 거예요."

웨스는 건방지게 콧소리를 냈다. "신이시여, 여왕님을 구원하소서." 데이비드는 웨스가 식사하기 전에 스카치를 두 잔 넘게 마셨다는 걸 알았다. 이제 웨스는 오늘 밤 에피와 보낼 일에 온 신경을 쏟았다.

"꼭 써야 할 편지가 있어서요." 에피가 웨스에게 말했다.

"지금 쓰세요. 나도 잠시 뭘 해야 해서요." 웨스는 늘 주장하던 방식대로 쭈뼛거리지 않고 대놓고 그녀에게 윙크했다. "두 분 다 8시에 봅시다. 그럼 실례." 웨스가 인사했다. "두 분 다 제 방이 어딘지 알죠?" 웨스는 나가면서 해리스 씨와 프리랜서 간호사 스타키 부인에게, 식사가 끝나면 청소하려고 복도에 지친 몸을 기댄 채 기다리는 세라에게, 마지막으로 지금 막 들어오는 매카트니 부인에게 유쾌하게 목례를 했다.

매카트니 부인은 뭔가 할 말이 있었다. 데이비드는 난방기나 온수기 얘기일 거라고 짐작했다. 부인은 시끌벅적 즐겁게 식사하는 사람들을 조용히 시키려는 듯 가녀린 양팔을 펼쳤다. "여러분, 오늘 밤 으깬 감자를 내놓으려고 했는데요, 어쩌다 보니 다 타버렸어요!" 부인이 웃음을 터뜨렸다. "중간에 몇 개는 건질 수 있었지만 그걸론 부족하지 뭐예요." 부인은 강조하듯 고개를 끄덕이더니 마지막 말을 덧붙였다. "저와 요리사를 용서해주시길 바라요. 그리고 여러분이 굶지 않으셨으면 좋겠습니다. 감자가 다 타버려서 어쩔 수가 없어요." 부인은 손을 휘저으며 고개를 숙인 후 말을 끝낸 다음, 식당을 가로질러 주방으로 이어지는 창고를 향해 걸어갔다.

"매카트니 부인!" 에피가 외쳤다. "탄 감자에 땅콩버터를 조금 넣으면 탄내가 안 난대요."

해리스 씨가 감탄하며 깔깔댔다.

"아, 그래요? 고마워요, 에피. 가서 요리사한테 말할게요." 매카트니 부인은 이렇게 말하고 사라졌다.

"아예 스토브 위에 땅콩버터를 갖다 놓으시죠." 해리스 씨가 이렇게 말하더니 다시 화통하게 웃었다.

데이비드는 의자를 뒤로 밀며 일어나려 했다.

"잠시 얘기할 수 있을까요?" 에피가 물었다.

"네, 그러세요."

"친구분 카마이클 씨 얘긴데요. 웨스 말이에요. 그분 결혼하셨죠?"

"네, 그런데요?"

"좀 이상해서요. 전 유부남하고 데이트하는 거 안 좋아해요. 호텔 방이든 어디든, 술 마시러 유부남 방에 가면 안 된다고 생각하거든요. 웨스한테 무례하게 굴고 싶지 않아요. 정말 그러기는 싫거든요." 그녀는 강조하듯 고개를 천천히 저으며 진지하게 말을 이었다. "그런 걸로 문제를 만들고 싶지 않아요." 그러더니 살짝 웃으며 부탁했다. "혹시 당신이 귀띔해주시면 안 될까요? 제가 뭐라고 했단 말씀은 마시고요. 네?"

"그 말은 하지 않겠습니다." 데이비드는 이전과는 다른 말투로 여자에게 말했다. 갑자기 여자가 다정하게 느껴졌다. 그녀를 좋아하는 것 같은 기분이 들었다.

"그렇다면 오늘 밤에 안 가셨으면 좋겠어요." 여자가 초조히 말했다.

"어딜요?"

"웨스의 방에요. 우리 둘 다 오라고 했잖아요." 여자는 호들갑스레 활짝 미소 지었다. "못 들으셨어요? 웨스가 샴페인하고 얼음 준비한다며 지금 간 거잖아요."

데이비드는 고개를 저었다. "미안해요. 샴페인 얘길 못 들었어요."

다소 놀란 듯한 미소가 그녀의 얼굴에서 가시지 않았다. "가실 건가요?" 그녀가 기대하듯 물었다.

웨스는 저 여자를 혼자서 보는 게 더 좋겠지만, 그렇다고 데이비드가 안 갈 수는 없었다. 그가 안 가겠다고 하면 웨스는 기분이 상할 것이다. "오늘 밤에는 가요. 대신 다른 날 밤에는 안 갈 겁니다." 데이비드가 말했다.

"그럼 전 다른 날 밤에도 그 방에 간다는 뜻인가요?" 에피가 의자에 앉은 채 몸을 빳빳이 세웠다. 그녀는 눈을 깜빡였다. "저기요, 지금 절 모욕하려고 하신 말씀이 아니기를 바랄게요, 켈시 씨. 저는 아예 갈 필요가 없다고요."

데이비드는 뺨 안쪽을 씹었다. 모욕하려고 한 얘기가 아니라 솔직하게 말한 것뿐이다.

"여하튼 당신 친구지 제 친구가 아니잖아요." 에피가 일어나 식당을 나갔다.

데이비드는 방에서 책을 읽고 있었다. 8시가 되기 직전에 웨스가 방문을 두드렸다.

"에피가 너도 오는지 알고 싶대. 친구, 책은 1년 내내 밤마다 읽을 수 있잖아."

데이비드는 침대 위로 책을 툭 던지며 웃었다. 빗으로 머리를 두어 번 빗어 내리고 옷장 문 안쪽에 달린 거울 앞에 섰다.

자기 방으로 가다 말고 웨스는 에피의 방문 앞에 서서 노크했다. "준비 됐어요? 데이비드 데려왔습니다."

"네, 잠시만요." 그녀가 말했다. 웨스는 데이비드를 보며 의기양양한 미소를 지었다. 잠시 후, 방문이 열리더니 에피가 작은 지갑을 들었다. 상쾌하면서도 너무 달지 않은 향수 냄새가 더욱 강렬히 데이비드에게 전해졌다.

웨스는 세면대에 얼음을 넣고 그 속에 샴페인 두 병을 반쯤 담가두었다. 그는 손님들에게 앉으라고 하더니 병을 두어 번 돌린 다음 하나를 꺼내서 만져보고는 도로 집어넣었다. 에피는 안락의자에, 데이비드는 웨스의 침대 위에 앉았다. 웨스가 샴페인을 능숙하게 따랐다. 그는 목이 달린 튼튼한 디저트 유리그릇을 주방에서 빌려왔다. 세 사람은 웨스의 독립과 매카트니 부인의 하숙집 생활을 위해 건배했다. 웨스가 두 번째 잔을 따랐다.

에피의 뺨이 장미처럼 곱게 물들기 시작했다. 에피와 웨스가 쓸데없는 얘기를 떠들자, 결국 데이비드는 끼어들지도, 듣지도 않았다. 웨스가 두 번째 병을 따더니 한 병 더 시키겠다고 했다. 가게에서 배달해준다는 것이다. 웨스는 창문을 열고 담배 연기를 뺐다. 그런 다음 에피의 안락의자 옆 바닥에 앉아 얘기하면서 여자의 손과 팔뚝을 이따금씩 토닥였다. 에피는 팔을 빼며 유쾌한 미소를 담아 데이비드를 바라보았다. "하시는 일 얘기를 듣고 싶어요."

"웨스한테 들으세요." 데이비드가 말했다.

"일 얘긴 안 돼. 밤에는 일 얘기 금지." 웨스가 말했다.

여자의 눈이 차츰 풀렸다. "저는 곧 여기에서 나가요." 여자가 웨스에게 말했다. "아파트를 구했어요. 12월 1일, 앞으로 열흘 후요."

웨스는 끙 하는 소리를 냈다. "그래도 들르실 거죠? 이따금씩 뵙고 싶은데."

"저도 두 분 다 뵀으면 좋겠어요." 에피가 말했다.

데이비드는 벽에 기댄 채 여자를 태연히 바라보았다. 그녀의 머리색이 애나벨의 갈색머리와 흡사하다는 사실을 처음으로 깨달았다. 그녀의 표정에서 수줍음이 사라졌다. 그녀의 시선이 데이비드의 얼굴에서 출발해 한쪽 무릎에 올린 그의 갈색 구두로 이동했다. 그런 다음, 웨스를 쳐다보았다가 천장을 보더니 다시 한번 그 순서대로 시선을 돌리기 시작했다. 이제 웨스는 그녀가 앉은 안락의자 팔걸이에 아예 자기 팔을 걸쳤다. 여자는 손을 무릎 위에 올리고 담뱃갑을 쥔 채 조몰락댔다. 데이비드는 지루했다. 위층에 올라가 책을 읽고 싶었다. 여자는 데이비드에게 구두가 예쁘다고 하더니 늘 면바지만 입냐고 물었다. 무슨 상관인데? 그는 그렇다고 대답했다. 거의 2년간 연구실로 출근할 때마다 면바지에 색상이 있는 셔츠를 받쳐 입고 묘하게 생긴 재킷을 걸치고 구두를 신었다. 사장 르위슨 씨가 그에게 종종 '고객'을 만나야 하니 정장을 입는 게 좋겠다고 한 말에 짜증이 났기 때문이다. 르위슨에게 '고객'은 신성한 단어였다. 공장 곳곳에 산성 용액이 분무되는 터라 하얀 가운을 늘상 걸치고 있기 때문에 그가 안에 뭘 입었는지 아무도 쳐다보지 않았다. 그는 괜찮은 옷들은 발라드에 있는 집에 갖다 두었다. 그는 하숙집 사람들이 그가 어머니를 부양하느라 옷값까지 아낀다고 생각할 거라고 미루어 짐작했다.

웨스는 에피에게 조만간 교외로 드라이브를 가자는 약속을 받아내려 했다.

"내 차로 가지 뭐." 웨스는 결의에 찬 표정으로 어깨 너머에 있는 데이비드를 쳐다보며 말했다.

정말 추하군, 데이비드는 생각했다. 여자가 필요하면 나가서 돈 주고 사면 되잖아? 웨스가 에피의 몸 말고 뭘 좋아하겠어? 웨스가 에피한테 얻을 수 있는 게 그거 말고 뭐가 있는데? 에피는 애나벨처럼 피아노도 못 치고, 애나벨 같은 달달함도 전혀 갖추지 못했다. 그저 가식적으로 예의 바른 척하지만, 여성지나 싸구려 신문 에티켓 칼럼에 실린 남자들과 어울릴 때 여성이 해야 할 행동 지침서나 읽는 본디 상스러운 젊은 여자다. 그들은 멋진 여자라면 '어디까지' 가야 하는지 지껄이며 여성의 성욕에 초점을 맞춘다. 그들에게 남자란 죄다 호색가다. 한편으로 생각해보면, 수많은 여성들이 생물학적 욕구보다 더 관심을 쏟는 게 있을까? 그런 황색지에서 유일하게 외치는 목표는 대부분 스물다섯 이전에 결혼해서 출산 및 육아 사이클에 돌입하라는 것이다. 애나벨은 스물두 살 때 음악사에서 위대한 재능을 지닌 슈베르트와 모차르트에 관한 책을 쓰겠다는 기특한 생각을 했다. 데이비드는 궁금해졌다. 애나벨이 보여준 그런 생각과 글들은 도대체 어떻게 되었을까? 그녀의 영감이 구정물에 빠져 하수구로 쓸려가버렸나? 아니면, 아직도 책을 쓸 생각을 하고 있을까? 여전히 그 마음을 품은 채 진득이 익히는 중인가?

두 사람이 방해하면서 그가 몽상에 빠졌다며 놀려댔다. 에피가 일어서서 갈 채비를 하다가 전화로 샴페인을 더 시키려는 웨스를 말렸다. 웨스가 조금만 더 있다가 가라고 애원했지만, 데이비드는 평소와 달리 정색하며 오늘 밤에 읽어야 할 책이 있다고 했다. 11시였다. 데이비드와 에피는 웨스가 베푼 호의에 감사하다는 인사말을 건넨 후, 웃고 있으나 외로운 웨스의 얼굴을 뒤로한 채 방문을 닫았다.

"내일 아침에 물을 마시면 물에서도 샴페인 맛이 난대요." 에피가 킥킥

거리며 말했다. 그녀는 데이비드 방문 앞에 서서 재미있는 영화가 토요일에 오데온 극장에서 개봉한다며 급히 말을 쏟아냈다.

"미안하지만 그때는 제가 여기에 없습니다만."

"괜찮아요. 월요일에도 하니까요. 한번 생각해보세요." 그녀는 민망한 듯 몸을 홱 돌려 방으로 들어갔다. "잘 자요, 데이비드."

"잘 자요."

열흘 후, 데이비드의 불길한 예감이 적중했다. 웨스가 에피와 토요일 밤에 그 영화를 봤다고 데이비드에게 전했다. 에피는 그의 키스를 허락했다. 딱 한 번. 로라가 웨스를 찾으려고 공장으로 여러 번 전화했지만, 웨스는 통화를 거부했다고 했다. 한 번은 로라가 전화해서 데이비드 켈시를 찾더니 웨스가 어디서 지내는지 알려달라고 부탁했다. 그러나 로라한테 말하지 말라고 한 웨스의 당부 때문에 데이비드는 모른다고 했다. 로라는 군인처럼 냉철한 목소리로 계속 캐물었다. "그렇다면 대신 알아봐주십시오. 중요한 일입니다." 데이비드는 혹시 무슨 큰일이 있을 수도 있으니, 로라에게 연락하라고 웨스에게 말했다.

"지금 로라는 바가지를 긁을 상대가 없어서 그래. 로라한테 필요한 건 그거거든. 고래고래 소리칠 상대."

데이비드는 그 때문에 우울해졌다. 웨스와 에피에 대해 최대한 생각하지 않으려 했다. 그런데 에피는 아침저녁 식사 때마다 둘의 대화에 그를 꼭 끼우려 했고, 같이 TV를 보자고 두 번이나 청했다. 웨스는 집에서 휴대용 TV를 들고 나왔다. 그가 우울한 이유는 웨스의 도덕관념이 거슬려서가 아니었다. 자신이 인정한 친구 웨스가 위엄을 잃어서 슬펐고, 그가 그런 위엄을 가진 적도 없어서 서글펐다.

5

12월 12일이 되자 데이비드는 더는 기다릴 수 없었다. 12월 13일 토요일이 되자 그는 발라드의 집에서 다급해서 아픈 속내를 숨기고 괜한 불안감이길 바라며, 크리스마스에 만나자고 한 편지가 가지 않은 것 같다고 애나벨에게 편지를 썼다. 그러나 그는 그 편지가 확실히 도착했으나 애나벨이 뜯어본 후 제럴드에게 들키지 않으려고 갖고만 있거나, 제럴드가 편지를 보고는 절대 답장하지 말라고 강요했을 거라고 확신했다. 데이비드는 예전에 보낸 네 통 중 하나를 제럴드가 읽는 모습을 잠시 상상했다. 그는 애나벨 없이는 절대로 행복하지 않을 거라며 그녀와 같이 있기 위해서라면 하늘이든 땅이든 옮겨놓겠다고 했다. 그리고 아직은 그 힘을 쓰지 않았다고—데이비드는 뭐라고 썼는지 정확한 표현은 잊었다. 그러나 마음대로 휘두를 수 있는 무한한 힘이 그에게 있지만 아직 쓰지 않았다는 식이었다—적었다. 물론 그건 육체 및 정서적인 힘을 의미했다. 그는 편지에는 마음을 흔들어 독려하고 확신을 주는 힘이 있다고 믿었다. 같은 맥락에서, 만일 망가뜨릴 의도가 있을 경우 그럴 수 있는 힘까지 있다고 굳게 믿었다. 엘로이즈 아벨라르(12세기 프랑스의 성직자이자 철학과 교수였던 아벨라르가 엘로이즈를 만나 연인 관계로 발전하여 아이까지 생겼지만 비극적 결말로 끝난다. 두 사람이 주고받은 연서가 유명하다)에 관한 책을 그에게 빌려준 사람이 바로 애나벨이었다. 애나벨도 그걸 알았다. 만일 그 돼지가 편지를 봤다면 본능적으로 자신을 보호하려고 애나벨이 답장하지 못하도록 막고, 앞으로 오는 편지도 더는 뜯어보지 못하게 했을 것이다. 작은어머니의 편지에서도 그렇고―작은어머니가 라호이아에 있는 애나벨의 친정에서 들은 얘기도 그랬다―고자처럼 생긴 외모에 비해 제럴드의 말은 그 집에서 법이라고 했다.

데이비드는 저녁이면 방으로 찾아오는 웨스가 더는 반갑지 않았다. 그걸 눈치챘는지 웨스가 화를 냈다.

"네가 깨끗한 거 알긴 알았다만," 웨스의 얼굴에서 웃음기가 점차 사라졌다. "도덕군자인 줄은 몰랐네. 난 에피랑 영화 딱 두 번 본 것밖에 없어."

"나도 내가 도덕군자가 아니었으면 좋겠다." 데이비드가 조용히 말했다. "그러고 다니는 게 심란해서 그래. 그래봤자 아무것도 얻는 게 없잖아."

"그럼 네가 사랑한다던 그 여자는 대체 뭐냐? 2년 동안 한 번도 안 만나고. 그래봤자 넌 뭘 얻을 것 같아? 그 여자가 조금이라도 더 잘해주는 딴 남자를 안 만나고 다닐 것 같아?"

"아닐걸." 데이비드가 모는 차를 타고 두 사람은 프로스버그 북쪽에 있는 공장으로 출근하는 중이었다.

"그건 그렇고, 너 평생 그렇게 꽁꽁 싸매고 살래?"

데이비드는 아무 대답도 하지 않았다. 1년 전, 웨스는 자신의 옛 여자 둘을 데이비드에게 소개해주었는데 데이비드가 딱 한 번 만나고 끝내자 적잖이 놀라고 실망한 눈치였다. "하긴, 나같이 거시기한 놈이나 간신히 결혼하지." 웨스가 말했다. 애나벨의 결혼 소식을 막 들은 후였는데도 데이비드가 일단 여자를 둘이나 만나겠다고 한 게 신기했다. 그가 웨스와 로라의 행복한 신혼집엔 가지 않겠다고 하자 웨스는 레드스쿨러너인에 데이비드가 두 여자와 같이 저녁 식사를 할 자리를 마련했다. 두 여자는 친구 사이였고 그중 한 명은 프로스버그에 살았다. 웨스가 데이비드를 보며 '워낙 사교성이 없다'고 계속 지껄이자 결국 데이비드는 사랑하는 여자가 캘리포니아에 있으며 결혼할 거라고 털어놓았다. 그 여자가 지금 대학 졸업반인데 1년 정도 직장을 다닌 다음 결혼하고 싶어 한다고 했다. 데이비드는 이 말을 듣고 의아한 표정을 짓던 웨스의 모습이 떠올랐다. 웨스는 그 여자가 아주 특이하든가, 아니면 데이비드가 여자들한테 유난히 차가운 게 분명하다고 했다. "난 여자들한테 차가운 게 아니라 그 여자한테만 뜨거운 거야. 그렇게 간단한 걸 이해 못 해?" 웨스는 복잡한 화학 공식보다 이걸 훨씬 더 어려워했다. 심지어 그 여자—데이비드는 웨스에게 애나벨의 이름을 절대로 말하지 않았다—때문에 데이비드가 이렇게 인간미 없게 변했다고 했다. 사실 애나벨은 그것과 정반대였다. 웨스가 말하는 인간미란 대체 무엇일까? 술에 취해서 문란하게 굴면 인간미가 있는 걸까?

그래도 데이비드는 웨스와 몇 시간 동안 여자 애기 말고 다른 애기를 하며 보낸 시간을 잊을 수가 없었고, 잊고 싶지도 않았다. 저녁이면 웨스는 취기가 올라 천천히 스카치를 마셨고 마음이 느긋해졌는지 모노드라마를 찍듯이 도취해 말했다. 웨스는 인간의 심상에 둔감한 사람은 아니었다. 그러나 술만 들어가면 의식적 사고가 마비되거나 최소한 일시 정지되면서 감정을 드러냈다. 어느 날 밤, 웨스는 죽어서 만신창이가 되어 돌아온 방탕한 아들은 둔 누더기를 걸친 노모 이야기를 지어냈다. 아들이 객사하자 어머니는 그 먼 길을 터덜터덜 걸어서 처참하게 죽은 아들과 결국 상봉했다. 웨스는 과장된 말투로 왜 그랬을까, 라고 묻더니 다음과 같이 장황하게 설명했다. 방탕하게 살던 아들은 자식을 낳지도 않았고, 영예롭다고 입에 올릴 만한 일은 평생 단 하나도 하지 않았다. 사람들은 노모에게 상처가 될 테니 아들을 보러 가지 말라고 했다. 그러나 노모는 울면서 엉금엉금 네 발로 기어가 아들의 지저분한 몸을 손끝으로 매만졌다. 웨스는 인간관계의 허망함과 비논리적 측면을 지적했다. 데이비드와 마찬가지로 웨스는 차라리 물리적 우주라면 이해도 예측도 가능하지만 인간관계는 그만큼도 헤아릴 수 없다고 했다. 노모와 돌아온 탕아 이야기는 웨스가 로라와 불화를 겪기 시작할 무렵에 탄생했다. 행복이라는 불꽃이 처음으로 사그라지던 시기였다. 데이비드는 그 얘기가 무엇을 의미하는지 궁금했다. 로라가 무슨 짓을 하든 웨스는 아내를 평생 사랑하겠다는 뜻을 비유적으로 표현한 것일까.

12월 1일, 에피가 새 아파트로 이사 나갔다. 웨스는 그 집에 두 번 갔다 왔다고 했다. 웨스가 여전히 일주일의 절반은 매카트니 부인의 하숙집에 붙어 있다가 그에게 종종 같이 나가자고 했기 때문에 데이비드는 웨스가 저녁 산책을 갈 때면 늘 혼자라는 걸 알았다. 이제 로라가 웨스의 거처를 알았는데도 웨스는 아내를 계속 피하는 중이며 대신 12월 20일에 집에 들르겠다고 약속했다고 했다. '넌 이해하기 힘든 구석이 있어.' 데이비드는 속으로 생각했다. 웨스의 말에 따르면, 로라가 군이 그를 돌아오게 하려는 건 또다시 고합쳐서 그를 강아지처럼 고분고분하게 만들기 위해서였다.

웨스는 이렇게 비아냥거렸다. "우리 집은 어찌나 깨끗한지 내가 숨을 쉴 수가 없어. 천사가 와도 겁이 나서 러그 위를 걸어 다니지 못할걸. 그러다가 천사가 '저기요, 당신이 당분간 나가서 지내시는 편이 여러모로 좋을 거예요'라면서 가슴 뭉클하게 인사할 거다."

데이비드는 체스윅 2층 사무실에 있는 흠잡을 데 없이 깔끔하게 정돈

된 웨스의 책상이 떠올랐다.

데이비드는 공장 주차장 철조문 사이로 차를 몰고 들어가자마자 자동으로 욕을 내뱉었다. 애나벨에게 뉴욕에서 만나자고 편지를 보낸 후 아침마다 그랬다. 만일 그녀가 뉴욕에서 만나지 못하겠다면 그는 회사에 사표를 내고 하트퍼드로 가서 이 상황을 정면 돌파할 생각이었다. 애나벨에게 만나자고 요구하고, 필요하다면 제럴드도 만날 생각이다. 그가 애나벨 앞에 백수로 나타나면 어떻게 될까? 연구소에서 일해도 제럴드의 지금 벌이보다 많이 벌 수 있다. 그 집을 팔고 앞으로 다닐 직장 근처에 괜찮은 집을 다시 구하면 된다. 그러면 애나벨이 거기서 살 것이다. 그는 지금까지 그저 참기만 했고, 너무 수동적으로 굴었다.

"이봐, 친구," 웨스가 말했다. "이는 왜 같아?"

데이비드는 그가 늘 세우는 건물 동쪽 입구 근처 구석에서 빈자리를 찾았다. 사람들이 트럭에서 화학 약품통을 내리는 중이었다. 데이비드와 웨스는 화물 주변을 빙 돌아 트럭 끝에 튀어나온 받침대를 간신히 통과해 건물 안으로 들어갔다. 웨스는 점심때 보자고 인사하고 계단으로 올라갔다. 데이비드는 L자 모양의 복도를 계속 걸어 건물 북서쪽 구석에 있는 사무실로 걸어갔다. 헬렌 피미스터라는 이름의 비서는 출근 전이었다. 데이비드는 책상 위에 놓인 발송용 상자 속 편지 한 뭉치를 힐끔 본 후, 그날 그가 개인적으로 답신해야 할 편지가 얼마나 될지 살폈다. 헬렌은 데이비드 외에 연구원 두 명을 더 보좌했기 때문에 그가 지시하는 시간은 11시경이었다. 그는 책상에서 기기 매뉴얼을 집어 들고 사무실을 나섰다.

풍채가 좋은 르위슨 씨가 더블브레스트 회색 정장을 입고 발그레한 얼굴로 다정히 웃으며 인사했다. "잘 지내나, 데이브!" 사장이 손을 흔들며 지나갔다. 데이비드는 웃으며 고개만 살짝 움직였다. 직급이 데이비드 정도 되는 사람이 걸치면 사이비 과학자 같아 보이는 흰 가운을 깜빡하고 입지 않았지만, 그대로 계속 걸었다. 제대로 광을 낸 구두는 거의 발소리를 내지 않고 코르크 바닥에 살포시 닿았다.

그는 자료실에서 한참이나 책을 들여다보며 전기 공학 관련 사안을 확인했다. 1시 15분이 되어서야 점심시간이란 걸 알았다. 점심을 야채수프와 커피 한 잔으로 끝내고 헬렌과 오후 업무에 관해 논의하려고 1시 반에 사무실로 갔다. 몇 시인지도 모르고 일하다 보니 오후 5시에 건물 옥상에서 호각 소리가 들렸다. 그럼에도 좀 더 일했고 대충 6시가 되었다. 그 시각이면 경비원 찰리 잉글스만 1층 정문에 있었지만 지금은 그를 집에 태우고 갈 웨스가 기다리고 있었다.

매카트니 부인의 하숙집으로 애나벨의 편지가 왔을지 모른다. 그 생각만 해도 심장이 살짝, 그러나 확실히 쿵쾅거렸다. 그는 입가에 미소를 머금고 헬렌 피미스터에게 퇴근 인사를 했다.

헬렌은 활짝 웃으며 대답했다. "안녕히 가세요, 켈시 씨. 오늘 굉장히 기분 좋아 보이세요." 헬렌은 스물두셋 정도 된 마음씨 고운 금발 미인이었다.

"그런가요? 헬렌도 좋아 보입니다." 데이비드는 외투를 걸치며 어색하게 말했다. 웨스의 부서에서 조제한 하얀 로션이 담긴 작은 병 때문에 코트 주머니가 불룩했다. 제품명은 없지만 피부에 꽤 좋아서 비첨 부인에게 가져다줄 생각이다. 하숙집에서 지낸 이후 그가 비첨 부인에게 건네는 세 번째 병이었다.

집으로 가는 차 안에서 웨스가 저녁에 에피의 아파트에 가서 식사하자며 데이비드를 채근했다. "에피가 널 데려오라고 나한테 얼마나 성화를 부리는지…… 에피가 보고 싶은 건 너야, 내가 아니라."

"그 여자가 남자를 잘못 골랐겠지." 데이비드는 웃으며 대답했다. 상상
과 의지의 힘으로 데이비드는 하숙집 1층 복도에 있는 회색 고리버들 테
이블 위에 애나벨의 필체로 그의 주소가 적힌 봉투를 집어 드는 모습을 머
릿속에 떠올렸다.

"에피가 오늘 연구소로 전화해서 확답을 달라고 했어. 닷새 전에도 오
라고 했으니, 적어도 네가 에피한테 전화해서 못 간다는 말은 해주라."

"나 대신 말해달라고 했잖아."

"안 했는데. 알았어, 이 은둔자야. 지금 너무 배가 고파서 2인분도 먹겠다."

데이비드는 눈앞에 보이는 편지를 집어 들었다. 그에게 온 편지였다. 애
나벨의 글씨체가 아니었다.

"아, 그 여자." 웨스는 데이비드를 보며 씩 웃더니 복도를 따라 자기 방
으로 들어갔다.

에피 브레넌의 편지였다. 에피는 안쓰러울 만큼 일부러 밝고 재미나게
얘기하다가 자기가 초대한 걸 잊은 거냐고 넌지시 물었다. 데이비드는 편
지를 읽으면서 그가 애나벨에게 둘러댔던 핑계가 떠올랐다. 에피는 어색
하게 끝을 맺었다. '꼭 와요, 꼭. 우리 집엔 올 사람도 없어요. 게다가 당신
이 정말 보고 싶어요.'

애원이 담긴 편지 때문이었을까, 답장하지 않는 애나벨에 대한 고민을
하룻밤이라도 피하고 싶은 욕심 때문이었을까. 로션을 건네러 갔을 때 비
첨 부인이 에피에 대해 좋게 말해서였을까. 데이비드는 서둘러 샤워하고
셔츠를 갈아입은 다음 1층 웨스의 방으로 얘기하러 갔다. 그가 없어도 상
관없고, 여태 있다면 다행이라고 생각했다. 웨스는 막 나가려다가 일행이

생겼다며 좋아했다. 데이비드는 가기 전에 스카치를 한잔하자는 웨스의 제의는 받아들이지 않았다.

에피 브레넌의 아파트는 메인 스트리트의 미용실과 하드웨어 상점 사이에 있었다. 빨간 벽돌 건물로 들어가려면 '안 아프게 치료하는 나겔 박사'라고 적힌 치과 간판이 걸린 문을 통과해야 한다. 데이비드는 과학 수업을 위해 독일어를 배운 터라 웨스에게 의사 이름을 가리키면서 나겔이 '못'을 뜻한다고 했다. 그 말에 둘은 웃음을 터뜨렸다. 에피는 두 사람이 3층으로 올라가기도 전에 문을 열어놓았다. 고기 굽는 구수한 냄새가 그녀 뒤로 보이는 집 안으로 흘러나왔다.

에피는 웨스에게 스카치를 건네고, 데이비드에게 스카치와 마티니 중 뭘 마시겠냐고 물었다. 데이비드는 웃으며 그냥 소다에 얼음을 넣어달라고 했다. 사실 얼음도 필요 없었다. 워낙 찬 음료를 싫어하기도 했지만, 얼음까지 빼달라고 하면 너무 번거롭게 만들고, 에피의 작은 기쁨까지 빼앗는 것 같았다.

"메뉴는," 에피가 주방에서 외쳤다. "매카트니 부인 하숙집에서 먹던 것과 최대한 안 겹치는 걸로 준비했어요."

세 사람은 주방 옆 오목한 공간에서 식사했다. X자 다리가 달린 하얀 식탁이 공원 피크닉 테이블 같아 보였다. 그 위에는 아주 깔끔하고 빳빳하면서도 얇은 분홍색 식탁보가 씌워져 있었다. 그러나 얼마 못 가 웨스가 그 위에 로스트비프 그레이비소스를 뚝뚝 흘렸다.

데이비드는 기꺼이 와인을 나누어 마셨지만 결국 웨스 대신 그 병을 혼자 다 비웠다. 정말 끝내주는 메독이었다. 웨스가 프로스버그 어디에서 이걸 구했는지 궁금했지만 꾹 참고 물어보지 않았다. 데이비드가 와인을 좋아하는 걸 눈치챈 웨스가 이렇게 말했다. "이제 보니 와인에 약하시군. 왜 말 안 했어, 데이브? 응? 이 와인 전문가 신사 양반!" 웨스가 식탁 위로 손을 들다가 하마터면 병을 칠 뻔했다.

"와인을 좋아하는 모습이 근사해 보여요." 에피가 말했다. "내가 4년 전 캘리포니아에서……"

데이비드는 다음 날 에피에게 꽃을 보내야겠다고 생각했다. 정확히 생각은 안 나지만 최근 어디선가 국화를 본 것 같았다. 그러고 나니 에피가 가녀린 손을 흔들면서 말하는 모습과 매니큐어를 바른 손이 눈에 들어왔다. 손톱이 자라도 점잖아 보일 색상이었다. 그런데 그걸 깨닫는 순간, 그는 고개를 돌렸고 살짝 두려운 마음까지 들었다. 애나벨은 피아노를 치려면 손톱이 짧은 게 낫다며 매니큐어를 바르지 않았다.

이제 셋이서 거실에 앉아 남은 커피를 마저 마셨다. 웨스는 작은 유화를 가리키며 에피가 부두에 묶인 낚싯배 두 척을 그린 거라고 설명했다. 못 그린 건 아니지만, 잘 그린 것도 아니었다. 데이비드는 적당히 말한 후 에피에게 그림을 많이 그렸느냐고 물었다.

"여기에 있는 거 전부 다요." 에피는 주방과 맞닿은 거실 벽면을 큰 동작으로 가리켰다. "저기 있는 거만 빼고요." 에피는 이렇게 말하더니 꽤 잘 그린 중년 남성의 초상화를 지목했다. "저건 제 친구가 그린 거예요. 저희 아빠세요."

웨스는 그림을 일일이 감상하면서 저마다 한마디씩 해줄 말을 찾았다. 데이비드는 집에 가고 싶은 마음에 웨스를 두고 먼저 일어날까 고민에 빠졌다.

"진짜로 어이없는 그림을 보여드리죠." 에피가 즐겁게 말했다. "마티니 두 잔을 안 마셨으면 보여주지 않았을 거예요." 에피는 상관이 기울어진 책상 맨 위 서랍에서 큼직한 도화지 한 장을 꺼냈다. "알아보겠어요?" 에피가 데이비드에게 그림을 건네며 물었다.

놀랍고도 거북하게도, 데이비드가 보고 있는 건 바로 자신의 초상화였다.

"데이비드잖아!" 웨스가 소리치며 웃었다. "네가 모델을 서준지 몰랐어, 데이브."

"안 서줬어."

"알아봐 주시니 정말 칭찬받은 것 같아요. 기억해서 그린 거예요. 기억해서요!" 에피는 예민하게 같은 말을 반복하며 눈을 굴렸다. "아주 잘 그린 건 아니에요. 그러니까, 음…… 이제야 내가 당신 눈에서 뭘 놓쳤는지 알겠어요." 에피가 도로 책상으로 갔다.

"머리칼이랑 얼굴형 다 끝내주는데!" 웨스가 말했다.

데이비드는 이성적으로 그건 맞는 말이라고 생각했다. 숱이 많고 짙은 갈색 머리칼을 갈색목탄으로 그렸다. 일자 눈썹과 입매까지도 닮았다. "기억해서 그린 것치고 정말 잘 그렸네요, 에피." 데이비드는 싱긋 웃으며 말했다.

에피는 무엇을 하려다 말고 동작을 멈추었다. 거실이 갑자기 침묵에 잠기더니 그의 말이 허공에 감돌다. 에피는 데이비드가 무심코 던진 칭찬의 말에 술을 한 잔 하려다가 동작을 멈춘 것 같았다. 그러더니 몸을 움직여 크레용을 손에 들더니 그의 앞에 섰다. "당신이 단 1분도 모델을 서줄 것 같지 않아서 그런데요, 눈 좀 똑바로 볼게요."

데이비드는 고개를 끄덕였다. "당연히 서드려야죠."

에피는 뾰족하고 작은 지우개를 들고 뭔가를 지우더니, 이따금 사포에 대고 목탄 끝을 뾰족하게 갈았다.

"다 됐다!" 마침내 에피가 외쳤다. "아예 눈썹까지 손봤어요." 에피는 다들 우러러볼 수 있게 그림을 책장 선반에 세웠다. 두 남자가 말을 할 때마다 에피는 애원하듯 웃었다. "'젊은 천재의 초상화'라니까요." 에피가 두 남자의 말을 잘랐다.

잠시 후, 웨스가 자리를 비웠다. 화장실에 가는 것 같았다. 이제 데이비드와 에피, 단둘뿐이었다. 두 사람은 사춘기 아이들처럼 아무 말이 없었다. 에피는 그림이 정말 마음에 들면 가져가라고 했고 그는 당연히 그러겠다고 했다.

"당신이 날 어떻게 생각하는지 모르겠어요. 아마 나더러 실없다고 하겠죠." 에피는 그를 쳐다보지도 못하고 눈만 깜빡였다. "그렇지만 난 당신이 정말 좋아요. 나하고 있을 땐 당신이 너무 부끄러워하지 않았으면 좋겠어요. 난 충분히 나쁘거든요."

데이비드는 당황해서 몸이 뻣뻣해졌다.

"사실 난 우리가 왜 가끔 영화도 같이 못 보는지 도무지 모르겠어요. 당신이 왜 이 집으로 저녁을 먹으러 오면 안 되는지도 모르겠고요. 난 당신을 잡아먹지 않아요." 에피가 슬프게 웃었다.

데이비드는 마음을 다지고 이번만 잘 넘기면 모든 게 쉬우리라 생각했다. "솔직히 말하죠. 에피, 난 약혼했어요. 사실 결혼까진 좀 남았지만요. 그래서 다른 사람은 안 만나고 싶어요." 순간 그는 알몸을 내보이는 것 같아 주위에 있던 외투를 움켜쥐었다.

그런데 에피는 전혀 놀란 기색이 아니었다. "주말에 그 여자 만나죠? 그래서 거기로 가는 거죠?" 에피가 몽상하듯 물었다.

"어머니를 만나러 가는 겁니다." 그가 대답했다.

"당신 어머니는 돌아가셨잖아요."

데이비드는 입을 쩍 벌렸다가 다물었다. "누가 그래요?"

"당신 사장님이요. 저희 회사 사장님인 데퓨 씨가 르위슨 씨와 서로 아는 사이예요. 거래처거든요. 다 같이 얘기하다가 르위슨 씨한테 내가 이랬어요. '데이비드 어머님이 참 안되셨어요.' 그랬더니 르위슨 씨가 무슨 소리냐고 묻더군요. 그래서 내가 당신 어머니가 요양원에 계시다고 했더니 르위슨 씨는 아니라고, 돌아가셨다고 했어요. 그분이 기억하기로는 회사 서류에 그렇게 적혀 있다고 했어요. 내가 캐물은 게 아니라 자연스레 얘기가 나왔어요. 당신 뒷조사하려고 한 건 정말 아니에요. 그래서 르위슨 씨에겐 내가 헷갈린 것 같다고 둘러댔어요."

데이비드의 얼굴이 허예진 게 확실했다. 혼절할 것 같았기 때문이다. "르위슨 씨가 실수하셨네요. 어머니가 많이 편찮으셔서 몇 달 후 돌아가실 수도 있지만, 그래도 아직은 살아 계십니다. 르위슨 씨가 서류를 잘못 보신 겁니다." 이제야 데이비드는 그 서류가 생각났다. 2년 전 입사원서 괄호 안에 그저 '아니오'라고 적어 낸 서류였다. 그걸 작성한 이후 그 생각은 까맣게 잊었다. 웨스도 아나? 벌써 에피가 웨스한테 말했을지도 모른다.

웨스가 돌아왔다.

에피와 웨스는 취침주로 스카치를 마셨고, 데이비드는 내린 커피가 다 떨어지자 인스턴트커피를 마셨다. 두 남자가 집에 가려고 일어섰다. 데이비드는 에피가 낯설어 보였다. 어머니에 대해 둘러댄 얘기를 에피가 믿지 않을지 모른다. 데이비드가 초상화를 들고 고맙다고 말하려는 순간, 에피가 이렇게 말했다. "잠시만요. 고정액을 뿌려서 나중에 드리는 게 낫겠어요. 안 그러면 다 뭉개져요." 에피는 이렇게 말하면서 그를 뚫어져라 보았다. 그는 그 초상화를 두 번 다시 쳐다보지 않으리란 걸 직감했다.

6

애나벨의 편지가 그다음 날인 12월 18일에 도착했다. 고리버들 테이블 위에 놓인 편지를 본 데이비드는 그걸 낚아채는 대신 사촌 루이스가 보낸 듯한 캘리포니아 전경이 담긴 사진엽서와 함께 묵묵히 집어 들고 계단을 올라 방으로 갔다.

외투를 벗어서 긴장한 채 옷걸이에 걸어 앞자락을 반듯하게 잡아당긴 다음 옷장 문을 닫고 책상에 앉았다. 편지에 뭐라고 적혀 있든 견디는 편이 나았다. 편지는 두 장이었고 한쪽 면에만 글이 적혀 있었다. 그는 편지를 전체적으로 훑은 다음 초점을 맞추었다.

1958년 12월 16일
데이브에게

답장을 쓰기까지 시간이 너무 오래 걸려서 미안. 내게 좋은 변명거리가 생겼거든! 얼마 전에 아이를 낳았어. 3.8킬로그램, 사내아이야. 합병증이 있거나 혹시라도 생길까 봐 미리 말하기가 조심스러웠는데, 이젠 다 괜찮아. 아이를 봐야 해서 외출하기가 힘들어졌어. 이해해줬으면. 12월 2일 오전 4시 40분에 태어났으니 오늘로 딱 2주가 됐어.

데이브, 이 얘기를 들으면 놀라겠지만 그래도 놀라지는 마. 난 행복해.

적어도 지금은 그래. 당신과 함께였다면 지금처럼 기쁘고, 어쩌면 훨씬 행복했을지도 모르지. 하지만 인생이라는 게 계획대로 풀리는 게 아니잖아. 현재가 아닌 다른 상황을 가정하는 건 상상의 세계에서 사는 것과 같아. 어떤 경우엔 좋겠지만 실제 생활엔 좋지 않아. 안 그래?

아이를 맡길 만한 곳을 찾는 즉시 일자리를 구해야 해. 제럴드가 남들 조언을 무시하고 가게에서 크게 실수하는 바람에 비용이 어마어마하게 들어가고 있어. 여기까지만 할게.

할 일이 산더미라 이만 쓸게. 당신을 못 보게 되어 나도 속상해. 크리스마스가 코앞이라 그런지 유독 더하네. 크리스마스에 캘리포니아에 갈거야? 난 당신 생각을 많이 해, 데이브.

여전히 사랑을 듬뿍 담아
애나벨

데이비드는 일어나서 세 쪽짜리 퇴창을 바라보았다. 믿을 수 없었다. 믿기지 않았다. 멍한 뇌가 잠시 굴러가더니 애나벨이 꾸며낸 얘기라는 생각이 퍼뜩 들었다. 그를 놀라게 해서, 아프게 해서 다시는 편지를 쓸 엄두도 못 내게 하려는 것 같았다. 그가 스스로를 망치지 못하게 하려고 이러는 것 같았다. 임신해서 아이를 낳을 예정이면 몇 달 전에 벌써 얘기하지 않았을까? 그런 걸 말하지 않는 여자가 대체 어디 있나?

그는 침대에 한참을 앉아 있었다. 정신을 놓고 황당한 표정으로 카펫을 바라보며 인상을 찌푸렸다. 그러다 결국 노크 소리에 정신이 돌아왔다.

세라가 저녁을 먹으라고 했다.

"오늘 밤엔 몸이 좋지 않아 안 내려가렵니다." 데이비드가 대답했다.

세라의 등장으로 데이비드는 여기가 어딘지 깨달았다. 세라가 나가자 그는 문을 닫고, 그녀의 발소리가 들리지 않을 때까지 귀를 기울였다. 그런 다음 애나벨의 편지를 집어 들었다. 특정 문장에 눈길이 갔지만, 편지를 잽싸게 접어 도로 봉투에 집어넣고 잉크통으로 꾹 눌렀다. 외투를 들고 문을 잠그지도 않은 채 방을 나선 다음 묵묵히 계단을 내려갔다. 바로 그때 웨스가 식당에서 복도로 걸어 나왔다.

"왔군. 몸이 안 좋아?" 웨스가 걱정하며 물었다.

"괜찮아. 그냥 배가 안 고파서 그래."

"얼굴이 퍼레. 무슨 일이야?"

"아무것도 아니야. 잠시 바람 좀 쐬고 올게. 이따 봐." 데이비드는 맥없이 말한 후 현관으로 나갔다.

몇 달 만에 처음으로, 아마 산책을 나가면서 처음으로 메인 스트리트로 갔다. 조명과 사람들이 보였다. 문을 닫은 상점도 많았지만, 크리스마스 쇼핑을 위해 영업 중인 가게도 많았다. 인도에는 사람들이 넘쳐났다. 이곳에 온 후 처음 며칠간, 그는 멍한 표정을 한 소작농 같은 이들을 본 후 이런 사람들이 많다는 사실에 놀라면서도 거북했다. 그는 에피의 아파트가 있는 쪽으로 가고 있다는 사실을 문득 깨닫고 길을 건너 그녀와 마주칠 가능성을 조금이라도 줄였다. 싸구려 제화점, 여성복, 인형이 잔뜩 진열된 드러그스토어의 깜빡이는 쇼윈도가 그의 왼쪽 눈을 스쳐 갔다. 쇼윈도에 정신이 팔려 이리저리 휘젓고 걸어오는 사람들을 피하려고 그는 계속 몸을 틀었다. 아주 느리게 돌아가는 전축 위에 매달려 쓸쓸히 미소 짓는 큼직한 산타 할아버지가 보이자, 그는 잽싸게 시선을 피했다가 그쪽을 다시 쳐다보았다. 머리에서 1.2미터 위로 검정색 방수 부츠가 보였다. 레코드 가게에서는 〈천사 찬송하기를〉이라는 곡을 크게 틀었다. 데이비드는 이런 혼돈을 뚫고 지나가면서, 아래에서 솟구치는 물줄기 때문에 허공에 뜬 공처럼 혼란이 작게 응축된 상황을 조심스레 마음에 담았다. 소음과 조명이 점차 잦아들고 어둡고 텅 빈 공터가 왼편으로 펼쳐지자, 머릿속에서 이런 생각이 떠올랐다. 애나벨은 지금 애나벨이 아니다. 아기 때문에 아무것도 객관적으로 볼 수 없다. 데이비드는 그녀가 아이를 낳았다는 말이 거짓말 같지 않았다. 애나벨은 거짓에 굴할 사람이 아니다. 지금 그녀가 현실이라고 믿는 상황에 매몰돼 허우적대는 것도 전혀 놀랍지 않다. 원래 아이도, 고통도 현실이다. 지저분한 기저귀, 병원비, 거기에 멍청한 남편까지 현실이다. 지금 애나벨이 보지 못하는 건 아직은 탈출할 길이 있다는 사실이다.

만일 애나벨이 그에게 올 수 없다면 그가 그녀에게 갈 것이다. 그는 이번 주 일요일에 올라가기로 마음먹었다. 그때면 애나벨의 집에서 제럴드도 만날 가능성이 가장 크다. 평소처럼 금요일 오후에 발라드의 집으로 갔다가 일요일 아침 9시경에 하트퍼드로 출발할 것이다. 미리 전화해 애나벨이 오지 말라고 말릴 기회를 아예 차단할 생각이다. 하트퍼드에 가서 전화해 애나벨과 남편까지 만나겠다고 강력히 말할 것이다. 이제 데이비드는 무슨 말을 할지 최대한 체계적으로 계획을 짜기 시작했다.

데이비드는 감정에 휘둘리지 않고 침착한 태도를 유지하는 능력을 지녔다고 스스로를 믿었다. 애나벨의 편지에 크게 충격을 받은 나머지 편지를 받은 날 밤에는 잠을 이루지 못했다. 하지만 웨스도, 양말을 짜주겠다며 그의 발 크기를 재던 비첨 부인도, 공장 사람 그 누구도 목요일과 금요일에 그가 달라졌다는 말은 한마디도 하지 않았다. 그는 에피에게 꽃을 보내려 한 계획이 떠올라 감사 메모와 함께 꽃을 보냈다. 금요일 오후 5시 반, 웨스는 집에 가서 로라를 만날 생각에 체념하고 세상 다 산 듯한 태도로 하숙집을 나서는 중이었다.

웨스가 서두르다 들고 있던 봉지를 놓치자, 데이비드는 몸을 돌려 웨스의 어깨를 잡고 흔들었다. "다시 노력해봐. 제발! 그동안 넌 너만의 휴가를 가졌잖아!"

"세상에, 데이브!" 웨스가 그의 재킷을 매만지며 물었다. "너 대체 무슨 일이야?"

"무슨 일은! 그렇게 삐딱한 태도로 집에 갔다가 대체 로라와 어디까지 가려고 그래?"

"난 로라하고 아무 데도 가고 싶지 않다고."

"예전에는 서로 사랑한다고 그랬잖아." 데이비드는 거친 숨을 고르려고 애를 썼다. "미안하다, 웨스."

"젠장! 너한테 두들겨 맞는 줄 알았어." 웨스는 아직도 억울한 표정이었다. "솔직히 말할게. 집에 들어가기 전에 에피가 자기 집에 들러서 스카치 한두 잔 하고 가란다."

"가봐, 가보라고." 데이비드는 이렇게 말한 다음 침대에 앉아 두 손으로 얼굴을 가렸다. 그는 가장 중요한 여정을 떠나기 전에 웨스가 사라지기를, 이 집에서 아예 나가기를 기다렸다.

1분 남짓 후, 웨스의 발걸음으로 삐거덕거리던 마루 소리에 이어 현관문이 여닫히는 소리가 들렸다.

7

일요일 아침, 데이비드가 6시에 기상하고 나서 얼마 되지 않아 비가 내리기 시작했다. 비가 눈으로 바뀐다는 소식이 라디오에서 들렸다. 데이비드는 잠옷에 가운을 걸치고 아침으로 삶은 달걀과 잉글리시머핀, 베이컨을 느긋하게 먹었다. 입맛은 없지만 식사의 중요성을 잘 알기에 든든히 챙겨 먹었다. 그런 다음, 전축에 하이든을 틀고 집 안을 이리저리 거닐었다. 예술서적 뒤표지도 보고, 돈을 꽤 주고 산 베토벤의 친필 악보를 넣어 만든 액자도 바라보았다. 좀 전 것보다 더 비싼 금박 액자 속 레오나르도 그림을 감상한 후, 거실 한쪽 구석 테이블 위에 세팅된 은제 티 세트로 시선을 옮겼다. 그걸 한 번도 쓰지 않았음을 깨닫자 조금은 부끄러운 마음이 들었다.

하트퍼드로 가는 내내 비가 내렸다. 차를 몰고 상춘국(그리스 신화에 나오는 곳으로 북풍 너머에 존재하는 나라)으로 들어가듯, 날씨는 눈에 띄게 쌀쌀해지고 안개는 더욱 짙어졌다. 아직도 귀에서 하이든의 선율이 맴돌았다. 그는 멜로디를 흥얼거리며 할 말을 편하게 연습하면서 대충 짜보았다. 이런 상황에서는 거의 감에 의존하는 편이었다. 이번에는 하트퍼드로 제대로 진입하겠다고 결심했지만, 또다시 옆 차에 밀려 고가도로를 타는 바람에 결국 공장지대까지 갔다. 애나벨이 사는 동네에서 몇 킬로미터 떨어진 곳이었다. 데이비드는 할 수 없이 주유소에 두 번이나 들러 길을 물었다.

78

탈버트 스트리트. 아무것도 연상되지 않는 이름이었다. 일찍 세상을 뜬 착한 시민의 이름에서 따왔거나, 이유 없이 대충 갖다 붙인 이름 같았다. 그는 마침내 탈버트 스트리트를 찾은 다음, 차를 몰고 두세 블록을 더 가 드러그스토어에서 전화를 걸었다. 애나벨의 번호를 외우고 있었다.

남자 목소리가 들렸다.

"애나벨과 통화하고 싶습니다."

"누구시죠?"

"데이비드 켈시라고 합니다."

"데이비드요?"

"네, 데이비드입니다."

필요 이상으로 한참 기다린 후에야 애나벨이 전화를 받았다.

"여보세요?" 그녀가 말했다. 목소리를 듣는 순간, 그는 늘어진 활시위처럼 몸이 탁 풀렸다.

"여보세요, 자기. 나야, 데이비드. 하트퍼드에 왔어. 만나고 싶어."

"오늘?"

"응, 지금. 올라가도 돼? 굉장히 가까운 데 있어."

"교회에 가려던 참이었어, 데이브."

"교회?" 그가 놀라서 물었다.

"응, 있잖아…… 친구하고 가려고 했거든."

"그럼 취소해, 애나벨. 그럴 거지?" 그런데 그녀는 벌써 수화기를 떼고 친구와 얘기하는 것 같았다.

"여보세요, 데이브. 다른 데서 만날까?"

"당신 집에서 보고 싶어. 제럴드하고도 얘기하고 싶고." 그는 단호히 말했다.

애나벨은 또다시 수화기를 뗐다. 뭐라고 알아들을 수 없이 웅얼거리는 소리와 묵직한 남자의 음성이 들렸다. 그러더니 소음과 함께 전화가 뚝 끊겼다.

데이비드는 수화기를 쾅 내려놓고 공중전화 부스 손잡이를 비틀어 문을 열었다. 자신이 화가 난 상태라고 곧장 인지한 덕분에 드러그스토어에서 나가기도 전에 냉정을 되찾고 정신을 차렸다. 이 상황에서 화내는 사람은 제럴드 혼자여야만 해, 나쁜 자식. 데이비드는 탈버트 스트리트로 차를 몰아 집 근처에 주차했다. '딜러니'라고 적힌 초인종을 눌렀다. 2층짜리 붉은 벽돌 건물에 네 가구가 살았다. 그는 좁다란 잔디밭에 듬성듬성한 누런 잔디를 쳐다보았다. 철망이 있긴 있지만 사람들이 넘나들어 30센티미터 높이의 산울타리가 군데군데 벌어졌다. 충분히 기다렸다고 생각한 데이비드는 다시 벨을 눌렀다. 새침한 주근깨 소녀가 교회 갈 때 입는 제일 좋은 옷을 입고 현관문에서 나오더니 그를 쳐다보며 지나갔다. 계단을 내려오는 어떤 여인의 하이힐 소리가 들렸다. 문이 열렸다. 애나벨이었다.

"데이브, 웬일이야?" 그녀가 미소를 지으며 물었다. "많고 많은 날 중에 일요일이라니. 어머나, 내 손."

"애나벨……" 애나벨의 머리가 전보다 짧아졌다. 눈에는 피곤한 기색이 보였다. 그럼에도 회청색 눈동자와 고운 입매는 여전했다. 그는 고동색 트위드 원피스 아래로 부풀어 오른 젖가슴과 여전히 날씬한 허리를 쳐다보았다.

"뭘 보는 거야?" 그녀는 부끄럽다는 듯이 웃으며 물었다. 그걸 보니 그의 가슴이 눈물로 허물어졌다. "머리는 왜 이리 젖었어?"

그는 아무 말이나 나오는 대로 횡설수설했다. 피곤한 듯 문설주에 몸을 기댄 다음, 그녀를 품에 안았다. 그의 입술이 그녀의 귓불 아래에 닿았다. 그는 그렇게 남은 일생을 다 보낼 수 있을 것만 같았다.

"사실 제럴드가 있으면 상황이 시끄러워질 것 같아 내려왔어." 그녀는 그를 밀치며 말했다. "그이한테 당신 이름은 말하지 말지."

"그 사람도 만나야겠어. 아니, 밖에서 나하고 먼저 얘기할까? 차가 저쪽에 있어."

그녀는 고개를 저었다. "내가 안 올라가면 제럴드가 금방 내려올 거야. 오늘 당신을 만날 수 있을지 모르겠어. 지금이 아니면."

"뭐야, 감옥살이해?"

"당신과 관련된 일이라……"

"애나벨?" 위층에서 외쳤다.

그녀가 애가 타는 눈길로 데이비드를 쳐다보았다. 그걸 보니 데이비드는 신혼여행에서 막 돌아와 라호이아에서 만났던 그녀의 모습이 떠올랐다.

"좋아, 올라가자." 데이비드가 그녀의 팔을 붙든 채 말했다.

"애나벨? 올라오고 있지?"

"이러지 마, 데이브……"

그는 그녀를 꽉 잡고 계단으로 향했다. "올라갑니다!" 데이비드가 소리쳤다.

데이비드가 애나벨의 팔을 붙든 채 2층으로 올라가자 제럴드가 열린 문 안으로 한 발짝 물러섰다. 민소매를 입은 그는 키가 작고 어깨가 안으로 말렸다. 얼굴은 동안이었다. 데이비드는 제럴드가 이상해 보이는 이유를 단박에 간파했다. 제럴드는 내분비선 관련 질환을 앓는 것 같았다. 병

명은 까먹었지만 그 병에 걸리면 목소리가 변성되지 않고 수염도 나지 않으며 엉덩이가 평퍼짐해지고 허리가 길어진다. 목소리가 여성보다 남성에 약간 더 가깝다는 사실만 제외하고 제럴드는 모든 게 해당됐다. "켈시 씨?" 제럴드가 물었다.

"그렇습니다." 데이비드가 유쾌하게 대답했다. "방해해서 죄송합니다. 지나가던 길이라."

"데이브가 잠시 들르겠다고 해서." 애나벨이 제럴드에게 설명했다. 제럴드는 막아설 듯한 자세로 문 안쪽에 비스듬히 섰다.

데이비드는 애나벨을 앞세워 아파트로 들어갔다. 두 사람의 존재처럼 어수선하고 음울한 생활에서 비롯된 부속물이 실재할 거라고 예상은 했지만, 그 광경을 직접 보니 훨씬 소름 끼쳤다. TV 안테나 옆에는 추한 백발의 친척 사진이 놓여 있고, 안락의자 앞에는 곰팡이가 핀 것 같은 실내용 슬리퍼가 보였다. 의자엔 일요 신문의 천박한 만화 섹션이 펼쳐져 있었다. 작고 부연 구두에 끈이 풀린 것을 보니, 신문을 보던 제럴드를 데이비드가 방해했음이 미루어 짐작됐다.

"좀 어수선하지만 앉아, 데이브." 애나벨이 말했다. 그녀는 초록색 소파를 가리켰다. 소파는 두 사람이 결혼 후 이곳에서 1년 반 동안 썼다고 하기엔 너무 낡아 보였다.

"고마워." 데이비드는 축축한 우비를 벗어 어깨 뒤로 내던졌다.

"저기, 이렇게 서서 서로 노려볼 필요는 없잖아." 애나벨이 말했다. "커피 마실래, 데이브?"

"됐어, 애나벨." 데이비드는 제럴드를 쳐다보며 말했다. 제럴드가 팔짱을 끼고 서서 데이비드가 나가줬으면 하는 조급함을 고스란히 내보이며 유심히 지켜보았다. 데이비드가 말했다. "단도직입적으로 말씀드리죠. 딜러니 씨. 애나벨을 사랑합니다. 내 아내로 삼아야겠어요."

"뭐요?" 제럴드는 놀란 미소를 서서히 짓더니 팔을 풀어 골반에 갖다 댔다. 애나벨보다 아이를 훨씬 잘 낳을 것 같은 골반이었다.

"세상에, 데이브." 애나벨이 한숨을 내쉬었다.

"잘 들어요. 켈시 씨." 제럴드가 천천히 입을 열었다. 그런데 그를 도우려는 건지, 그가 진심으로 어떤 소리를 잘 들으라고 한 건지, 자지러지는 소리가 다른 방에서 들렸다. 애나벨이 그쪽으로 달려가려다 걸음을 멈추었다. "보아하니, 당신은 무례하고 천박하며……"

"잠깐." 데이비드가 말을 잘랐다.

"애나벨과 결혼해서 사는 내내 당신 편지가 거슬렸습니다. 더는 보고 싶지 않아요!"

"내가 당신한테 보낸 편지가 있었나, 그건 몰랐네요."

"당신이 집사람한테 보냈으니……"

"그렇다면 당신이 내 편지를 봤다는 얘긴데, 당신, 딱 그런 짓 하게 생겼네. 그런 건 보통 여자들이나 하는 나쁜 짓인데."

"데이비드!"

제럴드의 빰이 고무 같은 아랫입술처럼 붉어졌다. "한편으로…… 한편으로 보면 말이지, 당신이 오늘 여기에 와서 다행이야. 왜냐, 당신은 내가 생각한 대로라는 걸 확인해줬으니. 넌 미쳤어, 완전히."

데이비드가 씩 웃었다. 저 고자가! 고자가 애나벨과 결혼한 게 기괴했다. 그건 동화 속에서 꼽추가 공주의 마음을 사로잡은 거나 마찬가지였다. "보아하니 당신 대단히 건강한데."

데이비드의 대답을 들은 제럴드가 고함치자, 두 남자가 동시에 소리를 내지르며 바싹 붙어 섰다. 애나벨은 두 남자를 떼어놓으려다가 데이비드의 손등에 엉덩이를 맞았다.

"나가!" 제럴드가 문을 가리키며 말했다. "당장 나가! 안 나가면 경찰을 부르겠어!"

"날 끌어낼 사람은 애나벨뿐이야. 다른 누구도 못 해." 데이비드는 바닥에 떨어진 우비를 집어 들었다. 제럴드가 찬 벨트 아래로 구미 당기게 생긴 통통한 뱃살 속에 주먹을 팔꿈치까지 쑤셔 넣고 싶은 충동이 일었다. 그랬다간 제럴드가 비굴한 자세로 바닥에 고꾸라져 죽을지 모른다. 데이비드는 과감히 제럴드를 등지고 선 채 우비를 펴서 안팎을 뒤집은 다음 왼쪽 팔에 척 걸쳤다. 애나벨을 두리번두리번 찾았다. 손이 얼얼한 게 느껴지자 애나벨이 이 손에 맞은 기억이 떠올랐다.

애나벨은 그가 마실 커피를 들고 거실로 들어왔다. 데이비드는 커피 잔을 받아 들면서 왠지 모르게 그 모습이 꽤나 놀라워 그녀를 보고 활짝 웃었다. "별로 안 진해." 애나벨이 미안하다는 투로 말했다. "제럴드가 진한 커피를 좋아하지 않거든."

"넌 어떤 커피가 좋아?" 데이비드가 물었다. 커피는 끔찍했다. 너무 멀게서 커피 잔 바닥에 있는 둥근 굴곡까지 보였다. 그는 집에 있는 에스프레소 머신이 그리웠다. 데이비드는 제럴드를 다시 쳐다보았다. 제럴드는 다리를 쩍 벌린 채 바보처럼 주먹을 여태 쥐고 있었다. 데이비드가 말했다. "똑바로 들어, 제럴드. 널 만나기 훨씬 전부터 애나벨과 나는 서로 사랑하는 사이였어. 그건 변하지 않아."

"젠장!" 제럴드는 둥근 이마를 손으로 때리며 말했다. "애나벨한테 물어봐! 물어보라고!"

"넌 기억하지, 그렇지, 애나벨?" 애나벨 쪽으로 몸을 틀자 그의 몸과 영혼이 갈증을 느꼈다. 분노가 모조리 가라앉았다. 커피 잔이 컵 받침에서 미끄러지며 떨어질 뻔했다. 그녀가 '응'이라고 말하고픈 눈빛으로 그를 바라보았다.

"기억 나. 하지만 아주 오래전 일이야, 데이브."

"2년도 안 지났어. 네가 그랬잖아? 제럴드를 사랑하지 않는다고!"

"내가 어떻게 그런 말을 했겠어?"

"라호이아에서 그랬잖아." 데이비드가 말했다.

"제정신이 아니군. 여기서 당장 나가지 않으면 경찰을 부르겠어, 켈시 씨."

"사랑에는 여러 종류가 있어, 데이브. 결혼하면 사랑도 달라져." 그녀의 목소리가 떨렸다.

"뭐가 달라져? 사람들은 사랑에 빠져 결혼하고……" 그는 사랑을 한 단어로 설명하려다 당황했지만 그녀를 응시한 채 계속 말을 이었다. "사랑이라는 건 돌보고 부양하고 배려하고 희생한다는 뜻이잖아?"

"맞아, 데이브. 그렇다고 여기서 하루 종일 서서 입씨름할 순 없어."

"난 널 위해서 저걸 다 하고 있어." 그가 말을 더듬거렸다. "여기에 있는 저기 저, 저, 저자보다 훨씬 많이!" 자가 번식하는 재수 없는 능력을 지닌 저 고깃덩어리를 가리킬 단어 역시 떠오르지 않았다. "단둘이 얘기하고 싶어, 애나벨." 그는 잔을 내려놓고 그녀의 손을 잡더니 애나벨을 문으로 끌고 갔다. 애나벨이 뻣뻣한 손을 뒤로 뺐다. 그 순간, 제럴드가 데이비드의 코앞에 자기 얼굴을 갖다 댔다. 데이비드가 주먹을 뒤로 빼 들었다.

"데이브, 제발!" 애나벨이 양손으로 데이비드가 치켜 든 팔을 부여잡았다.

데이비드는 힘을 뺐다. "미안, 정말 미안해." 진짜로 때렸더라면 데이비드는 이상하게 생긴 왜소한 사내를 때린 게 부끄러웠을 것이다. 때릴 뻔했다는 것만으로도 민망했다. "진심이야." 그는 나지막이 애나벨에게 말했다. 그녀의 따스한 두 눈엔 이미 눈물이 고였다. 데이비드는 그걸 보고 번개처럼 그녀에게 입을 맞추었다. 제럴드가 미친 듯이 달려들자 데이비드는 제럴드의 가슴을 떠밀었다. 키스는 끝났다.

제럴드는 뒤로 휘청거리다 장딴지가 소파에 닿기 직전에 중심을 잡았다. 제럴드가 원색적인 욕을 쏟아냈지만, 데이비드는 무시했다.

"일요일은 전화하기에 좋은 날이 확실히 아니네. 사랑해, 애나벨. 편지할게." 데이비드는 그녀의 손을 꼭 쥐었다 놓고는 문으로 향했다. 계단을 내려가는 동안 제럴드가 의심에 찬 목소리로 고함치는 소리가 들렸다.

데이비드는 차를 세워둔 곳까지 걸으며 다시 저 집에 올라가 애나벨과 단둘이 얘기하자고 한 다음, 여차하면 완력을 써서라도 그녀를 끌고 나올까 갈등했다. 제럴드를 한 손만으로 확실히 제압할 수 있을 것 같았다. 아까는 단호하게, 충분히 강하게 밀어붙이지 못했다. 그래도 저 집에서 나온 건 나쁘지 않았으니 되돌아가면 일을 그르칠 것만 같았다. 그는 애나벨에게 편지를 써서 어디서든 만나자고 설득할 것이다. 하트퍼드에서만 가능하다 해도 만날 생각이다. 제럴드의 외모가 떠올랐다. 아무리 머리가 좋고 우아하고 감성이 풍부하다 해도 도저히 구원받지 못할 외모였다. 데이비드는 다시 마음이 놓였다. 500미터 정도 운전하다 조용한 길가 보도 옆으로 차를 붙였다. 시동을 끄고 피곤한 몸으로 핸들을 덮었다. 늘 잠들 때처럼 애나벨이 다시 보였다. 지금은 그 문제, 그 상황으로 인해 머리가 복잡하지 않았다. 오직 애나벨의 말갛고 청순한 얼굴과 아까 살짝 품은 그녀의

몸만 떠오를 뿐. 고요하면서도 변치 않는 사실처럼 언젠가 그녀는 그의 것
이 되리라.

8

그날 저녁, 그는 끔찍했던 아침이 희미해지기 전에 애나벨에게 편지를 썼다.

1958년 12월 21일
사랑하는 애나벨에게

오늘 아침 내가 한 행동 때문에 너에게만은 사과하고 싶은 마음이 들지만, 내가 좀 더 강하게 밀어붙이지 못한 게 너무 후회돼 사과를 못 하겠다. 난 지금 울적해. 그래도 네 얼굴을 봐서 그런지 오늘 하루는 색다르고 황홀해. 언뜻 보니 옆방에 피아노가 있더라. 업라이트 피아노 모서리만 살짝 보이던데 그걸 거기에 두면 네 실력을 제대로 발휘할 수 없잖아. 모차르트나 슈베르트 책을 쓰겠다는 건 어찌 됐는지 물어보고 싶다. 묻고 싶은 것도, 얘기하고 싶은 것도 많았는데 그러지 못했어. 제럴드에게 내 진심을 말한 게 내가 얻은 소득인 것 같아. 정말 그랬기를 바란다. 제럴드가 머리끝까지 화가 났으면. 그는 당연히 그래야 해.
가능하다면 우리 집으로 전보를 쳐서―너희 집 전화 명세서에 나오지 않도록 수신자 부담으로 해―하트퍼드에서 다음 주 월, 화, 수 오전 오후 중 언제 만날 수 있는지 알려줘. 내가 어떻게든 공장을 빠져나갈 테니.

널 보는 게 일보다 훨씬 중요해. 이 직장은 돈 때문에 잡은 거였고, 돈도 다 너 때문이었어. 널 원망하는 게 아니야. 난 돈을 벌어서 좋았고 그걸 좋은 데 썼지. 너에게 말하고 싶지만 얼굴 보고 말하는 편이 낫겠다. 제럴드라는 작자가 어떤 인간인지 알게 돼 얼마나 울적하고 놀랐는지 솔직히 털어놓고 편지를 끝내야겠다. 그동안 고향에서 온 편지를 읽으며 제럴드가 '괜찮다'라거나, 비슷하게 평하는 얘기를 믿었어. 그런데 지금껏 내가 겪은 바로는—데이비드는 '작은 괴물'이라고 적었다 줄을 그어 지워버렸다—네가 아까워. 내 감정과 생각을 도저히 말로 적을 수 없다. 그에게 조금이라도 괜찮은 구석이 있기는 한 거야? 있으면 알려 줘. 우리가 다시 만나는 날 기꺼이 들어줄게. 네가 그 남자 옆에 있어야 할 남은 기간 동안 나는 그의 장점을 떠올리고 있을게.

영원한 네 남자
데이브

추신: 아이의 절반은 네 것이지만 그 아이에게 조금의 관심조차 갖지 못하는 나를 용서하길.

저 추신 때문에 그는 불편한 생각이 꼬리를 물기 시작했다. 만일 애나벨과 결혼하면 몸의 절반을 괴물에게서 물려받은 아이를 맡아서 키워야하나? 오래 생각할 것도 없었다. 그는 아이를 제럴드에게 줘버리라고 애나벨을 설득할 수 있을 것 같았다. 아버지의 신체 조건이 아이에게 유전된다는 걸 애나벨도 모르진 않겠지? 데이비드와 애나벨도 아이를 낳을 것이다. 그는 편지를 부치려고 밖으로 나가 1킬로미터 떨어진 발라드라는 작은 마을까지 차를 몰았다. 큼직한 녹색 우체통이 발라드의 간선도로 위에 있었다. 그런데 편지를 거기에 넣으면 발라드 소인이 찍힌다. 그가 발라드까지 왔다는 사실을 애나벨과 제럴드에게 아직은 알리고 싶지 않았다. 프로스버그로 운전하는 일 말고 다른 선택지는 없었다. 그는 최대한 빨리 편지를 부치고 싶었다.

9

데이비드는 날이 갈수록 잠을 자지 못했다. 금세 잠들었지만 한 시간 후면 깼다. 숨을 좀 돌리고 나서도 새벽까지 잠들지 못했다. 매카트니 부인의 집에서 나는 소음은 악몽이 되풀이될 때마다 들리는 소리와 비슷한 효과가 있었다. 바람이 문설주 틈 사이로 파고들어 2층 어느 방 창문을 흔들다가 문풍지를 거치면 틱, 틱, 틱, 하는 소리가 들렸다. 나직해도 거슬리지 않는 건 아니었다. 에피가 살던 2층 뒷방으로 방을 옮긴 스타키 부인은 코를 골았다. 해리스 씨는 매일 새벽 3시경이면 화장실에 가고, 가끔 쥐가 나면 자다 말고 일어나 다리가 풀릴 때까지 뒤꿈치로 방바닥을 미친 듯이 쿵쿵 찍었다. 그는 식당에서 한 달에 한 번 이런 행동에 대해 사과했다. 대부분은 원인 모를 삐거덕거리는 소리였다. 누군가 잠이 오지 않아 방 안을 돌아다니며 마룻바닥에서 끼익끼익거리는 부분을 밟는 것 같았다. 데이비드는 종종 한기를 느껴 이불 위에 외투까지 한 겹 더 덮었다. 어떻게든 자보겠다고 억지로 누워 있으면 눈을 뜬 채 혼수상태에 빠지거나 마비되어 누운 모습이 어렵지 않게 떠올랐다.

화요일 저녁까지 전보는 오지 않았다. 수요일 아침, 데이비드는 아예 회사에 지각할 작정을 하고 10시에 오는 우체부를 기다렸다. 그는 현관 입구에 서서 안절부절못하며 유리창 틈으로 내다보며 우체부가 오기를 기다렸다. 매카트니 부인은 그가 우편물을 기다리는 중이라는 얘기를 듣더니 어머니에 관한 전갈이냐며 혹시 안 좋아지셨냐고 물었다. 데이비드는 어머니 편지를 기다리는 건 아니지만, 어머니는 여전하시다고 대답했다.

"그럼 어머님과 크리스마스를 같이 보내겠네요?" 부인은 크리스마스 미소를 살짝 지었다.

"그럼요, 당연히 그래야죠." 그가 이렇게 대답하는 순간, 우체부가 가랑비를 맞으며 집으로 오고 있는 모습이 보였다. 그는 문을 열고 우체부를 맞이했다.

"메리 크리스마스!" 우체부가 인사하며 그 집에 온 우편물을 데이비드에게 모두 넘겼다. 스무 통 남짓 되는 사각 봉투는 거의 다 크리스마스 카드였다. 어떤 카드는 구석에 화려한 꽃 장식이 달려 있었다. 몇몇 봉투에서 나이 든 노인들이 휘갈겨 쓴 필체가 보였다. 그리고 애나벨의 편지도 있었다. 데이비드는 나머지 우편물을 고리버들 테이블 위에 내려놓고 편지를 뜯었다.

애나벨은 그를 만날 수 없다고 했다. 그는 편지를 대충 훑어보았을 뿐인데도 분노로 숨을 제대로 쉴 수 없었다. 예민한 아이가 울음을 터뜨리기 직전과 비슷했다. 그는 아랫입술을 꽉 깨물었다. 애나벨은 다이아몬드 핀을 선물해줘서 고맙다고 했다. 2주 전 그가 뉴욕 어느 신문에 실린 올가트리트 광고를 보고 실물을 보지도 않고 우편으로 주문한 핀이었다. 애나벨은 선물치고 너무 부담스럽다며 받을 수 없다고 했다.

데이비드는 황급히 현관을 빠져나가 골목에 세워둔 차를 향해 걸으며 고개를 들어 비를 맞았다.

그날 체스윅에서는 모두 일하는 척만 했다. 분홍색 병이 들어 있어 다들 하얀 가운 주머니가 불룩했다. 모두 웃고 있는 것 같았다. 데이비드는 한두 번 제럴드가 떠올랐지만, 별로 힘들이지 않고 유쾌한 표정을 기계적으로 유지했다. '메리 크리스마스'라는 인사에 즐겁게 화답했고, 비서 헬렌에게 향수를 선물하는 것도 잊지 않았다. 데이비드는 전혀 집중이 안 된다는 것을 알고 그날 업무를 처리하는 족족 재차 확인했다. 애나벨과 그녀의 편지 때문에 집중이 되지 않았고, 그렇다고 그 생각이나마 똑바로 하는 것도 아니었다. 조용한 점심시간이 되자 사무실 창가에 서서 편지를 다시 읽었다. 애나벨이 다정하고 친절해 보이려고 애쓴 모습이 가슴 아팠다. 그녀는 이 편지가 크리스마스이브에 도착하리라는 걸 알았기 때문이다. '크리스마스 잖아. 그래서 할 일이 산더미야. 그렇다고 당신 생각을 별로 안 하는 것도 아니야. 어쨌든 이 일로 당신의 크리스마스를 망치치 말길.' 그가 그녀 없이 크리스마스를 보낼 수 있으리라 생각하다니! 편지에는 다급함과 고통스러운 생각이 교차되어 있었다. '나야 당연히 당신을 봐서 좋았지만, 당신이 찾아오는 바람에 제럴드와 사이가 더 나빠졌어. 그건 당신도 짐작할 수 있을 거야.' 당연히 좋았다? 그 상황에서 뭐가 당연하다는 것일까?

그는 그날 오후 웨스의 부서로 가서 르위슨 사장이 제공한 17년산 스카치를 500시시 비커에 잔뜩 따라 들어 올렸다. 올해 보너스는 두둑했다. 데이비드는 천 달러를 받았다. 다들 자신과 크리스마스, 직장과 사장에게 뿌듯함을 느꼈다. 데이비드는 불쾌한 얼굴로 성공에 도취한 표정을 짓는 르위슨 씨를 바라봤다. 오늘은 사장을 싫어할 기운도 열정도 없었다. 한두 모금 마신 후, 데이비드는 남은 스카치를 술이 고픈 웨스의 비커에 마저 부었다.

"퇴근하고 안 들를 거지?" 웨스가 데이비드에게 벌써 세 번이나 물었다. "로라만 있는 게 아니라 다른 사람들도 갈 거야. 로라가 에그노그(달걀,

우유, 설탕을 섞어 브랜디나 럼을 넣은 음료)를 만들 거지만 넌 커피 마셔도 돼." 웨스가 눈으로 그에게 애원했다.

"고맙지만, 다음에 갈게." 데이비드는 변명조차 할 수 없었다.

"어머님한테 갈 거니?"

웨스가 '어머님'을 힘주어 말하자 데이비드는 그를 쳐다보았다. "내일 가려고. 오늘 밤 거기서 파티를 연대." 데이비드는 크게 낙담한 척하며 대답했다.

"요양원에 계시는 거지?"

"응." 데이비드는 대답했다. 프로스버그에서 차로 한 시간 거리에 요양원이 두 군데 있었다. 그는 처음 이야기를 짤 때 그것까지 확인했다.

"집이 아니고?" 웨스가 물었다.

"아냐." 데이비드는 단호히 말했다. 그런데 그걸 왜 묻지? 데이비드는 이렇게 물으려다 말았다.

결국 웨스가 고개를 끄덕였다. 데이비드는 혹시 에피가 웨스에게 무슨 말을 흘린 건지, 어머니가 돌아가셨다고 말했는지 궁금했다. "에피가 네 얘길 묻더라. 어쨌든 크리스마스카드라도 보내줘." 웨스가 말했다.

"지금도 에피 만나?" 데이비드는 의도한 것보다 훨씬 힘주어 물었다.

"이따금씩 내킬 때."

대충 이런 얘기를 주고받은 후, 데이비드도 웨스처럼 등을 돌렸다.

매카트니 부인조차 '응접실'에서 친절함을 베풀었다. 케케묵을 만큼 묵어서 그런지 음침한 기운이나 아예 안 쓴 곳 같은 느낌이 덜어졌다. 누군가 여기 이 카펫을 닳도록 돌아다녔고, 불붙인 담배를 마호가니 음반 보관장 위에 올려두기도 했고, 쥐가 파먹은 듯한 애기버들 대여섯 대를 꺾어

모았을 것 같았다.

"데이비드, 이거 비첨 부인께 올려다 드릴래요?" 매카트니 부인이 크리스마스 시즌에 어울리는 달콤한 목소리로 말했다. 부인은 가게에서 산 과일 조각 케이크 반쪽을 엉성한 컵에 담아 작은 접시에 받쳐 내밀었다. "세라가 에그노그 여분을 좀 더 만들어내느라 정신이 없어서요."

데이비드는 냉큼 대답하지 않았다. 매카트니 부인이 당황한 표정으로 다시 입을 떼려는 순간, 데이비드가 이렇게 대답했다. "부인을 모시고 내려오겠습니다." 그러더니 그는 응접실을 나가 계단을 한 번에 세 칸씩 올라갔다.

비첨 부인이 안 된다며 웃음을 터뜨렸다. 남자 둘이 와도 휠체어에 태운 채 옮길 수 없다고 했다.

데이비드는 부인을 휠체어 탄 채로 든 다음 방문을 발로 박차 열어젖혔다. 비첨 부인이 웃으며 계단 난간을 오른손으로 꽉 붙들었다. 두 사람은 느릿느릿 계단을 내려갔다. 데이비드가 부인을 응접실로 옮기자 응원 소리가 커졌다. 그는 휠체어를 복도에 두고 부인만 소파에 살포시 앉혔다.

데이비드는 응접실에 있는 사람들 틈을 빠져나와 방으로 올라갔다. 침대 위에 종이에 싸인 작은 상자가 보였다. 산타클로스 모양이 카드 앞에 달리고, 하얀 수염에 '사랑하는 데이비드에게, 몰리 비첨'이라고 적혀 있었다. 길게 늘여 쓴 필체, 모서리를 대충 접은 포장 솜씨, 가장자리에 금실이 박힌 가는 노란 리본을 보니 온몸에 연민이 퍼졌다. 그는 그대로 작은 상자를 들고 있다가 비첨 부인이 손수 짠 양말이 그 안에 들어 있다는 걸 알았다. 덕분에 올해는 크리스마스 정신이 이 선물만큼 가까이 느껴졌다. 그는 장롱 맨 아래 칸 서랍을 당겨 낡은 갈색 가죽으로 만든 둥근 보석함을 열었다. 단추 여러 개와 특이하게 생긴 커프스 한 쌍 사이에서—좋은 커프스는 몽땅 그의 집에 갖다 두었다—작은 진주가 달린 루비 머리핀을 발견했다. 그는 마땅한 포장지가 없자 하얀 손수건을 꺼내 최대한 깔끔하게 핀을 감싸 접고, 타자 용지를 정사각형으로 잘라 이렇게 적었다. '비첨 부인께. 메리 크리스마스, 데이비드 올림.' 부인이 방에서 자고 있는 듯 그는 까치발로 방에 들어가 부인이 손뜨개질하는 테이블 위에 선물을 올려놓았다. 핀은 어머니 물건이었다. 그는 어머니와 전혀 살가운 사이가 아니었는데도 방문을 향해 돌아섰을 때는 이를 악물고 고개를 돌렸다.

그날 저녁 데이비드는 집에서 으레 마티니 두 잔을 마시면서 벽난로 선반에 전나무 가지를 올려 호랑가시나무로 화사하게 장식했다. 칵테일 테이블 위에 잔 두 개와 천사가 회전목마를 타는 오르골을 올리고 촛불 세 개에 불을 붙였다. 대략 아홉 가지 곡이 계속 바뀌며 흘러나오는 소박한 음악을 들으려고 모차르트 디베르티멘토(희유곡이라고도 불리며 소나타나 교향곡에 비해 가볍고 경쾌한 기악곡)를 꼈다. 그는 몇 안 되는 선물을 벽난로 옆에 한꺼번에 쌓았다. 대부분 며칠 전 캘리포니아에서 온 상자였다. 올해는 애나벨이 곁에 없고 카드도 받지 못해서 그런지 그녀가 아예 없는 것 같았다. 그나마 작년에는 악어가죽 열쇠 지갑을 선물받아서 애나벨이 옆에 있다는 느낌이 쉬이 들었고, 남들이 애나벨에게 보낸 선물도 여럿 있었다. 서로에게 주는 선물은 함께 열어볼 수 있도록 다른 방에 따로 두었다고 상상하기도 어렵지 않았다.

조촐하지만 제대로 갖춰진 저녁을 먹은 후, 그는 꺼져가는 벽난로 앞에 깔린 소가죽 러그 위에 누워 두 팔을 가슴에 올렸다. 팔의 무게가 그의 가슴을 베고 누운 애나벨의 머리 무게처럼 느껴졌다. 장작과 전나무의 향기가 뒤섞인 사이로, 그가 아는 향수 냄새가 여전히 진동했다. 그는 애나벨에게 다이아몬드 핀을 보냈다. 적어도 그녀가 손에 들었을, 잠시나마 감싸 쥐었을 다이아몬드 핀이라는 구체적 실체적 상황은 앞으로 사흘간 가장 장대한 판타지를 펼칠 토대가 되었다. 그는 애나벨과 함께 세계 일주 계획을 짜고, 아이들이 다닐 학교에 대해 미리 논의하고―그는 둘 사이에 이미 네 살짜리 딸과 두 살짜리 아들이 있다고 상상하기를 즐겼다―, 브라질이나 멕시코에서 일하라는 제안을 따져보고, 뒤뜰 어디에 바비큐 장비를 놓을지 의논하고, 내년 여름이면 작은 요트를 산다고 상상했다. 그는 애나벨이 자신보다 좀 더 현실적이나 훨씬 충동적이라서 무슨 일이든 절대로 거절하는 법이 없다고 상상했다. 애나벨에게 실크와 고급 모직으로 된 옷과, 밍크와 어민(북방 족제비의 흰색 겨울털)을 입혔다. 두 사람은 메트로폴리탄 오페라 극장 박스석에서 《마술피리》와 《엘렉트라》, 《보체크》를 관람했다. 같이 파티에 가면, 둘은 여러 기혼 부부와 미혼들에게 살짝 시샘의 대상이 되기도 했지만 그래도 늘 호감을 샀다. 그가 계속 우겨서 양복을 사오면 때론 애나벨이 환불하라고 했다. 애나벨이 좋아하는 타이는 정해져 있었고, 그녀가 마땅찮아하는 타이는 그도 거의, 아니 아예 매지 않았다. 그는 애나벨이 새우와 가지를 싫어한다고 가정하며 그녀가 가장 좋아하는 음식을 만들었다.

이 집은 꿈을 위한 곳이지 음모를 짜거나 애태우는 공간이 아니었다. 게다가 무엇이든 전혀 걱정하지 않아도 되는 공간이었다. 이곳에선 시간이 아예 존재하지 않기에 어떤 의심도 들지 않으며 실패하거나 지체할 걱정도 없었다. 벽난로 앞에 눕자 눈앞이 흐려졌다. 향을 피운 듯, 그가 틀어놓은 우아하고 정교한 바흐와 웅장하고 온화한 브람스에 따라 기분이 흔들렸다.

10

비첨 부인은 데이비드가 준 선물에 무척 감동했다. "세상에, 나같이 쭈 그렁 할망구가 쓰기엔 너무 예쁘네." 부인이 계속 이렇게 감탄하자, 데이 비드는 극찬의 말에 마땅히 대응할 말이 없었다. 부인이 이렇게 예쁜 걸 대체 어디서 샀냐며 세 번째로 묻자─비첨 부인은 프로스버그에는 그런 걸 파는 상점이 거의 없다는 걸 알았다─데이비드는 그 핀이 원래 어머니 것이었다고 불쑥 말했다.

"그런데 어머니는 별로 안 좋아하셨어요." 비첨 부인의 입이 쩍 벌어지 자 그는 서둘러 이렇게 수습했다. "어쩌다 제 수중에 들어왔는지 저도 잘 모르겠어요."

"그렇다면, 어머님께 돌려드려야 하잖나?" 비첨 부인이 물었다. 순간 데이비드는 긴장해서 실수했음을 깨달았다.

"그래서 제가 갖고 있었죠. 어머니가 안 좋아하셔서요."

비첨 부인은 데이비드를 지그시 바라보았다. 둥글고 두꺼운 안경 너머 로 보이는 눈이 확대되자 기괴해 보였다. 그는 그런 모습이 익숙지 않아 심장이 거북하게 벌렁거렸다. 안경 렌즈에 눈이 확대돼서 그렇잖아, 데이 비드는 대뜸 생각을 고쳐먹고 웃었다.

"이건 아직도 자네 거야, 데이비드." 비첨 부인은 앙상하게 마른 손가락 으로 작은 핀을 움켜쥐고 말했다. "이 핀이 바깥세상을 구경할 일 없다는 거 자네도 잘 알지? 내가 죽으면 도로 가져가게."

저 말 속에 담긴 진솔한 진실이 칼날이 되어 그의 가슴을 겨누었다. 그가 다치지 않으려고 몸을 사리자 칼끝이 그를 피해갔다. 심정적으로 말하자면 그랬다. 그는 최대한 빨리 부인의 방에서 빠져나왔다.

그는 크리스마스부터 새해 첫날이 낀 한 주 사이에 애나벨에게 편지를 두 통 썼다. 두 번째 편지는 앞서 보낸 것보다 내용이 훨씬 격렬했고 더욱 신랄하게 제럴드를 깔봤다. 그는 애나벨도 공평하게 진실한 편지, 진심이 담긴 편지를 보내라고 우겼다. 제럴드가 옆에 달라붙어서 애나벨이 쓰는 단어를 하나하나 지적하지 않은 편지를 보내라고 했다. 집에 있으면 자동차 경적이나 술주정뱅이 콧방귀조차 들리지 않겠지만, 데이비드는 다가올 신년 연휴가 치 떨리게 싫었다. 애나벨이 아주 짧은 답장을 보냈지만, 그의 질문과 관련된 대답은 없었다. 같은 날, 매카트니 부인의 하숙집으로 작은 소포가 속달 우편으로 도착했다. 그 속엔 다이아몬드 핀이 담겨 있었다. 굉장히 다정하고 고맙게 보이려고 애쓴 메모였지만 돌려보낸다는 내용이었다. 어쩌면 제럴드가 써서 보낸 건지도 몰랐다. 애나벨이 편지에서 늘 감정을 드러내던 단어 한두 개가 보이지 않았다. 젠장, 저 괴짜 같은 놈의 꼭두각시가 된 건가, 데이비드는 생각했다.

애나벨이 분명 한 번 더 답장할 것이다. 그는 최근에 보낸 편지에서 대단히 구체적으로 몇 가지를 물었다. 하루에 몇 시간이나 피아노 연습을 하는지? 하트퍼드에서 친구를 많이 사귀었는지? 극장에는 가는지? 에스프레소를 어떻게 마시는 걸 좋아하는지? 예전에 모차르트와 슈베르트에 관한 책을 쓴다며 보여준 초안은 어찌 되고 있는지? 이성적으로 따져보니 애나벨이 새해 첫날을 쇠고 나면 여유가 생길 테니 당연히 저 질문에 확실히 답할 것 같았다. 또한 크리스마스 선물을 돌려보내면서 작성한 냉정한 메모에 대해서도 사과할 것이다. 애나벨이 선물을 진짜 돌려보냈는지 확인하려고 제럴드가 메모를 보자고 해서 그랬다면서 데이비드가 보낸 핀이었기에 얼마나 갖고 싶었는지 몰랐다고 털어놓을 것이다.

데이비드는 새해 첫날부터 하필 애나벨의 편지 꿈을 꿨다. 그 바람에 찝찝한 기분으로 잠에서 깼다. 꿈에서 편지 내용이 한 글자씩 다 보였다. 애나벨은 그에게 사랑한다고 말하며 그의 품에 안겨 제럴드에게 벗어나 자유를 얻을 계획을 짜달라면서 뭐든 다 하겠다고 했다. 이 엄청난 사기극에서 깨어나자 그는 휑한 집에 있다는 걸 깨달았다. 새해 들어 맞이한 처음 몇 시간 동안 놀라서 부들거리다가 정신을 차렸다. 불길한 징조였다. 이 집에서 악몽을 꾼 적은 한 번도 없었다. 그날 오전 늦게 놋쇠와 은제 그릇에 광을 내면서 그 꿈을 나쁘게 해석하지 말고 그만큼 좋은 징조로 받아들이자고 생각했다. 반가운 내용이 담긴 답장이 지금 오는 중일지 모른다. 아직 편지를 못 받았다고 풀 죽어 있으면 바보다. 매카트니 부인의 하숙집으로 돌아가 다시 공장에 출근하기 전까지 며칠은 더 여기에서 지내야 하기에 그는 오히려 이렇게 계속 기운을 차렸다.

데이비드는 하숙집에서 에피 브레넌과 두 번 마주쳤다. 두 번 다 오후 5시 반 퇴근길이었다. 에피는 비첨 부인을 만나러 왔다. 처음 만난 날, 에피는 활짝 핀 제라늄 화분을 들고 있었다. 찬바람을 막으려고 녹색 종이로 화분을 감싸고 위쪽은 열어두었다. 에피는 같이 올라가 비첨 부인에게 인사하자고 했지만, 그는 정중히 거절하면서 어떻게 지냈냐고 물었다. 에피도 그에게 안부를 묻더니 이런저런 얘기를 했다. 두 번째 만난 날은 에피가 현관에서 자기 앞으로 온 편지가 있는지 기대하며 고리버들 테이블 위에 놓인 우편물을 살피고 있었다. 그가 현관문을 닫자, 에피는 몸을 스르륵 돌리고 그에게 미소 지었다.

"안녕하세요, 데이비드. 또 만났네요. 여기 소포요."

그는 작은 소포를 집어 들었다. 그가 뉴욕에서 주문한 책이었다. 둘은 아무 의미 없는 얘기를 지껄였다. 날이 추운데 더 추워진다네요, 등등. 데이비드는 에피와 같이 있으니 부끄러운 중죄를 저지른 듯한 죄책감이 들었다. 에피는 그의 어머니가 돌아가신 걸 알았고, 어쨌든 돌아가셨다고 믿었다. 데이비드는 에피와 마주하자 그녀가 그의 면전에 대고 그런 말을 했다는 게 실감 나지 않았다. 에피의 머리칼을 바라보았다. 전체적으로 굽실거리는 짧은 머리칼이 짙은 남색 베레모 주위에서 고불고불하게 삐쳤다. 약간 붉은 기가 도는 애나벨의 머리색과 거의 흡사했다. 이젠 짧아진 애나벨의 머리가 떠올랐지만, 기억 속 애나벨은 라호이아에서처럼 늘 긴 머리였다. 데이비드는 맑은 눈으로 응시하는 에피를 똑바로 쳐다볼 수 없었다.

"아참, 당신 초상화 위에 뿌린 고정액이 이제 다 말랐어요. 혹시 갖고 싶으면 가져가세요. 만약 갖기 싫다고 해도, 기분 나쁘게 생각하지 않을게요."

"정말 갖고 싶어요." 그는 난간 기둥에 손바닥을 대고 비볐다.

"저녁때 한번 들러요."

"정말 고맙습니다, 꼭 갈게요." 그는 미소를 남기고 계단을 오르기 시작했다.

에피도 그의 뒤를 따랐다. 그는 방문을 열고 들어갔다. 문이 막 닫히려는 찰나, 에피가 그의 이름을 불렀다.

"할 얘기가 또 있어요." 에피가 조용히 말했다. "잠깐 들어가도 돼요?"

그는 언짢은 기분을 살짝 예민하게 드러내면서 옆으로 비켜서 에피를 안으로 들인 다음 문을 닫았다. 그가 성큼성큼 두 걸음으로 방을 가로질러 책상 위 램프를 켜기 전까지 두 사람은 어둠 속에 갇혔다.

"어머나!" 에피가 주위를 둘러보며 말했다. "이 방이 이렇게 큰지 몰랐어요. 게다가 당신 쓰라고 부인이 이렇게 근사하게 꾸며줬다니!"

그는 고개를 끄덕이며 천천히 외투 단추를 풀었다. "좀 앉을래요?"

"아뇨, 금방 갈 거예요." 그녀는 또다시 그의 얼굴에 시선을 꽂았다. "데이비드, 그날 밤 아파트에서 있었던 일 말이에요. 어머님 얘기요. 캐물어서 미안해요."

"캐묻지 않았어요." 그가 재빨리 대답했다.

"돌아가셨냐 아니냐를 따지자는 게 아니에요. 당신이 그럴 만한 이유가 분명 있겠죠. 서류가 잘못되었을 거라고 했죠? 아무튼 그건 내가 상관할 바도 아닌데, 뭐라고 해서 미안해요. 또 하나 하고 싶은 말이 있는데, 웨스한테는 아무 말 안 했어요."

"그게 무슨 뜻입니까? 정말 괜찮다니까요." 데이비드는 외투를 거느라 등을 돌린 채 대답했다.

"그날 밤 그 소리에 당신이 당황해하는 표정을 봤어요. 그게 다예요."

침묵이 흘렀다.

"만약 최근 들어 웨스의 행동이 이상해 보였다면, 그건 그 일 때문이 아니에요." 에피가 덧붙여 말했다. "웨스는 당신이 자기 집에 한 번도 안 와서 짜증 났어요." 에피가 화사하게 미소 지었다.

데이비드는 어깨를 으쓱했다. "웨스 입에서 나오는 말은 죄다 싸웠다는 얘기뿐이라서요. 난 부부가 허구한 날 싸우는 집엔 가고 싶지 않아요. 내가 무슨 심리학자도 아니고, 어떻게 도와야 할지도 모르겠고."

"그냥 가서 만나기만 해도 웨스한테 도움이 될 거예요. 솔직히 말하자면, 웨스 부부는 남들 앞에서 싸우지 않아요. 적어도 내 앞에선 안 그랬어요. 웨스는 화내는 아내 때문에 친구들이 죄다 쫓겨난다고 하지만, 뭐 그럴 수도 있겠죠. 그래도 당신이 웨스를 좋아한다면……"

데이비드는 자리를 옮겼다.

"웨스는 당신을 좋아해요. 정말로요." 충고하는 목소리가 이어졌다. "제 생각엔 당신이 웨스를 조금은 도울 수 있을 것 같아요. 아무리 여자가 싫다 해도, 가서 30분 정도 있는 거잖아요. 같이 사는 것도 아니고."

"그냥 보고 싶지 않아서 그래요." 참지 못하고 입에서 말이 불쑥 튀어나왔다.

에피는 실망스러운 눈길로 그를 바라보았다. "알아요. 이해해요. 당신은 내가 이 방에 있는 것도 못 참잖아요. 다 보여요." 에피는 이렇게 말하고 문으로 걸어갔다.

사과의 말이, 미친 듯이 항변하고픈 말이 그의 목구멍에 걸렸다.

에피는 방문 앞에서 몸을 돌렸다. "대체 어떤 여자가 당신을 그렇게 아프게 하는 거죠?"

"그런 여자 없습니다."

"분명 누군가 있잖아요. 이름은 안 물을게요. 그냥…… 얼마나 됐어요?"

"그런 여자 없다니까요." 그가 곧장 반박했다. 그는 몇 분 전부터 인상을 쓰고 바닥만 쳐다보고 있다가 문을 열어주려고 방문 쪽으로 걸어갔다. 그의 손이 문고리에 닿자, 에피가 입을 열었다.

"당신은 아직 젊어요. 살날이 얼마나 많은데요. 난 불행한 당신을 보고 싶지 않아요."

"불행하지 않습니다." 그는 문을 열고 에피를 떠밀고픈 충동이 일었다. 여자들이란! 속 좁게 지껄이는 심보와 헛바닥을 보라지. 지금까진 봐줬지만 더는 못 봐주겠다고, 제발 이만큼은 하고 살라며 이죽대는 꼴이란! 여자들은 행복이란 한 지붕 아래서 남자 여자가 같이 살아야 한다는 생각에 역겨울 정도로 얽매여 있어!

"잘 있어요, 데이비드."

"잘 가요." 문을 닫자 온몸이 떨렸다. 화가 폭발하기 직전까지 갔다.

그는 타이를 홱 잡아 빼서 허공에 휘두르며 크게 쩍 하는 소리를 낸 다음 옷장 속 옷걸이에 걸었다. 오늘 밤, 그는 해저 코어에 관한 책을 읽으며 뒤죽박죽된 그의 생활을 머릿속에서 밀어낼 생각이었다. 소포를 뜯어 기대에 부풀어 신간 표지를 쳐다보다 침대 위로 획 집어 던졌다. 내일 읽어야지. 데이비드는 얘기나 하자고 웨스를 방으로 부를 생각을 했다. 장롱엔 반쯤 남은 스카치가 여태 있었다. 그는 웨스에게 예의를 차리려고 스카치를 늘 준비해두었지만, 웨스는 늘 자기가 마실 술을 들고 왔다.

새로 산 책 덕분에 기운이 났다. 데이비드는 새벽 2시까지 책을 독파했다. 이제 막 나온 신간으로, '딕슨-랜드 연구소' 소속 과학자들이 4개월 후 인도양과 중국해 심해에서 샘플 코어를 채취할 목적으로 두 번째 탐사에 나설 예정이라는 내용이었다. 그는 탐사 장소의 이름을 보자 모험심이 발동하고 낭만적인 느낌까지 들었다. 애나벨을 만나던 시절, 그는 딕슨-랜드 연구소에서 일하고 싶었다. 일은 힘들어도 할 수 있을 것 같았다. 애나벨과 같이 지낼 상황에 걸맞은 직장을 구하기 위해 그곳에서 일할 생각을 접었다. 다 부질없는 일이었다. 그때는 '모든 게 다 정리된 다음에'라고 생각했다. 아무튼, 채비를 다 하는 데 왜 4개월이 넘게 걸릴까? 그러다 더 걸리는 거 아니야? 그는 첫 번째 생각으로 돌아왔다. 트로이에 있는 딕슨-랜드 연구소에 이력서를 보내 그가 일할 자리가 있는지 물어보면 되지 않을까. 이력서에 인상적인 장학금 액수와 수상 경력 횟수까지 적고, 캘리포니아 오클리의 헨커트 교수가 극찬한 추천서까지 첨부할 생각을 하니 기분이 한결 나아졌다.

데이비드는 일찌감치 일어나 딕슨-랜드 연구소에 편지를 쓰고 아침을 먹으러 내려갔다. 겨우 세 시간밖에 못 잤지만 하루 종일 기분이 유달리 좋았다. 점심시간에 웨스와 해저 코어에 관한 그 책 얘기를 하고, 특히 기후학적 관점에서 본 코어 채취에 대해 토론했다. 데이비드는 그게 웨스의 관심사라는 걸 알았다. 웨스의 얼굴이 관심 어린 표정으로 반짝였다. 그런데 웨스가 그런 탐사 여행에 가는 사람이 부럽지만 로라가 그 얘기를 아예 듣지도 않을 테니 자기는 확실히 못 간다고 말하는 순간, 반짝이던 표정이 사라졌다. 웨스는 로라가 암거미 같다는 인상을 데이비드에게 심어주었다. 다리 여덟 개로 거미줄을 잔뜩 움켜쥔 채 산들바람이 불기만 해도 온당치 않고 위협적인 떨림으로 여기며 평생 불침번을 서는 암거미. 출근할 때는 거미줄 한 가닥을 몸에 붙인 채 집을 나서고, 밤이면 그 줄을 따라 집에 들어와 거미줄과 암거미에게 돌아가는 웨스.

"오늘 밤에 와라." 데이비드가 말했다. "방에 스카치가 아직 남아 있어."

웨스는 고마워하며 웃었다. "9시에 갈까? 아니면 좀 더 일찍?"

"일찍 와. 그 책 빌려줄게. 읽고 싶다면."

데이비드는 그날 저녁 편지 두 통을 받았다. 한 통은 필체를 보니 작은 어머니가 보낸 것이고, 또 한 통은 타자기로 친 편지였다. 편지를 뒤집자 이런 주소가 보였다.

48 탈보트 스트리트, 하트퍼드, 코네티컷
제럴드 J. 딜러니

그는 방에서 편지를 열었다. 무슨 일이 생겨서 애나벨이 지금 병원에서 죽어가는 중이거나, 아니면 죽었다는 얘기일지도 모른다는 생각에 온몸이 오싹했다.

켈시 씨 보시오.

당신에게 하고픈 말은 딱 두 글자요. 꺼져! 더는 당신 편지를 보고 싶지 않소. 내 아내도 같은 생각이오. 나는 당신이 지금껏 편지를 보낸 행위로 당신을 문서 명예 훼손죄로 고소할 수 있소. 당신처럼 남의 결혼 생활을 작정하고 망치려는 자들을 다루는 법이 있소. 당신이 나를 비방해 고통을 주는 행위는 범법자가 하는 짓과 다를 바 없고, 스스로 위대한 과학자로 여기는 당신 같은 자가 할 짓이 아니오.

나는 당신이 언제 어디에서 만나자며 내 아내에게 보낸 모욕적인 편지 두 통을 봤소. 이보다 더 잘못된 일은 없소, 켈시 씨. 내 아내가 당신을 진심으로 만나고 싶은데도 지금까지 못 만났을 거라 생각하오? 아내도 나와 같은 생각이오. 당신은 정신병원에 들어가기 일보 직전인 사람이니, 이쯤에서 연락을 끊는 편이 나을 거요. 우리 부부는 당신 편지를 다시는 보고 싶지 않소. 그래도 계속 그렇게 하겠다면, 내가 알아서 다음 조치를 취할 것이오. 진심이오.

제럴드 J. 딜러니

데이비드는 편지를 바닥에 떨어뜨리는 대신 천천히 책상 위로 내렸다. 외투를 걸고 아래층으로 내려가 도어 매트 위에 발을 쿵쿵 굴려 최대한 물기를 털고 들어와 신발을 벗는 동안, 이 같잖은 돼지한테 답장을 보내지 않기로 마음먹었다. 애나벨까지 싸잡아 자기 생각에 가둬버리다니! "범법자." 데이비드는 애나벨이 그의 편지를 보고도 남편 때문에 답장을 못 썼는지 궁금했다. 오늘 저녁 식사 후 웨스가 오기 전까지 애나벨에게 편지를 쓰기로 했다. 집을 샀다고 애나벨에게 말하고픈 충동이 또다시 일었다. 꽤 크고 편한 집이며 제럴드한테 절대 들킬 일 없으니 언제든 오라고 써 보내고, 한 번 더 기다려보기로 했다.

데이비드는 저녁을 먹으러 내려가기 전에 편지를 쓰기 시작했다. 한참을 이렇게 적었다. 집을 사서 두 사람, 구체적으로 당신과 내가 살 공간으로 꾸몄으니 당신은 언제든 환영이고 그 집에서 지내면 정말 행복할 거라고 적었다. 그는 애나벨에게 집의 위치는 말하지 않았다. 제럴드가 아는 걸 원치 않았기 때문이다. 그는 차분히 호소력 있게 써내려 간 후, 두 번다시 편지하지 않겠노라고 적었다. 편지로 모욕하는 일도, 대답할 수 없는 질문도 절대 하지 않겠다고 했다. 당신과 같이 사는 훼방꾼, 고자 같은 얼간이―그는 단어를 고르면서 완벽히 마음을 가라앉히지 못했다―때문이라고 적었다. '……만일 내가 하트퍼드로 간다면, 그건 널 데리고 멀리 가기 위해서야. 지난번에 그랬어야 했는데……'

그날 저녁 웨스가 맥주와 헤네시 브랜디를 들고 찾아왔다. 웨스는 데이비드의 고동색 안락의자 모서리에 걸터앉아 한 손에 캔 맥주를, 다른 손에 스카치를 넉넉히 따른 잔을 들었다. 웨스는 저녁 식전주로 로라와 더는 칵테일을 마시지 않는다며 이 술이 오늘 처음 마시는 술이라고 했다. 웨스의 입에서 말이 쏟아졌다. 둘이 다른 얘기를 나누기 전에 웨스가 잔뜩 쏟아버려야 할 쓰레기 같은 얘기였다. 지난주 일요일, 웨스는 주방 싱크대에서 면도를 해야 했다. 욕실 세면대 안에는 뭔가 젖은 것이 들어 있었고, 욕조에는 빨랫감이 한가득이었다. 대걸레와 연마제, 얼룩 제거제, 각기 다른 용도의 오색 스펀지, 일회용 변기 걸레, 쇠 수세미, 렌지 세정제, 유리 광택제, 마루용 왁스와 가구용 왁스, 표백제, 암모니아, 은색 광택제가 싱크대 밑에서 굴러다녔다. 욕실 수납장을 열 때도 매번 그랬다. "장담컨대, 내가 로라한테 벗어나 평범한 세상에서 살기 시작했다간 제일 처음 날 덮치는 세균 때문에 죽고 말 거다."

데이비드는 귀담아듣지 않고 들리는 소리만 띄엄띄엄 들었다. 그러다 웨스가 좋아할 것 같기에 몇 번 웃어주었다. 그러자 웨스도 몸을 정화시키려는 듯 박장대소를 쏟아냈다.

"그냥 혼자 살아라." 웨스는 남은 스카치를 더 따르며 말했다. "만일 저쪽 연구소에서 가자고 하면 탐사 여행에 정말 동참할 거야?"

"상황 봐서. 다른 데도 알아보는 중이야."

"어디? 나도 같이 가자!"

"아직은 말할 단계가 아니야. 조만간 내가……" 데이비드는 의자 양쪽 모서리에 대고 손바닥을 비볐다. 어쩌면 애나벨이 내일 그의 편지를 못 받을지 모른다는 생각이 불쑥 들었다. 오늘 밤 8시 15분에야 편지를 우체통에 넣었기 때문이다. 토요일 오전까지도 못 받을지 모른다. 그럴 경우, 애나벨이 그에게 전화하거나 전보를 쳐도 주말엔 그가 여기에 없으니 연락을 받을 수 없다. 그는 토요일 저녁 8시나 9시경에 매카트니 부인에게 전화해 그에게 연락이 온 게 있는지 묻기로 했다.

이제 웨스가 책에 실린 사진을 보면서 해저 지형에 관한 얘기를 꺼내자, 데이비드는 마음 편히 객관적 논리적 세계로 들어갔다. 두 사람은 자정까지 얘기를 나누었다. 데이비드는 웨스를 차까지 바래다주었다. 그는 다시 기분이 좋아졌다. 축복받은 행운아 같았다. 이제 데이비드는 겨우 스물여덟, 애나벨은 스물넷이다. 최고의 인생이 둘 앞에 펼쳐져 있다.

다음 날 아침, 눈이 10센티미터 정도 쌓였다. 마치 구름이 땅에 내려앉은 듯 솜털처럼 부드러웠다. 데이비드는 눈이 좋았다. 폭설보다 살포시 내린 눈이 더 좋았다. 눈은 그가 아는 세상을 바꾸었다. 눈은 더러움을 감추고 낡은 생각과 실망, 일상을 따분하게 바라보는 시선마저 흐린다. 눈은 그만이 간직한 온갖 희망을 새로이 했다. 오후 5시 반에 퇴근해 하숙집에 가면 고리버들 테이블 위에 애나벨의 편지가 있으리라 확신하는 금요일 오후도 그런 희망 중 하나였다. 그러나 테이블 위에는 편지가 세 통뿐이었고, 그의 앞으로 온 건 하나도 없었다. 간밤에 보낸 편지의 답장이 여하튼 올 리 없었다.

그는 방에서 더플백 안에 책 몇 권과 그 집에서 꼭 가져가야겠다고 기억해둔 잉크를 집어넣었다. 은은히 휘파람을 불면서 오늘 밤 눈이 새로 내리면 음악을 틀 것이며, 그가 내는 소리를 제외하면 평소보다 더욱 고요한 주말이 되리라고 기대했다. 이번 주말에 모든 걸 생각해야겠다. 어쩌면 애나벨과의 대단히 중요한 만남을 위해 일요일에 하트퍼드로 가는 주말이 될지 모른다. 일요일 밤이면 모든 게 정리될 것 같았다. 어쩌면 애나벨이 그 집으로 가서 옷을 걸고 집을 익히고 그의 목에 두 팔을 두른 채 키스할지 모른다. 어쩌면 애나벨이 결혼하기 전까지 침실은 따로 쓰겠다고 할 것이다. 이런 생각이 들자 그는 더는 휘파람을 불 수 없었다.

그는 충동적으로 뛰어 올라가 비첨 부인의 방문을 두드렸다. 부인은 갈색 실로 뭔가를 짜다가―데이비드는 이번에는 뭘 짜냐고 묻지 않았다―짜던 걸 무릎 위에 그대로 두고 그와 얘기를 나눴다. 부인이 어머니에 대해 물어도 이제 그는 술술 편안히 말했다. 두 사람은 눈 얘기도 하고, 해리스 씨가 발목을 삐는 바람에 쥐가 나도 한동안 발을 구르지 못할 거라는 얘기도 했다. 데이비드는 부인의 푸근한 목소리와 미소와 주말 잘 보내라는 인사에 축복받은 기분이 들어 행복했다.

데이비드가 계단을 내려가려는 찰나, 매카트니 부인이 그를 불렀다. 전화가 왔다고 했다.

데이비드는 웨스의 전화일 거라고 생각하며 재빨리 수화기를 들었다. "여보세요?"

"여보세요, 데이브? 애나벨이야."

"자기! 괜찮아?"

"난 괜찮아. 그런데 제럴드가 편지를 봤어. 그이가 오후 4시에 우연히 집에 뭘 가지러 왔는데 하필 그때 편지가 도착하는 바람에 어쩔 수 없었어, 데이브. 그이가 우체부에게 편지를 받아서 직접 뜯어봤어."

"음…… 천박하긴. 꽤나 신경 쓰이네."

"그렇겠지. 데이브, 이 상황이 이해가 안 가지? 그인 내 남편이야."

"상황이라…… 물론 나도 이해해. 너보다 잘 이해한다고 생각해, 애나벨. 내 편지 보기는 봤어?"

"응, 봤어."

"그래?" 그는 희망에 차서 불쑥 묻다가 복도로 목소리가 샐까 봐 손으로 수화기를 가렸다.

"데이브, 당신 집 얘기 말인데. 그래서 전화했어. 내가 편지로 쓰면 당신이 이해하지 못할 테니까. 난 당신 집에 절대로 못 가, 데이브. 당신이 내게 원하는 방식으로는."

"내 생각엔 당연히…… 결국 당신이 이혼하지 않을까?"

"데이브, 난 이혼은 안 해. 이해 못 하겠어?"

그는 입술을 축였다. "남편이 옆에 있니? 지금?"

"아니."

"아니야? 그럼 잘 들어, 애나벨. 내가 하트퍼드로 갈까? 지금 당장?"

"아니, 데이브, 그래서 내가 전화한 거야. 어떻게 말해야 하나? 나한테 편지하지 마, 데이브. 편지 때문에 계속 분란만 생겨. 제럴드가 머리끝까지 화가 났어. 진짜야."

"제럴드가 나하고 무슨 상관인데!"

"나하고는 상관있어. 게다가 난 상관해야 해. 당신이 이해를 못 하니까……"

그는 휘둥그레진 눈으로 입을 다물지 못한 채 서 있었다. 엄청나게 성가셔 도저히 납득할 수 없는 문제를 맞닥뜨린 것처럼 무슨 말을 해야 할지 몰라 당황했다.

"데이브, 이렇게 말하는 날 용서해."

"괜찮아질 거야. 걱정 마." 그가 웅얼거렸다.

"뭐가?"

그는 웅얼거렸지만 다시 말을 할 수는 없었다. "끊자, 애나벨."

"잘 있어, 데이브."

그는 걸음을 옮기다가 더플백에 발이 걸려 넘어졌다. 가방을 집어 들고 다시 걸었다. 차에 타자마자 자동으로 시동을 걸고 발라드 집으로 향했다. 늘 가던 대로 지름길을 탔지만 어김없이 들르던 델리에는 가지 않았다. 내일 먹을 음식을 차마 준비할 수 없었기 때문이다. 일단 그는 집으로 가서 더욱 구겨진 표정으로 더플백을 풀어 옷을 교체하고 간단한 일을 처리했다. 그라는 존재에서 더욱 행복한 반쪽이 사는 이 집이 확실한 해답이자 설명이자 걸어야 할 방향 같았다. 마침내 음악을 틀고 소파에 앉아 팔짱을 낀 채 허공을 노려보았다. 상황 파악은 애나벨의 전화를 끊은 직후에 비해 조금도 나아지지 않았다.

그날 밤 자정 넘어 두 번째로 멍하니 샤워를 하자, 생각이라고 불릴 만한 무언가가 마음속에 형체를 잡기 시작했다. 애나벨은 자기가 진심을 말했다고 생각할 것이다. 그렇지 않고서는 그녀의 목소리에 담긴 진심과 진지함을 어찌 설명한단 말인가? 애나벨은 거짓말하지 않았다. 상황이 이럴수록 그가 더욱 설득에 나서야 한다. 애나벨에게 확신을 줄 힘이 있어야 한다. 그는 편지로 전한 신념을 조금도 잃지 않았다.

그날 밤, 마치 하트퍼드까지 걸어갔다 걸어온 것처럼, 마치 일어설 기운조차 없어질 때까지 두드려 맞은 것처럼, 그는 완전히 진이 빠졌다. 편지를 한 장 더 써야겠다는 욕망도 흐릿해졌다. 문득 무슨 생각이 들었지만, 나중에 보면 옳지 않을지도 모른다. 내일이면 좀 더 명확히 생각할 수 있겠지.

한밤중이 되자 눈이 점점 많이 내렸다. 묵묵히 흘러내리는 수십억 개의 하얀 눈물 같았다.

11

　토요일, 그는 애나벨에게 다시 편지를 쓰지 않았다. 일요일에 하트퍼드로 올라가 애나벨을 데리고 올까 여전히 고민 중이었다. 때와 장소가 적힌 편지가 사람 마음을 동하게 할 순 있어도, 절대로 직접 행동에 나서게 하지는 않는다.

　그는 일요일 느지막이 일어나서 계단에 쌓인 눈을 치웠다. 그가 선수상(뱃머리에 붙이는 조각상)이라고 부르는 나뭇조각에 사포질을 해서 니스 작업을 끝낼 생각이었다. 이 수공예 조각물이 19세기 후기 건축물에 걸려 있었더라면 입구가 다소 우아하게 빛났을 것이다. 1미터가 넘는 크기에 미끄러지며 소용돌이 치는 문양들 사이로 꽃무늬가 두 개 있었지만 사람 얼굴은 아예 보이지 않았다. 어딘지 모르게 만들다 만 작품처럼 보였지만 그래도 그는 선수상이라고 불렀다. 어리둥절한 표정을 짓던 잡상인에게 50센트를 건네면서 데이비드는 이 선수상에 베이지나 갈색을 칠할지, 아니면 원목 그대로 두는 게 나을지 고민했다. 동시에, 애나벨이 이걸 램프 스탠드로 사용할 수도 있고, 거실의 긴 테이블 위에 그냥 올려놓기만 해도 아름답다며 좋아하는 모습을 상상했다. 그는 빠르게 작업했지만 그렇다고 서두르진 않았다. 니스를 처음 한 겹을 바르고 있는데 자동차가 기어를 바꾸는 소리가 들렸다. 저단으로 기어를 변속하는 소리였다. 그는 계단을 올라 거실로 뛰어 들어갔다. 고요히 눈 내린 바깥에서 처음으로 차 소리가 나자

깜짝 놀라 심장이 미친 듯이 쿵쾅거렸다. 낡은 밤색 자동차가 그의 집 진입로를 따라 올라오고 있었다. 진입로가 살짝 휘어지자 이제 차가 그를 정면으로 바라보았다. 코네티컷 자동차 번호판 색상이 눈에 들어왔다. 데이비드는 자동차 전면 유리를 뚫고 차 안을 들여다보려고 기를 썼다. 이제 차가 현관문에서 직선거리 5미터 이내로 들어왔다. 운전자는 남성이었고, 조수석엔 아무도 없었다. 데이비드는 그것만으로 실망할 새가 없었다. 몸싸움에 대비하듯 온몸에 힘이 들어갔다. 낯선 이가 길을 묻는다 해도 그의 반응은 지금처럼 적대적일 것이다. 이제 운전자가 보였다. 제럴드였다.

제럴드가 차에서 내려 그의 집을 의심스러운 눈초리로 째려보더니 차문을 그대로 열어둔 채 현관으로 다가왔다. 그 바람에 제럴드가 데이비드의 시야에서 벗어났다. 제럴드가 현관문을 두드렸다. 제럴드가 유리창으로 안을 들여다봐도 보이지 않도록 데이비드는 현관문 옆으로 비켜섰다. 그는 인기척하지 않을 생각이었다. 제럴드가 집을 잘못 찾아왔다고 생각하게 내버려둬야지. 데이비드는 주먹을 꽉 쥐었지만 발산하지 못한 힘 때문에 주먹이 화끈거렸다. 게다가 제럴드가 그의 집을 알아내 계단까지 침범했다는 사실에 격분했다. 제럴드가 다시 문을 두드렸다. 이번에는 더욱 화난 목소리였다.

"켈시? 문 열어!" 제럴드는 다소 높다란 목소리로 위협적으로 외쳤다. 잇달아 눈이 밟혀 뽀드득거리는 소리와 함께 발걸음이 멀어지더니 차고로 향하기 시작했다.

데이비드는 측면 창으로 갔다. 내린 눈이 그의 자동차 바퀴 자국을 지웠다. 그런데도 제럴드는 까치발을 들고 차고 문 위로 뚫린 창을 통해 안을 들여다보았다. 그것도 성에 차지 않았는지 차고 문에 대고 고함을 치더니 눈을 한쪽으로 밀치며 차고 문을 열었다. 이제 차고 안으로 들어갈 만큼만 문이 열렸다. 차고 안에 세워놓은 자동차에는 차키가 꽂혀 있었고, 그의 이니셜을 박아 애나벨이 선물한 악어가죽 열쇠 지갑도 있었다. 제럴드가 저 더러운 손으로 열쇠 지갑을 만지작거리는 모습이 데이비드의 머릿속에 그려졌다.

데이비드는 현관문을 벌컥 열고 소리 질렀다. "거기서 나와!"

제럴드가 차고에서 나왔다. "오호, 거기 계셨군. 웬일이실까? 졸아서 문도 못 열었으면서?" 제럴드의 목소리가 높고 거칠었다.

"당장 꺼져." 데이비드는 두 발을 눈밭에 단단히 박고 다시 주먹을 쥐었다.

"당신하고 얘기하기 전까진 못 가. 안으로 들어가지." 제럴드는 심술부리듯 화를 내며 콧방귀를 뀌었다. 그는 땅딸막한 체구로 당당히 다가왔다. 데이비드는 그걸 보면서 제럴드가 몇 잔 걸친 것 같은 느낌을 받았다. "어서, 그러다 감기 걸려." 제럴드는 잘난 척하는 목소리로 말하며 데이비드의 팔뚝을 잡으려고 손을 뻗었다.

데이비드는 몸을 움츠렸다가 제럴드의 손을 주먹으로 후려쳤다. 제럴드가 비틀거리며 쓰러질 뻔했다.

"젠장." 제럴드는 몸을 접은 채 고통스레 팔꿈치를 움켜잡았다. "잘 들어, 켈시. 나한테 총이 있어. 쏘려고 가져온 건 아니야. 호신용이지. 그래도……"

데이비드의 웃음이 제럴드의 목소리를 집어삼켰다.

제럴드는 식겁한 표정으로 열린 현관문을 쳐다보더니 안으로 들어가기를 겁내는 것 같았다. "미쳤어, 켈시. 넌 돌았어." 제럴드는 아직도 팔꿈치를 쥐고 있었다.

"내가 나가라고 했지, 꺼져!" 데이비드는 현관문을 닫으려고 걸어갔다. 제럴드가 집 안을 들여다보는 것조차 싫었기 때문이다. 데이비드는 도로 들어갈 수 있도록 걸쇠를 돌린 상태에서 문을 닫았다.

제럴드가 고개를 들어 쳐다보았다. 퉁퉁한 입매와 처진 입꼬리가 보였다. "너하고 얘기하고 싶다고 했잖아. 이제 네가 주말이면 어디에서 지내는지 알았겠다, 여기가 우리 집사람을 데려다 살겠다는 집인가? 난 너한테 질릴 대로 질렸고, 애나벨은 나보다 더 많이 질렸어. 이 얘기를 해주려고 여기까지 왔다."

"차라리 나를 쏴, 제럴드." 데이비드는 거침없이 말했다. 그는 청바지 양쪽 주머니에 엄지를 꽂은 채 제럴드의 바보 같은 총 앞에 온몸을 노출했다. 데이비드는 추워서 온몸이 굳고 벌벌 떨렸다.

제럴드가 코트 주머니에 오른손을 넣은 채 데이비드에게 다가왔다. 데이비드는 적당한 타이밍을 잡아 계단을 내려오며 다리를 뻗어 제럴드의 명치를 걷어찼다.

제럴드가 바닥에 쓰러지는 순간 총이 발사됐다. 마치 그 충격에 나는 소리 같았다. 잇달아 제럴드가 고함 치고 난리를 치자 데이비드는 그를 일으켜 세운 다음 차를 향해 등을 떠밀었다. 제럴드가 다시 고꾸라졌다. 겁에 질려서인지, 아파서인지, 제럴드가 비명을 내질렀다.

"내 몸에 손대지 마!" 제럴드가 찢어지는 소리로 외쳤다. 바로 그때 데이비드가 주먹 아랫면으로 제럴드의 옆통수를 가격하자, 제럴드의 퉁퉁한 볼살이 고래 지방처럼 출렁거렸다. 이제 제럴드는 울기 직전의 소년처럼 한쪽 귀를 부여잡았다. 화난 꼬마처럼 데이비드를 노려보더니 주머니에서 총을 꺼내 이를 악문 채 말했다. "물러 서, 데이비드."

그런데도 데이비드는 짜릿한 행위를 멈추지 않았다. 그는 제럴드의 물 컹한 턱을 향해 주먹을 아주 천천히 날렸다. 제럴드의 얼굴이 최면에 걸린 듯 표정 하나 바뀌지 않고 살짝 들렸다가 뒤로 꺾였다. 제럴드가 바닥으로 떨어지는 순간 쩍 하는 소리가 났다. 그러나 그건 총성이 아니었다. 제럴 드가 현관 계단에 머리를 부딪치더니 그대로 뻗어버렸다.

데이비드는 눈 속으로 미끄러져 들어간 총을 집어서 제럴드의 코트 주 머니에 도로 쑤셔 넣은 다음 제럴드를 앉혔다. 제럴드는 의식이 없었다. 아직도 화가 덜 풀린 데이비드는 한 손으로 제럴드를 질질 끌고 차로 간 다음 운전석에 쑤셔 넣고 다리를 한 쪽씩 들어서 밀어 넣고 차 문을 쾅 닫 았다. 데이비드는 집으로 향했다. 그 순간, 지나치게 사려 깊은 생각이 머 리를 스쳤다. 제럴드가 정신을 차리기도 전에 저러다 얼어 죽는 거 아냐? 차에 시동을 걸고 히터를 틀어놓을까? 그랬다간 일산화탄소 중독으로 위 험해질 수 있다. 데이비드는 씁쓸하게 웃다가 속으로 욕하면서 차 문을 다 시 열고 눈을 한 움큼 쥐어 역겹게 생긴 제럴드의 얼굴에 대고 마구 문질 렀다.

"정신 차려, 더러운 놈아. 정신 차리고 꺼지라고."

제럴드의 왼쪽 귀에서 피가 나왔다. 그걸 보는 순간, 데이비드는 피가 뒤통수에서 흐른다는 걸 알았다. 상처를 만져보면 얼마나 심각한지 알 수 있지만, 그는 그 근처에, 저 멍청한 머리뼈에 도저히 손을 댈 수 없었다. 제 럴드의 매끈한 두 손이 무릎 위에 늘어졌다. 데이비드는 조심조심 한쪽 손 목을 잡고 맥을 짚었다. 맥이 잡히지 않았다. 손목이 밀가루 반죽 같았고 뭔가 부자연스러웠다. 순간, 제럴드가 죽었을지 모른다는 생각이 밀려왔다. 데이비드는 몸을 세우고 팔짱을 낀 채 소생하길 거부하는 역겹고 짜증스러운 살덩어리를 노려보았다.

"이봐!"

이제 데이비드는 퉁퉁한 턱 아래에 손을 갖다 댔다. 목에서 뛰는 맥을 확인하는 게 훨씬 정확하기 때문이다. 맥이 전혀 잡히지 않았다. 게다가 제럴드의 살갗도 살짝 차가워진 것 같았다. 손보다 차진 않았지만 보통 목에서 느껴지는 체온보다 훨씬 낮았다. 데이비드는 도로를 살폈다. 평평한 땅과 눈 쌓인 짤막한 가로장 울타리를 빼곤 아무것도 보이지 않았다. 사람 하나, 차 하나도 시야에 걸리지 않았다. 그는 몸을 돌려 90미터 멀리 보이는 고요한 숲 언저리를 잠시 살폈다. 고민에 빠졌다. 제럴드를 차에 태워 30킬로미터 떨어진 잘 모르는 병원으로 데려갈 것인가, 아니면 경찰서로 데려갈 것인가? 이를 어찌해야 하나?

데이비드는 추위로 온몸이 부들부들 떨렸다. 이 사태의 책임자는 자신이었다. 그는 또다시 쓸쓸하게 웃으며 짜증이 극에 달해 고개를 휘저었다.

그는 집으로 들어가 거실에 앉아 손을 부비며 건너편에 보이는 라디에이터 덮개를 노려보았다. 물론, 여기서 몇 킬로미터 떨어진 어느 인적 없는 장소로 차를 몰고 갈 수도 있다. 분명 그런 곳이 있을 것이다. 그런 다음 제럴드를 차에 태운 채 그대로 버리고 올까, 아니면 제럴드를 차에 태워 낭떠러지 아래로 밀어버릴까. 데이비드는 적어도 오늘은 제럴드를 아예 못 봤다고 진술할 수 있다. 그런데 끔찍하고 너무나 선명한 의문이 고개를 들었다. 제럴드가 이 집을 어떻게 알았지? 누구한테 들었을까? 누가 알려줬을까?

웨스?

그렇다면 웨스가 데이비드의 뒤를 밟아 언젠가 여기까지 따라왔었다는 얘긴데. 제럴드는 웨스를 어떻게 알았을까?

매카트니 부인? 부인은 매주 그가 어머니를 찾아가는 동화에 푹 빠져 있지 않았던가? 도저히 믿기지 않았다.

데이비드는 일어서서 안절부절못했다. 그때 또 다른 생각이 떠올랐다. 이 집에서 그는 윌리엄 뉴마이스터였다. 제럴드가 이 집에 있는 윌리엄 뉴마이스터에게 말을 걸며 뭘 하고 있었을까? 데이비드는 스웨터를 가지러 가려다가 현관으로 가서 문을 열었다. 꿈쩍하지 않는 제럴드가 보였다. 그 래서 아무튼 밖으로 나가 이번에는 제럴드의 창백한 얼굴만 바라보았다. 퉁퉁한 턱을 셔츠 깃에 파묻은 채 무거운 머리로 온몸을 잡아당기느라 상 체가 좌석 등받이에서 살짝 떨어졌다. 몇 분 후면 제럴드가 가슴팍으로 핸 들을 눌러 클랙슨이 영원히 울릴 것만 같았다. 그는 제럴드의 한쪽 어깨를 눌렀다. 몸 전체가 뻣뻣하게 움직이더니 오른쪽 엉덩이로 위태롭게 중심 을 잡았다.

그는 차 문을 닫고 좀 더 서둘러 집으로 들어갔다. 집에는 전화가 없다. 아무 데나 가서 경찰서로 전화하느냐, 제럴드의 차를 직접 몰고 경찰서로 가느냐, 데이비드는 기로에 섰다. 그는 후자를 선택했다. 경찰이 집에 오는 것도, 주변을 어슬렁거리는 것도 원치 않았기 때문이다. 적어도 그런 경우 를 최대한 뒤로 미루고 싶었다. 당연히 경찰은 사고 현장을 감식하고 그의 주장에 일리가 있는지 조사할 것이다. 윌리엄 뉴마이스터가 앞으로 진술 할 얘기는 확실히 앞뒤가 맞을 것이다.

데이비드는 옥스퍼드 회색 플란넬 정장으로 갈아입고 검은 구두를 신 고 그 위에 방수용 덧신까지 신은 다음 남색 코트를 걸쳤다. 거기에 모자도 썼다. 그런 다음 2층 서재 소파 발치에 있던 격자무늬 무릎 담요를 마지못해 들고 내려와 그걸로 제럴드 딜러니를 덮었다. 그는 다시 집에 들어갔다. 벽난로 선반 위에 올려둔 애나벨의 사진을 잊어버렸기 때문이다. 처음엔 엎어두기만 했지만, 다시 생각한 후 액자를 책장에 있는 책들 사이에 끼웠다. 그는 조수석에 제럴드라는 살덩이를 태우고 제럴드의 차를 몰아 옆 마을로 갔다. 고속도로 북쪽에 위치한 이름도 거추장스러운 벡스브룩이라는 마을이었다. 그는 그곳에 있는 드러그스토어로 가서 전화를 걸었다. 교환원에게 가장 가까운 경찰서 위치를 물으니 교환원은 벡스브룩의 브로드웨이가와 호튼 스트리트가 만나는 곳에 경찰서가 있다고 했다.

"전화를 돌려드릴까요? 응급 상황입니까?" 교환원이 물었다.

"아닙니다. 제가 그리로 갈 겁니다." 데이비드가 대답했다.

그는 윌리엄 뉴마이스터 앞으로 온 잡다한 편지 여러 개와 전기 요금 고지서를 일부러 주머니에 넣고, 지갑은 집에 두고 왔다.

12

데이비드는 간단명료하게 상황을 진술했다. 긴장감을 약간 섞는 게 이 충격적인 사고의 여파처럼 보일 거라고 계산했다. 그는 저 남자가—데이비드가 이름을 모르는 척 행동하자 경찰이 제럴드의 지갑을 뒤져서 이름을 알아냈다—분개한 상태로 그의 집을 찾아와 그를 파커, 혹은 비슷하게 부르더니 결국 총을 꺼내 들었다고 했다.

"총에 제 지문이 남아 있을 겁니다." 데이비드가 덧붙였다. "제가 총을 저자 주머니에 도로 집어넣었거든요."

제럴드의 코트를 뚫고 총알이 한 발 발사되었지만 제럴드는 맞지 않았다. 데이비드는 그가 현관 앞 계단에서 남자를 미는 바람에 저 남자가 죽었다고 솔직히 시인했다.

경찰은 데이비드에게 이름과 신분증을 요구했다. 당분간은 챙겨온 편지들로 충분해 보였다. 데이비드는 자신을 '프리랜서 저널리스트'라고 밝혔다. 어쩌다 보니 이니셜 N자가 박힌 커프스를 차고 있었다. 예전에 충동구매한 커프스였다. 데이비드가 손을 기울여 고집스레 '윌리엄 뉴마이스터'라고 적는 사이, 경찰이 그걸 알아본 것 같았다. 아닐지도 모르지만. 아무튼, 경찰은 데이비드보다 시신에 더욱 관심을 보이며 동기를 알아내려고 열중했다. 경찰은 둘이었다. 한 명은 나이가 더 많고 직급이 높았다. 또 한 명은 젊고 체구가 좋고 성실하고 기민해 보이는 인상이었다. 당연히 이

들은 데이비드의 집으로 가서 현장을 둘러보고 싶다고 했다.

데이비드는 경찰과 같은 차에 타고 길을 알려주면서 그가 지금까지 저지른 유일한 실수는 사소하다고 생각했다. 그가 모르는 게 있었다. 오늘이 토요일인지 일요일인지 확실하지 않았다. 오늘은 일요일이었고, 지금은 일요일 오후 4시 10분이었다.

제럴드의 차바퀴 자국이 눈 위에 선명했다. 차가 선 위치에서 집까지 그사이 눈밭이 헤집어지고 엉망진창이 되어 시커먼 흙바닥이 드러났다. 두 남자가 격렬히 몸싸움을 한 것처럼 보였다. 피는 굳지 않은 채 첫 번째 계단 아래쪽에 쌓인 눈을 시뻘겋게 물들였다.

"한 번도 본 적 없는 사람이 확실합니까?"

"확실합니다."

"그가 집 안으로 들어왔나요?"

"아뇨."

"저희가 집 안을 살펴봐도 될까요?" 선임 경찰이 물었다.

데이비드는 진지하게 고개를 끄덕이며 열쇠고리를 꺼냈다. 거기엔 열쇠가 달랑 두 개 매달려 있었다. 하나는 현관, 또 하나는 뒷문 열쇠였다. 그는 경찰을 먼저 들여보냈다. 거실은 깔끔했다.

"집이 좋습니다. 전화가 없다고 하셨죠?"

"없습니다."

"글 쓰실 때 세상만사에서 벗어나는 걸 좋아하시는군요."

"그런 거 같습니다."

젊은 경찰관이 현관문을 열었다. 두 명의 경찰관이 현관 문지방에 서자, 차고까지 이어지는 흔적이 더욱 또렷이 보였다. 제럴드는 차고에서 집으로 오고, 데이비드는 차고 쪽으로 가다가 두 사람이 집 근처에서 마주치면서 몸싸움이 일어났다, 남자가 집으로 찾아와 차고를 들여다보기에 그때 밖으로 나가 뭐 하는 거냐고 물었다고 진술했다.

"그럼 남자한테 문을 열어주지 않으셨군요." 선임 경찰이 물었다.

"그렇습니다. 남자가 노크를 했어요. 제가 지하실에 있다가 현관으로 나가는 사이, 남자가 차고로 가서 창으로 차고 안을 들여다보고 있었습니다. 그래서 제가 바깥으로 나가 무슨 일이냐고 물었습니다." 그가 맨 처음한 진술과는 살짝 달랐다. 젊은 경찰관이 그를 응시했다.

"현관 앞 계단에서 말싸움이 시작되었다고 말씀하신 걸로 기억합니다만."

"둘이서 집 쪽으로 걸어왔어요. 저는 그 사람을 상대하고 싶지 않았어요. 취한 것 같아서요. 남자는 집 안으로 들어가 파커를 찾겠다며 계속 고집을 피웠습니다. 둘이서 현관 앞으로 걸어오는데 남자가 총으로 절 위협했습니다."

경찰관 두 명은 그의 진술을 곰곰이 따지는 것 같았다. 젊은 경찰관이 어리둥절한 표정으로 고개를 저었다.

"아마 남자가 차고에 있는 차종을 확인했겠죠. 당신 아니면, 파커라는 남자를 죽이기 위해 고용된 사람일 수도 있고요."

선임 경찰관은 젊은 경찰관을 보며 슬쩍 웃었다. "원한을 산 사람이 있습니까, 뉴마이스터 씨?" 그는 이렇게 묻더니 성을 고쳐서 불렀다. "뉴메스터 씨."

"절 죽이고 싶을 만큼 원한을 품은 사람은 없습니다."

"그렇다면…… 이번 사건을 망자의 입장에서도 살펴봐야겠군요. 저희가 코네티컷에 사는 딜러니의 지인들을 만나보겠습니다. 뉴메스터 씨, 이 집의 경비도 서드리죠. 오늘 밤과 앞으로 며칠간 저 진입로에 차를 세우고 차 안에 경관을 배치하겠습니다."

데이비드가 끄덕거렸다. "오늘 밤에 경비를 서주신다면 제 마음이 한결 편할 것 같군요. 그런데 실은 제가 내일 아침 일찍 나가 며칠간 집을 비울 예정입니다."

"어디로 가십니까?"

"뉴욕입니다. 업무차 갑니다."

"그럼 연락 가능한 번호를 알려주시겠습니까?" 젊은 경찰관이 주머니에서 작은 수첩을 꺼내며 물었다.

"호텔에 묵을 예정인데 어딘지 말씀드리지 못하겠네요. 만일 연락을 원하신다면 제가 전화를 드리는 편이 훨씬 덜 번거로울 것 같습니다."

"어느 호텔에 묵으실 예정입니까?"

"보통은 바클레이 호텔에 묵습니다만." 데이비드는 차분히 말했다. 마치 바클레이 호텔에 자주 묵은 듯이 렉싱턴 애비뉴 모퉁이가 머릿속에 펼쳐졌지만, 사실은 그 호텔에 눈길을 준 적도 없었다.

"월요일 오후 6시경에 전화해주시겠습니까? 내일요. 이 번호로 부탁드립니다." 선임 경찰관이 말하며 데이비드에게 명함처럼 생긴 작은 카드를 건넸다. '벡스브룩 경찰 본부. 브로드웨이 & 호튼 스트리트, 벡스브룩, 뉴욕 주'라는 글귀가 타이핑되어 있었다.

현관문이 두 번 쾅쾅 소리를 내며 닫히자, 데이비드는 혼자라 마음이 놓이는 대신 혼란스럽고 속이 타들어갔다. 갑자기 온몸이 벌벌 떨리더니 신경이 가닥가닥 팔딱거리고 씰룩이는 것 같았다. 그는 머리를 두 손으로 부여잡고 소파에 앉은 다음 고개를 푹 숙인 채 몸을 가누려고 애썼다. 경찰이 가다 말고 되돌아와 이러고 있는 걸 보면 어쩌지?

그는 몸을 똑바로 세워 앉았다. 발작이 천천히 가라앉았다. 그는 내일 평소와 다름없이 출근할 것이다. 그리고 6시경 프로스버그 어딘가에서 경찰서로 전화할 것이다. 그때쯤이면 경찰에서 그를 한 번 더 보자고 할 것인지 말 것인지 알 수 있을 것이다. 그는 바클레이 호텔에 있다고 말할 것이다. 만일 경찰이 나중에 호텔로 전화해 그를 찾는 바람에 상황이 우스워지면 그의 거짓말이 들통날 수 있다. 그렇다 한들, 그건 죄가 되지 않는다.

데이비드는 일어나 전등을 하나 더 켰다. 경찰이 오늘 밤 애나벨에게 통보할 것이다. 기껏해야 몇 분, 아니 딱 1분 정도 걸릴 것이다. 젊은 경찰관이 제럴드의 운전면허증을 손에 쥐고 하트퍼드 교환원에게 탤버트 스트리트에 있는 제럴드의 집으로 전화 연결을 부탁한다. 애나벨이 전화를 받는다. "제럴드 딜러니 씨의 부인 되십니까? 남편이 피살당했습니다……" 그 소리에, 애나벨은 눈물범벅이 되어 주저앉을 것이다. 남편을 사랑했든 아니든 그 비보는 충격적일 테니. 그 소식을 듣자마자 애나벨은 데이비드가 남편을 죽였다고 생각할까? 제럴드가 데이비드를 찾으러 나갔기 때문이다. 잇달아 경찰이 애나벨에게 뉴마이스터에 대해 얘기한다. 제럴드가 죽다니. 데이비드는 아직도 실감 나지 않았다. 그게 무슨 뜻인지 받아들여지지 않았다. 단 하나 확실히 아는 게 있었다. 데이비드 켈시가 떠미는 바람에 제럴드가 돌이킬 수 없는 길로 떠났다는 사실을 애나벨은 절대로 몰라야 한다. 애나벨은 그게 사고였음을 절대로 믿지 않을 것이다.

13

데이비드가 다음 날 아침 7시 45분에 집을 나서자 경찰차가 어젯밤과는 다른 방향에서 들어와 발라드 방향 도로에 서 있었다. 다른 차 같아 보였다. 데이비드는 차를 세워 차에 탄 경찰에게 말을 걸었다. 며칠간 뉴욕에 가 있을 거라고 말하고 나니 마음이 가라앉고 편안해졌다.

"네, 경사님께 들었습니다." 경찰은 미소 지으며 친절하게 대답했다.

데이비드는 프로스버그로 향했다. 그는 월요일 아침마다 매카트니 부인의 하숙집에 반드시 들러 금요일에 입고 간 옷을 벗고 새 옷으로 갈아입고 출근했다. 그가 하숙집에 들어서자, 세라가 비첨 부인의 아침 식사 그릇이 담긴 쟁반을 들고 계단을 내려오는 중이었다.

"안녕하세요, 세라." 데이비드가 인사했다.

"안녕하세요, 켈시 씨. 아 맞다!" 세라가 고개를 들더니 데이비드를 바라보았다. 입술을 바르지 않은 얼굴 오른쪽 뺨에 뾰루지가 솟았다. "그 남자 만났어요? 여기 일요일에 왔던 남자요." 세라의 무표정한 얼굴에 미묘한 관심이 흘렀다. 평소답지 않게 들떠 보였다.

"아뇨, 누구요?"

"나야 모르죠. 어떤 남자가 이 집 사람들을 죄다 붙들고 당신이 어디 있냐고 물었어요." 세라는 접시가 한쪽으로 쏠려도 떨어지지 않을 만큼만 쟁반을 기울여 오른쪽 팔꿈치로 식당 문을 능숙하게 밀고 들어가버렸다.

데이비드는 방으로 올라갔다. 아직 여기까지 그 소식이 전해진 것 같진 않았다. 그는 방문을 닫은 채 잠시 그대로 서 있었다. 숨이 잘 쉬어지지 않았다. 방을 둘러보았지만 바뀐 데는 없었다. 그는 쌀쌀한 날씨에도 면바지에 파란 셔츠를 입고 옷장에서 갈색 트위드 재킷을 꺼내 입었다. 4년 동안 세탁도 다림질도 하지 않은 옷이었다. 매카트니 부인이 분명 현관 복도에서 기다리고 있을 것 같았다. 아니나 다를까 부인이 고리버들 테이블 옆에서 어슬렁거리고 있었다.

"일요일에 친구분 못 만났어요, 데이비드?"

"아뇨, 누구 말씀이신지요?"

"이름을 밝히진 않던데요, 아니면 내가 못 들었나. 에피 브레넌이 여기 들렀다가 그 남자한테 어디로 가면 당신을 만날 수 있는지 말해주더라고요. 우린 거기가 어딘지도 모르잖아요. 세상에, 그 남자가 어찌나 조르던지! 무척 중요한 일이라고 했어요."

데이비드는 부인에게서 시선을 떼지 않았다. "무슨 일 때문이라고 하던가요?"

"당신을 꼭 만나야 한다고만 했어요. 당신 집이 어디에 있는지 알려달라고요. 그래서 데이비드는 주말마다 어머님이 계신 요양원에 간다고 내가 몇 번이나 말했다고요." 매카트니 부인이 미소를 지으며 말했지만, 데이비드는 부인의 의심스러운 눈초리가 느껴졌다.

그는 인상을 구겼다. "전혀 모르는 사람이에요……"

그러자 부인은 깔깔거리며 웃음을 터뜨렸다. 그 모습을 보니 부인이 미친 것 같았다. "우리끼리 얘기지만, 에피가 그 남자한테 무슨 말을 해준 것 같았어요. 남자가 취했었거든요. 입에서 술 냄새가 나더라니까. 위스키 같던데, 아마 확실할 거예요."

데이비드도 미소로 대답했다. "에피가 그 남자한테 무슨 얘기를 해줬나 보죠." 그는 이렇게 말하고 앞으로 걸어갔다. 그러다 현관문 앞에서 몸을 돌려 삐딱하게 물었다. "그런데 그 남자, 어떻게 생겼던가요?"

"글쎄…… 키는 별로 안 컸고, 서른 정도로 보였어요. 뭐랄까, 못 생긴 축이었는데. 입술도 두툼하고."

데이비드는 타원형 문고리를 잡고 비틀기만 하고 아직 문을 열지 않았다. "그래서 에피는 제가 어디에 있다고 했죠?"

"별로 멀지 않은 어느 마을이라던데. 에피가 뭐라고 했는지 잘 들리지 않았어요. 에피가 얘기하려고 그 남자를 데리고 인도로 나갔거든요. 에피는 정말 친절도 하지, 안 그래요, 데이비드?"

데이비드는 고개를 끄덕였다. "맞습니다." 그는 흐릿하게 얼버무렸다.

그날 오후, 공장 내 식당 카운터에 지역 신문이 놓여 있었다. 식당에는 아무도 없었다. 그는 느지막이 내려가는 방법으로 웨스를 피했고, 가끔 점심을 같이 먹는 다른 직원 두어 명과도 마주치지 않았다. 기사는 신문 4면에 실렸다.

집 잘못 찾았다 사망한 하트퍼드 남성

1월 19일. 뉴욕 발라드
어제, 코네티컷 하트퍼드에 거주하는 전기공 제럴드 J. 딜러니(31세)가 발라드 주민 윌리엄 뉴마이스터(30세)와 주먹다짐을 하다가 뉴마이스터의 집 앞 벽돌 계단에 머리를 부딪쳐 사망했다.

프리랜서 저널리스트 뉴마이스터는 딜러니를 한 번도 본 적이 없다고 주장했다. 뉴마이스터는 딜러니가 일요일 오후 2시 반께 카운티 로드에 있는 그의 집으로 찾아와 '파커' 비슷한 이름을 외쳤고 위협적인 발언을 하더니 끝내 총을 겨누었다고 진술했다.

현관 앞길에서 몸싸움을 벌이던 중, 딜러니는 가격을 당해 쓰러지면서 계단에 뒤통수를 부딪쳐 두개골이 골절되었다. 뉴마이스터는 죽은 남자를 차에 태우고 벡스브룩 경찰서로 가 사건을 접수했다.

벡스브룩의 서지 오스킨 박사가 작성한 검시서에 따르면, 딜러니는 술을 마신 상태였다. 유독 알코올에 취약한 체질일 경우 예외이나, 딜러니의 음주량은 정상적으로 행동하지 못할 정도는 아니었다고 밝혔다.

딜러니의 유족으로는 아내 애나벨(24세)과 아들 제럴드 J. 딜러니 주니어(7주)가 있다. 경찰은 딜러니의 행동에서 풀리지 않는 의문점을 해소하기 위해 계속 수사 중이다.

데이비드는 신문을 다시 접어 원래 자리에 갖다 놓았다. 기사를 보니 안심해도 되는 건가, 아닌가? 경찰이 제럴드의 행동에서 풀리지 않는 의문점을 해소하려고 여전히 수사 중이라 데이비드는 마음이 놓이지 않았다. 경찰이 데이비드 켈시를 보자고 하지 않을까? 애나벨은 남편이 데이비드 켈시를 만나겠다며 하트퍼드를 나섰다고 경찰에게 분명히 말할 것이다. 그 얘기가 신문에 실리지 않은 건 기자들이 그걸 취재하기도 전에 신문이 먼저 인쇄되었기 때문으로 보였다.

그는 식당에서 나와 계단으로 내려가 녹색 라커가 늘어선 복도를 지나 공중전화 부스로 갔다. 울고 있을 애나벨의 모습이 떠오르자 자기도 모르게 몸이 움직였다. 애나벨의 번호를 외운 것 같은데 잘 기억나지 않아 교환원에게 하트퍼드 전화번호를 문의했다. 두 자리를 틀리게 알았다.

어떤 여성이 전화를 받았다. 애나벨이 아니었다. 그가 기다리는 동안, 멀리서 말소리가 들렸다. 여자끼리 말하는 소리였는데 애나벨의 아파트에서 나는 소리인지, 전화 교환대에서 들리는 소리인지 분간이 가지 않았다.

"여보세요?" 애나벨이 수화기를 바꿨다.

"애나벨, 나야, 데이브. 자기야 괜찮아?"

"어머, 데이브!" 그녀가 헉 소리를 냈다. "살아는 있는 것 같아. 뭐가 뭔지……"

"신문에서 봤어."

"데이브, 그이가 당신을 만나겠다고 나갔어. 내가 말리려고 했는데…… 제럴드가 일요일 아침에 에드 퍼디를 보러 간다고 했어. 그런데 난 알았어. 그이가 에드의 집에 총을 가지러 간다는 걸. 아마 술도 마셨을 거야."

"에드가 데이브한테 총을 건네준 거야?" 데이비드가 물었다.

"그이는 에드가 총을 어디에 보관하는지 알고 있었어. 그래서 직접 가져갔대. 에드 말로는 제럴드가 술을 넉 잔이나 달라고 하더니 단숨에 들이켰대. 그이는 술을 잘 못하거든."

"흠…… 날 쏠 작정이었나?"

"믿을 수가 없어." 애나벨이 눈물을 터뜨렸다. "그이는 당신한테 경고하고 싶었을 뿐이야. 당신 편지를 읽었거든. 내가 말했잖아. 데이브. 편지 때문에 이 지경이 됐어."

애나벨의 원망 섞인 목소리를 들으니 데이비드는 온몸이 굳었다. "미안해, 애나벨." 그는 뉘우치는 목소리로 사과했다. "정말 정말 미안해."

"이젠 너무 늦었어. 제럴드는 날 사랑했어. 당신은 죽었다 깨도 이해 못 하겠지만."

"나도 다 이해해."

"그런데 이해를 못 했잖아. 당신을 이해시키려고 내가 전화까지 했지만, 당신은 그저 '난 너한테 편지를 보낼 권리가 있어.' 이런 식으로 말했잖아. 그것 때문에 이 사달이 난 거야, 알아? 내 말 듣고 있어, 데이브?" 애나벨은 아이처럼 펑펑 울면서 따졌다.

"애나벨, 듣고 있어. 사랑해."

"끊어. 데이브."

그가 무슨 말이든 하려는 찰나 전화가 끊겼다.

그날 저녁, 데이비드는 부동산업자 조셉 월리스에게 전화해 집을 팔겠다고 했다.

"일요일에 벌어진 일에 대해 들었습니다." 월리스가 말했다. "그게 그러니까……" 그가 말을 멈추었다.

데이비드는 월리스 씨가 말을 하다 마는 버릇이 있다는 사실을 떠올렸다. 게다가 그를 '뉴마스터'라고 부르던 것도 기억났다. "아뇨, 예전부터 생각한 겁니다. 제가 여행을 갑니다. 해외로요. 그래서 이 집으로 경비를 대려고요."

"그렇다면 언제든 세를 놓으셔도 될 텐데요. 세입자라면 이런 집을 놓치기 싫어할 겁니다."

"손해를 보더라도 팔겠습니다. 대략 일주일 후에 짐을 다 빼야 합니다."

"손해 보실 일은 없을 겁니다, 뉴마스터 씨." 월리스 씨는 웃으며 말했다. "그 동네에서 그 정도 금액의 주택을 찾는 분이 두 분이나 계시거든요."

"좋습니다. 빠를수록 좋습니다, 월리스 씨. 외국에 나가기 전에 대금을 받고 싶어서요."

"가능할 것 같습니다. 그렇다면 제가 원하면 언제든 집을 보여주실 수 있나요?"

"언제든 상관없습니다."

두 사람은 다음 주 토요일에 벡스브룩에 있는 월리스 씨의 사무실에서 만나 모기지 약정 서류를 처리하기로 했다. 월리스 씨는 그때까지 집을 팔 수 있을 거라고 장담했다. 그렇게 되면 데이비드가 납입한 돈을 은행에서 전액 찾을 수 있다.

데이비드는 그렇게 되기를 바랐다. 윌리엄 뉴마이스터는 반드시 흔적도 없이 사라져야 한다. 뉴마이스터가 사라질 경우 주택 대금을 받지 못할 수도 있다. 그는 모기지 서류에 서명한 윌리엄 뉴마이스터의 사인을 떠올렸다. 전기 회사와 프로판 가스 회사에 그 사인을 등록했고, 발라드의 주택 관련 고지서 대금이 뉴마이스터의 당좌 예금 계좌에서 인출되도록 신청할 때도 그 사인으로 서명했다—당좌 및 예금 계좌에서 돈을 인출하려면 직접 벡스브룩으로 가서 계좌를 닫아야 한다—. 데이비드는 윌리엄 뉴마이스터의 행운에 처음으로 의심이 들었다. 애나벨의 얘기를 듣자 두려웠고 윌리엄 뉴마이스터 놀이를 했다는 게 부끄러웠다. 벡스브룩에서는 몸을 사려야 한다. 윌리엄 뉴마이스터로서 벡스브룩 경찰과 다시 마주칠 생각만 해도 겁이 났다. 집이 박살 나고 사생활까지 공개되자 윌리엄 뉴마이스터라는 인물도 사라진 것 같았다. 그는 이 짓을 또 할 수 없을 것 같았다.

지금 집을 내놓으면 의심을 사겠지만, 하루라도 늦출 수 없었다. 만약 애나벨이 제럴드의 사고 현장을 보겠다고 하면, 경찰은 제일 먼저 그가 애나벨에게 사건 경위를 설명해주기를 원할 것이다. 그는 그렇게 될까 봐 두려웠다. 그 집을 계속 보유하는 건 상상할 수 없었고, 그 집에 다시 가는 것도 위험했다. 그렇다고 사람을 사서 짐을 챙기도록 시키는 것도 질색이었다.

그럼에도 윌리스 씨는 그 집을 사고자 하는 누군가에게, 딜러니와 뉴마이스터의 불상사를 전혀 듣지 못한 고객에게 전화할 것이다. 윌리스 씨는 제럴드가 사망한 다음 날 데이비드가 그 집을 매물로 내놓은 사실을 아는 유일한 사람이었다. 매카트니 부인처럼 윌리스 씨도 데이비드를 고객으로서 굉장히 높이 평가했다.

프로스버그의 월요일 자『헤럴드』석간에 데이비드의 주택 사진이 실렸다. 제럴드가 머리를 부딪친 현관 앞 계단과 추한 얼굴로 싱긋 웃는 제럴드의 사진이 작고 흐릿하게 실렸다. 에피가 제럴드에게 그 집을 가르쳐주었다고 했다. 데이비드는 이 수수께끼 앞에서 경악했다. 만약 에피가 그에 대해 그 정도로 많이 안다면, 그가 이 집을 뉴마이스터 명의로 산 이유도 캐려고 할 것이다. 에피가 그에게 거절당한 후 악의를 품고 그렇게 할 가능성이 대단히 높았다. 어쩌면 정의감에서 뉴마이스터와 켈시가 동일 인물이라고 경찰에 제보할지도 모른다. 데이비드는 그런 가능성을 차마 대면할 수 없었다.

일요일에 봤다는 그 남자 이름이 뭔지, 그가 이유가 뭔지 말했냐고 에피한테 전화해서 물어봐야 하나? 죄가 없었다면 전화했을 것이다. 만약 전화했다가 에피가 신문에 나온 집이 데이비드의 것이냐고 물으면, 그는 단호히 부인할 수 있을까? 오늘 석간에 실린 사진 속 남자와 얘기했다고 에피가 말하면 데이비드는 뭐라고 해야 하나?

처음부터 끝까지 부인하는 것 말고는 빠져나갈 구멍이 없었다.

오후 8시가 넘었다. 데이비드는 6시에 벡스브룩 경찰서와 성공리에 통화하고, 연이어 윌리스 씨에게도 전화했다. 그럼에도 한 통을 더 걸어야 한다는 부담감에 가슴이 갑갑했다. 데이비드는 사이드보드 위에 신문을 내려놓았다. 그가 식당에 남은 마지막 사람이었다.

청소를 거의 끝낸 세라가 건성으로 "켈시 씨, 안녕하세요"라고 말하더니 쟁반을 들고 옆으로 지나갔다.

데이비드는 외투를 가지러 2층에 올라갔다가 복도 전화기 옆에 놓인 작은 수첩에서 에피의 전화번호를 얻었다. 그런 다음 하숙집을 나서서 메인 스트리트 근처 누추한 드러그스토어의 공중전화 부스로 갔다. 그는 윌리스 씨에게 다시 전화해 다음 주 주말까지는 그 집에 '집 팝니다'라는 표지를 붙이지 말라고 부탁했다. 이제 에피 브레넌에게 전화하려 했지만 그건 아닌 것 같았다. 그는 눈이 녹아 질척이는 길을 따라 다시 하숙집으로 돌아왔다. 오늘 밤을 어찌 보낼지, 그동안 이 방에서 어떻게 400일, 500일이나 살았는지 의아했다. 이 누추한 방에 입이 달려 있다면 침범당하는 고통을 겪은 건 바로 자기라고 할 것 같았다. 뉴마이스터로 사는 삶이 월요일부터 금요일까지 켈시로 사는 삶 속으로 밀치고 들어왔다. 혼합기에 특정 화학물을 넣고 섞으면 폭발하는 것과 비슷했다. 데이비드는 근무 시간과 저녁 시간에 주말의 삶을 떠올리는 것조차 낯설었다. 이제 주말의 자아는 사실상 붕괴되었다. 서걱, 서걱, 서걱, 지저분한 인도를 구둣발로 걸었다.

애나벨은 분노하며 그를 혐오했고, 격분하며 그를 오해했다. 데이비드 역시 제정신이 아니어서 바로잡을 방법이 떠오르지 않았다. 그의 최우선 과제는 애나벨이었다. 그는 오늘 밤에 애나벨에게 편지를 쓰기로 했다. 차분하게 동정심을 자아내는 편지는 애나벨의 화를 조금이라도 누그러뜨리고, 그의 생각을 정리하는 데 도움을 줄 것이다. 오늘 밤 계획이 머릿속에 서자 기분이 금세 나아졌다.

그가 방에 들어와 불을 켜자마자 침대 위에 놓인 작은 메모지가 보였다. 전화가 왔다는 뜻이다.

브레넌 양, 8시 반 전화함. 통화 원함. FR 6-7739

그는 에피에게 전화하지 않을 생각이었다. 가능한 한 오늘 밤은 내내 외출했다가 에피에게 전화할 수 없을 만큼 아주 늦게 돌아올 수도 있다. 만일 그랬다간 에피가 한밤중에 다시 전화하거나, 내일 공장으로 전화할지 모른다. 언젠가는 겪어야 한다. 그는 숨을 크게 들이마시고 다시 현관으로 나가 아까 그 드러그스토어까지 가서 에피에게 전화했다.

"여보세요, 데이비드," 에피는 다정하고 들뜬 목소리로 말했다. "오늘자 석간신문 봤어요?"

"신문요?"

"네, 어떤 남자의 사망 기사가 실렸는데, 어제 매카트니 부인 집에서 당신에 대해 묻던 남자가 바로 그 사람이에요. 신문에 사진도 실렸던데. 데이브, 사진을 보세요. 제럴드 딜러니. 당신, 그 남자 알죠?"

데이비드의 심장이 쿵 하고 떨어졌다. "아뇨, 몰라요."

"몰라요? 그 남잔 당신을 알던데요. 흠, 난 당신이 굉장히 관심 있을 줄 알았어요."

"아뇨, 그가 날 안다니 참 별일이네요." 데이비드는 공중전화 부스 밖에 있는 중년 남성을 바라보았다. 1미터 거리에 있는 그 남자는 수첩이 진열된 칸을 구경하고 있었다. 데이비드는 저 남자가 통화를 엿듣다가 그의 거짓말을 눈치챈 것 같았다. 데이비드가 공중전화 부스를 나서는 즉시 체포하려고 대기 중인 형사 같기도 했다. "신문에서는 그 남자가 취했다던데요." 이렇게 덧붙이자 데이비드는 입이 바싹 말랐다.

"아닌데, 안 취했던데요. 몇 잔 마시긴 했지만 그래도 멀쩡했어요."

데이비드는 그녀가 조심하는 듯한 인상을 받았다. 에피는 그의 말을 조금 더 듣고 싶어 했다. "그래서 내가 어디에 있다고 알려줬습니까? 매카트니 부인 말로는 당신이 아무 데나 둘러댔다고 하던데요."

"내가 뭐라고 했냐면…… 하아, 데이비드. 오늘 밤에 만날 수 있어요? 이쪽으로 올래요?"

그는 망설였다. "그건 아닌 것 같아요, 에피. 밤에 할 일이 있어요."

"신문을 봐요, 데이비드. 거기에 그 집 사진이 실렸어요. 윌리엄 뉴메스터라는 남자의 집이래요." 벡스브룩의 경찰관처럼 에피도 '뉴메스터'라고 발음했다. "그 남자 알죠?"

"모릅니다." 데이비드가 말했다.

"몰라요? 발라드에 사는?"

"모른다니까요." 데이비드는 극도로 초조하게 대답했다.

"사실은, 당신이 그 집에 가는 걸 전에 봤어요, 데이비드. 당신이 차고 안에 차를 세우던데요."

"내가요?"

"그러니까 신문에 실린 사진을 보라고요. 윌리엄 뉴메스터래요. 내가 이름을 잘못 읽은 건지 모르겠지만, 그 집은 알아요. 카운티 로드 오른편

첫 번째 집인데 굴뚝이 무척 높았어요."

"다른 사람을 봤겠죠."

"당신 차는 내가 알죠."

"난 발라드에 간 적이 없습니다." 데이비드는 우기며 말했다.

이제 에피가 입을 다물었다.

"아무튼 신문 기사를 한번 볼게요, 에피."

"잘 들어요! 혹시 그 남자와 아는 사이면 나한테 알려줄래요? 다시 전화해줘요. 궁금해서 그래요."

"그러죠, 에피." 그는 수화기를 내려놓았다. 막판 몇 분 때문에 완전히 진이 빠졌다.

그가 그 집에 있는 모습을 에피와 웨스가 같이 봤을 것이다. 에피가 웨스의 차 말고 남의 차를 타는 건 보지 못했기 때문이다. 웨스와 같이 가지 않았더라도, 에피가 웨스에게 모조리 말했을 것이다. 원래 사람들은 살해되기 직전 에피가 만난 남성의 사망 사건에 얽힌 미스터리 같은 흥미진진한 사연을 슬슬 흘리고 다닌다. 데이비드는 웨스가 의심쩍게 묻던 모습이 떠올랐다. "어머님이 요양원에 계시지? 집이 아니고?"

데이비드는 내일 웨스를 만날 일이 두려웠다. 에피처럼 웨스도 오늘 밤에 전화할지 모른다.

그는 다시 하숙집으로 돌아갔다. 애나벨에게 편지하려던 계획은 마음속에서조차 시도할 수 없었다.

14

웨스는 다음 날도 평소와 다름없었다. 데이비드는 오전 10시에 복도에서 웨스와 마주쳤다. 웨스는 데이비드를 붙들고 할매와 강도라는 지겨운 농담을 1, 2분가량 떠들었다. 데이비드가 억지웃음을 짓자, 웨스는 손바닥으로 그의 등을 툭 치고 지나갔다.

데이비드는 기분이 한결 편해졌다. 에피에게는 계속 거짓말로 밀어붙일 수 있을 것 같았다. 발라드 집에서 그를 봤을 때 에피가 웨스와 같이 있진 않아 보였다. 다른 사람을 본 거라며 그가 계속 우기면 에피는 어찌 나올까? 이번 주말이면 그 집이 빈다.

그날 저녁 손목시계 바늘이 세로로 일자가 되자, 데이비드는 벡스브룩 경찰서에 보고해야 하는 사실이 떠올랐다. 어제 6시에도 전화를 했었다. "알겠습니다. 다시 확인해보겠습니다." 경찰관이 말했었다. 그러나 경찰은 바클레이 호텔로 언제 확인할 것인지, 그를 언제 다시 소환할 것인지는 알려주지 않았다. 어쩌면 경찰은 그가 다시 전화하는 걸 원치 않을지도 모른다. 데이비드가 사서 걱정하는 것일 수도 있다. 그는 어제 경찰과 통화하면서 뜻하지 않게 어디에서 전화하는지 장소를 밝히지 않은 사실을 알아챘다. 만일 경찰이 지금 당장 뉴욕 바클레이 호텔로 전화해 윌리엄 뉴마이스터가 호텔에 없고 한 번도 투숙하지 않은 사실을 알게 된다면 어떻게 될까?

그는 뉴욕 바클레이 호텔로 가서 윌리엄 뉴마이스터 이름으로 투숙할까 잠시 고민했다. 그럼 기록이 남을 것이다. 차라리 자발적으로 벡스브룩 경찰서로 다시 전화할까? 그럼 협조적으로 보이겠지? 그는 외투를 입고 하숙집을 나섰다.

그는 메인 스트리트 근처 드러그스토어에서 전화를 걸었다. 젊은 목소리가 들렸다.

"여보세요." 데이비드가 말했다. "윌리엄 뉴마이스터가 또 전화했습니다."

"아 네, 뉴마이스터 씨. 음⋯⋯ 새롭게 알려드릴 사항은 전혀 없습니다. 아직도 뉴욕이십니까?"

"네, 아마 여기에서 다음 주말까지 있을 것 같습니다." 데이비드는 어젯밤처럼 목소리를 깔았다. 일요일에 경찰과 얘기할 때 차분하게 보이려고 극단적으로 목소리를 낮춰서 말했기 때문이다.

"알겠습니다." 젊은 목소리가 대답했다. "전화 주셔서 고맙습니다." 심지어 말소리에 미소가 담겼다.

데이비드는 하숙집으로 돌아가 저녁을 먹고 공장 도서관에서 빌려온 책을 읽다가 산책하기로 했다. 아마 오늘 제럴드의 장례식이 있었을 것이다. 그는 하루 종일 애나벨에게 편지해야겠다는 생각뿐이었다. 책을 다 읽기 전에 편지를 쓰고 싶어서 산책하러 나가면서 편지에 쓸 내용을 궁리했다. 진부하게 동정하는 말이 제일 먼저 떠오르자 역겨워서 그 생각을 지웠다. '지금 너랑 같이 있고 싶어.' 결국, 그가 하고픈 얘기는 이게 전부였다.

밤 11시가 되자 마음에 드는 열 줄짜리 편지가 완성됐다. 그녀를 원한다는 얘기는 아예 하지 않고 조의를 표했다.

다음 날인 수요일 점심시간이 막 끝날 무렵, 전화가 왔다며 데이비드를 찾는 구내방송이 사옥 전체에 울려 퍼졌다. 그는 전화를 받으러 사무실로 갔다. 오늘 오후에는 비서가 르위슨 사장을 모실 차례였다. 데이비드는 불길한 예감이 들었다. 벡스브룩 경찰이 보자고 할 것 같았다. 애나벨은 제럴드가 일요일에 데이비드를 만나러 갔다고 경찰에게 털어놓았을지 모른다. 경찰이 제럴드를 왜 그 집에 보냈냐고 전화로 추궁하면 에피는 데이비드를 발라드 그 집에서 봤기 때문이라고 불쑥 털어놓을 것 같았다. "당신이 데이비드 켈시라고요?" 퉁퉁한 얼굴을 한 젊은 경찰관이 경계하며 물을 것이다. "일요일에는 윌리엄 뉴마이스터라고 했잖습니까?"

톤이 깊고 나이가 지긋한 목소리가 들렸다. "켈시 씨? 벡스브룩 경찰서의 테리 경사입니다. 몇 가지 질문을 드려도 괜찮겠습니까?"

"그러시죠."

"혹시…… 하트퍼드에 사는 애나벨 딜러니 부인을 아십니까?"

"네, 압니다."

"딜러니가 일요일 하트퍼드에서 당신을 만나러 갔다는 것도 아십니까?"

"얘기 들었습니다."

"일요일에 어디에 계셨나요, 켈시 씨?"

"요양원에 계신 어머니를 뵈러 갔습니다."

"어디에 있는 요양원입니까?"

"헤이즐우드 요양원입니다. 뉴버그에서 북쪽으로 8킬로미터 정도 떨어져 있습니다." 프로스버그에서 차로 한 시간 거리에 있는 요양원 두 곳 중 하나였다.

"뉴버그." 경찰은 받아 적듯이 따라 말했다.

편안한 톤의 목소리가 계속 들렸다. "그럼 딜러니가 사망했다는 걸 신문을 통해 아셨겠군요?"

"그렇습니다. 기사를 보고 딜러니 부인에게 전화했습니다."

"윌리엄 뉴마이스터를 아십니까?" 경찰관의 목소리가 기대에 부풀었다.

"아뇨, 모릅니다."

"그럼 엘프리다 브레넌 양은 아시죠?"

"네, 좀 압니다."

"그럼 브레넌 양이 딜러니를 발라드에 있는 뉴마이스터의 집으로 보낸 이유를 혹시 아십니까?"

"글쎄요, 브레넌 양하고도 통화를 했습니다. 브레넌 양은 거기에 진짜로 그런 집이 있는지 정말 몰랐다더군요. 그날 아무 데나 대충 둘러대면서 딜러니에게 그쪽으로 가보라고 했다더라고요. 그 남자가 술에 좀 취했다고 들었습니다."

"그렇군요. 그럼 혹시 브레넌 양의 말이 사실인지 의심스럽진 않으십니까? 지금 하시는 말씀은 엄격히 비밀로 지켜드릴 테니 솔직하게 털어놓으셔도 됩니다."

"아뇨, 의심할 이유는 전혀 없는데요. 왜 그러시죠?"

"사실, 저희가 뉴마이스터 씨를 찾는 중입니다. 딜러니 부인이 뉴마이스터 씨를 만나 그날의 자초지종을 듣고 싶다고 합니다. 뉴마이스터 씨는 지금 뉴욕에 있고 다음 주까지는 돌아오지 않을 예정이거든요." 믿기지 않을 만큼 편안한 목소리였다.

"아, 그렇군요." 데이비드가 대답했다.

"뉴마이스터 씨가 숨을 이유는 전혀 없다고 보지만, 혹시 모르죠. 그 사람은 자기가 묵겠다고 한 호텔에 지금 없습니다. 그렇다 보니, 브레넌 양이 어쩌면 뉴마이스터와 아는 사이라서 그를 보호할 수도 있겠다고 추측

하고 있습니다."

"글쎄요, 그건 제가 전혀 모르는 부분이라서요."

"딜러니를 마지막으로 본 게 언제였나요, 켈시 씨?" 지루한 목소리가 이어졌다.

"3, 4주 전이었습니다. 제가 하트퍼드로 올라가서 봤죠."

"그 당시 딜러니가 적대적이었나요?"

데이비드는 한숨을 깊이 쉬었다. "솔직히 말씀드리면, 전 딜러니를 조금도 신경 쓰지 않았습니다. 제 친구는 그 사람 부인이거든요."

"그냥 친구 맞습니까, 켈시 씨?"

"네." 그는 대답했다. 결국 우정도 그 범주에 들어간다고 생각했다. "부인이 그렇게 말하지 않던가요?"

"네에, 그러셨지요오." 남자가 말을 길게 끌었다. 그 말을 믿는 눈치였다. "아무튼 딜러니가 질투하지 않았다는 거네요?"

"딜러니의 동기가 뭔지 모르겠습니다. 아마 부인은 알겠죠. 부인께 물어보시죠."

"흠, 부인 말로는 남편 성미가 불같다고 하더군요."

"경사님, 제 평생 딜러니를 딱 한 번 봤습니다. 그것도 3, 4주 전 하트퍼드에서요."

"알겠습니다. 고맙습니다, 켈시 씨. 한 가지만 더 여쭙죠. 하숙집 주인의 전화번호를 알 수 있을까요?"

데이비드는 번호를 알려주었다. 잠시 후, 전화를 끊고 걷다가 패배감이 들었다. 벡스브룩 경찰이 애나벨에게 데이비드가 주말마다 어머니를 보러 간다고 말할 확률이 상당히 컸다. 애나벨은 그의 어머니가 돌아가신 걸 알

왔다.

그리고 애나벨이 윌리엄 뉴마이스터를 만나고 싶어 하는 소소한 문제
도 있었다.

그날 저녁, 매카트니 부인은 현관 입구에서 기다리고 있다가 데이비드
를 보자마자 재잘거리기 시작했다. 벡스브룩 경찰이 전화해 이것저것 물
었는데 부인은 데이비드를 극찬하느라 고생했다고 했다. 스타키 부인도
옆에 서서 매카트니 부인이 경찰에게 대답할 때마다 맞장구쳤다고 했다.
스타키 부인이 현관으로 와 두 사람의 대화에 끼어들었다. 멀더븐 씨도 합
류했다. 멀더븐 씨도 경찰이 전화했을 때 하숙집에 있었다고 했다.

"경찰한테 이랬죠, 당신이 이 집에 발을 디딘 사람들 중에서 가장 괜찮
은 젊은이라고." 매카트니 부인이 데이비드에게 단언했다.

데이비드는 애나벨의 이름이 나오는지 귀를 기울였지만, 그 이름은 거
론되지 않았다. 경찰은 데이비드의 개인적 습관이나 그가 주말마다 어디
로 가는지에 관해서만 관심을 보였고, 부인은 그가 매주 어머니를 만나러
간다고, 데이비드와 알고 지낸 2년 내내 그랬다고 대답했다고 했다.

"뉴마이스터가 누구예요?" 매카트니 부인이 물었다.

"저도 모릅니다." 데이비드가 대답했다.

"데이비드, 걱정 말아요." 스타키 부인이 거들었다.

"고맙습니다." 데이비드는 스타키 부인과 하숙집에서 마주치면 겨우
인사나 하는 사이라서 스타키 부인이 그를 그리 좋게 봤을 줄은 미처 몰랐
다. "그럼 실례하겠습니다." 데이비드는 이렇게 말하고 쏟아지는 질문을
못 들은 척했다. "올라가봐도 될까요?"

"물론, 그래야죠." 매카트니 부인이 그의 소매를 토닥이며 말했다. "먼

저 올라가요. 다 잘될 거예요."

수다를 뒤로하고 계단을 오르니 짜릿했다. 방문을 닫고 손잡이 아래 열쇠를 잠근 후 다시 숨 쉬는 기분이란! 왜 저들이 제럴드 얘기를 하지 않았을까? 경찰은 왜 매카트니 부인에게 그가 제럴드와 아는 사이라고 말하지 않았을까? 뭔가를 위해 아껴두었나? 만일 그렇다면, 그게 무엇일까? 데이비드가 사랑을 고백했다고 애나벨이 경찰에게 정말 말하지 않았나? 그렇다면 제럴드가 총을 소지한 사실 덕분에 그는 구원받을 것이다. 술에 취해 총을 함부로 휘두른 것만으로도 이미 충분히 망신살이 뻗쳤다. 만일, 아내의 애인을 향한 질투라는 얘기가 불거질 경우, 제럴드는 사전에 살인을 계획한 게 된다.

데이비드는 다시 해리스 씨와 멀더븐 씨와 같은 테이블에 앉아 식사했다. 두 사람은 그에게 정말 제럴드 딜러니를 모르냐고, 어디에서 본 적도 없냐고 대여섯 번을 묻고 또 물었다. 데이비드는 인내심을 긁어모아 두 사람에게 나지막이 "정말 모릅니다"라고 대답했다. 두 남자가 객관적으로 그 사건에 골몰했다. 그걸 보니 데이비드는 마음이 꽤 편해졌다. 두 남자와 하숙집의 다른 사람들은 제럴드 딜러니가 그날 일요일에 화가 잔뜩 났다는 사실과, 딜러니가 데이비드 켈시를 쏘려는 명백한 의도로 총을 소지한 사실에 관심을 보였다. 하숙집 사람들은 그걸 알고도 차분한 데이비드의 모습에 감탄했다. 만일 매카트니 부인과 하숙집 사람들이 벡스브룩 경찰이나 다른 경로를 통해 그가 제럴드 딜러니와 아는 사이라는 걸 결국 듣게 되면, 그는 경찰이 이 상황을 타인과 일절 의논하지 말라고 당부했기 때문이라고 둘러댈 것이다. 이 상황, 이것은 결국 유일한 상황의 일부일 뿐이다. 그는 찹쌀을 같이 넣고 삶아 미끄덩거리는 매카트니 부인표 닭요리를 입에 대지 못했다. 그는 맛없는 흰 빵에 버터를 발라 먹었다. 같은 테이블에 앉은 중년 남자 둘은 원래 버터를 아껴 먹고 작은 종이 종지에 들러붙은 것까지 싹싹 긁어먹으면서도, 험한 일을 겪은 데이비드를 챙기려는 듯 자기 몫의 버터까지 먹으라고 권했다.

데이비드는 이 집의 누군가, 어쩌면 매카트니 부인이 오늘 밤 방으로 찾아와 그에게 더 물을까 겁이 났다. 그래서 그는 식당에서 곧장 외투를 걸쳤다. 심야 극장에 가서 두 시간 정도 때울 생각을 했지만, 그건 술을 마시는 것과 비슷했기에 마음을 애써 다스렸다. 딱 한 시간만 걷고 돌아와 졸릴 때까지 책을 보고, 잠이 오지 않으면 밤을 새울 작정이었다.

"데이브!"

웨스의 목소리가 도로 위를 지나는 차에서 들렸다. 데이비드는 차가 있는 쪽으로 걸어갔다.

"얘기 좀 하자, 데이브. 네 방으로 갈까? 어디가 좋아?"

데이비드는 망설였지만 벗어날 길이 없었다. "마이클스로 가자."

"좋아."

데이비드가 차에 타자 웨스는 더는 말을 걸지 않았다. 불편한 침묵이 흘렀다. 마이클스 태번이 시야에 들어오자 그제야 웨스는 평소와 다름없이 신나게 떠들었다. "하숙집에서 온갖 질문이 쏟아졌겠지? 딜러니 사건에 관해서 말이야."

바는 어둑어둑했고, 이 시간치고는 조용했다. 웨스는 데이비드에게 따라오라고 하더니 뒤쪽 칸막이 좌석으로 들어갔다. 웨스는 바텐더 아돌프에게 인사하고 지나가면서 스카치 두 잔에 물을 타서 달라고 주문했다.

"마시기 싫으면 내가 다 마실게." 웨스가 말했다.

또다시 적막이 흘렀다. 아돌프가 두 잔을 쟁반에 받쳐 들고 와 서빙한 다음 돌아갔다.

"에피가 좀 전에 전화했어." 웨스가 테이블을 보며 입을 열었다. "경찰이 에피한테 전화한 모양이더라. 그래서……" 웨스는 불이 붙다 만 담배에 성냥을 다시 갖다 댔다. "에피가 딜러니한테 발라드에 있는 그 집을 알려준 것 때문인가 봐. 너도 알지?"

"응."

"그런데 넌 그 집에 없었고."

질문하는 건지, 그냥 말하는 건지 애매한 문장이었다. "응." 데이비드는 인상을 찌푸리며 대답했다.

"그런데 너는 그 집을 알지?"

"아니, 몰라."

웨스가 인상을 쓰는 동시에 미소를 지었다. 못 믿겠다는 표정이었다. "그 집에 사는 뉴마이스터라는 사람 알지?"

"모른다니까."

웨스는 손끝으로 주근깨 범벅인 이마를 긁적였다. "있잖아, 에피하고 내가 네가 그 집에 가는 걸 우연히 본 적이 있어, 데이브. 그래서 묻는 거야. 다른 이유는 없어."

"내가 거기에 가는 걸 언제 봤는데?"

"기억나? 내가 금요일인가 매카트니 부인의 하숙집에서 우리 집으로 가면서 에피 집에 들러서 한잔하겠다고 한 날? 왜 그랬는지 모르겠지만, 그날 난 네가 주말마다 진짜 어디로 가는지 뒤를 밟자고 했어. 염탐하려는 건 아니었어, 데이브. 그냥 뭔가 골 때리는 짓을 해보고 싶더라고. 그래서 에피하고 차에 타고 있다가 네 차가 메인 스트리트를 지나 북쪽으로 올라가는 걸 뒤따라갔어. 그게 다야. 사실 나하고 상관없는 일이라서 그 후론 아예 신경도 안 썼어. 그냥, 뭐랄까, 어머님이 요양원이 아니라 어느 집에 계시는구나, 그렇게 생각했지. 그 집이 요양원일 수도 있고."

데이비드는 웨스를 바라봤다. 웨스가 괴로워하는 사실은 딜러니가 죽어서도, 그 집이 요양원처럼 생기지 않아서도 아니었다. 편찮으시다던 데이비드 어머니의 신화가 처음부터 끝까지 허구일지 모른다는 점 때문이었다.

"그러니까 내 말은, 난 그 일을 더는 생각하지 않았다는 거야. 이번 일에 에피가 연루되기 전까지는. 에피는 남자가 사망한 집과 네가 간 그 집이 동일 장소라고 생각해. 그래서 혹시 내 생각은 다른지 전화로 물어보더라. 나도 에피 생각과 같아. 사진에서도 아주 큰 굴뚝이 살짝 보이더군. 아무튼 에피가 남자한테 그 집을 알려준 거지."

뻔뻔하게 거짓말을 하는 수밖에. 다른 방도가 없었다. "그 집을 모른다고 에피한테 말했어. 내 차가 그 집으로 들어가는 걸 봤다면, 에피가 잘못 본 거야." 데이비드가 말했다.

"아냐, 데이비드. 네가 그날 그 집에 뭔가를 갖다주러 들렀을지 모르잖아. 여하튼 우리는 네가 차에서 내려서 그 집 차고 문을 여는 걸 봤어. 너였어." 웨스는 씩 웃으며 손으로 데이비드를 가리켰다. "우린 큰길에 차를 대고 있었는데, 네가 그 집 진입로로 꺾어 들어가더라. 널 알아볼 만큼 충분히 가까운 거리였어."

"나는 그 동네에 아는 사람이 전혀 없어." 데이비드는 웨스가 피우는 담배 연기 때문에 속이 메슥거렸다.

웨스는 여전히 웃으면서 못 미더운 눈빛으로 바라보았다. 그러더니 어깨를 으쓱하고는 다시 담배를 뻑뻑 피웠다. "캐묻고 싶지는 않아, 데이브. 진심이야. 미안하다. 기분 나쁘게 받아들이지 마. 안 그럴 거지?" 금빛이 섞인 갈색 눈이 애원하는 듯했다.

"물론 아니지!" 데이비드는 속 넓은 사람처럼 말했다. "무슨 오해가 있었겠지." 그는 미친 듯 용감하고 차분하게 다시 웨스와 눈을 맞추고 물었다. "에피가 경찰한테도 그 집에서 날 봤다고 말했대?"

"아니, 안 그랬어." 웨스가 씩 웃었다. 첫 번째 스카치를 마저 비울 생각에 웃음이 나온 것 같았다. "기특하게도, 에피는 아무 데나 지어냈는데 거기에 진짜로 집이 있을 줄은 몰랐다고 경찰한테 말했어. 매카트니 부인의 하숙집에서 술 취한 사람을 내보내고 싶어서 그랬다고 했대. 솔직히 말할게, 에피는 네가 그 집에서 여자를 만난다고 생각하더라. 에피는 온몸을 아예 제물로 바칠 만큼 너한테 푹 빠져 있어."

데이비드의 억지웃음이 안도의 미소로 바뀌었다. 이런 행운이 다 있나! 그가 에피에게 말하라고 시켰어도 이보다 더 잘할 수는 없었을 것이다. "지금껏 들은 얘기 중에 최고로 잘 꾸며낸 얘기다."

웨스는 음흉한 눈으로 데이비드를 쳐다보았다. 웨스는 데이비드가 주말마다 여자와 같이 지냈으며 그와 알고 지낸 내내 그랬다고 여기자 데이비드가 다시 보이는 것 같았다. "꾸며낸 얘기라." 웨스는 냉소적으로 따라서 말했다. 데이비드 앞에 있던 술잔을 끌어당겼다. "이해가 안 가는 게 또 있어."

데이비드는 입을 다물었다.

"에피의 집에 가서 네 초상화를 가져오지그래?"

"내가 왜 그래야 하는지 모르겠어." 데이비드가 나직이 말했다.

웨스가 웃더니 잠시 후 테이블 앞으로 몸을 숙이며 말했다. "딜러니와는 어떻게 아는 사이인지 말해봐."

데이비드는 웨스를 바라보았다. 웨스도 에피도 애나벨을 전혀 모른다는 확신이 처음으로 들었다. "모른다니까."

웨스가 인상을 찌푸렸다. "데이브, 넌 내가 입을 못 다물 거라 생각하는구나?"

"네가 입을 다물든 말든 상관없어, 웨스."

"알았어, 데이브. 화내지 마. 나처럼 남의 사생활을 존중하는 사람 있으면 나와보라고 해. 내가 뭘 얼마나 알든 별것도 아니라 소문이 나지도 않아, 데이브." 그런데도 웨스는 딜러니 얘기를 들으려고 계속 기다렸다.

"왜 이렇게 사람들이 궁금해하는지 이해를 못 하겠어." 데이비드는 짜증스레 말했다. "젠장, 앞으로도 이해 못 할 거 같아."

"인간 본성이잖아." 웨스가 신나서 말했다. "잊지 마, 그 남자는 해코지하려고 널 찾았어. 그것도 총을 소지한 채로. 넌 세세한 건 까먹었겠지만."

"까먹긴." 데이비드는 지루한 목소리로 말했다.

"혹시, 어떤 여자를 사이에 두고 삼각관계는 아니었지? 이게 내 마지막 질문이다."

"실없긴."

웨스는 데이비드에게 조금만 더 앉아 있어 달라고 한 뒤 세 번째 잔을 시켰다. 웨스는 예의 바르게 다른 얘기로 주제를 돌렸다. 플로리다에서 최근 발사된 인공위성에 관한 얘기였다. 데이비드를 하숙집까지 데려다주는 길에 웨스는 그날 석간에 데이비드의 이름이 실렸다면서 혹시 봤냐고 물었다. 데이비드는 보지 못했다. 딜러니의 아내가 남편이 데이비드 켈시를 찾았다고 경찰에게 진술한 내용이 단신으로 실렸단다. 데이비드는 매카트니 부인 하숙집에 있는 누군가가 경찰에 말했으리라 추측했다. 애나벨은 데이비드 켈시가 자기를 사랑해서 남편이 질투했다는 얘기를 경찰에 아직 안 한 게 확실했다. 데이비드는 애나벨이 말하지 않았기를 바랐다. 그저 그의 안위 때문이 아니었다. 애나벨이 그 얘기를 비밀에 부친다는 건, 그녀가 거기에 의미를 부여하고 존중한다는 뜻이기 때문이다. 데이비드는 석간을 볼 엄두가 나지 않았다. 신문을 보는 게 겁이 났기 때문이란 걸 인정했다.

"마나님한테 서둘러 가봐야겠다." 데이비드가 차에서 내리자 웨스가 말했다. "우리 아직 저녁 식사 전이거든. 급한 일이 생겼다고 말하고 나왔는데, 로라는 내가 에피를 만나는 줄 알 거야. 한판 크게 하겠지." 스카치를 마셔서 기운이 났는지 웨스가 활짝 웃으며 손을 흔들었다.

데이비드는 방에 들어와 외투를 벗고 침대에 그대로 엎어졌다. 한쪽 팔을 이마에 대고 한쪽 팔은 옆으로 뻗어서 상상 속 애나벨을 품었다. 그의 입술이 애나벨의 뺨에, 입술에 닿았다. 그리고 몸이 붕 뜨더니 고요한 밀실로 떠내려갔다. 그녀의 존재가 빠르게 커지더니 절정의 순간, 고통이 찾아왔다. 그는 정신을 집중해 그곳에 좀 더 머물렀다. 이 누추한 방에 애나벨과 같이 있는 게 처음이라는 생각이 스쳤다. 게다가 이 시큼하고 먼지내 나는 이불보조차 이제 우습지만 쾌적하게 느껴졌다. 애나벨과 같이 덮었기에.

15

데이비드는 그의 집에서 금요일 밤 늦게까지 트렁크와 가방에 짐을 챙기고, 토요일 아침 이삿짐 보관센터에서 상자를 가져오면 넣을 수 있도록 접시를 신문지로 쌌다. 토요일 아침이 되자 새벽같이 일어나 전등을 떼고 매트리스를 묶었다. 윌리스 씨와 약속한 11시 전까지 계속 짐을 쌌다. 벡스 브룩에 가서 윌리스 씨와 만나기로 한 게 후회스러웠다. 벡스브룩 경찰관과 마주치기 싫어서 윌리스 씨에게 대신 집으로 와달라고 전화하기 위해 어딘든 가려던 참이었다. 그때 멀리서 차 소리가 들렸다. 진입로에서 10미터 정도 떨어진 곳에서 차가 섰다. 햇빛이 차 유리에 반사되는 바람에 운전자가 누구인지 보이지 않았다. 차 문이 열리더니 에피 브레넌이 내렸다.

"젠장!"데이비드는 고함을 지른 후 돌아서서 손바닥으로 이마를 비볐다. 계단을 뛰어 올라갔다. 반쯤 빈 침실을 천천히 거닐며 현관문을 똑똑똑, 다급히 두드리는 노크 소리를 애써 무시했다.

노크 소리가 계속 이어졌다. 데이비드는 지금 선 자리에서 에피에게 꺼지라고 소리치고 싶었다.

"데이비드?" 에피의 목소리가 닫힌 집 안으로 배시시 들어왔다. "에피예요. 들어가도 돼요?"

똑, 똑, 똑.

이어서 축복받은 침묵이 밀려왔다.

에피가 그저 뒷문으로 갔을 뿐이다. 노크 소리와 문이 덜컹거리는 소리가 또다시 시작됐다. "데이비드? 지하실에 있어요? 나 에피예요."

그는 뒷문 계단에 난 불을 끄러 뛰어가듯 후다닥 계단을 뛰어 내려가 문을 벌컥 열고 소리쳤다. "대체 뭘 원하는 겁니까?"

에피는 플랫 슈즈를 신고 있었다. 그의 말에 에피가 실제로 떠밀린 것 같았다. 에피는 비틀거리다 중심을 되찾더니, 이내 눈에 눈물이 고였다. "있잖아요, 데이비드. 잠깐 얘기하고 싶었어요. 제발요. 난 당신 친구잖아요, 데이비드. 혹시 안에 누구 있어요?"

"없어요."

"친구한테 차를 빌렸어요. 여기에 와서 인사나 할 생각이었어요. 오래 있지 않을게요, 데이비드." 에피는 그를 빠르게 지나치며 말했다. 에피가 지나가자 향기가 남았다.

데이비드는 인상을 찌푸렸다.

에피는 몸을 돌려 그를 바라보았다. 여전히 겁을 먹었는지 눈은 충격으로 휘둥그레졌다. 에피가 문을 벌컥 열고 뛰쳐나갈 것만 같았다. 데이비드는 에피가 그래주길 바랐다. "여기가 당신 집 맞죠?"

그는 수치심과 분노로 뒤엉켜 아무 말도 할 수 없었다. 청바지 뒷주머니에 양손을 꽂은 채 다른 문을 향해 걸어갔다.

에피가 따라왔다. "데이비드, 화내지 말아요. 나는 당신이 바라는 대답을 했다고 생각해요. 경찰한테. 내가 둘러댔는데 진짜로 이 집이 있었다고 말한 거, 당신도 알잖아요. 경찰한테 이 집이 당신 거라는 말은 안 했어요."

그는 아무 말 하지 않았다.

"정말 그것 때문에 화가 난 거예요? 그래요?"

"에피, 제발 가줄래요?" 그는 뒤돌아서서 에피를 보며 말했다. "지금 얘기할 기분이 아닙니다." 목소리가 바보처럼 갈라졌다. 목소리가 떨리고 있는 게 스스로도 느껴졌다.

에피가 염탐하고 기웃거리며 주방을 지나 어수선한 거실을 돌아보는 중이었다. 그는 에피를 창문 밖으로 집어 던져 내쫓고 싶었다. "이사하는군요." 에피가 말했다. 불현듯 데이비드가 운동화 발을 구르고 고개를 뒤로 젖히더니 광기 서린 웃음을 터뜨렸다. 에피는 유령을 보듯 데이비드를 쳐다보았다.

"네, 오늘 이사 갑니다." 그는 신나서 큰 소리로 외쳤다.

그녀는 그에게서 시선을 떼지 않았다. 그러면서도 적당한 때를 잡아 그에게서 벗어나 다시 이 집에서 뛰쳐나갈 것 같았다. 데이비드는 상냥하고 미친 듯이 웃으며 서 있는 자신의 어떤 모습이 그리 무서운지 의아했다. 에피가 물었다. "윌리엄 뉴마이스터가 누구죠?"

"내 친굽니다. 아주 친한 친구요." 데이비드가 재깍 대답했다.

"그 남자 여기 살아요?"

"네, 확실히요." 이 말에 씁쓸한 분노가 스멀스멀 들끓었다.

"웨스한테는 그 남자를 모른다고 했잖아요."

"그 얘길 길게 하고 싶지 않아서 그랬어요."

"그럼 그동안 주말마다 여기에서 뉴마이스터와 같이 지낸 거예요?"

"맞습니다, 경찰관님." 그는 살짝 미소 지었다.

"그날, 일요일에 여기에 있었어요? 그 남자가 온 지난주 일요일에요?"

"하필 그때 외출했어요."

에피는 고개를 끄덕였다. 뭔가 불편해 보였다. 에피는 양손으로 커다란 갈색 지갑을 움켜쥔 채 지갑 위쪽을 더듬거렸다. "여자도 여기에 있었나요, 데이비드?" 에피가 민망해하며 물었다.

그는 에피를 물끄러미 쳐다보았다.

"제발 화내지 말아요. 난 그저 옳은 일을 하고 싶을 뿐인데, 당신이 왜 화를 내는지 모르겠어요. 난 당신을 도우려고 경찰한테 거짓말까지 했어요." 에피의 용기가 되살아났다. 이제 에피가 다급히 미소를 지었지만, 눈에는 여전히 경계를 풀지 않았다. "당신이 이 집도, 여기에서 하는 일들도 죄다 비밀로 하려는 거 알아요. 당신이 나한테 아쉬울 게 뭐가 있겠어요? 하지만 내가 여자에 대해 물은 건…… 마음이 쓰여서 그래요. 모르겠어요? 만약 여자가 있다면……" 에피가 말을 멈추었다.

"내가 약혼했다고 말했을 텐데요."

"사실 난 그 얘기를 믿지 않아요. 웨스도 안 믿는다고 했어요. 앞뒤가 안 맞잖아요."

에피의 말 때문인지 애나벨의 편지가 떠오르자 그는 더욱 화가 치밀었다.

"지금 당신한테 여자가 있다고 해도, 그건 그거고 이건 이거예요." 에피는 아랫입술을 깨물었다. 그러더니 덤덤히 이렇게 말했다. "사랑해요, 데이비드."

"꺼져!"

에피는 화들짝 놀랐다. 한걸음 뒤로 물러서더니 다시 몸을 세웠다. "화낼 이유는 없잖아요." 에피는 이렇게 말하며 울먹이더니 양팔을 서글프게 벌렸다. "만약 당신이 오늘 짐을 다 싸야 한다면 내가 도울 수도 있어요."

아무튼 이로 인해 그의 인내심이 한계점에 다다랐다. 데이비드가 에피에게 다가갔다. 에피가 뒤로 물러서면서 항변하고 거실을 가로질렀다. 이제 두 사람이 서로 소리를 질렀다. 에피는 계속해서 양팔을 든 채 주먹을 물리치려는 작은 인형처럼 몸을 홱 움직였다. 데이비드는 더는 참을 수가 없었다. 평범하고 가녀린 여자가 윗사람 말이나 받아 적는 주제에 남의 집에 쳐들어와 사랑을 고백하더니 그가 오로지 애나벨을 위해 준비한 짐을 싸주겠다고 한다. 그가 애나벨을 위해 만들어놓은 공간을 망가뜨리겠다고 한다. 이 방들도, 그림들도, 애나벨이 이 집에서 아예 듣지도 못한 음악까지도, 그가 어젯밤부터 오늘 아침까지 매만지면서 고통스러워한 이 망할 놈의 물건 하나하나까지도. 그가 애나벨을 위해 이 집에 마련해놓았지만 막상 애나벨은 구경도 못 했다.

"당신 미쳤어요!" 식겁한 에피의 두 눈이 곧 튀어나올 것만 같았다. 에피가 현관문에 쿵 하고 부딪쳤다. 그런데 데이비드는 에피를 아예 건드리지도 않았다.

"그런 소리 하는 건 네가 처음이 아니야!" 그가 고함으로 맞받아쳤다.

에피가 몸서리치면서 숨을 들이켜더니 더듬더듬 문고리를 찾았다. 죽기 직전까지 흠씬 두드려 맞았거나, 죽이려 드는 손에서 막 벗어난 것처럼 에피는 공포에 찌든 눈으로 그를 계속 쳐다보았다. 데이비드가 문고리를 쥐고 문을 열자, 에피는 후다닥 그를 지나쳐 현관문으로 뛰쳐나가 차를 향해 냅다 달렸다. 데이비드는 그 자리에 서서 에피를 바라보았다. 심장이 느리고 묵직하게 고동칠 때마다 온몸이 울리는 것 같았다. 차에 시동이 걸렸다가 두 번 꺼지고 다시 시동이 걸렸다. 후진하며 차를 뒤로 쭉 빼는 순간, 시동이 또 꺼졌다. 에피가 시동을 걸려고 허둥지둥했다. 그제야 데이비드는 현관문을 닫았다.

데이비드는 서서 말린 카펫을 잠시 바라보았다. 순간 완전히 녹초가 된 것 같았다. 너무 지쳐서 방금 무슨 일이 일어났는지도 생각나지 않았다. 지극히 당연한 일이었다. 그는 남은 기운을 긁어모아 그걸 깨달았다. 그는 에피가 왔을 때 멈췄던 일을 다시 시작했다. 순간, 윌리스 씨에게 전화하려고 나가려던 기억이 떠올랐다. 이제 약간 늦은 감이 있었다. 그는 윌리스 씨가 이 집에 오는 것도 싫었다. 시간이 바특했지만 시도해보기로 했다. 데이비드는 옷을 벗고 식은땀을 씻어내려고 후다닥 샤워한 후 옷을 갈아입고 벡스브룩으로 향했다.

그는 경찰관 두 명과 마주치지 않았다. 윌리스 씨는 새 소식을 들고 의기양양하게 그를 맞이했다. 그레고리 피바디라는 남자가 그 집을 보더니 매입 의사를 밝혔다며 그 남자가 월요일에 착수금을 입금할 거라고 했다. 윌리스 씨는 데이비드에게 혹시 나중에라도 인근의 다른 주택에 관심이 있는지 물었다. 데이비드는 집이 아주 빨리 팔렸다는 행운에 도취되어 그렇다고 대답했고, 딱 1년만 짐을 맡길 거라고 했다. 그러자 윌리엄 씨가 지도와 사진을 펴 보이기 시작했다. 데이비드는 발라드나 프로스버그, 벡스브룩 근처엔 얼씬도 하고 싶지 않았다.

"지금으로서는 집 살 생각이 없습니다. 머릿속이 너무 복잡해서요."

이삿짐 보관센터 직원들이 일요일 오후에 집으로 왔다. 그들은 책과 접시를 담을 대형 상자를 열 개 남짓 가져왔다. 그들은 그가 없는 월요일 아침에 여기로 다시 와서 상자와 가구는 물론, 이 집에 있는 것들을 모조리 트럭에 싣고 데이비드 켈시 이름으로 보관할 것이다. 데이비드는 위험하다는 걸 알았지만, 다른 대안이 없었다. 적어도 다른 정직한 방안이 없었다. 매카트니 부인이나 비첨 부인 이름으로 그의 짐을 보관하는 방법도 있었다. 머릿속에서 모든 게 허물어질 경우, 그는 옷과 가구를 되찾는 데 전혀 관심은 없어도 타인의 이름 뒤로 숨는 건 치욕스러울 것 같았다. 가명을 썼다가는 나중에 짐을 찾아야 할 경우, 신분증을 제시하기가 곤란하다. 경찰이나 이삿짐센터 직원들이 뉴마이스터가 켈시의 이름으로 이삿짐을 맡긴 사실을 알게 된다면, 그건 그가 운이 없는 거다. 그의 이니셜이 적힌 가방은 아예 없었다. 그는 괜찮은 정장 한 벌과 흰 셔츠를 꺼내두었다. 이 집에서 챙긴 물건은 애나벨 사진 두 장과 그녀가 보낸 편지, 그리고 책상 속에 두었던 몇 가지 서류뿐이다. 그중에는 애나벨 스탠튼 켈시 부인을 수령인으로 한 보험 증서도 있었다.

그는 신문지로 꼼꼼하게 싼 소파에 잠시 앉았다. 폭탄이 터지고 난 후 적막이 찾아오듯 충격받은 침묵이 집 안을 채웠다. 그가 에피에게 한 말이 이제야 되살아나며 머릿속에서 미친 듯이 메아리쳤다. '당신을 경멸한다고! 나가! 안 나가면 내동댕이치겠어!'라니. 진짜로 그렇게 말했나? 뉴마이스터가 가장 친한 친구라고 했던 건 확실히 기억났다. 웨스에게는 뉴마이스터가 누군지 이름도 못 들어봤다고 했는데. 웨스는 그걸 어떻게 생각할까? 에피는 그걸 어떻게 생각할까? 데이비드는 에피에게 다시 전화해 물을 생각에 서성거렸다. 공포에 질린 에피의 얼굴이 떠올랐다. 그는 이제 에피를 적으로 돌려세웠음을 깨달았다. 에피가 웨스에게 모든 걸 다 털어 놓을 것이다. 그것도 당장.

될 대로 되라지. 데이비드는 잘못된 것들을 다시 걱정했다. 걱정할 가치가 있는 유일한 대상은 애나벨뿐이다.

뉴마이스터를 아느냐 모르냐에 대해서는, 만일 웨스가 그 얘길 꺼낼 경우, 그는 뉴마이스터와 아는 사이임을 부정하느라 거짓말을 살짝 했다고 설명할 것이다. 사실 발라드의 집 주인은 뉴마이스터이며 그와 친구 사이가 맞지만, 우연히 벌어진 불상사로 뉴마이스터가 딜러니의 사망 사고에 연루되었기에 경찰이 이 일을 누구와도 상의하지 말라고 당부했다고 둘러댈 것이다. 데이비드는 씁쓸히 웃었다. 아직 포장하지 않고 바닥에 널린 자잘한 물건들 사이에 나뒹구는 은색 상자를 열어 담배를 꺼내 불을 붙였다. 윌리엄 뉴마이스터는 주말마다 이 담배를 몇 개비씩 피웠다. 이제 이 개비는 그에게 바치는 마지막 인사가 될 것이다. 담배가 메말라 퍼석거렸다. 데이비드는 아무런 쾌감을 주지 않는 담배를 빨았다.

현관문에서 노크 소리가 났다. 그는 차분히 현관문으로 걸어갔다. 벡스브룩의 젊은 경찰관이 서 있었다.

"안녕하십니까, 뉴마이스터 씨. 흠! 이사 가시나 봐요?"

"맞습니다. 잠시 여행 가려고요. 들어오시겠습니까?"

"고맙습니다." 경찰관은 이렇게 말하더니 안으로 들어왔다. "이 동네에 일 보러 왔다가 생각난 김에 어떻게 지내시는지 궁금해서 들렀습니다."

"잘하셨어요." 데이비드가 말했다.

젊은 경찰관은 모자를 뒤로 젖히며 말했다. "바클레이 호텔에 아예 안 묵으셨던데요?"

"맞습니다. 첫날 밤하고 둘째 날 밤에는 방이 있는 다른 호텔에 묵어야 했어요. 그러다가……" 데이비드는 너무 하찮아서 조사할 일도 아니라는 듯 몸짓을 섞었다.

"저희가 연락드리려고 목요일에 바클레이 호텔로 연락했습니다. 딜러니 부인이 여기에 왔었거든요."

"여기에요?"

"부인이 저희를 보러 왔더군요. 남편이 죽은 현장을 보고 싶어 했습니다. 당신하고도 얘기하길 원해서 저희가 바클레이 호텔로 전화해 당신을 찾았어요. 만일 당신이 마음이 있다면 이리로 와서 부인과 얘기할지 모른다고 생각했기에, 부인이 두 시간 정도 기다렸습니다. 하지만 부인을 모시고 그저 이 집을 한 바퀴 돌아볼 수밖에 없었죠. 그리고 부인은 돌아갔습니다. 다른 여자 분과 같이 오셨던데 정말 예쁘시더라고요. 정말로요." 그는 아직도 그 여인의 모습이 눈에 어른거린다는 듯이 몽상에 빠진 미소를 지었다.

데이비드는 앞 유리창을 내다보았다. 저 땅에 애나벨의 발길이 닿았다니. 믿기지 않았다. 그렇게 오랫동안 애나벨을 이리로 데려오고 싶었는데 그가 없는 사이에 애나벨이 진짜로 여기까지 왔다 갔다니.

"이사 가시는 거죠?" 젊은 경찰관이 물었다.

"네, 잠시 여행을 가려고요. 아예 집을 내놨습니다."

"얼마 부르셨습니까?"

"샀던 가격 그대로요. 2만 달러요. 3만 제곱미터 대지까지 해서요." 데이비드가 인상을 찌푸렸다. "딜러니 부인이 여기에 오래 있다 갔나요?" 극심한 호기심에 찔린 듯이 그가 물었다.

"한 10분 정도요. 그렇게 놀라지 마십시오. 원래 사람들은 사건사고 현장을 보고 싶어 하고, 최대한 자세히 알려고 합니다. 나이 드신 분들은 빼고요. 그분들은 자세하게 듣기를 싫어하세요. 뭐, 차 사고나 그런 것들을요."

데이비드는 고개를 끄덕였다. 만일 애나벨이 윌리엄 뉴마이스터를 만나겠다고 계속 주장하면, 만날 때까지 계속 우기면 어떻게 될지 궁금했다. "제가 부인한테 전화를 해야 하나요?"

"마음대로 하십시오. 저는 그러는 편이 좋다고 생각합니다만. 전화로 부인이 궁금해하는 바를 말씀드리면 될 것 같습니다." 경찰이 현관으로 향했다. "혹시 경찰서에 들르시면 제가 부인 전화번호를 알려드릴 수 있습니다. 아니면, 전화 교환소에 하트퍼드의 제럴드 딜러니 부인을 찾아달라고 하시면 그쪽에서 알려드릴 겁니다."

"부인이 굉장히 화났던가요?"

"눈물을 흘리긴 했지만 그래도 잘 버티셨습니다. 대단하시던데요. 보면 아실 겁니다. 두 달 된 애기도 같이 왔어요. 아 참, 부인 이름이 애나였나, 애나와 비슷한 이름이었던 것 같습니다."

16

월요일 저녁, 데이비드는 하트퍼드로 향했다. 5시 45분에 출발해 8시 반에 도착했다. 비가 살살 내렸다. 그는 미리 전화하지 않고 초인종을 누르고 싶었지만, 그건 무례일 거 같아서 예전에 전화한 드러그스토어에 차를 세우고 애나벨의 번호를 확인한 후 다이얼을 돌렸다. 애나벨이 받았다. 그는 하트퍼드에 왔다고 말했다.

"지금 볼 수 있어, 자기? 시간 있어?"

"응, 있어. 이리로 올래?"

그는 차를 그대로 세워두고 도로를 사선으로 횡단하다 차에 치일 뻔했다. 컴컴한 인도를 저벅저벅 걸으며 고개를 들어 얼굴로 보슬비를 맞았다. 순간, 아름답고 상쾌한 기분이 들었다. 그가 아파트 건물에 도착하자 누군가 나오고 있었다. 그는 문이 닫히기 전에 후다닥 뛰어가 문을 잡은 다음 계단을 뛰어올라 문을 두드렸다.

"데이브?" 애나벨의 목소리가 들렸다.

"나야."

걸쇠가 돌아가더니 문이 열렸다. 애나벨이 놀란 눈으로 그를 쳐다보았다. "정말 빨리 왔네."

그는 애나벨을 두 팔로 꼭 끌어안고 그녀의 뺨에 입을 맞추었다. 애나벨이 품 안에서 몸부림쳤다. 애나벨이 양팔로 그의 어깨를 떠밀자, 그제야 그는 애나벨이 벗어나려는 걸 알고 당장 팔을 풀었다. 방금 전 두 팔로 그랬듯이 그는 눈으로 그녀를 탐닉했다. 얼굴은 창백하고 입술까지 허옜다. 그래도 변함없는 눈빛으로 그를 슬프게 올려다보며 입으로 내뱉지 못하는 말들을 눈으로 하고 있었다. 그가 그녀의 눈동자에서 사랑의 말을 찾자, 금방 찾을 수 있었다. 게다가 후회와 미안함, 희망과 다정함까지 보였다. 그녀는 그가 오기를 기다렸으며, 그가 필요하며, 그가 오지 않을까 봐 걱정했다고 말하는 것 같았다. 데이비드는 애나벨의 어깨에 두 손을 올리고 입을 맞추려고 몸을 숙였다.

"전화를 너무 빨리 끊는 바람에," 애나벨이 몸을 뒤로 빼며 말했다. "얘기 다 못 했는데, 누가 오기로 했어."

"누구?"

"친한 이웃. 바버 부인이라고. 좀 이따 올 거야."

"그래도 얘기할 시간이 몇 분은 되지? 정말 할 얘기가 많아, 애나벨. 정말 시간이 없는 거야?" 그는 축축한 머리칼을 손으로 쓸어내렸다.

"코트 벗어, 데이브." 애나벨이 조금 더 다정하게 말하자, 데이비드의 얼굴에 미소가 번졌다.

그녀는 손을 무릎 위에 올리고 소파 한쪽 끝에 긴장한 채 앉았다.

그도 소파에 앉았지만 바싹 붙어 앉지는 않았다. "당신이 불행해서 속상해." 그가 이렇게 말하자 애나벨의 눈에 서서히 눈물이 차올랐다.

"이런 실수를 저지르다니. 때론 믿기지가 않아. 제럴드가 이 집으로 걸어 들어올 것만 같아. 그런데 그럴 수가 없잖아. 그이가 여기에 있었는데…… 이젠 없다니." 애나벨은 참지 못하고 눈물을 훔쳤다.

데이비드는 애나벨의 말이 판에 박힌 듯 진부하게 들려서 가슴에 와닿지 않았다. 그녀는 이 뻔한 연극을 해야 한다고 생각하는 것 같았다. 그는 시선을 애나벨에게서 떼어 TV 위에 있는 백발노인 사진으로 옮겼다. "나랑 같이 내려가자, 애나벨." 그는 몸을 돌려 그녀의 손을 잡고 불쑥 말했다. 그런데 그의 손이 닿자 애나벨의 손이 뻣뻣해졌다. "그 집은 내놨어. 다른 곳에 집을 살 거야. 네가 살고 싶은 집이면 좋겠어. 네가 골라줘. 내가 어디에 직장을 구할지 모르겠지만 난 어디든 괜찮아. 난 어디서든 일할 수 있어. 트로이에 있는 딕슨-랜드에서 일할까 생각 중이야. 완전히 새 출발 하고 싶어. 우리 다시 시작하자. 어떻게 생각……?"

"아니," 애나벨이 목소리를 더 크게 높이며 말을 잘랐다. "데이브, 나한테 말이 되는 소리를 하러 온 거야?"

애나벨은 손을 빼자마자 주먹을 쥐더니 맥없이 한쪽 허벅지 위로 서서히 내렸다. 손가락에 낀 평범한 결혼 금반지가 보였다. "지금 당장 죄다 하자는 게 아니야. 시간은 늘 부족하지. 아예 없거나. 미안해, 자기." 그는 이를 악물었다. 애나벨이 긴장한 표정으로 피곤과 걱정에 시달려 당장이라도 쓰러질 것 같았다. 그는 그런 근심에서 애나벨을 건지고 싶었다.

"그렇게 불쑥 얘기하니까 할 말이 하나도 없네. 당신은 내가 애도 없고, 그이한테 책임감도 전혀 느끼지 않는 것처럼 얘기하네."

바로 그때, 데이비드는 애나벨이 무늬 있는 면 스커트에 남자 와이셔츠를 받쳐 입은 모습이 눈에 들어왔다. 제럴드의 와이셔츠가 확실했다. "시간이 걸린다는 거 알아."

"시간? 아주 오래 걸리겠지. 이제 내 인생이 박살 났는데, 당신은 정신 나간 계획이나 들고 찾아오고. 난 내 아이를 챙기는 게 급선무야."

"딸아이도 데려가자." 데이비드가 다급히 말했다. "당연히 그래야지, 자기. 난 우리 미래를 얘기한 거야. 당연히 거기까지 생각해야지, 안 그래?"

"잊었나 본데 아들이야." 애나벨은 이렇게 말하며 셔츠 주머니에서 휴지를 꺼내 코를 풀었다.

당연히 아들이었다. 그 아이를 떠올리면 제럴드를 보는 것만 같았다. 그는 애나벨에게 여기에서 계속 살 건지 물었다. 애나벨은 세를 얻을까 생각 중이며, 조만간 직장을 구해야 하는데 아이를 맡길 만한 친구가 이웃에 몇 명 있다고 했다.

"뭐 하러 그래, 자기야. 나 돈 많아."

"그 돈은 못 받아."

"당신한테 안 쓰면 그 돈을 어디에다 쓰라고?"

애나벨은 그의 손을 다시 뿌리쳤다. 그는 순간, 애나벨이 소파에서 일어나려는 줄 알았다. "그 집은 어디야, 데이브?"

"프로스버그에서 한 시간 거리에 있어."

"발라드?"

"아니, 발라드와 정반대 방향이야. 하숙집 여자가 발라드에 집이 있다고 둘러댔대, 애나벨. 그 여자는 그 집이 어디에 있는지도 몰라."

"왜? 당신 친구 아닌가?"

"난 남들이 그 집을 아는 게 싫었어, 애나벨. 우리 둘만을 위해 간직하고 싶어서 비밀로 했지."

"어디하고 가까워?"

그는 한숨을 내쉬었다. "가장 가까운 도시는 루어크스빌이야. 거기서 2킬로미터 정도 떨어져 있으니 발라드와는 무려 150킬로미터 거리라고!"

"어머니를 보러 간다고 주변에 얘기하고 다녔더군. 왜 거짓말했어, 데이브?"

"그게 제일 간단해서 그랬어. 사생활을 지키고 싶었어. 집에 손님이 찾아오는 게 싫었어. 그래서 심지어 그 집에……" 그는 그 집에 전화기가 없다는 말을 하지 않으려고 참았다. "예쁜 집이었어. 당신한테 정말 보여주고 싶었어. 당신이 그 집에서 나하고 같이 있는 모습을 상상하곤 했지. 나는 당신이 좋아할 모습으로 모든 걸 꾸몄어. 침실도 거실도. 벽에 액자도 걸고. 게다가 식탁 차리는 스타일까지 바꿨어. 사진을 몇 장 가져올 걸 그랬어. 그럼 어떻게 생긴 집인지 당신이 알 텐데." 그는 정말 그러길 바랐다. 그러다 자칫 애나벨이 그 집의 외관만 보고도 알아챌 수 있다는 사실을 깨달았다.

그녀는 살짝 인상을 구기며 고개를 끄덕이더니 그를 쳐다보지 않고 시선을 멀리 보냈다. "윌리엄 뉴마이스터 알아?" 애나벨은 독일식으로 발음하며 물었다.

"아니."

"하숙집에 그 남자를 아는 사람이 있어?"

"없어, 내가 아는 한."

"그 남자하고 정말 얘기하고 싶었는데, 지금 집을 비웠더라. 지난 목요일에 그 집에 갔었어. 그 남자가 집에 없다는 건 알았지만, 혹시나 그 동네 누구라도 그가 어디에 있는지 알 수도 있으니까. 그런데 경찰이 알더라고. 진짜 무슨 일이 있었는지 그에게 묻고 싶었어."

데이비드는 어깨를 으쓱한 후 시선을 내려 TV 위에서 우쭐대는 표정의 사진을 다시금 쳐다보았다. "그 남자가 경찰서에서 진술했을 텐데."

"제럴드가 그 집에서 총을 빼 들 만큼 그 남자하고 오래 언쟁했다는

게 이해가 안 돼. 말이 안 되잖아. 그이가 술을 좀 했다는 건 알지만, 그래
도……"

말이 되지 않았다. 제럴드는 전에도 그리 생각했었다. 그러나, 이젠 말
이 되어야 한다. "제럴드는 내가 그 집에 숨어 있다고 생각했겠지. 어쩌면
당신이 아는 것보다 제럴드가 술을 더 많이 마셨을 수도 있고."

"검시의는 그이가 술을 별로 마시지 않았다고 했어. 그이는 에드 퍼디
네 집에서 넉 잔을 마셨지만, 술을 더 하겠다고 중간에 차를 세우진 않았
을 거야."

"넉 잔이라며. 그게 얼마나 많이 마신 건지 당신이 몰라서 그래." 그의
절망감이 서서히 모습을 드러내는 느낌이 들었다. "당신이 어떻게 생각하
든 그건 사고였어, 애나벨. 제럴드가 넘어지면서 계단에 부딪친 거야. 그렇
게 눈이 많이 내린 날 계단을 내려오다가 누구나 그런 변을 당할 수 있어."

"하지만 그 남자가 제럴드를 떠밀었잖아. 난 뉴마이스터와 얘기하고 싶
어." 애나벨의 얼굴이, 목소리가 또다시 눈물로 일그러졌다. 소용없는 눈
물이었다. 데이비드는 그 눈물이 보기 싫었지만 막을 방도가 없었다.

"총을 든 남자를 격퇴했다고 뉴마이스터를 원망하면 안 되지."

애나벨이 고개를 들었다. "하지만 그이가 당신을 찾으러 간 건 우연이
아니었어. 외간남자가 자기 아내한테 그런 편지를 보내는데 안 그럴 남자
가 어디 있어? 내가 그만 보내라고 부탁했잖아, 데이브. 내가 당신을 부추
긴 건 아니잖아."

"알아."

"뭘 알아? 게다가 당신의 행동은 최악이었어. 여기 와서 날 데려갈 거라
고 협박했잖아. 누구라도 그 편지를 보면 당신더러 정신병자라고 할 거야,

데이브."

그는 벌떡 일어났다. "그래? 어떤 편지가 그런데? 내가 보낸 편지는 논리적으로 완벽했어. 너도 그걸 알잖아. 사랑해. 내가 왜 당신한테 편지를 쓰면 안 되는데?"

"난 유부녀잖아!"

"난 당신한테 손끝 하나 댄 적 없어. 제럴드한테도 그랬어. 지금 나더러 바보, 미친놈이라고 하는데 아니, 남자가 편지에다 자기 입장도 옹호하지 못하면 도대체 뭘 어쩌라고?"

"유부녀한테 그런 편지를 보내면 안 되잖아! 경찰한테 자세히 말도 못하겠어. 너무 창피해서!"

초인종이 울렸다.

"창피해?" 그는 놀라서 따라 했다.

"게다가 당신은 '난 권리가 있다'라고 했는데, 그럼 내 남편을 죽일 권리가 당신한테 있어?" 애나벨이 일어섰다. 분노에 차서 창백한 얼굴이었다. 애나벨은 자기 말이 옳다고 생각하는 것 같았다.

"내가 네 남편을 죽여? 말도 안 돼!" 그는 이렇게 말하고 돌아섰다.

"결국 그렇게 됐잖아." 애나벨이 거실에서 나갔다.

아래층 현관문이 열릴 때 나는 벨 소리에 이어 느릿느릿 계단을 오르는 여자 발자국 소리가 들렸다.

"당신이 더 있어봐야 아무 소용 없어, 데이브." 애나벨이 말했다.

"그게 무슨 소리야?" 데이비드가 그녀에게 다가갔다. 애나벨이 손도 못 대게 하리란 걸 알고 멈칫했지만, 이내 그녀의 어깨를 애절하게 붙들었다. "진심으로 널 사랑해. 행복하게 해주고 싶어. 너 없이 사느니 차라리 죽는 게 나아, 애나벨. 한 번만 기회를 줘."

노크 소리가 들렸다.

애나벨이 화난 얼굴로 그를 바라보았다. 너무 화가 나서 말문이 막힌 것 같았다. 데이비드는 당황해서 얼굴을 찌푸렸다.

"얼마가 걸리든 아래층에서 기다릴게." 그가 말했다.

"내가 오늘 밤 여기서 재워줄 거 같아?" 애나벨이 문을 열었다.

흰머리에 살집이 있는 오십 대 여성이 거실로 들어왔다. '이웃' 혹은 '친한 이웃'이라는 여자가 바로 이 여자라는 걸 그는 단박에 알아챘다. 애나벨이 소개하자 데이비드는 몸을 살짝 굽히며 무난하고 평범하게 '안녕하십니까?'라고 인사했다. 순간, 여자가 얼굴에서 미소를 거두고 입술을 오므리자 입가에 주름이 자글자글 잡혔다.

"바로…… 그?" 여자가 애나벨에게 확인했다.

애나벨이 고개를 끄덕였다. "네, 둘이 얘기할 게 있어서요. 데이비드가 지금 간대요."

여자는 입을 살짝 벌린 채 그를 호기심거리, 별종으로 여기며 쳐다보았다. 퍼레이드를 구경하다 사진에 찍힌 군중 속 한 사람처럼 보였다.

"우리 얘기 안 끝났어, 애나벨."

"의견 줘서 고마웠어, 데이브. 하지만 오늘 밤에는 더는 할 얘기가 없어."

그는 애나벨의 갈색 로퍼와 맨살이 드러난 가녀린 발목을 멍하니 쳐다보았다. 이웃집 여자만 아니었다면, 그는 바닥에 주저앉아 그곳에 입을 맞췄을 것이다. 입에서 피 맛이 느껴졌다. 뺨 안쪽을 잘근잘근 씹고 있었다. 애나벨이 도도하게 그를 쳐다봤다. 이웃집 여자 앞에서 연기하는 것 같았다. "우리 언제 다시 볼 수 있지?" 데이비드가 물었다.

"데이브, 제발……"

"애나벨, 대체 왜 그래?" 마지막 순간, 그가 애나벨의 두 손을 붙들고 언성을 높였다. 애나벨이 몸을 뒤로 빼자, 여자가 화난 목소리로 버럭 호통치며 그의 팔을 양손으로 부여잡았다. 데이비드는 이웃집 여자의 손을 피하려고 몸을 홱 틀었다. 여자가 소리치고 법석을 떨자 그는 눈을 껌뻑이며 애나벨에게서 떨어졌다.

"일을 이 지경으로 만들었으면 됐지! 더러워라! 추잡스러워!" 여자는 고개를 끄덕이며 고결한 듯 말했다.

"전 이 여자를 사랑합니다. 남들이 알든 말든 상관 안 합니다!" 데이비드가 되받아쳤다.

이제 여자가 발을 구르고 고개를 휘저으며 고래고래 고함을 질렀다. 데이비드는 애나벨 쪽으로 몸을 돌려 여자가 무슨 말을 하든 무시했다. 애나벨이 걸음을 옮기더니 문을 열었다.

"잘 가, 데이비드. 제발, 가." 애나벨이 맥없이 말했다.

그는 마지막으로 지그시 애나벨을 뚫어져라 보았다. 애나벨의 목소리에서 따스함이 느껴져서 안심하며 미소를 지었다. "널 생각할게…… 언제나." 그는 이렇게 말하고 밖으로 나왔다.

차가 있는 곳까지 걸어가는 내내, 화를 참지 못했다는 자책감에 머리가 죔쇠에 조이는 것 같았다. 더군다나 논쟁 상대도 안 되는 이웃이 보는 데서 그랬으니 변명의 여지가 없었다. 애나벨을 위해서라도 참았어야 했는데. 굳건한 힘과 연민과 참을성, 그에게는 이 모두가 없었다.

젠장, 앞으로 얼마나 더 참고 참아야 하나!

17

1959년 1월 27일

사랑하는 애나벨에게

이 편지를 쓰는 사이 새날이 밝아온다. 동네를 몇 시간이나 돌아다녔어.
내가 시인이라서 오늘이 어떤 의미인지 네게 말해줄 능력이 있다면 얼
마나 좋을까. 오늘은 새로운 시작이야. 우리가 같이하는 삶이 새롭다는
걸 네가 알 수만 있다면. 내가 얼마나 널 사랑하는지 네가 믿을 수만 있
다면. 내 애길 하자면, 난 내가 얼마나 이기적인지 깨달았다. 제럴드에게
헌신한 널 사랑하고, 너의 비통함도 존중해. 하지만 그건 너의 몫일 뿐.
나는 권능하신 그분들께 이렇게 기도한다. 네 헌신과 사랑이 어느 날 내
게 향하기를. 너를 향한 내 사랑을 어떻게 측정할 수 있을까? 내 안을 채
우고도 넘치는 이 사랑을. 묘하게 손끝에 만져질 듯하나 만져지지 않는
이 사랑을. 내 안의 묵직한 이 사랑을. 더 이상 사랑할 수 없을 만큼 널
사랑해. 그 누가 나처럼 느낄 수 있을지, 사랑을 되돌려 받겠다는 희망
조차 품지 않을 수 있을지, 아마 그런 사람은 없을 거야. 애나벨, 언젠가
네가 또렷이 알게 되는 날, 예전처럼 날 보며 웃어주리라 확신해.
지금, 아니 어젯밤 얘기를 할게. 화를 못 참고 소리친 내가 너무나 원망
스럽다. 그건 용서받지 못할 일이야. 난 그저 네 눈물을 닦아주고 널 위

로하고 싶었을 뿐. 그저 널 행복하게 해주고 싶었어. 네가 그걸 완벽하게 이해한다면, 난 세상에서 가장 행복한 남자가 될 거야.

여기에서의 일은 전혀 즐겁지 않고, 단 한 번도 즐겁지 않았어. 내 계획은 수 주, 수개월 안에, 혹은 얼마가 걸리든 연구소에서 일자리를 찾는 거야. 네가 옆에 있으면 좋겠다. 네가 골라주는 집을 사고 싶어. 당분간 라호이아에 가 있을 생각은 해봤니? 몸을 추스르기에 아주 좋을 것 같아. 만일 간다면, 난 밤낮으로 언제나 널 머릿속에 떠올릴 거야. 진심이야. 죽는 날까지 널 사랑할 테니.

데이브

그는 조용히 하숙집을 나가 길을 두 번 건너 편지를 우체통에 넣었다. 오전 7시에 우체통을 향해 걸어갈 때만 해도 동네는 흑백사진처럼 무색이었지만, 돌아오는 길에는 건너편 벽돌 벽이 짙은 자주색으로 물들고 들쭉날쭉한 산울타리에서 푸른빛이 올라오기 시작했다. 유달리 머리가 맑고 이상하리만치 행복했다. 이번에 쓴 편지는 간밤의 안 좋았던 기운을 모조리 지우고 애나벨을 기운 나게 해서 그녀가 새로운 빛에서 모든 걸 보게 할 것이다. 그는 편지 한 통이면 충분하리란 걸 알았다. 백 통, 2백 통이 필요할지 모르지만 그건 편지의 무게감이나 힘이 겹겹이 쌓여서가 아니다. 특정 구절, 대수롭지 않게 생각한 단 하나의 글귀가 애나벨을 깨닫게 할 것이다.

그는 집 앞 인도를 따라 올라가며 휘파람을 불었다. 애나벨이 수요일쯤 편지를 받을 테니 다음 날, 공장에서 애나벨에게 전화를 걸어 토요일에 같이 점심 먹자고 해야지. 그는 근교 레스토랑에 애나벨을 데려갈 생각이다. 애나벨은 숲과 잔디와 탁 트인 곳을 봐야 한다. 봄여름만큼 아름답진 않겠지만, 누추한 거리에서 살다가 교외를 살짝 구경하기만 해도 아름다워 보일 것이다.

그가 하숙집으로 들어가자 매카트니 부인이 현관에 서 있었다. "방금 데이비드 방에 노크했었는데, 에피 브레넌이 막 전화했어요. 전화해달래요. 중요한 일이래요."

"알겠습니다. 고맙습니다."

"전화번호는 알죠?"

"모르는데요."

"전화기 옆에 매달아놓은 파란 수첩에 적혀 있어요." 매카트니 부인은 다시 미소를 지었지만 두 눈에는 호기심이 뚜렷했다.

데이비드는 하숙집에서 에피와 통화하고 싶지 않았다. 그는 매카트니 부인이 식당으로 들어갈 때까지 기다렸다가 도로 하숙집을 나왔다. 만일 에피가 벡스브룩 경찰에 뉴마이스터의 집에서 데이비드 켈시를 봤다고 말했다면, 그건 어쩔 수 없다고 생각했다. 난감하고 민망하지만 그 이상은 아니었다. 그런데 만일 제럴드 딜러니와 얘기하다가 그를 넘어뜨려 치명상을 입힌 사람이 데이비드 켈시였다는 사실까지 인정해야 한다면, 그다음은 어떻게 될까? 데이비드가 살인자가 되는 건가? 애나벨과의 상황 때문에 그가 지금껏 애써 신분을 감춘 거라면 정상참작이 되지 않을까?

그는 에피에게 전화를 걸며 이렇게 생각했다. 처음부터 끝까지 남김없이 자백하면 애나벨과의 관계가 지금보다 좋은 방향으로 흘러가지 않을까? 지금까지는 자백을 고민하는 것조차 두려웠지만, 오늘 아침엔 뭐든

할 수 있을 것 같았다.

"여보세요, 에피. 데이비드 켈시입니다."

"데이브…… 여보세요." 에피가 숨 가쁘게 말했다. "꼭두새벽부터 전화해서 미안해요. 당신 괜찮아요?"

"그럼요. 왜요?"

"걱정이 돼서요." 에피가 다급히 말했다.

"뭐가요?"

"전부 다요. 지금 어디예요?"

"편지 부치러 나왔어요." 그는 그녀에게 사과할 일이 있다고 말하고픈 충동이 일었다. 지난 토요일에 소리친 일을 사과하고 싶었다. 그런데 지금은 그 일도, 에피 브레넌이 적인지 아닌지도 중요하지 않았다.

"데이브, 토요일에 내가 들르지 말았어야 했어요. 다시 말하지만 미안해요."

"괜찮습니다." 그는 그녀의 떨리는 목소리에 당황했다.

"데이브, 이건 알았으면 해요. 무슨 일이 있든 난 당신 편이에요. 당신과 함께라고요. 최소한……"

"최소한 뭐요?"

"너무 혼란스러워요. 제럴드 딜러니한테 아무 말도 하지 말 걸 그랬어요. 데이브, 난 당신이 내게 한 말을 그대로 할 것이고, 또 그렇게 믿을 거예요. 당신이 나한테 원하는 게 바로 그거죠?"

"누구한테 말한다는 겁니까? 에피, 잘 들어요. 난 당신이 누구한테 뭐라고 말하든 상관 안 해요. 아무것도 숨기지 않을 테니."

"숨기지 않는다고요? 숨기는 편이 나을 텐데요, 데이브."

"왜요?"

"그냥 기분이 이상해요. 그런 예감이 들어요. 내 말 알겠어요?"

순간, 그는 기분이 이상하다는 말에 인내심이 바닥났다.

"당신 초상화가 아직 여기에 있지만 안 보이게 치워뒀어요. 데이브, 듣고 있어요?"

"네."

"오늘 저녁에 전화해도 돼요? 제발 된다고 해줘요, 데이브."

"왜요?"

"그냥 그러라고 해줘요. 6시에 전화하면 되죠?"

"좋습니다, 에피." 그는 통화를 끝내려고 이렇게 대답했다.

"고마워요. 끊을게요, 데이브."

그는 전화를 끊으면서 에피 브레넌이든, 그녀가 걱정하는 게 무엇이든 더는 생각하지 않기로 했다. 그러나 그날 공장에서 일하는 동안 데이비드는 에피가 웨스에게 '토요일에 발라드 그 집에 갔더니 데이비드가 있더라'라고 했을지 여러 번 궁금해졌다. 오후 4시가 되어서야 웨스와 마주쳤다. 화장실에서 나오는 웨스를 본 건 고작 몇 초였지만, 웨스가 웃으며 손을 들어 인사하는 모습을 보니 아무 일도 없었던 것 같았다.

정각 6시에 매카트니 부인의 집 복도 전화기가 울렸다. 에피는 만나자면서 유선상으로 얘기하고 싶지 않다고 했다. 데이비드는 약속을 내일 저녁, 아니면 영영 미루려고 애썼다. 에피가 두려워서가 아니었다. 숨이 가쁜 사람이나 울기 직전의 여인을 보면 반대쪽으로 내빼고 싶기 때문이다.

"중요한 일이에요, 데이브. 이번 한 번만요."

그래서 그는 포기하고 8시에 아파트로 가겠다고 했다. 그런데 에피는 그가 이쪽으로 오는 게 싫다며 메인 스트리트에 있는 드러그스토어에서 보자고 했다.

"거기에 칸막이 좌석이 있어요." 에피가 말했다.

데이비드가 조금 늦게 도착했다. 에피는 뒤쪽 칸막이 좌석 분홍 테이블에 앉아 블랙커피를 마시고 있었다. 에피는 그가 나타나자 긴장하며 미소를 지었다. 그가 좌석에 앉자 에피는 그가 주먹을 날리거나 화풀이라도 하면 그걸 막아보겠다는 듯이 겁먹고 뻣뻣해 보였다.

"에피, 토요일에 내가 소리쳐서 미안해요."

그녀는 고개를 끄덕인다는 것조차 모르는 듯 멍한 표정으로 끄덕였다. "괜찮아요. 다 잊을게요. 내가 거기 갔다는 것까지 잊을게요, 데이브. 그게 당신이 원하는 바죠?"

"아마도요."

여종업원이 오자 그는 커피를 시켰다.

"오늘 애나벨을 봤어요." 에피가 말했다.

"오늘 누굴요?" 에피가 또다시 고개를 끄덕였다. 그는 믿을 수가 없었다. "애나벨이 여기에 왔었다고요? 프로스버그까지?"

"아뇨, 내가 벡스브룩으로 갔어요. 경찰이 오늘 아침 7시에 전화하더니 점심시간에 날 태우러 왔어요. 경찰은 나더러 뉴메스터를 아느냐, 그가 어디에 있는지 아느냐고 묻고 또 물었어요. 심지어 내가 애나벨과 아는 사이인지도 궁금해했지만 결국 모른다고 했죠. 애나벨이 뉴메스터와 대화하고 싶어 했어요. 애나벨이 뉴메스터를 만나러 온 게 이번이 두 번째인데 그 남자와 연락이 되지 않는대요." 에피는 말을 끊더니 경계하고 난감한 눈빛으로 그를 바라보았다. "경찰이 뉴메스터의 외모를 묘사했어요."

데이비드는 죄책감이 드는 가슴에 대고 팔짱을 꼈다. "경찰이 그자에 대해 설명을 잘했겠죠."

"경찰은 뉴메스터가 키는 175센티미터에 보통 체격이며 나이는 서른이며 머리색은 검정이라고 했어요. 당신은 갈색이잖아요. 그런데…… 뉴메스터가 당신이더라고요. 당신 맞죠?"

"맞아요." 데이비드가 낮게 말했다. "그래서 뭐요?"

에피가 숨을 쉬자 주름 장식이 달린 분홍 블라우스가 들락날락했다. "그래서 뭐냐면, 애나벨이 뉴메스터와 얘기하고 싶다는 거예요. 경찰 역시 뉴메스터, 혹은 그 가명을 쓴 남자를 찾으려 해요. 프리랜서 저널리스트 뉴메스터와 관련된 게 아무것도 나오지 않으니까요. 난 발라드에 집이 있다고 둘러댄 바람에 발목이 잡혔어요. 하필 그 집 주인이 뉴메스터잖아요. 당신 이름은 아예 나오지 않았고, 애나벨도 당신 얘기를 경찰한테 하지 않았어요. 알아두라고요, 데이브." 그녀는 진지하게 말했다. 데이비드는 테이블을 바라보며 인상을 썼다. 에피가 담배를 한 대 더 피웠다. "나중에야 애나벨이 당신 얘기를 꺼내더군요. 그래서 내가 애나벨에게 같이 샌드위치를 먹자고 했어요."

데이비드는 몸을 꼼지락거렸다. 애나벨이 에피와 샌드위치를 먹다니.

"그래서 뭐라고 했어요?"

"아무 말도 안 했어요. 맹세코요, 데이브. 애나벨은 내가 당신과 아는 사이라는 걸 당연히 알더군요. 난 당신을 사랑한다고 말했어요. 그건 사실이니까요, 데이브. 그랬더니 애나벨이 당신이 평생 사랑한 여자가 바로 자기라고 털어놓았어요. 애나벨을 처음 보자마자 그럴 것 같더라고요. 그래서 애나벨에게 물었더니 그렇다고 하더라고요." 에피가 목소리를 깔고 말해 데이비드의 귀에 잘 들리지 않았지만 들리긴 들렸다.

"그건 남들이 상관할 바가 아닙니다."

"그래요? 알려줘서 고맙네요." 그녀는 부들거리며 말했다. "애나벨은 참 좋은 여자 같더라고요, 데이브…… 게다가 지금은 혼자고요."

"당신하고 애나벨 얘기하는 거 싫습니다." 그는 서둘러 말했다.

"왜 그렇게 화를 내죠? 난 이유를 알죠. 당신은 절대로 그녀를 갖지 못해요, 데이브." 에피는 머리를 내저으며 말했다. "절대로."

"애나벨한테 뭐라고 했죠?"

"다른 말 안 했어요. 당신을 사랑한다는 말밖에요."

그는 짜증이 났다. "내가 절대로 애나벨을 갖지 못할 거란 말은 왜 하는 겁니까?"

에피는 눈을 크게 뜨고 몸을 앞으로 기울였다. "여자는 자기 남편을 죽였다고 생각하는 남자와 느닷없이 결혼하려 하지 않아요. 가장 사랑하지도 않는 남자와요."

못생기고 촌스러운 판매원 겸 비서의 얼굴로 저런 말을 내뱉다니. "말도 안 돼."

"애나벨은 당신이 편지를 보내지 않았더라면 남편이 죽지 않았을 거라고 했어요. 애나벨이 그렇게 말했다니까요, 데이브. 내 말은, 남편을 떠민 사람이 당신이라고 애나벨이 의심한다는 뜻이 아니에요. 데이브, 어쩌다 보니 제럴드를 민 건가요, 아니면 어떤 의도를 품고……?"

"내가 주먹으로 제럴드를 쳤더니 그가 쓰러졌어요." 데이비드는 몸에서 기운이 빠져나가는 걸 느끼며 말했다. 그는 한쪽 손으로 머리를 받쳤다.

"그래서 어떻게 할 거예요, 데이브?" 에피가 그렁그렁한 눈으로 물었다.

그는 고개를 들었다. "입 닥쳐요." 말투는 부드러웠으나 그는 에피 쪽으로 몸을 쭉 빼고 주먹으로 조용히 테이블 상판을 쳤다. "애나벨 얘기는 닥치라고요."

"진실이 듣고 싶지 않다? 이해해요. 하지만 계속 그럴 순 없어요, 데이브."

"계속 그럴 수는 없다?" 그는 에피의 말을 그의 인내심과 인격에 대한 일종의 도전으로 받아들였다.

"그렇겐 못 해요. 그러다 스스로를 미치광이로 몰고 갈 거예요."

"요즘 미쳤다는 얘기를 지겹도록 들어요. 당신한테까지 듣고 싶지는 않습니다."

"그렇겠죠, 충분히 들었겠죠. 당신한테 말해봐야 무슨 소용 있겠어요. 만일 경찰이 윌리엄 뉴메스터라는 이름을 가진 사람이 아예 존재하지 않는다고 애나벨에게 말하면 어쩌려고요? 경찰이 조만간 결론을 내지 않을까요? 그렇게 하나하나 지워가다 보면 결국 데이비드 켈시를 보자고 하겠죠."

"왜죠?" 그는 더욱 나긋한 목소리로 물었다. "경찰이 사고 한 건을 얼마나 오래 붙들고 있을 거라 생각합니까?"

"그게 사고였나요?"

"그럼요."

"흠, 애나벨은 남편을 떠민 남자를 만나고 싶어 해요. 조만간 애나벨이 밝혀낼 거예요. 날 통해서가 아니라 다른 경로로요." 에피의 눈이 눈물로 촉촉했다.

데이비드는 테이블 위에서 여태 주먹을 쥐고 있었다. "당신이 힌트를 몇 가지 슬쩍 흘리겠지 대놓고 말하겠어요?"

"데이브, 그렇게 비꼬지 말아요. 난 절대로 그렇게는 안 해요."

"어서 해요. 난 버틸 수 있으니. 애나벨도 버틸 거고, 애나벨과 나는 버틸 수 있어요. 당신은 우리가 못 버틸 거라 생각할 테니 어디 한번 해봐요. 우리가 어떻게든 버텨낼 테니. 내가 직접 경찰한테 말할 수도 있어요. 그날 무슨 일이 있었는지 하나하나 설명할 거라고요. 사실 이미 내가 설명한 거나 다름없고, 경찰은 그게 사고였음을 잘 압니다. 그래도, 제럴드를 때린 사람이 바로 데이비드 켈시였다고 내 입으로 경찰한테 밝힐 수 있어요."

"만약 경찰이 사고라고 믿지 않으면요? 경찰은 당신이 제럴드를 죽일 동기가 있었다고 할 거예요."

"제럴드가 나한테 총을 겨눴다고요."

"그래도 경찰은 당신에게 살인 동기가 있었다고 할 거라고요."

그는 대답하지 않고 맹목적인 증오감으로 에피를 노려보았다. 에피는 그를 옭아매고 음해하고 겁박하며 붙들려고 애쓰더니 그의 비밀을 지켜주겠노라 약속했다.

에피는 눈을 부릅뜨고 데이비드를 바라보며 수천 가지 말들 중 가장 센 말을 고르고 또 고르는 것 같았다. "당신은 애나벨을 사랑한다고 하지만, 애나벨이 사랑한 건 제럴드였어요. 내가 보니 그래요. 당신은 그걸 잊고 싶은 마음뿐이겠죠. 게다가 지금 애나벨에게 필요한 위로조차 해주지 못하잖아요. 애나벨이 당신의 위로는 아예 받지도 않겠지만요."

"그 얘기 그만하라고요." 데이비드의 말투는 부드럽지만 다급했다. 이제 칸막이 좌석 끝에 걸터앉아 일어날 채비를 했다.

"당신이 할 수 있는 말은 그게 최선이겠죠. 그 집에서 다른 사람 이름으로 숨어 산 것처럼요. 늘 현실을 차단하려고 애쓰던 사람이니."

"사이비 과학 같은 용어나 늘어놓다니." 데이비드는 25센트짜리 동전 하나를 올려놓고 일어서다가 컵을 치는 바람에 커피를 컵받침에 엎질렀다.

"어디 가게요?"

"벡스브룩 경찰서요. 내가 실례해도 된다면요."

"데이비드!"

그는 뒤돌아보지 않고 잰걸음으로 차를 세워둔 매카트니 부인 하숙집으로 걸어갔다. 그러다 한 블록도 채 못 가 벡스브룩 경찰 앞에서 윌리엄 뉴마이스터가 데이비드 켈시라는 사실을 절대로 자백하지 못하리라고 깨달았다. 취조를 못 견뎌서도 아니고 그게 사고였다는 걸 애나벨이 끝까지 이해하지 못할까 봐도 아니었다. 그는 윌리엄 뉴마이스터를 배신하고 싶지 않았다. 그의 더 잘난 반쪽인 뉴마이스터는 한 번도 실패하지 않았고, 발라드의 예쁜 집에서 애나벨과 살았다. 뉴마이스터라는 존재 덕분에 월요일부터 금요일까지의 데이비드 켈시라는 존재는 2년 가까이 버틸 수 있었다. 그날 오후 운 좋게도 데이비드가 모자를 쓰는 바람에 경찰은 그의 갈색 머리칼을 보지 못했고, 신장을 7센티미터나 작게 보았다. 겁이 나서 몸이 구부정했었나?

오늘 밤 경찰은 뉴마이스터와 연락이 닿지 않을 것이다. 그리고 다른 날들도 그럴 것이다. 존재하지 않는 사람과 연락하기란 대단히 어려운 일이니. 이런 생각이 들자 데이비드는 웃음이 터져 나왔다.

느닷없이 그는 몸을 돌려 다시 드러그스토어로 향했다. 에피가 막 문을 나섰다.

"경찰한테 안 갈 겁니다."

"그럴 줄 알았어요. 그럼 이제 어떻게 할 거예요, 데이브?"

"그냥 모험을 해봐야죠."

목요일 아침, 그는 애나벨에게 전화했다. 애나벨이 없었다. 아무도 전화를 받지 않았다. 그러다 4시 45분이 되자 애나벨이 아닌 낯선 여자 목소리가 응답했다. 그의 소맷자락을 미친 듯이 잡아 뜯던 늙은 마녀라는 생각이 들자 데이비드는 이름을 밝히는 대신 애나벨이 들어오는 시간을 물었다. 6시, 7시, 8시? 여자는 애나벨이 6시경에 온다고 했다.

  데이비드는 하숙집과 메인 스트리트 사이에 있는 지저분한 드러그스토어에서 6시에 전화를 걸었다.

  "응." 애나벨이 차분히 말했다. "토요일에 꼭 보고 싶어, 데이브."

  "12시까지 갈게. 조금 더 일찍 갈까?"

  "12시가 좋겠어."

  12시가 좋다. 12시는 축복이다! 12시에는 시간이 다시 시작한다. 그는 하숙집으로 돌아오는 길에 인도 안쪽으로 기울어진 나무에 부딪쳤다. 날도 별로 어둡지 않았고, 밤에 산책을 할 때도 거의 부딪치는 일이 없었는데. 그는 꽤 아픈지 이마를 비비면서도 이걸 좋은 징조, 대변화의 신호탄으로 받아들였다. 그가 2년이나 피하던 나무에 부딪쳤다는 단순한 이유에서였다.

  그는 그날 저녁 해리스 씨와 멀더븐 씨와 같은 식탁에 앉아 식사하면서 말을 걸었다. 심지어 그들에게 얘기해주려고 최근 웨스한테 들은 농담 두 개를 머리를 쥐어짜 떠올렸다.

18

토요일 애나벨의 아파트에 십 대 소녀가 있었다. 애나벨은 아이를 봐주러 온 소녀라고 했다. 아이는 거실에 쳐놓은 커다란 울타리 안에 있었다. 아기는 등에 베개를 대고 젖병을 빨면서 계속 떨어뜨렸지만 애나벨은 꾹 참고 몇 번이고 아기의 입에 물려주었다. 애나벨은 예의 그 모습 그대로 부드럽고 느긋하게 움직였다. 데이비드는 외투를 양손에 들고 거실 한복판에 서서 애나벨이 움직일 때마다 눈으로 그녀를 따라다녔다.

"데이브." 애나벨은 침실 문 앞에 서서 말했다. "출발하기 전에 한잔할래? 집에 버번이 있어."

"아니 됐어." 그는 웃으며 말했다.

애나벨은 기분이 좋아 보였다. 라호이아에서 가장 좋았던 시절의 그녀가 떠올랐다. 애나벨은 반팔 소매 끝에 작은 리본이 달린 원피스를 입었다. 그는 오늘 오후가 기대되었다.

"좀 앉지그래, 데이브? 할 일이 아직 좀 남았어. 내가 붙들고 있어서 미안하긴 한데, 당신이 너무 이일찍 왔다고." 라호이아에 있을 때 애나벨은 기분이 좋으면 특정 단어를 길게 늘여서 발음하곤 했다.

애나벨은 사라졌다 나타났다를 반복하더니 울타리 너머로 몸을 숙여 아이의 가슴을 간질인 후, 녹색 코트를 안락의자에서 집어 들었다. 데이비드가 대신 집어 주려고 발딱 일어나는 바람에 그의 외투가 바닥에 떨어졌지만, 애나벨이 옷을 다 입을 때까지 자기 옷은 그대로 두었다.

"근처에서 가장 좋아하는 식당으로 가자." 데이비드는 차로 걸어가면서 말했다.

"못 믿겠지만, 교외에 아는 데가 한 군데도 없어."

데이비드는 네 군데를 알아두었다. 지도를 참고했고, 매카트니 부인의 식당 책장에 꽂힌 낡은 『던컨 하인스』(미국에 있는 레스토랑을 평가하는 책)까지 뒤적거렸다. 그러나 가장 괜찮아 보인 곳은 그날 아침 하트퍼드 지역 신문에 실린 어느 식당이었다. '킹스 조지 인', 올드메일로드 오프루트 21A번지, 1889년 개업, 와인과 증류주, 조용한 분위기, 최고의 식사와 멋진 강 조망. 그는 무슨 강이었는지 이름은 까먹었다.

"나 회사 그만뒀어." 데이비드가 말했다.

"그만두다니, 언제?"

"지난주에 회사에 통보했어. 그래도 3주는 더 다녀야 해. 2월 20일이 마지막 출근일이 될 거야."

"그럼 앞으로 뭐 하려고?"

"트로이에 있는 딕슨-랜드 연구소에 다닐 생각이야. 편지를 보냈더니 며칠 후에 면접 보러 오래." 그는 하트퍼드를 떠나면서 집들을 바라보았다. 그는 특정한 집을 보고 싶었다. 주변에 다른 집이 없이 홀로 선, 아늑하면서도 되도록 돌로 지어진 집이었으면. "저런 집은 어때?"

"다른 직장을 잡기도 전에 덜컥 그만두다니, 걱정 안 돼?"

"전혀. 더는 못 다니겠더라고. 만일 딕슨-랜드에 들어가게 되면 돈은 별로 못 벌 거야. 그래도 부업으로 컨설팅 일을 구할 수 있겠지만, 그게 전부는 아니지. 그 얘긴 하지 말자. 오늘은 다른 향수 뿌렸네. 이제 카슈미르는 안 뿌려?"

"카슈미르, 아직도 기억해?"

"그걸 가져올 수도 있었는데." 그는 씁쓸하게 자신을 원망하며 말했다.
"1년 전에 한 병 샀다가 내다 버렸어." 그는 꼬마 소년이 잘못을 고백하듯
어색하게 애나벨을 쳐다보았다. 그러면서도 그 카슈미르 향수병에 대해
길게 한달음에 자세히 설명하고 싶었다.

애나벨은 방금 전 그가 한 말을 생각하는 것처럼 보였지만 아무 말도
하지 않았다. 그 침묵이 고통스럽고 꺼림칙하고 민망해서 그는 온 힘을 다
해 핸들을 꽉 움켜잡았다. 그러다가 도로 한쪽으로 차를 세웠다. 심장이
펄떡거렸다. 눈 뒤에서 눈물이 차올랐다.

"애나벨, 내가 이상한 말을 해도 날 용서해줘. 난 오늘 정말 즐거웠으면
좋겠어. 당신이 오늘을 즐겼으면 좋겠고, 날 용서해줘."

애나벨은 그를 놀란 눈으로 바라보았다. "아직까진 이상한 말 한 거 없
어. 어서 가자, 데이브."

그는 다른 말을 더 하고 싶은 욕심과 그녀의 손을 잡고 키스하고픈 욕망
사이에서 갈등하면서 여전히 핸들을 꽉 붙든 채 애나벨을 쳐다보기만 했
다. 그러다가 무거운 표정으로 정면을 바라보고 액셀러레이터를 밟았다.

레스토랑은 기대만큼 근사하지는 않았다. 그런데도 애나벨은 이렇게
말했다. "정말 멋있어. 이런 데가 있는 줄도 몰랐네!"

데이비드는 메뉴판을 공들여 보면서 가자미와 뵈프 부르기뇽(쇠고기,
양파, 버섯을 적포도주에 졸인 음식) 중에 어떤 걸 추천하겠느냐고 웨이터에
게 물었다. 가자미. 그가 우연히 알게 된 근사한 1949년산 빈티지 본 와인
도 한 병 시켰다. 그는 콩소메를 권했지만, 애나벨은 새우 칵테일을 주문

했다.

"새우?" 그는 멍하니 놀랐다가 애나벨이 새우를 좋아하지 않는다는 건 그의 추측일 뿐이었음을 깨달았다. "그러니까 내 말은 가자미를 시켰으니……"

애나벨이 웃었다. "당신이 이렇게 미식가인 줄은 몰랐네."

"그럼 가지도 좋아해?" 그가 물었다.

"그럭저럭. 가지 먹고 싶었어?"

"아니." 그가 웃으며 대답했다. "당신이 뭘 좋아하는지 알고 싶을 뿐이야. 싫어하는 건 뭐야?"

"거의 없어. 굳이 꼽자면 콩팥, 아 맞다, 송아지 췌장도 안 좋아해."

"콩팥하고 쇠고기로 만드는 요리가 있는데 당신이 좋아할 줄 알았지. 내가 두세 번 직접 만들기도 했어."

"요리도 할 줄 알다니! 집에서 요리도 직접 했어?"

"물론이지." 웨이터가 와인을 그의 잔에 살짝 따른 후 그의 승인을 기다렸다. 그는 맛을 본 후 좋다며 웨이터에게 고갯짓을 했다.

애나벨의 회청색 눈망울이 조용히 그의 시선과 겹쳤다. 그가 간직하던 커다란 사진 속 눈동자처럼, 늘 상상하던 모습처럼, 이제 그녀의 두 눈이 안개와 뭉게구름처럼 보드랍게 느껴졌다. 데이비드는 두 눈에서 특별한 자양분을 얻었다. "에피를 자주 만나?" 애나벨이 묻는 순간, 마법이 풀렸다.

"거의 안 만나." 데이비드의 시선이 그녀의 결혼반지에 머물렀다.

"에피가 당신을 사랑한대."

"나도 들었어." 그는 물 잔을 들어 입을 적셨다.

"당신이 에피에게 잘해주지 않는 것 같아."

"내가 왜 잘해줘야 하지? 그렇다고 못해주는 것도 아니야. 만나지 않을 뿐이지." 그는 인상을 구기며 말했다.

"좋은 여자야. 입장을 바꿔서 생각해보면 쉬운 문제잖아. 당신이 누군가를 사랑하는데 그 사람이 당신한테 말도 걸지 않는다면 어떻겠어."

그 말을 듣자 짜증이 났다. 모든 주제가 점차 짜증스러워졌다. "에피는 아주 평범한 여자야. 따라서 자기한테 맞는 짝을 찾게 내버려둬. 설마 내가 에피한테 관심이 있다고 생각하는 거야?"

"왜 화를 내고 그래? 난 그냥 에피가 괜찮은 여자라고 말했을 뿐인데."

데이비드는 절망적인 침묵 속에서 애나벨을 바라보았다. 그때 웨이터가 첫 번째 코스 요리를 가지고 왔다. 이제 데이비드가 입을 열었다. "다른 얘기하면 안 될까? 다른 얘기!"

"알았어. 그럼 대답 하나 해줄래?"

"물론이지."

"에피가 윌리엄 뉴마이스터를 모른다는 게 사실이야?"

"내가 아는 한 사실이야."

"에피가 제럴드를 그 집으로 보낸 게 진짜 우연이라고 생각해?"

"난 에피의 친구들은 전혀 몰라." 데이비드는 인내심이 바닥나서 노려보며 말했다. "에피가 우연이라고 했으면 그건 분명 사실일 거야."

"무슨 이유에선지, 난 에피가 뉴마이스터를 비호한다는 의구심이 들어." 애나벨은 포크로 새우를 쿡 찍더니 붉은 소스에 풍덩 담갔다.

"글쎄. 난 에피가 굉장히 솔직한 여자라고 생각하는데." 그는 힘겹게 말했다. 다른 것만큼이나 애나벨이 새우를 편안히 먹는 모습이 신경 쓰였다.

"그럼 당신은 나한테 진실을 말하는 중이야, 데이비드?"

186

"응." 그는 항의조로 말했다. "뉴마이스터를 모른다고 말했을 텐데."

침묵이 흘렀다. 데이비드는 콩소메를 먹으려 했지만 입맛이 떨어졌다.

"경찰이 뉴마이스터를 찾지 못하는 게 이상하지 않아? 그 남자가 숨은 걸 수도 있고. 난 에피와 뉴마이스터, 제럴드와 뉴마이스터가 무슨 관계가 있다는 생각이 계속 들어."

"제럴드가 그 이름을 말하는 걸 들은 적이 있어?"

"아니, 한 번도 없어. 그랬더라면 내가 기억했겠지."

"제럴드가 돈을 빌린 사람은?"

"은행에서만 좀 빌리긴 했어." 그녀는 대답했다. 데이비드는 그녀의 목소리에 담긴 자부심과 분노를 감지했다.

"있잖아…… 당신은 왜 뉴마이스터가 경찰을 피한다고 생각하지? 우선, 나는 신문에서 경찰이 뉴마이스터를 찾는 공고를 본 적이 전혀 없어. 그가 여행 중이라서 연락이 닿지 않는 거겠지. 그가 숨었다고 하니…… 적어도 그 남자는 제럴드의 시신을 차에 태우고 경찰서에 갈 만큼 강단이 있었어. 만일 누군가 당신한테 총부리를 겨누면 자신을 보호하기 위해 모든 걸 동원할 권리가 있어. 안 그래? 아무 무기도 없는 남자였잖아?"

"제럴드는 야비한 사람이 아니야. 왜 뉴마이스터 편을 드는 거야?"

"난 누구 편을 드는 게 아니야. 그냥 제럴드가 총을 갖고 있었고 제정신이 아니었다는 사실을 상기시키려는 것뿐이지. 그런 남자한테 뭘 기대하겠어?" 그는 갑자기 그의 말이 호전적이었음을 깨닫고 후회가 밀려왔다. 제럴드의 가슴을 발로 걷어차던 순간이 떠올랐다. 제럴드가 추위와 사후경직으로 온몸이 뻣뻣하게 굳어 자동차 앞좌석에서 오른쪽으로 기울어진 모습도 떠올랐다. 데이비드는 입을 살짝 삐죽거리다가 담배로 손을 뻗었다.

"언제부터 담배 피웠어?"

"가끔. 주로 주말에." 데이비드의 얼굴에 긴장이 풀렸다. "미안해. 내가 너무……"

"당신은 늘 뒤늦게 후회하더라."

그녀의 아무짝에도 쓸모없고 흉하기만 한 남편 감싸기는 여전히 계속되었다. 제럴드는 벽이 되어 그녀와 데이비드 사이를 가로막았다. 만일 애나벨이 제럴드에게 헌신하지 않았더라면 데이비드는 경멸하는 말투로 뚱뚱하고 우스운 그 벽을 허물어버렸을 것이다. 애나벨은 『한 여름 밤의 꿈』에 나오는 당나귀한테 반한 여자 같았다.

"당신 웃을 때 이상해." 애나벨이 말했다.

데이비드는 미소를 거두었다. "미안해, 자기."

"무슨 소용 있겠어? 그 편지 때문에 그이가 당신을 만나서 얘기하려다가 이렇게 됐으니 미안은 하겠지."

"만나서 얘기하겠다는 사람이 총을 들고?"

"그래도 그 사실은 없어지지 않아. 만일 당신이 그런 편지를 보내지 않았더라면 이런 일은 벌어지지 않았을 거야. 아무 일도 없었을 거라고." 애나벨의 목소리가 목이 메어 떨렸다. "제럴드가 지금 여기에 있었을 거라고!"

얼마나 끔찍한 가정인가, 데이비드는 생각했다. "그 편지 때문에 일이 그렇게 돼 미안해."

"안 미안하잖아! 미안하지 않다고 그랬잖아. 그러니 지금 미안하다는 말은 하지도 마. 당신은 정말 매몰차…… 어떤 면에서 보면 당신은 자기 생각대로 살고, 남들 생각, 주변 사람 생각은 눈곱만큼도 안 해."

그는 그 말이 굉장히 익숙하게 들렸다. 작은어머니도 그에게 그렇게 말했고, 웨스도 그랬던 것 같다. 그 말을 들으니 데이비드는 당황해서 화가 났고, 화난 사실이 부끄러웠다. "그건 그렇지 않아." 그는 조용히 반박했다.

"당신이 그 집 얘기하는 걸 보면 그건 사실이야. 내가 그 집에 진짜로 있다고 상상했다면서." 애나벨은 갑자기 헉 하는 소리를 내더니 말을 끊었다. 데이비드가 그녀를 쳐다보았다. "그게 정상이야? 이미 딴 남자하고 결혼한 여자한테 보여주려고 집을 꾸미는 게?"

"애나벨," 그가 다시 입을 열었다. "내가 우리 둘을 위해 뭔가를 준비했다면 그건 제대로 살 수 있도록 준비한 게 맞아. 그렇다고 당신이 나하고 그 집에서 같이 산다고 진짜로 믿은 건 아니야. 어떤 이는 술을 마시기 시작할 테고, 또 어떤 사람은…… 글쎄 잘 모르겠지만, 아무튼 나는 그랬어."

애나벨이 그를 노려보았다. 여전히 이해하지 못하겠다는 표정이었다. 너무 터무니없다는 표정 같기도, 약간 겁을 먹은 표정 같기도 했다. 그는 긴장한 채 의자에 걸터앉아 버릇처럼 말을 끊었다. 그리고 관자놀이에서 턱까지 그녀의 긴 얼굴을 따라 이어지는 미묘한 곡선을 간직하려고 열심히 가슴에 새겼다.

"당신을 원망하는 게 아니야, 데이브." 그녀는 낮고 진지하게 말했다. "난 당신 생각 중이야. 당신이 행복하고 평범한 삶을 살면 좋겠어."

그가 신음하듯 말했다. "당신을 사랑해. 그래서 행복해."

"어떻게 그럴 수가 있지? 당신은 그럴 수 있다고 생각하나 본데, 지금 당신을 무척 사랑하는 에피처럼 완벽한 여자가 있는데 그게 안 보여? 왜 노력조차 안 해?"

"난 에피를 원하지 않아."

"제발 노력이라도 해봐. 날 위해서, 데이브. 이렇게 부탁할게."

"날 조금도 이해하지 못하는군!" 그는 손으로 이마를 쓸더니 그녀의 당황하고 화난 눈동자에 눈을 맞추었다. 그러자 그는 자신의 눈에도 같은 표정이 담겨 있으리라 짐작했다. "애나벨, 더는 이렇게 못 하겠어." 그는 모든 의미를 담아 말했다. "더는 못 참겠어. 내가 당신하고 있으면 몸에 있는 구멍이란 구멍은 죄다 열리는 것 같아. 당신은 이해하지 못하고 나더러 불가능한 걸 하라고 하는데, 그게 나한테 얼마나 고통스러운지 몰라." 그는 계속해서 말을 이었다. 애나벨이 뭐라고 말하려 했지만 그는 말을 멈출 수가 없었다. 그가 목소리를 깔고 말했기 때문에 애나벨은 그의 말이나 말하는 모습을 굉장히 끔찍하고 기괴하게 여기는 것 같았다. 웨이터도 그를 쳐다보았지만, 그는 웨이터는 조금도 신경 쓰지 않았다. 그의 말이 어법에 맞지 않아도 그 안에 모든 걸 담아, 영어 단어를 총동원해 애나벨이 그에게 어떤 의미인지 설명하려 했다. 그런데도 애나벨의 입에서 같은 말이 반복되자 그는 말을 멈추었다. "내 일이 뭐? 내 일이 어떻다고?"

"글쎄, 난 그냥 '어쩌면'이라고만 말했어." 그녀는 대답했지만 걱정스러운 눈으로 인상을 찌푸렸다. "당신이 너무 부담을 느끼는 것 같아."

"별로. 난 오히려 약간 부담스러운 게 좋은데. 와인 마실래?"

애나벨이 잔을 들었다.

그는 웃으며 잔을 들어 그녀의 잔에 건배했다. "전에 당신하고 천 번도 더 건배를 했었지."

그녀는 와인을 마셨지만 웃지 않았다.

그는 애나벨이 좀 전에 한 말을 애써 곱씹었다. 그럴수록 고민만 깊어졌다. "나한테 무슨 고민이 있겠어. 네가 날 더는 안 보겠다고 한다면 모를까, 그것 말고는 심각한 건 없어. 그런 말을 들으면 나 죽을지도 몰라."

"그런 말은 안 해, 데이브." 애나벨은 아주 나긋이 말하며 테이블로 시선을 내렸다.

그 소리에 그의 얼굴에 또다시 미소가 번졌다. 그는 왼손으로 주머니에 든 사각 상자를 만지작거렸다. 애나벨이 돌려보낸 다이아몬드 핀이 든 상자다. 지금, 그는 애나벨에게 되돌려줄 생각이다. 이번에는 애나벨에게 돌려보내라고 할 제럴드도 없다.

애나벨은 3시 15분까지 집에 꼭 들어가야 한다고 했다. 데이비드가 차를 몰고 그녀의 집 앞 도로로 들어간 시각은 3시 20분이었다.

"애나벨," 그가 행복하게 말했다. "나랑 결혼해줄래?"

애나벨은 놀란 듯이 웃음을 터뜨렸다.

"너무 급작스럽다는 말은 못 할 텐데."

"데이브, 난 지금 내 인생도 어찌해야 할지 모르는 상태야."

"둘이서 같이 풀어나가자. 우리 언제 다시 만날까? 저녁엔 아무 때나 내가 차를 몰고 올라올 수 있어." 그는 외투 주머니에서 작은 상자를 꼭 쥐고 꺼내기 직전이었다.

"모르겠어." 그녀는 갑자기 불안해하며 차 문고리로 손을 뻗었다.

"생각해봐, 월요일, 화요일, 내일도 좋아. 내일은 일요일이고."

"라호이아에 갈까 해."

"언제? 얼마나 있을 거야?"

"모르겠어. 화요일에 출발하려고." 애나벨이 차 문을 열고 내렸다.

그도 따라 내린 다음 애나벨을 마주 보며 인도에 섰다. "편지할 거지? 얼마나 있을 건지 알려줘." 만약 두 달 정도라면 그는 따라갈 생각이었다.

"그럼, 데이브." 그러더니 애나벨은 점심 잘 먹었다고 감사 인사를 했다. 데이비드는 그런 말이 듣기 싫어서 대답 없이 그저 미소만 지었다.

"내일 전화할게. 언제 만날 수 있는지 아직 대답 못 들었어." 그가 말했다.

"화요일에 출발하려면 시간이 별로 없어, 데이브. 어쩌면 월요일에 출발할 수도 있고."

"그럼 내일 저녁 먹자."

"그건 정말 안 돼, 데이브. 여기서 이것저것 할 일이 많아. 잘 가, 데이브!"

그는 애나벨이 짧은 앞쪽 길을 뛰어 올라가는 모습을 쳐다보면서 주머니에 든 상자를 떠올렸다. 다시 포장해서 새로 카드까지 썼는데. 오래 공들여 준비했는데 애나벨은 그걸 받을 짬조차 내주지 않았다. 그냥 주머니에 찔러 넣고 계단을 뛰어 올라가면 될 텐데. 그래도 데이비드는 휘파람을 불며 차로 향했다. 그녀와 보낸 세 시간 15분이라는 시간을 되짚으며 음미하는 일을 시작도 안 했는데 부자가 된 기분이었다. 그녀와 헤어지고 나면 늘 머리가 멍한 채 몇 분 동안은 그녀가 진짜로 그의 곁을 영영 떠난 것 같은 기분에 잠겼다. 그러고 나면 결국 누군가와 말을 하거나, 뭔가 실용적인 일을 떠올려야 그녀의 존재와 관련된 감각이 서서히 잦아들었다.

일요일에 데이비드는 애나벨에게 전화했다. 그녀는 기한을 정하지 않은 채 월요일에 라호이아로 출발한다며, 친구가 그 아파트에 대신 세 들어 살기로 했다고 전했다. 애나벨이 서두르는 목소리여서, 그는 체스윅에서의 3주가 끝나자마자 라호이아로 따라가겠다는 얘기를 굳이 지금 꺼내 그녀를 더욱 정신없게 만들고 싶지 않았다. 데이비드는 후임 매니저에게 공장이 어떻게 굴러가는지 알려줘야 했다. 후임 매니저는 똑똑하지만 평범했고, 아내와 세 아이가 있다고 했다. 그의 목표는 월급이었다. 데이비드는 이 자리에 그가 적임자라고 생각했다.

월요일, 딕슨-랜드 연구소에서 답장이 왔다. 그들은 관심을 보였고, 5일 후 데이비드는 면접을 보러 올라가기로 했다.

19

아흐레 후, 데이비드는 작은어머니에게 편지를 받았다. 작은어머니는 애나벨이 라호이아에 오지 않았으며 그쪽 부모도 애나벨이 온다는 얘기는 금시초문이라고 했다고 전했다. 데이비드는 손에 편지를 든 채 침대에 털썩 주저앉았다. 그는 잠시 상처받은 마음에 드리운 불신의 보호막을 걷어냈다. 그녀의 어머니나 못된 남자 형제들이 애나벨이 오지 않았다고 악의적으로 거짓말을 했을지도 모른다. 침대에서 일어서자 복부를 주먹으로 얻어맞은 듯 속이 메스꺼웠다. 그는 애나벨이 5천 킬로미터 떨어져 있다고 믿으면서도, 그녀가 하트퍼드에 있다면 통화하고 만날 수 있겠다는 생각이 요 며칠 머릿속을 떠나지 않았다. 하트퍼드로 전화해야겠다는 생각이 불현듯 스치자 몸에서 기운이 쭉 빠졌다. 만약 애나벨이 하트퍼드에 있다면 데이비드를 피한다는 뜻이다. 그는 라호이아로 보낸 편지 세 통을 떠올리며, 혹시 그녀의 가족 중 누군가 편지를 뜯어보았을지, 그 편지를 친절히 하트퍼드로 전송해주었을지 궁금해졌다.

데이비드는 외투를 입고 계단을 내려갔다. 매카트니 부인이 복도에서 식당 쪽으로 걷다가 그에게 샐쭉 미소를 보내며 목례했다. 복도 오른쪽 방문을 열던 멀더븐 씨는 열쇠 위로 몸을 웅크린 채 아무 말도 하지 않았다. 젠장 무슨 상관인데, 그는 생각했다. 앞으로 9일만 있으면 떠난다. 이틀 전, 벡스브룩 경찰관이 이 집에 작은 폭탄을 투하했다. 경찰은 매카트니 부인에게 전화를 걸어 데이비드 켈시가 아직도 이 집에 사는지 물었다. 그가 여기에 산다는 걸로는 부족했는지 경찰은 매카트니 부인과 꽤 장시간 통화를 했다. 경찰은 부인에게 데이비드 켈시의 모친이 14년 전 사망했으며, 그 사실을 자신의 캘리포니아 고향 친구에게 들었다고 했다. 그러나 경찰은 친구의 이름은 밝히지 않았다. 부인은 이 얘기를 삼켰다가 도로 뱉어 되새김질하듯 곱씹은 뒤, 데이비드를 바라보며 그건 말도 안 되는 거짓말이라고 수화기에 대고 강변했다. 부인은 경찰에게 데이비드의 어머니는 분명히 살아 있고, 그가 2년 전 이 집에 들어온 이후 주말이면 어머니를 보러 갔다고 했지만, 경찰은 부인의 말을 믿지 않았다. 데이비드는 아래층 복도에서 부인의 말을 듣고 있다가 경찰의 얘기에 자신도 부인만큼 당황한 척하며 최대한 빨리 방으로 내빼듯 들어와 애써 정신을 바짝 차렸다. 어쨌든, 매카트니 부인은 경찰이 다시 전화한다거나, 그를 만나고 싶어 한다는 말은 전하지 않았다. 그는 이 집에서 정면 돌파하여 아픈 어머니 얘기를 끝까지 밀어붙일 생각이었다. 그런데 그날 밤, 그가 식당으로 내려가려는 찰나, 매카트니 부인이 그의 방문을 경쾌하게 두드렸다. 마침내 부인이 경찰이 보자고 한다는 말을 전하러 왔다는 예감이 들자, 그는 용기가 사그라졌다.

"경찰이 나더러 당신 어머니가 살아 있다면 어디에 있는지 말하라네요. 그런데 내가 말할 수 있나, 왜냐, 그런 얘기를 못 들었으니까요." 부인은 데이비드의 눈에 초롱초롱한 시선을 맞춘 채 말했다. "혹시 어머님이 뉴버그에 있는 요양원에 계시지 않고, 당신을 아는 이가 아무도 없는 곳에서 다른 이름으로 살고 계실지 모르잖아요."

순간, 데이비드는 그의 목숨이 여기에 달려 있다 해도 계속 거짓말할 수는 없다는 사실을 깨달았다. 그가 생각해도 요양원 얘기는 말이 되지 않았고, 어머니가 무슨 병인지 둘러댈 수도 없었다. 그는 대수롭지 않게 바로 시인할 생각이었는데 순간, 죄지은 사람처럼 땀이 흐르고 몸이 움찔거렸다. 그는 어머니가 돌아가셨음을 시인했다. 프로스버그를 벗어나 뉴욕에 가서 일주일에 이틀은 혼자 있고 싶었기 때문에 거짓말한 거라고 했다. 어머니 얘기를 지어낸 건 주말에 사람들과 억지로 어울려야 하는 상황을 피하기에 가장 쉬운 방법이라고 여겼으나, 시간이 갈수록 벗어날 길이 없어서 계속 둘러댈 수밖에 없었다고 했다. 그리고 미안하다고 사과했다. 매카트니 부인은 고개를 끄덕이더니 이해한다는 듯이 미소를 지었다. 그리고 좀 전보다 고개를 더욱 빳빳이 세우고 돌아서더니 위풍당당한 함선처럼 더러워진 이불보 화물을 싣고 그의 방을 빠져나갔다.

데이비드는 냉정을 되찾고 하숙집을 걸어 나가 드러그스토어에서 벡스브룩 경찰서로 전화했다. 그는 진지하고 차분하게 방금 매카트니 부인에게 한 얘기를 경찰에게도 말했다. 그는 차분한 어조로 진술하면서 얘기가 달라져서 미안하지만 그게 별로 중요하지 않다고 생각했다고 했다. 어떨 때는 친구 집에서, 또 어떨 때는 호텔에서 지냈고 때론 당일치기로 갔다 왔다면서, 뉴욕에 간 건 좋아하지 않는 프로스버그에서 벗어나려고 한 것뿐이라고 해명했다. 데이비드와 통화한 사람은 테리 경사로 그조차 아픈 어머니 얘기가 거짓이라는 사실에 놀란 눈치였다.

"이중 결혼 때문에 이런 건 아니라는 말씀이십니까, 켈시 씨?" 테리 경사가 물었다.

"전 결혼한 적이 없습니다."

"딜러니가 살해당하던 일요일에 뉴욕에 계셨습니까?"

"네, 그렇습니다."

"어디서 묵으셨나요?"

"그날은 자고 오지 않았습니다. 박물관에 갔다가 영화 보고 프로스버그로 돌아왔습니다."

"누구와 같이 있었나요? 뉴욕에서 누굴 만났습니까?"

"아무도 만나지 않았고, 저 혼자 다녔습니다."

"사실 저희가 딜러니 부인에게 당신이 어머니와 같이 지냈다고 했더니 부인은 당신 어머니가 돌아가셨다고 했습니다."

"그랬군요." 데이비드는 정황을 파악했다. 그는 인상을 쓰며 전화기를 부여잡고 경사의 입에서 딜러니 부인이 그가 주말마다 자기 집에서 지냈다고 했다는 말이 나오기를 기다렸다.

"그동안 주말에 뉴욕에서 딜러니 부인을 만나신 적 있나요?"

"아뇨, 없습니다."

"시도도 안 하셨습니까? 뉴욕에서 만나자는 얘기도 안 하셨나요?"

"안 했습니다." 데이비드는 차분하게 다시 대답했지만 거짓말처럼 들렸다. "뭘 알고 싶으십니까, 경사님?"

"딜러니 부인하고 사랑하는 사이였습니까?"

"그게 이거와 무슨 상관이죠?"

"켈시 씨," 경사가 살짝 웃었다. "그래야만 말이 됩니다. 지금도 부인을 사랑하십니까?"

데이비드는 머뭇거렸다. 자신을 보호하기 위해서가 아니라 자신의 애정사를 드러내고 싶지 않았기 때문이다.

"알겠습니다, 켈시 씨. 그래서 딜러니가 총을 들고 당신을 만나겠다고 한 거죠?"

"그랬을 수도 있습니다."

"분명 그랬어야죠. 딜러니에게 위협적인 발언을 하신 적이 있습니까, 켈시 씨?"

"단연코 없습니다."

"확실합니까?"

"부인께 확인해보시면 아실 겁니다. 딱 한 번 딜러니와 얘기했는데 부인도 그 자리에 있었습니다."

"알겠습니다. 그렇다면 일요일에 제럴드가 당신을 만나지 못한 게 천만다행이네요."

"저도 그렇게 생각합니다."

"켈시 씨, 저희가 딜러니 부인에게 몇 가지를 확인해보도록 하죠."

"제발 그러십시오, 경사님." 데이비드는 단호히 대답했다.

전화박스에서 걸어 나오자 한쪽 다리가 휘청거렸다. 그때가 월요일이었다. 그는 애나벨이 라호이아로 갔으니 경찰이 굳이 거기까지 전화해 그의 얘기를 확인하지는 않을 거라 생각했다. 그는 위기가 닥치기 전까지 몇 주는 벌 수 있을 줄 알았다.

지금 이렇게 주머니에 작은어머니의 편지를 넣고 프로스버그의 어두운 거리를 거닐다 보니, 그는 자신의 목숨이 애나벨이 하트퍼드에 있는지 아닌지에 달린 것 같은 기분이 들었다. 테리 경사와의 통화는 아무 상관 없었다. 그가 알아야 하는 건 애나벨이 그와의 만남을 피하려고 거짓말을 했는지 여부였다. 30분이나 거리를 거닐어도 여전히 전화를 걸어 알아볼 용기가 나지 않았다. 작은어머니의 편지에 담긴 끔찍한 구절 때문에 그는 울적하고 화가 치밀었다. '그 여자를 포기하는 게 어떨까, 데이비드? 그쪽 집 얘기로는 애나벨이 그 집 할머니하고 똑같다고 하더라. 할머니도 남편이 죽고 스물둘에 혼자가 됐는데 끝까지 재혼하지 않으셨단다. 그런 집안은 너한테 어울리지 않아, 데이비드……' 그는 어둑어둑한 거리를 걷다가 가장 어두운 거리를 골랐다. 우중충한 약국까지 걸어가 전화를 걸라고 무거운 그림자가 그를 계속 떠밀었다.

그는 침침한 조명이 켜진 세탁소 안에 걸린 시계를 들여다보았다. 7시 10분. 캘리포니아는 4시 10분이었다. 어디에 있을까? 애나벨이 왜 날 피하지? 그녀가 장난치다가 어느 날 내 품으로 달려와 울고 웃으며 날 사랑하고 있으며 예전부터 사랑했다고 고백하려나? 그는 차가운 손을 호호 불어 코트 깃을 세우고 다시 주머니에 찔러 넣었다. 눈앞에 보이는 남자들은 죄다 장바구니를 들고 있었다. 아내가 기다리는 집으로 향하는 남자들이었다. 데이비드는 딕슨-랜드 연구소까지 차를 몰고 가는 도중에 마음에 드는 집을 발견할 수 있을지 궁금했다. 만약 그런 집이 있다면 이번에는 일주일 내내 그 집에 살 생각이다. 더는 쪼개진 삶을 살면서 정신분열증에 시달리지 않을 것이며, 반쪽짜리 세상에 숨어 살지도 않을 것이다. 3개월, 아니 6개월 후면 애나벨이 같이 살자고 할지 모른다. 남편이 죽은 지 한 달도 안 된 여자가 다른 남자와 결혼하기를 기대하는 건 이치에 맞지 않다. 데이비드는 순간 마음이 가라앉고 이성이 돌아왔다. 하트퍼드로 전화했을 때 애나벨이 전화를 받을 가능성에 겁이 났다.

한 블록 떨어진 마이클스 태번 입구 앞에 공중전화 표지판이 튀어나와 있었다. 공중전화 부스는 뒤쪽, TV 스크린 바로 아래에 있었다. 그가 지난번에 갔을 때만 해도 없던 스크린이었다. 스크린에서 지지직거리며 서부의 총 싸움과 말발굽 소리가 흘러나왔다. 그는 안에서 몇 걸음 머뭇거리다가 아돌프의 인사에 목례로 답한 후 공중전화 부스를 향해 걸어갔다. 그는 TV 화면보다 조금 더 활기차고 조금 더 크게 말하기로 결심했다. 대체 뭐가 이상적이고 완벽한 것일까? 그의 즐거운 상상과는 달리 애나벨은 핑크색이나 파란색 나이트가운을 입지 않을지 모른다. 오히려 침흘리개 아이를 무릎에 뉘었을 가능성이 제일 높았다.

"데이비드!" 놀란 목소리가 그의 이름을 불렀다. "이게 웬일이야?" 웨스였다. 맞은편에는 갈색이 섞인 금발 여성이 앉아 있었다. "여기 앉아, 데이브. 이쪽은 헬렌."

맨 처음 든 생각은, 영리한 생각이 아니라는 걸 금세 깨달았지만, 그 여자를 로라로 착각하고 도망치려 했다는 것이다. 데이비드는 여전히 허둥지둥 말을 더듬거렸다. "처음 뵙겠습니다, 헬렌." 그는 웨스에게 왼손 손목을 붙들려 빠져날 길이 없었다.

"헬렌, 이쪽은 우리 회사에서 가장 똑똑한 동료예요. 언젠가 노벨상을 받을 친구, 데이비드 켈시. 체스윅 섬유의 수석 엔지니어인데, 더 괜찮은 일자리와 더 큰 영광을 찾아 조만간 퇴사한대요. 앉아, 데이브."

헬렌이 킥킥거리자 붉은 케이크 같은 입술이 벌어졌다. 그녀는 손을 테이블 앞쪽으로 뻗어 웨스의 손을 다시 쥐려고 했다.

"전화할 데가 있어."

"앉아. 내가 술 한잔 시켜줄게. 좀 망가져라, 친구야." 웨스는 데이비드의 손목을 홱 잡아당겼다.

데이비드는 웃으며 팔을 비틀었지만 웨스는 술에 취해 고집을 피우며 꽉 붙들었다. "이러지 마. 전화 한 통만 하면 돼." 데이비드가 말했다.

"이분 잘생긴 거 맞죠?" 웨스만큼 취한 헬렌이 말했다.

"그 여자한테 전화하려고?" 웨스가 윙크하며 물었다.

데이비드가 손목을 비틀어 빼자, 웨스가 앞으로 고꾸라지며 바닥으로 쓰러졌다. 데이비드는 곧장 웨스를 다시 일으켜 세운 다음 의자 등받이에 기대어 앉혔다. 놀란 웨스는 잠시 애써 화를 참더니 이내 애매하게 미소를 지었다.

"맙소사!" 헬렌이 데이비드를 밀치며 말했다.

"이 친구야. 너 그렇게 짜증 내다 큰일 나. 내가 앉아서 한잔하라잖아. 흠, 그 여자한테 전화하게? 그 여자가 너랑 결혼한대, 데이브? 제발 그래라."

데이비드는 말을 할 수도, 자리를 뜰 수도 없었다. 하고 싶은 말이 뭔지 정확히 떠오르지 않았다. 할 말이 없었다. 그는 몸을 돌려 공중전화 부스를 향해 걸었다.

교환원에게 전화를 걸려는 순간, 부스 문이 벌컥 열렸다.

"하지 마, 데이브. 너 실수하는 거야. 진지하게 할 얘기가 있어. 내가 에 피하고 얘기했는데 에피가······"

"나 좀 내버려둬, 웨스." 데이비드는 문을 당기며 닫으려 했지만, 웨스가 손잡이를 붙들고 있어서 문은 꼼짝하지 않았다. 데이비드는 자리에서 벌떡 일어나 부스에서 나가 주먹으로 웨스를 한 대 후려갈기고픈 마음을 꾹꾹 누른 다음, 자꾸 중얼거리면서 전화 부스 쪽으로 돌아가려는 웨스와 나란히 걸었다. 헬렌이 멍한 눈으로 두 사람을 보며 웃었다. 웨스가 테이블에 앉자마자, 데이비드는 전화 부스로 되돌아갔다.

교환원의 목소리가 들렸다. "여보세요. 전화번호를 말씀하세요······"
데이비드는 번호를 불렀다.

지지직, 틱, 따르릉, 따르릉, 따르릉, 그는 작은 선반 위에 올려놓은 25센트와 10센트 동전을 노려보면서 철판처럼 꼿꼿이 앉아 하트퍼드의 집 전화벨이 그치고 목소리가 들리기를 기다렸다. 열한 번. 그는 세고 싶지 않았지만 여하튼 세고야 말았다. 이윽고 목소리가 들렸다. "여보세요?"

"애나벨, 나야, 데이브. 정말 집에 있었네?"

"데이브. 라호이아로 가려던 계획은……"

"괜찮아. 가까이 있으니 좋다! 잘 지냈어? 내가 라호이아로 편지했는데, 혹시 받았어?"

"받았어. 지금 숨이 차서. 계단을 막 뛰어 올라왔거든. 프로스버그에 있을 날도 얼마 안 남았지?"

"아흐레만 더 있으면 돼. 애나벨, 다음 주말은 트로이에서 보낼 거야. 가서 집을 구할 건데, 같이 가줄래? 최소한 토요일만이라도. 원하면 토요일 밤에 도로 데려다줄게."

침묵. 데이비드가 다시 입을 열었다. "네게 연구소를 보여주고 싶어, 애나벨. 부지가 굉장히 아름답거든. 며칠 전에 면접 보러 갔다 왔어. 나 합격했어. 내가 편지에도 썼는데."

"데이브, 그럴 수 있을지 모르겠어."

"그럼 차로 올라가는 길에 잠깐 볼까?"

애나벨이 핑계를 댔다. 그는 그녀의 말을 자르며 애원했다. 그럼 돌아오는 길에 들러 집을 구했는지 말해주겠다고 했다. 그가 들르면 15분만이라도 내달라고 매달렸다. 그는 작은 선물을 준비했다면서도 그게 뭔지는 밝히지 않았다. 선물 얘기를 꺼내는 순간, 후회가 밀려왔다. 그걸로 유인하려 했다며 애나벨이 오해하지 않았으면. 결국 그는 주말에 만나는 희망을 접고 언제든, 저녁때라도 볼 수 있을지 물었다.

"모르겠어."

모르겠다는 애나벨의 말이 이상하게 들렸지만, 그는 그녀의 목소리에 담긴 고뇌가 느껴져 마음이 더욱 심란해졌다. "옆에 누가 있어?"

"응, 있어."

침묵이 흘렀다. 애나벨이 뛰어 올라왔다면서 누가 옆에 있다니 별로 믿기지 않았다.

"데이브, 당신이 찾는 집을 구하길 바랄게. 당신 생각하고 있을게. 정말로 끊어야 해. 애가 울어."

그는 수화기를 꽉 잡고 미친 듯이 할 말을 찾았다. "이렇게 끊으면 어떡해. 내일 전화해도 돼?"

"그럼, 데이브. 그런데 내가 언제 들어올지 몰라. 뭘 좀 팔아야 해서 내일 저녁때 집을 비울 거야."

내일 저녁에 애나벨이 뭘 한다는 거지? 그는 애나벨의 모습을 상상이라도 하게 그녀가 뭘 하는지 그저 알고 싶었다. "알았어, 그럼. 토요일에 전화할게. 집을 구하자마자. 괜찮지?"

애나벨이 괜찮다고 했다. 두 사람은 작별 인사를 했다. 판에 박힌 인사말과 함께 전화가 끊겼다. 데이비드는 그대로 앉아 있었다. 그리고 부스에서 나가 웨스와 다시 마주치기 전에 애써 호흡을 천천히 골랐다.

웨스가 한쪽 팔꿈치는 삐죽 빼고 반대편 팔꿈치는 허벅지에 세운 채 다 들어서 이해한다는 듯이 고개를 끄덕이고 있었다. "흠, 그 여자가 너랑 결혼한대? 널 만나주기나 한대?"

헬렌이 헛헛하게 웃었다.

그는 긍정의 말을 할 수 없었다. 먹구름이 드리우듯 절망감이 그의 얼굴을 뒤덮었다. 웨스가 손을 뻗어 손목을 잡으려는 순간, 데이비드는 움찔했다. "내 몸에 손대지 마!"

그는 문으로 걸어가 주먹으로 문을 쾅 쳐서 열었다.

매카트니 부인 하숙집으로 돌아오자 메모가 보였다. 에피 브레넌이 전화했으며 전화를 부탁한다는 메모였다. 데이비드는 메모를 구겨서 쓰레기통에 던졌다.

20

매카트니 부인 하숙집 사람들은 그가 뉴욕에 여자를 만나러 갔을 거라고 짐작하긴 했다. 그런데 에피 브레넌이 하루도 지나지 않아 매카트니 부인에게 이렇게 확언했다. 데이비드가 사랑하는 여자가 저 위 뉴잉글랜드에 사는데, 보아하니 메인 주에서 학교를 다니는 것 같다고. 그러고는 "데이비드가 세상에, 얼마나 푹 빠졌는지 다른 여자는 쳐다보지도 않겠대요"라고 덧붙였다. 에피는 직접 겪었다면서, 그가 자기를 매력적이고 적극적이라고 여기지만 영화 보러 가자는 말을 한 번도 하지 않았다고 했다. 에피는 데이비드에게 다시 전화해 매카트니 부인에게 뭐라고 말했는지 귀띔했다. 그러면서 자기가 말을 잘못한 거냐고 물었다. 에피는 매카트니 부인이 전화해 꼬치꼬치 캐물으며 데이비드가 뉴욕에서 주말마다 뭘 했는지 아냐고 물었다고 했다.

"고마워요. 말 잘못한 거 없어요." 그는 처음으로 에피가 고마웠다. 하숙집 사람들에게 애나벨의 존재를 밝히지 않은 게 고마웠다.

이제 비첨 부인마저 그동안 짜준 잠옷과 깔개, 화분, 지지난 크리스마스 때 준 문구용 상자를 받을 사람이 아예 없어진 사실을 알았다. 데이비드는 그 사실이 가장 뼈아프고 가슴이 저렸다. 그는 비첨 부인에게 가서 사과한 후 설명하려고 애썼다. 열네 살 이후 그가 눈물을 흘린 건 이번까지 고작 몇 번뿐이었다. 내내 한쪽 무릎을 꿇고 앉아 있다 바보짓을 했다는 걸 깨달았다. 비첨 부인은 그가 이 집에서 유일하게 믿는 사람이다. 그는 이 얘기를 부인에게 전하려고 노력했다. 부인은 별 말이 없었지만, 당황하고 실망한 기색이었다. 한편으로 데이비드는 있지도 않은 어머니가 비첨 부인에게 몇 번이나 선물한 사실을 떠올리고 이 얼마나 우스꽝스러운 일인가 하고 생각했다.

여자가 있다는 얘기가 떠돌자 하숙집 사람들 태도가 놀랍게 바뀌었다. 데이비드는 그들이 무슨 생각을 하는지 짐작했다. 그가 유난히 나쁘고 사악한 짓을 저지른 게 아니라, 그 역시 여느 사람처럼 흠 있는 인간이며 사랑하는 여인이 있으나 무슨 연유에선지 아직 결혼을 할 수도, 자주 볼 수도 없다고 짐작하는 것 같았다. 남들처럼 그 역시 사람일 뿐 무성의 성인이 아니라고 보는 것 같았다. 이제 그의 얼굴을 바라보는 그들의 눈빛이 흔들렸다. 자신들을 위한 거창한 전설이 박살 난 모습을 목도한 아이들 같았다.

토요일 아침, 10시에 도착한 우편물 속에 데이비드 앞으로 온 애나벨의 편지도 있었다. 그는 애나벨이 마음을 바꿔 같이 올라가서 집을 보겠다고 썼기를 기대했다. 그러나 편지에 그런 얘기는 일절 없었다. 그는 아래층 복도에 서서 편지를 급히 훑어 내렸다. 사람들 앞에서 따귀를 맞은 듯 민망했지만, 쳐다보는 이는 아무도 없었다. 그는 주머니에 편지를 쑤셔 넣고 밖으로 나가 차로 향했다. 타고 갈 루트를 미리 짜놓았기에 차를 몰며 몇 분간은 거기에만 집중했다. 북쪽으로 향하는 고속도로를 멍하니 달리다 보니 그를 원망하던 편지 내용이 되살아났다. 애나벨은 이번에는 만나자고 고집 피우지 말라며, 아이도 챙겨야 하고 집 주변도 정리해야 해서 너무 바쁘다고 했다. 최악이었다. 그는 그 글귀를 차마 떠올릴 수 없었다.

경찰에게 심문당했다는 얘기는 한마디도 없었지만, 편지에 흐르는 냉랭한 기운을 보니 애나벨이 경찰에게 심문을 당해 그의 집에 대해 진술했거나, 그가 편지를 보냈다고 털어놓은 것 같았다. 애나벨은 편지에 미주알고주알 쓰는 여자가 아니었다. 만일 애나벨이 경찰에게 모두 털어놓았다면 경찰이 당장 그를 보자고 하지 않았을까? 제럴드에게서 살인자 이미지를 조금이라도 덜어주려고 애나벨이 그런 사실을 감추거나 최대한 줄여서 말했을 가능성이 더 크지 않을까? 데이비드는 도무지 알 수 없지만, 아무튼 애나벨을 대하는 태도를 바꾸기로 굳게 결심했다. 덜 귀찮게 굴고 조금 더 배려하고 더 많이 참아야지. 애나벨에게 소소한 선물을 보내기로 했다. 메인 스트리트에 있는 상점에서 발견한 수직 숄과 다이아몬드 핀을 보내고, 애나벨이 좋아할 것 같아서 트로이에서 사온 모차르트, 슈베르트, 쇼팽 등에 관한 음악 서적도 함께 부치기로 했다.

토요일에 봤던 다섯 채 중 가장 괜찮았던 집보다 일요일 오후에 봤던 집이 단연코 최고였다. 빨간색과 흰색 벽돌이 얼룩덜룩 비바람에 씻겨 거친 느낌이 나는 2층 주택이었다. 측면에는 회색 돌로 쌓아 올린 굴뚝이 있었다. 부동산업자는 그 집을 보여주면서 가로 2.5미터, 세로 1.5미터 크기의 판자로 실내 바닥과 벽을 마감했다고 설명했다. 2층에 있는 방 두 개는 기울어진 천장에 나팔꽃 모양의 창문이 있었다. 딕슨-랜드 연구소에서 차로 20분 거리였고, 그 집에서 가장 가까운 집은 400미터나 떨어져 있어서 아예 보이지 않았다. 두 달 전까지 사람이 살던 집이라 모든 게 제대로 작동했다. 호가는 18,000달러지만 대략 15,000달러면 가능할 것 같다고 부동산업자가 털어놓았다.

"그럼 15,000달러에 합시다. 사겠습니다." 데이비드가 말했다.

"그냥 하시게요?" 부동산업자가 물었다. "하룻밤 신중히 생각해보시지도 않고요?"

데이비드는 고개를 저으며 행복하게 웃었다. 20분 전만 하더라도 풀이 죽어 마음에 쏙 들지 않는 집에라도 들어가야 하나 고민했었다. 만약 이 부동산업자가 일요일에도 연락이 닿을 수 있도록 자기 집에 사무실을 차리지 않았더라면 데이비드는 아예 이 집을 보지도 못했을 것이다. 데이비드는 착수금을 당장 지불할 수 있다며 그날 저녁에 우편으로 수표를 보내겠다고 했다.

이제 그는 차에 시동을 걸고 차머리를 무작정 남쪽으로 틀었다. 애나벨에게 전화할지, 하트퍼드로 가서 만날지, 새집으로 짐을 모두 옮긴 다음 말할지 마음을 정하지 못했다. 나무판자로 마감한 실내와 잘 가꾸어진 잔디밭이 있는 새집의 모습이 배경으로 펼쳐지며 이런저런 생각이 들었다. 그 집은 구체적 대상으로 그의 가정이자 거처가 되어줄 것이다. 애나벨이 왜 안 좋아하겠어? 흠을 찾으려야 찾을 수 없는 집이었다. 넓은 계단, 넉넉한 옷장, 높은 천장. 건축을 좀 안다 하는 이들이 보기엔 30년이나 된 집이라 조악하다 하겠지만 그런대로 수수한 편이었다. 영국식이라기보다 미국식이며, 격식을 차리진 않았지만 그렇다고 격식이 없지도 않았다.

그는 애나벨에게 전화로 얘기하기로 마음먹었다. 쾌활하지만 너무 튀지 않게, 뭐든 너무 과하지 않게 조심하기로 했다. 애나벨이 당연히 그 집에서 같이 살리라 여기는 것처럼 보여서도 안 되지만, 그렇다고 같이 살지 않으리라 여기는 것처럼 보여서도 안 된다. 그는 전화를 걸고 나서 차를 몰고 가다가 도중에 보이는 가장 근사한 레스토랑에서 마티니 한 잔, 애나벨 몫까지 두 잔을 시켜놓고 맛있게 식사할 생각이었다.

오후 5시, 데이비드는 주유소에 들러 기름을 채우고 주유소 사무실로 들어가 애나벨에게 전화를 걸었다. 교환원에게 전화벨이 스무 번 이상 울릴 때까지 기다려달라고 부탁했지만 아무도 응답하지 않았다.

그가 프로스버그에 도착한 시각은 9시, 애나벨은 그때까지 집에 들어오지 않았다. 그는 포기하고 애나벨에게 편지를 쓰기로 했다.

그는 그녀에게 보내는 편지에 그 집의 모습을 세세히 설명했다. 그런 다음 달뜬 마음으로 작은어머니에게도 편지를 썼다.

……그곳에서 왜 그렇게 우울하게 지내시는지 이유는 잘 모르겠지만, 캘리포니아 햇살을 좀 쐬시면 어떨까요? 저는 애나벨하고 자주 통화하고 만나요. 당연한 얘기지만, 애나벨은 제럴드 일로 좀 우울한 상태예요. 그래도 평범한 사람들처럼 그 슬픔도 가시겠죠. 작은어머님 말씀대로 애나벨의 할머니가 평생 슬퍼만 하셨다면 분명 정신이 온전치 않으셨을 겁니다. 저는 오늘 계약한 근사한 집으로 이사를 갑니다. 부동산 업자 말대로 그 가격으론 도저히 살 수 없는 집이에요. 새로 집을 구한 이유는, 드디어 이직하게 되었기 때문이에요. 이제는 돈을 받으면서 어느 정도 제 연구를 이어가게 되었어요. 딕슨-랜드 연구소에 다닐 예정입니다. 캘리포니아에서도 지진이 난 걸 모르는데 그보다 먼저 알고 보고한 연구소예요. 직속상관은 월버 오스번이라는 박사입니다. 아마 잘 모르시겠지만, 세계적으로 유명한 지구물리학자입니다. 그런데 상당한 괴짜라고 합니다. 사실 저도 괴짜라는 소리를 들으니 둘이 잘 맞을 것 같아요……

그다음, 그는 뉴욕 포킵시의 레드애로 이삿짐 보관센터로 보내는 편지에 데이비드 켈시 명의로 맡긴 짐을 트로이 외곽에 있는 집으로 보내달라고 요청하면서 부동산업자가 준 작은 지도를 동봉했다. 그는 내키진 않았지만 윌리엄 뉴마이스터라고 서명하면서, 이번이 이 이름을 쓰는 마지막이길 바랐다.

그는 수요일 점심때까지 꾹 참았다가 마침내 애나벨에게 전화했다. 이틀 반 동안 시간은 엉금엉금 기어갔다. 애나벨은 굉장히 기운 찬 목소리로 집을 빨리 구했다며 축하해주었다. 막상 그가 같이 올라가서 집 구경할 날짜를 잡자고 하자 애나벨은 얼버무리면서 날짜를 뒤로 미뤘다. 그는 이사하려고 딕슨-랜드 연구소에 일주일간 휴가를 내서 토요일부터 찬란한 여드레 동안 언제든 시간을 낼 수 있었다. 급기야 애나벨이 라호이아에 갈지도 모른다는 말을 했다.

"사실 3주 전에 진짜 갔어야 했는데 애기가 열이 나는 바람에 데리고 갈 엄두가 안 났어. 내가 그 얘긴 안 했지? 당신은 애한텐 별 관심이 없지만 나는 당연히 관심을 가져야 하니까. 가능하다면 뉴마이스터 씨도 만나고 싶고."

"그 남자 만났어?"

"경찰이 그러던데 그 남자하고 아직도 연락이 안 된대. 그 집 매매를 담당한 부동산업자 말이 뉴마이스터가 여행을 간다고 했대. 그런데 벡스브룩 경찰이 여권인가 뭔가를 확인했더니 뉴마이스터가 미국 땅을 뜬 건 아니래. 경찰은 지금 부동산업자가 받은 그의 신용 조회서를 확인 중이야. 그걸 추적하면 뭔가 나오겠지."

그는 죄책감이 들자 분노와 아주 흡사한 감정이 일었다. "경찰에서 그 사건 관련해서 신문에 뭐라도 냈나? 그것부터 해야 할 텐데."

"그건 나도 모르지. 그게 그 정도로 중요하진 않은가 봐. 나한테만 중요하지."

"뉴마이스터가 경찰한테도 하지 않은 얘기를 당신한테 할 것 같아, 애나벨?"

그녀는 대답하지 않았다. "데이브, 테리 경사가 지난주에 전화했어. 벡스브룩에 있는 경찰이."

"그래? 왜 전화했는데?"

"거의 당신 얘기만 하더라. 경사가 우리 둘이 무슨 사이냐고 묻기에 아무 사이도 아니라고 했어, 데이브. 말해봐야 좋을 게 없잖아. 경찰한테는 제럴드가 굉장히 질투심이 강한 편이었지만 그이가 당신하고 연관된 장소에 갈 이유는 없다고 했어. 우리 둘 사이에 무슨 일이 있었든 간에 그건 아주 오래전에 끝난 얘기라고. 그게 본질적으로 사실이고. 그러는 편이 제럴드를 위해서도, 당신과 나를 위해서도 더 낫다고 생각했어. 동의하지?"

"그래." 데이비드는 웅얼거렸다.

"제럴드가 술을 마셨다고 했더니 경찰도 알고 있더라. 하지만 당신이 편지를 보냈다는 애긴 안 했어. 얘기해봐야 일만 복잡해질 테고, 상황은 지금보다 심각해질 테니."

상황, 상황. 데이비드가 물었다. "경찰이 당신 말을 믿는 것 같아?"

"왜 안 믿겠어?"

"그러게. 안 믿을 이유가 없지."

"데이브, 내가 이랬다고 화내지 마. 어리석어."

"나 화 안 났어." 그러나 그는 화가 났다.

"경찰은 사건 당일 일요일에 당신이 뉴욕에 있었다고 했다던데 사실이야, 데이브?"

"응, 사실이야."

"당신이 주말마다 뉴욕에 갔다고 했대. 그건 사실이 아니잖아? 거의 매주 주말마다 당신 집에 있었잖아?"

"맞아." 그는 대답했다. 질문받을 때마다 못에 찔리는 것 같았다.

"왜 거짓말했어? 그리고 왜 거짓말해, 데이브?"

"그 집은 당신 집이었어. 지금은 사라졌지만. 난 그 얘긴 누구와도 하고 싶지 않아. 이번에 새로 집을 계약했어. 이삿짐이 토요일에 도착하니 그날은 엉망일 거야. 어수선하겠지만 당신이 그 집을 봤으면 좋겠어. 피아노도 있어. 내가 이 얘긴 안 했지? 스타인웨이 베이비 그랜드 피아노야."

"정말, 데이브? 당신 이제 피아노도 쳐?"

"젓가락 행진곡 코드나 잡는 거지. 피아노 놀리지 않으려고. 그거 당신이 치라고 산 거야, 애나벨."

침묵이 흘렀다.

그는 목이 콱 막히는데도 계속해서 말을 이었다. "내가 앞으로 일할 회사도 당신에게 보여주고 싶어. 그 집에서 차로 20분만 가면 돼. 이번 주말에 내 차로 같이 가자, 애나벨." 그는 대답을 기다렸다. "애나벨, 우리가 같이 사는 상상은 해봤어? 그렇게 생각해본 적 있어?"

"가끔…… 생각하긴 해."

그녀는 이번 주말에 어쩌할지 엽서로 알려주겠다고 약속했다. 데이비드는 환한 마음으로 공중전화 부스를 나섰다. 5분 정도는 앞날이 훤해 보였다. 그런데 뉴마이스터와 관련된 일이 머리를 쿡쿡 찌르기 시작했다. 경찰이 뉴마이스터의 신원 조회서를 확인 중이라니. 뉴마이스터와 영영 헤어지지 못하는 걸까? 어리석은 게임이나 악몽 같은, 스스로 민망해지는 방종 같은 뉴마이스터를 떼어내고 싶었다. 애나벨이 뉴마이스터를 만나겠다고 변덕을 부리는 바람에 이제 경찰이 뉴마이스터의 신원을 조회 중이다. 경찰이 뉴마이스터의 신원 보증인을 찾지 못하면 그다음은 어떻게 될까? 존 애덜리, 아니 애설리였던가? 또 한 명, 리처드 패터슨도 있었는데. 데이비드는 컴컴한 묘지를 거니는 겁먹은 아이처럼 휘파람을 크게 불었다.

금요일, 그는 체스윅 직원 30여 명과 송별식을 했다. 일부 직원은 그를 부러워했다. 그들이 하고 싶던, 용기를 내어 하려던 일을 그가 하게 되었기 때문이다. 데이비드가 아픈 노모가 있다고 기괴한 거짓말을 부풀려왔다는 소식을 들은 직원도 몇몇 있었다. 그건 어쩔 수 없었다. 르위슨 사장의 비서가 경찰의 요청으로 그의 입사원서를 확인해준 후, 경찰이 전화했다는 얘길 다른 직원에게 전했기 때문이다. 웨스 카마이클처럼 주말에 그를 초대했다가 어머니를 뵈러 간다는 이유로 거절당한 몇몇 사람이 그 소식을 듣고 기억을 해냈다. 데이비드는 웨스가 웃으며 농담하고 있지만 모든 게 들통나자 살짝 우려하고 있다고 생각했다.

"있잖아, 데이브." 웨스가 데이비드의 사무실에서 속삭였다. "혹시 딜러니 부인하고 만난 건 아니지? 그 집에서 말이야."

"무슨 집?"

"뉴메스터의 집." 웨스가 저렇게 발음하는 바람에 매번 데이비드는 다른 사람 얘기로 잠시 착각했다.

"그 남자 모른다고 했잖아." 데이비드는 인상을 쓰며 말했다.

"알았어, 데이브. 갑자기 생각이 나서 그런 것뿐이야. 난 우리 사이가 나한테만큼은 얘기해줄 정도는 되는 줄 알았는데, 아닌가? 만약 사실이라면 나도 알아야지. 내가 딴 속셈이 있어서 이러는 건 아냐." 그는 인상을 구기는 데이비드에게서 뒷걸음치면서 이렇게 덧붙였다. "그 얘기 꺼내서 미안."

"딜러니 부인을 만난 적도, 딜러니를 만난 적도 아예 없어." 데이비드는 갈라지는 목소리로 말했다.

"그럼, 주말마다 어디 갔었어?"

"그 대답은 별로 하고 싶지 않다. 거의 뉴욕에 있었어. 주말에 뭘 하든 그건 내 일이잖아."

"알았어, 데이브." 웨스는 달래듯 말했지만 그는 화가 났다.

데이비드가 듣기에도 화난 목소리였지만 신경 쓰지 않았다.

"가서 사람들하고 어울리자." 웨스가 말했다.

매카트니 부인 집에서도 송별회가 열렸다. 매카트니 부인은 그를 위해 특별 저녁상을 차렸다. 두툼하고 목이 긴 잔에 포르투갈 적포도주가 식전주로 나오더니 예쁘게 장식한 칠면조 요리까지 나와 식당에서 다 같이 나누어 먹었다. 다들 그에게 새 직장에 대해 물었다. 그는 지층과 해저에서 코어를 채취하는 방법을 설명했다. 그런데 식당에 열두 명도 넘게 모였지만, 숨 쉬고 살아 있는 그들 중에서 샘플 코어 채취와 관련해 들어본 사람은 놀랍게도 고작 한두 명뿐이었다. 그가 멀더븐 씨와 식당을 나서는데, 에피 브레넌이 복도 의자에 앉아 있었다.

에피가 일어나 미소를 지으며 인사했다. "드디어 만났네요, 데이브."

"잘 지냈어요? 식당엔 왜 안 들어왔어요?"

"당신을 위한 특별한 저녁이잖아요. 난 이제 여기 사람도 아니고. 마지막으로 얘기나 하게 우리 집에 올 수 있나 해서요." 그녀는 애원하는 눈으로 그를 바라보았다.

데이비드는 에피에게 큰 신세를 졌다는 걸 알면서도, 그 순간만큼은 에피의 아파트로 같이 가는 건 끝끝내 피하고 싶었다. "비첨 부인을 잠시 뵙기로 했어요. 기다리고 계실 겁니다."

"알았어요. 기다릴게요." 에피는 웃으며 말했다. 살짝 들린 코끝이 추워서 빨갛게 반짝거렸다. "곧 주무실 텐데 어서 가봐요."

"에피, 나 아직도 할 일이 많아요. 짐도 싸야 하고."

"중요한 일이에요, 데이브. 솔직히 말하자면요." 에피가 그에게 더욱 가까이 다가오자 그녀의 진심과 중압감이 전해졌다. "당신하고 얘기하고 싶어요."

차라리 이빨로 손목을 물어뜯는 불도그를 떼어내는 편이 쉬울 것 같았다. "알았어요. 비첨 부인한테 인사하고 올게요."

그는 비첨 부인과 약속이 없었다. 에피가 현관 쪽으로 걸어가자 데이비드는 고마운 마음이 들었다. 그 위치에서는 첫 번째 계단참 위쪽이 보이지 않는다. 그는 방으로 가서 몇 분간 빈둥거리다가 외투를 입고 다시 아래층으로 내려갔다.

21

'안 아프게 치료하는 나겔 박사'라는 간판이 걸린 문을 통해 뒤쪽에서 들어갔다. 데이비드가 에피의 아파트에 간 건 이번이 두 번째였다. 저번보다 좁아 보이고 훨씬 꽉 차 보였다. 커피 테이블 위 둥근 오렌지 핑크 케이크 상단에 D자가 큼직하게 초콜릿으로 쓰여 있었다.

"당신 케이크예요." 에피는 현관 옷장에 코트를 걸며 말했다. "내가 만들었어요. 웨스가 오늘 밤에 들를지도 몰라요. 솔직히 말하면, 확실히 와요. 30분 뒤예요." 에피는 너무 긴장해서 목소리가 히스테릭하게 떨렸다.

에피가 긴장하자 데이비드도 긴장했다. 그는 바보처럼 양팔을 벌린 채 말했다. "정말 근사하네요. 커피랑 케이크랑 먹으면 되겠네요."

"웨스는 분명 커피도 케이크도 안 먹을 거예요. 그래서 따로 스카치를 준비했어요. 당신을 위해서는 소테른(독한 백포도주)을 준비했고요."

젠장, 그는 배은망덕한 자신을 꾸짖었다. "영광이네요." 그는 웃으며 대답했다.

"앉아요."

그는 에피가 안락의자에 앉을 때까지 기다렸다가 소파에 앉았다.

"데이브, 웨스가 오기 전에 할 말이 있어요. 애나벨이 오늘 전화했어요."

"왜요?"

"안 될 거 뭐 있나요? 그냥 친하게 지내자고요."

"애나벨이 전화를 왜 했죠?" 그는 애나벨이 에피한테만 하고 자신에게 전화하지 않은 사실에 분통이 터졌다.

"데이브, 내가 우연히 가르쳐준 그 집에서 남편이 살해당했지만, 미망인과 친하게 지내면 좋겠다는 생각이 문득 들었어요. 아니, 그럴 수 있다면 대단하죠."

"그건 그렇죠." 데이비드는 에피의 얼굴을 바라보던 시선을 멀리 보냈다.

"경찰 얘기를 해주고 싶었어요. 벡스브룩 경찰이 뉴메스터를 찾는 걸 포기하지 않으려나 봐요."

"그래요? 그럼 경찰이 지금 뭘 한답니까?"

"애나벨이 그러는데, 뉴메스터라는 이름을 가진 사람을 일일이 찾고 있지만, 나이는 서른 정도에 그런 외모와 그 이름을 가진 사람은 아무도 없었대요."

데이비드는 억지 미소를 지었다. "그런 외모를 가진 윌리엄 뉴마이스터라는 사람이 어딘가 분명 있긴 있을 텐데요."

"어쩜 그렇게 태평해요, 데이브?"

"됐습니다, 에피. 얘기해줘서 고맙긴 하지만 나한테 겁주려고 더는 이러지 말아요. 난 두려운 게 없으니." 그가 자리에서 일어났다.

"당신은 두렵잖아요. 애나벨이 알면 당신을 떠날 테니까요. 다시는 당신을 보려고 하지 않을 거라고요. 안 그래요?"

또다시 공갈협박이 이어졌다. "분명 그렇게는 안 될 겁니다."

"분명히 그렇게 될 거예요. 그건 그렇고, 당신은 내가 당신을 감쌀 거라 기대하죠? 내가 앞으로도 당연히 그걸 거라고." 에피의 목소리가 신경질을 부리듯 떨리더니 놀랍게도 눈물이 흘렀다. "나도…… 경찰과 웨스 편이에요."

데이비드는 불편한 눈으로 에피를 쳐다보았다. "그 집에서 벌어진 일은 사고였다고 했잖아요. 내가 가명으로 집을 사든 말든 남들이 무슨 상관입니까?"

에피가 그의 말을 잘랐다. "애나벨에게 뉴메스터 그만 찾으라고 말리는 중이었어요. 그런데 이제 경찰이 나섰으니 나도 어쩔 수가 없어요. 애나벨은 그날 뉴메스터가 싸우다가 남편을 죽이려 했다고 의심해요. 정당방위였겠지만, 죽일 마음이 생긴 뉴메스터가 진짜로 남편을 죽인 후 가명으로 숨어 지낸다고 생각하더라고요."

데이비드는 웃음을 터뜨렸다.

"당신은 운이 좋아요." 에피가 눈을 가늘게 뜨고 말했다.

"뉴마이스터가 운이 좋은 거겠죠. 하지만 이제 뉴마이스터는 끝이에요. 영원히 사라졌어요."

"애나벨은 당신이 발라드 그 집을 살 때 제출한 신원 확인서를 경찰이 조사 중이라고 했어요. 그거 유효하지 않죠?"

데이비드가 어깨를 으쓱했다. "경찰이 자세히 파보면 가짜란 걸 알겠죠."

"진짜로 알리바이를 만들 생각은 해봤어요? 주말마다 그곳에서 같이 있었다고 내세울 진짜 집과 사람을 구할 생각 말이에요?"

"당신이 해주게요?"

에피는 일어나 어두운 창문 옆에 서서 밖을 내다보았다. 너무 고요해서 침실 시계 소리가 들릴 정도였다. 그는 적어도 이 순간만큼은 긴장감이 넘치며 참을 수 없이 즐거웠다. 우스운 말이 떠오르자 말하지 않으려고 이를 악물었다. "미안해요, 에피."

"소테른이나 따죠."

그는 자리에서 일어나 주방으로 가서 에피를 거들었다. 와인 코르크를 따려니 손에 힘이 많이 들어갔다. 데이비드는 재미있는 쪽으로 받아들이기로 했다. 달리 받아들일 방법이 없었다.

"새 직장이 기대되나 보군요. 이렇게 기분 좋아 하는 당신을 본 적이 없어요."

"이제 이쪽 길로 가려고요." 데이비드는 말했다. 주방의 환한 불빛 아래 에피의 머리에 흰 머리카락이 살짝 섞여 보이자 위안이 되었다.

에피는 와인 잔을 한 잔만 가져오더니 데이비드더러 혼자서 다 마시라고 했다. 데이비드는 그 모습에 감동을 받았다. 소테른은 진짜 프랑스산이었고, 맛이 꽤 훌륭했다.

"당신이 집을 새로 구했다고 웨스한테 들었어요. 어디예요?"

"어디라고 설명해야 하나. 딕슨-랜드 근처이자 트로이 외곽이에요."

"주소가 어떻게 돼요? 편지해도 돼요?"

"뉴욕 주 트로이에 있는 딕슨-랜드 연구소로 보내요."

"아, 데이비드, 보고 싶을 거예요." 에피는 애수에 젖은 목소리로 말했다. 그러고는 케이크를 자르려고 그쪽으로 갔지만, 칼이 보이지 않자 주방에 가서 칼을 들고 나와 케이크 접시 위에 어색하게 올려놓고 다시 앉았다.

"상자에서 오린 쿠폰 네 장하고 50센트를 보내면 이런 싸구려 케이크 칼을 받을 수 있어요. 언젠가 나도 은제 식기를 모으려고요."

에피의 눈빛 때문에 데이비드는 서서히 기운이 빠지는 것 같았다. 이걸 깨닫는 순간, 상황이 다시 애매하게 우스워지는 것 같았다. 에피는 전축에 앨범을 걸더니 아주 작게 틀겠다면서 프랑스 음악을 좋아하냐고 물었다.

데이비드는 이 앨범을 알았지만 에피에게는 말하지 않았다. 다른 앨범으로 사려고 우연히 레코드 가게에 들렀다가 이 앨범에서 흘러나오는 피아노 선율에 반해 애나벨도 좋아할 거라 생각했던 때가 떠올랐다. 에피는 다시 앉더니 담배 한 개비를 더 집어 들었다.

"트로이에 가면 애나벨을 더 자주 만나겠네요? 프로스버그보다 하트퍼드에서 더 가깝죠?"

"거의 비슷합니다. 네, 애나벨을 자주 만나려고요. 그건 그렇고, 조만간 애나벨이 하트퍼드에서 이사할 것 같아요."

"그래요? 어디로요?"

"글쎄요, 아직 잘 모르겠어요."

"아직도 애나벨을 많이 사랑하죠?"

"물론이죠." 데이비드는 대답했다. 에피가 상념에 잠겨 비극적인 미소를 짓자, 자신감 넘치던 그의 미소도 사그라졌다. 그는 측은한 마음이 들어 시선을 피해 와인 잔을 반쯤 채웠다. 에피의 잔은 아직도 그대로였다.

"당신이 언제쯤 알까요?"

"뭘요?"

"애나벨이 당신하고 결혼을 할지 말지요."

"그건 지금도 알아요. 애나벨은 할 겁니다. 다음 달은 아니지만, 아무튼……"

"그래서 내가 묻는 거예요. 당신이 언제쯤 알게 되냐고요."

"시기가 뭐 그리 중요합니까." 그는 재빨리 대답했다. 그때 초인종이 울렸다.

에피는 주방에서 문 열림 버튼을 누르더니, 좀 전처럼 초조하게 등을 돌리고 서서 웨스가 마실 술을 당장 만들어야겠다며 얼음 통을 덜그럭거렸다. 침착한 애나벨과는 불쾌할 정도로 정반대였다.

"이게 누구신가, 친구." 웨스는 두 번이나 이렇게 말했다. "잘했어요, 에피."

"뭘요, 어렵지 않았어요. 데이비드가 순한 양처럼 따라오던데요."

데이비드는 그렇지 않았다고 생각했다. 중요한 얘기가 있다는 에피의 말에 속아 여기까지 온 것이다. 에피는 뉴마이스터와 관련해 그가 몰랐거나 예상하지 못한 얘기는 전혀 하지 않았다.

데이비드는 곰살맞은 웨스의 태도가 위선으로 느껴졌다. 순간 웨스가 매카트니 부인의 하숙집 방으로 놀러 왔던 때가 벌써 몇 주 전이었음을 깨달았다. 오늘 공장에서의 일과 마이클스 태번에서의 일까지 떠올랐다. 그는 겸연쩍고 민망했다. 웨스를 바닥에 내동댕이친 일도, 상황을 수습하지 않고 그냥 가버린 일도 미안했다. 웨스와 에피는 두 번째 잔을 마시고 있었다. 둘이 권하자 그도 응하고 싶은 마음에 소테른 와인을 반병도 넘게 마신 상태에서 물을 섞은 스카치를 한 잔 받아 들었다. 웨스가 바보 같은 소리를 지껄이고 에피가 간간이 깔깔거리는 사이, 데이비드는 웨스의 얼굴을 바라보며 소매 속으로 손목시계를 만지작거렸다. 웨스가 박장대소하며 얘기를 끝내자 데이비드는 일어서서 이렇게 말했다. "이 시계 가져, 웨스." 그리고 시계를 웨스에게 건넸다.

웨스가 놀란 얼굴로 그를 바라보았다. "왜 그래?"

"네가 가졌으면 좋겠어. 너, 이거 마음에 들어 했잖아." 웨스는 이 시계를 좋아했다. 웨스는 그 시계를 보고 근사하다고 했었다.

웨스는 망설이며 시계를 받았다. "이거 정말 비싼 시계잖아."

"데이비드," 에피가 나무라듯 말했다. "시계가 예쁘네요."

"그래서 웨스에게 주는 거예요, 가지라고." 그는 대답하면서 양팔을 벌렸다가 아래로 내렸다. "뭘 그렇게 재미있어들 하지? 난 새로 하나 사려고."

"바쉐론 콘스탄틴이라도 사시게? 새 직장에서 받는 월급으로?" 웨스가 물었다. "이 친구 취했나 봐요, 에피."

"네가 가졌으면 좋겠어. 솔직히 질렸어. 네가 마음에 들어 했잖아. 이거 시간도 끝내주게 잘 맞고, 초침도 커서 꽤 쓸모 있어."

"아냐, 데이브."

"받아! 왜들 이 난리인지 모르겠네!" 데이비드가 고함을 치다가 에피의 놀란 표정을 보며 씩 웃었다.

아무도 입을 열지 않았다. 결국 웨스가 아주 진지하게 말했다. "고마워, 데이비드. 혹시 언제든지 돌려달라고 하면……"

"그거 다시는 보고 싶지 않아. 새로 살 거야." 데이비드는 두 사람이 놀란 표정으로 서로를 멍하니 바라보는 모습이 재미있었다. "차봐, 차보라니까." 데이비드가 웨스에게 말했다.

"손목시계가 두 개네," 웨스가 악어가죽 시계 끈을 채우며 말했다. "한쪽 팔에 시계 하나씩 찰 만큼 부자가 되는 게 소원이었는데."

데이비드는 애석한 듯 맥없이 웃더니 주저앉았다.

웨스가 목을 가다듬고 술을 쭉 들이켰다. "오늘 저녁이 송별 선물을 주고받는 자리라면 에피가 그린 초상화를 가져가라, 데이브. 너 주려고 액자에 넣기까지 했단다."

순간 에피의 얼굴이 하얗게 질렸다. 데이비드는 그런 에피를 바라보며 호기심이 일었다. "이런 말 해서 미안하지만, 그거 찢어버렸어요."

"정말? 찢어버렸다고요?"

"네."

"왜요?" 웨스가 물었다.

에피가 자리에서 일어나더니 묵묵히 주방으로 갔다.

데이비드는 에피가 초상화를 찢은 덕분에 꼭 걸어야 하는 부담감에서
벗어나 고마운 마음이 들었다. 에피를 따라 주방으로 들어갔다. 도울 게
있는지 물으려 했으나 에피는 아무것도 하지 않았다. "한 잔 더 마셔도 되
죠?" 그가 술을 받아 마시거나 더 달라고 하면 사람들은 대개 놀라며 흡족
한 표정을 지었다. 그는 그런 모습을 기대하며 물었지만 에피의 얼굴은 오
히려 더 일그러졌다.

"그러면 안 될 것 같아요, 데이브."

"엥? 내가 장담하건대, 저 병을 다 마셔도 티도 안 날 겁니다. 티도 전혀
안 나고 멀쩡하다니까요."

웨스가 들어오다가 데이비드의 말을 들었다. "방금 저 말은 유명하지."

"내기할래?" 데이비드가 물었다.

"아니, 안 하련다." 웨스는 둘이 무슨 비밀을 공유한 것처럼 에피를 바
라보며 말했다.

"그렇다면 반대가 없는 걸로 알고 한잔 해야겠다." 데이비드는 이렇게
말하며 에피를 쳐다보았다. 그는 술병으로 손을 뻗어 잔에 가득 따랐지만
바보처럼 넘칠 정도로 따르진 않았다. 세 손가락 너비만큼 따르고 술병을
내려놓은 다음 잔이 빈 웨스에게 술병을 밀었다. 그런 다음 얼음을 두 조
각 넣고 수도꼭지를 틀어 물을 살짝 섞었다. 웨스와 에피는 그가 술 마시
는 모습을 처음 본다는 듯 그를 쳐다보았다.

이제 웨스도 자기 잔에 술을 반쯤 따르고 얼음을 넣고 소다를 살짝 섞

었다. 데이비드는 웨스를 보며 웃었지만, 웨스는 웃지 않았다. 웨스가 거실로 나갔다.

"데이브." 에피가 그에게 다가오며 낮게 불렀다. "이런 말 해서 미안해요. 그 초상화 말이에요, 사실은 그대로 있어요. 가져가고 싶으면 가져가요. 찢어버릴까 생각만 했어요."

데이비드는 그녀의 혼란스러운 감정에는 조금도 관심이 없었다. "알겠습니다."

"혹시라도 벡스브룩 경찰이 여기에 왔다가 그걸 볼까 봐 걸지 않고 서랍 밑에 넣어뒀어요. 경찰이 초상화를 보고 뉴메스터를 알아볼까 봐요. 그럴 수도 있잖아요?"

"뉴마이스터를 알아본다고요?" 데이비드는 믿지 못하겠다며 웃으며 말했다. "알아보겠죠. 그래서 뭐 어쩌라고요? 다 지난 일인데. 왜 이리 호들갑을 떠실까?"

에피는 여전히 호들갑 떨듯 충격받은 모습이었다. "알았어요, 데이브. 다 지난 일이기를 바랄게요." 에피는 두 번 고개를 끄덕이더니 주방을 나가 거실로 향했다.

데이비드는 눈을 꼭 감고 잔을 들더니 세 모금 만에 다 비웠다. 며칠 만에 처음으로 오늘 뉴마이스터가 생각났다. 그리고 그의 소중한 비밀을 지켜주는 키 작은 에피가 떠올랐다. 뉴마이스터는 목적을 달성한 후 전속력으로 질주하는 튼튼한 배가 되어 출렁이는 거친 파도를 넘어 유유히 의기양양 멀어져갔다. 뉴마이스터가 어떤 사람인지 전혀 알지 못한 애나벨이 너무 안타까웠다. 어쨌거나 그가 애나벨하고 같이 살기까지 했는데. 그는 뉴마이스터가 이제 끝났음을 상기했다. 뉴마이스터가 데이비드였다고 고백하면 애나벨은 그걸 절대로 극복하지 못할 테고, 제럴드가 사고사였다는 것도 절대로 믿지 않을 거라는 냉정하고 두려운 결론에 다다랐다. 좋아, 이제 뉴마이스터는 사라졌어. 죽어서 자기 무덤을 파고 들어간 거나 마찬가지야. 데이비드는 주방 캐비닛을 돌아 가다가 살짝 휘청거렸다. 거실로 향하면서 똑바로 걸으려고 애를 썼다.

웨스와 에피가 무슨 말을 하다가 데이비드를 보더니 대화를 멈추었다. 에피가 앨범을 새로 전축에 걸자 에피와 웨스가 춤을 추기 시작했다. 웨스는 노래가 너무 늘어진다고 했다. 이제 취기가 오른 것 같았다. 웨스는 더 마시겠다며 주방으로 가면서 데이비드의 빈 잔까지 가져가려 했다. 데이비드는 그만 마시겠다며 잔을 꼭 붙들었다.

"싫다는 사람한테 그러지 마요, 웨스." 에피가 말했다.

"한 병 다 마실 수 있다고 자랑한 게 누군데!" 웨스는 기분 좋게 미소를 보였다.

데이비드는 잔을 웨스에게 내주었다.

데이비드는 그 후 한 시간 정도가 기억나지 않았다. 술을 얼마 하지도 않았는데 시야가 살짝 흐려지고 이렇게 취한 게 이상했다. 반면, 웨스는 완전히 망가져서 에피와 눈꼴사납게 춤을 추다가 가끔 미친 듯이 온몸을 흔들고 거침없이 말을 내뱉었다. "그림을 찢어버렸다니 정말 좋다! 좋다, 에피가 발전했다! 좋아하는 남자는 허깨비만 좇는데, 순진하게 집에 가만히 앉아 기다리는 짓은 이제 그만!"

데이비드는 그 말을 무시하고 한쪽 구석을 바라보다가 소파에 머리를 기대고 전축에서 흘러나오는 피아노 선율에 귀를 기울였다.

에피가 눈물 어린 목소리로 이렇게 외쳤다. "웨스!" 에피가 어이없이 절망에 빠진 듯 양손을 모아 쥐었다. 오늘 밤 초대한 손님 둘을 통제 불능으로 여기는 것 같았다. 웨스가 쑥스럽게 웃더니 데이비드를 향해 손가락질을 하며 비틀비틀 걸어왔다.

"그게 사실이야, 데이브?" 웨스가 물었다.

"입 조심해요, 웨스. 데이비드를 건드리지 말아요." 에피가 경고했다.

"웨스가 뭐라고 하는지 들리지도 않아요." 데이비드가 차분하게 에피에게 말했다.

"내가 뭐랬냐면, 네가 가질 수 있는 여자는 안 갖고, 가질 수 없는 여자를 가지려 한다고 했다. 그거 신경증적 증상이야." 웨스가 손을 주머니에 찔러 넣고 뒤꿈치를 달달 떨며 신나게 떠들었다. "너 잘되라고 이러는 거야. 도움이 되는 조언을 해주려고. 그 여자가 누군지 알 바 아니지만."

"데이브, 그 얘긴 웨스하고 안 했어요. 진짜예요. 그러니 제발……" 에피는 커피 테이블 위에 있는 술잔을 잡으려고 몸을 날렸지만, 웨스가 술잔을 쳐서 쓰러뜨렸다. 빈 잔이었다.

데이비드는 웨스를 동요 없이 바라보았다. "네가 무슨 말을 하는지 너도 모르는 것 같으니, 제발 그 입 좀 다물면 고맙겠어……"

하지만 웨스는 멈추지 않았다. 지겹고 불쾌한 조언을 계속 떠벌렸다. '그 여자'라고만 할 뿐, 이름은 말하지 않았다. 대학 졸업반이라나 뭐라나. 그래서 미쳐서 주말마다 술에 절어서 지낸 거야? 아니면 다른 여자랑 그런 거야? 데이비드는 담배를 꺼냈다가 불을 붙이지도 않고 커피 테이블 위로 툭 던졌다. 그는 평정심을 잃지 않았지만, 웨스가 한 말이 그의 어깨 위로, 고개 숙인 머리 위로 쏟아지더니 온몸에 들러붙는 것 같았다. 이제 에피마저 웨스를 말리는 중이었다.

"넌 이해 못 해." 데이비드가 입을 두 손으로 가리고 말했다. 웨스의 웃음소리가 들렸다.

"에피가 그랬어." 웨스가 설명조로 말했다. "네가 딱하대. 희망이 안 보인대."

"정확히 '희망이 안 보인다'고는 안 했잖아요?" 에피가 울먹였다.

데이비드가 일어났다. "내가 딱해?" 그가 웃으며 물었다.

"그랬으면서 왜 부인해요?" 웨스가 에피에게 따졌다.

데이비드는 이제야 담뱃불을 붙였다. 에피가 왜 희망이 안 보인다고 했는지 그 이유를 알 것 같았다. 희망이 안 보이는 사랑을 하니 그랬겠지. 그래서 그는 에피를 다시 쳐다볼 수 없었다. "그 여자하고 결혼할 거니 더는 이러쿵저러쿵하지 마라." 데이비드는 웨스의 말을 잘랐다. "사생활을 입에 올리는 게 민망하긴 하지만, 얘기가 나왔으니 말인데……"

"널 망신 주려고 이러는 게 아니야, 데이브. 관심이 있어서 이러는 거지. 에피하고 나, 우리 둘 다 너한테 관심이 있어. 우리가 널 좋아해서 그래. 물론 에피는 좋아하는 그 이상이고." 그는 데이비드의 어깨를 다정히 툭 쳤다.

"내가 결혼할 여자가 남의 입에 오르내리는 거 싫다. 언젠가 너도 그 사람을 보겠지만, 내 집에서 보는 거지 우리들 집에서 보는 게 아니잖아. 몇 달 안으로 결혼할 거야. 그보다 빠를 수도 있고. 딴소리하는 사람이 있다면 누구든 잘 알지도 못하면서 지껄이는 거야." 데이비드는 재떨이에 담배를 비벼 재빨리 껐다. 심장이 쿵쾅거려서 가슴까지 울리고 시야도 흐려졌다. "그 여자와 결혼하겠다는 내 마음을 한 번도 의심해본 적 없어." 그는 말하고 싶지 않은데도 계속 말이 튀어나왔다. 그가 한 걸음 다가가자 웨스가 뒤로 슬쩍 물러섰다. 말을 그만 끊으려는 웨스의 목소리를 누르고 이제는 데이비드가 계속 떠들었다. 웨스가 사과했다. 갈색 정장을 입은 마른 체구의 웨스가 데이비드와 애나벨 사이의 장애물 같아서 데이비드는 말로 그를 뭉개서 쓸어버려야 했다. 바로 그때, 데이비드는 자신의 한쪽 팔이 웨스를 향해 날아가는 모습을 보았다. 웨스가 그의 주먹을 피하며 뒤로 움찔했다. 웨스를 치기에는 데이비드의 팔이 30센티미터 정도 짧았다. 그는 웨스를 때릴 마음이 없었다. 입에서 말이 그쳤다.

웨스는 당황하고 화가 나 고개를 갸웃거리다가 아예 돌려버렸다. 에피가 데이비드의 팔을 붙들며 뭐라고 말했다. 데이비드는 에피에게 당신 걱정 따위 조금도 필요 없다고 말하고 싶었다. 그러나 무언가 그를 붙드는 느낌에 그는 움직일 수도 말할 수도 없었다. 온몸이 뻣뻣해지더니 벌벌 떨렸다.

"그 여자 얘기, 내 앞에서 하지 마라. 그게 뭐든." 데이비드의 목소리가 분노로 떨렸다. 그는 잔에 손을 뻗어 술을 다 비우고 고개를 돌려 웨스의 찡그린 얼굴을 쳐다봤다.

"자, 자," 웃음으로 무마하려는 에피가 말을 더듬었다: "우리 커피나 마셔요." 에피가 주방으로 들어갔다.

데이비드는 웨스에게 눈을 떼지 않고 말로든 행동으로든 보복이 닥치기를 기다렸다.

"주먹을 휘두르는 바람에 맞을 뻔한 사람 기분이 어떨 것 같냐?" 웨스가 씩씩거리며 따졌다.

데이비드가 씩 웃었다. "커피나 마시자."

웨스의 얼굴에서 분노가 가시지 않았다. "하나만 말할게." 웨스가 목소리를 깔고 말했다. "아무리 그 여자를 가지려 해도, 넌 그 여자하고 아무것도 할 수 없어. 넌 그런 처지야. 모르는 것 같은데, 넌 곤경에 빠졌어."

데이비드는 자신의 귀를 믿지 못하다가 웨스의 말이 서서히 이해가 되었다. 몸이 감전되는 것 같았다. "추잡한 거짓말쟁이!" 데이비드가 악다구니를 한 후 웨스를 스쳐 현관 옷장으로 걸어갔다. 등 뒤에서 에피가 뭐라고 하는지 내용은 들리지 않았지만, 높은 톤으로 하소연하는 소리가 칼날이 되어 그의 머리 가죽을 베는 것 같았다. "잘 있어라. 고마워요, 에피." 그는 급히 인사하고 외투를 입으며 문을 열었다.

등 뒤로 쾅 하고 문 닫히는 소리가 달콤하게 종지부를 찍는 것 같았다. 편파적이고 어리석은 녀석 같으니라고! 천박해! 다 가짜야!

"네 시계나 가져가라, 데이브!" 웨스가 계단 아래쪽을 향해 소리쳤다.

데이비드는 현관문도 세게 닫았다.

22

데이비드는 며칠째 분노가 가시지 않았다. 열이 뻗치고 성질이 나서 잠을 설쳤다. 침대에서 뒤척이다 화가 난 이유를 이성적으로 따지며 웨스가 한 말을 곱씹었다. 웨스의 말에서 감정이 빠져나가고 심지어 의미까지 희미해졌지만, 분노의 앙금은 남았다. 그는 새집을 정리하는 데 힘을 쏟고 둘째 날 밤에는 밤새 일했다. 그래도 그날 밤의 대화가 계속해서 마음에 남았다. 에피가 그에게 운이 좋다고 했지만 그는 데이비드 켈시가 뭐가 운이 좋은지 전혀 알 수 없었다. 윌리엄 뉴마이스터라면 몰라도. 에피는 경찰이 아직도 윌리엄 뉴마이스터를 찾는다며 걱정했지만, 사실 윌리엄 뉴마이스터의 행운은 한순간에 사라지지 않았다. 에피의 말이 그의 도전정신을 자극했다. 벡스브룩 경찰서로 전화해 뉴마이스터가 완전히 자취를 감춘 이후 뭘 하고 다녔는지 처음부터 끝까지 설명하고 싶었다. 오리건, 워싱턴 주, 텍사스, 캘리포니아 등지에서 뉴마이스터가 저널리스트로서 광범위하게 활동하고 다녔다고 하는 건 말이 되지 않았다. 데이비드의 얼굴에 미소가 퍼졌다. 충동적으로 전화기로 손을 뻗었지만, 수화기를 집어 들지는 못했다. 벡스브룩 경찰관이 분명 만나자고 할 테니 말이다.

데이비드는 잊히지 않을 일요일 오후의 윌리엄 뉴마이스터처럼 옥스퍼드 회색 정장을 아주 찬찬히 입었다. N자가 박힌 커프스는 하지 않았다. 저번 집에서 이삿짐을 쌀 때 내다 버렸다. 그래도 그날 썼던 모자는 썼다.

그날 무슨 타이를 했는지도 생각났지만 다른 것으로 골랐다. 혹시 경찰이 신분증을 요구할 때를 대비해 지갑에서 운전면허증을 뺐다. 그는 자신을 뉴마이스터라고 확인시켜줄 방법에 대해 머리를 쥐어짰다. 뉴마이스터 앞으로 온 청구서와 고지서를 모조리 없앴기 때문에 그저 떵떵거리면서 앞길을 헤쳐나갈 수밖에. 이번에 경찰을 만나게 되면 모든 의심이 가라앉을 수도 있고, 아니면 끝장날 수도 있다. 데이비드는 지금 만나고 싶었다. 이런 기분이 다시는 들지 않을지 모른다. 뉴마이스터 이름이 적힌 서명이나 명함을 찾겠다고 내일, 혹은 그다음 날로 미루면 아무 소용이 없었다.

그는 당당하게 소리칠 것이다. 등을 살짝 구부정하게 숙이는 것도 잊지 않을 것이다.

벡스브룩은 남쪽으로 145킬로미터를 가야 했다. 토요일 오후 4시 45분에 벡스브룩에 도착했다. 경찰이 한 명밖에 없었다. 처음 보는 경찰이라서 데이비드는 자기소개를 열심히 해야 했다. 예감이 좋았다. 경찰관이 수화기를 들고 테리 경사에게 전화를 걸었다. 데이비드는 경사와 통화가 되지 않기를 바랐지만, 경사는 집에 있었다.

"금방 오신대요. 경사님이 뵙고 싶다고 하십니다." 경찰관이 말했다.

데이비드는 그에게 감사를 전하고 자리에 앉았다. 이렇게 경찰서로 오기로 마음먹은 이후, 알 수 없는 오만함이 마음속에서 더욱 고개를 들었다. 그는 마음을 가라앉히려고 애썼다. 다소 근엄하면서도 약간 침울해 보여야 한다. 무엇보다 협조적으로 보여야 한다.

15분 정도 기다리자 경사가 도착했다. "뉴메스터 씨, 다시 뵙게 되어서 반갑습니다." 경사는 아주 느리고 무거운 발걸음으로 데이비드를 향해 다가왔다.

데이비드가 일어섰다. "안녕하셨습니까, 경사님." 그는 유쾌하게 말했다. "이 동네에 왔다가 제가 그 부인…… 하트퍼드에 계신 그분께 전화를 한 번도 안 드린 사실이 떠올랐지 뭡니까. 딜러니였나, 맞습니까? 성은 기억나는데 이름이 기억나질 않네요."

"제럴드였습니다." 경사가 말했다. "그동안 어디에 계셨습니까?"

"캘리포니아에 출장 갔다가 막 돌아왔습니다. 왜 그러시죠?"

"사실 딜러니 부인이 당신과 얘기하고 싶다고 해서 저희가 당신을 열심히 찾고 있었습니다."

"이런, 몰랐습니다. 무슨 일 때문이신가요?"

"무슨 일이 있는 건 아닙니다. 그저 딜러니 부인이 당신을 만나고 싶어 해서요. 부인은 당신을 만나서 그날 무슨 일이 있었는지 묻고 싶어 합니다." 경사는 다소 원망 섞인 말투로 말했다. "어느 신문사에서 일하시는지 모르겠지만, 뉴욕에 있는 신문사는 아닌 것 같더군요."

"흠, 두어 군데는 뉴욕에 있습니다." 데이비드가 살짝 미소 지으며 말했다. "저는 과학 섹션 에디터가 관련 기사를 쓸 수 있도록 소재를 제공하는 일을 합니다. 그래서 제 이름으로 기사가 나가는 경우는 별로 없습니다."

"그렇군요." 경사는 노골적으로 의심과 짜증이 섞인 목소리를 냈다. "아무튼, 딜러니 부인이 만나길 원합니다." 경사는 경찰관이 신문 너머로 두 사람을 바라보고 앉은 책상 뒤로 돌아 들어가 서랍을 당겼다. 폴더에서 종이 한 장을 꺼내 거기에 적힌 무언가를 다른 종이에 베낀 후 데이비드에게 건넸다.

"고맙습니다." 데이비드가 말했다. 애나벨의 주소와 전화번호였다.

"지금 어디에서 지내시나요, 뉴메스터 씨?"

"아직 특정한 곳에 정착한 건 아니고, 당분간 뉴욕에서 지내다가 한 달 후 해외로 나갈 계획입니다." 데이비드는 대답하면서 윌리스 씨에게 여행 간다고 말한 것을 상기했다.

"네, 부동산에서 들었습니다. 그런데 저희는 당신이 윌리스 씨에게 제출한 신용 조회인 둘 다를 찾지 못했습니다. 패터슨하고 또 누구였죠?"

"존 애덜리 씨입니다." 그가 재깍 자신 있게 말했다. 그런데 순간, 애덜리인지 애설리인지 헷갈렸다. "남미 쪽도 찾아보셨나요?" 그는 떠오르는 대로 거침없이 내뱉었다.

"아뇨." 경사가 똑바로 쳐다보며 대답했다.

"두 달 전 존에게 편지를 받았습니다. 두 사람 다 캘리포니아와 컬럼비아에서 광산 회사 설립 업무를 하고 있더군요. 산업 컨설턴트거든요."

"그렇군요."

"그런데 뭐가 문제죠? 그 사람들을 왜 찾으셨습니까?"

"당신을 찾을 수 있게 도와달라고 부탁하려고요."

"세상에. 그런 수고까지 하셨다니, 몰랐네요. 신문에는 아무것도 나오지 않아서요. 아닌가요? 제가 신문을 꽤 세세히 봅니다만."

"맞아요. 저희가 신문엔 아무것도 내지 않았습니다." 경사는 흰머리를 천천히 내저으며 말했다. 그러면서도 여전히 데이비드를 의심의 눈초리로 쳐다보았다. "신원 보증인이라면 당신의 행방을 알 거라 생각했습니다. 그런데 신원 보증인조차 찾을 수 없으니 뭔가 수상하다고 생각했죠."

데이비드는 웃으면서 놀랍다는 표정을 지었다. "저 때문에 경사님이 그렇게나 고생하셨다니 죄송합니다. 이삿짐 싸던 날, 다른 경찰관께서 말씀하시자마자 제가 곧장 딜러니 부인께 연락하지 않았으니, 이게 다 제 잘못입니다. 솔직히 말씀드리면, 사실 내키지 않아서 미루고 미루다가 그만 까먹고 말았습니다. 저는 부인이 날뛰며 절 원망할 거라 생각했거든요. 아닌가요?" 그가 초조히 물었다.

"아닐 겁니다." 경사가 말했다. "부인은 꽤 상식이 있는 사람입니다. 그저 그날의 정황을 직접 듣길 원할 뿐이죠."

"부인이 들으셔야죠." 데이비드는 체념하듯 말했다. 그는 경사가 책상 위에 놓인 전화기로 향하는 모습을 지켜보았다. 만일 경사가 당장 부인과 통화하라고 하면, 다른 중요한 약속이 있다고 둘러댈 참이었다.

경사가 몸을 돌려 이렇게 물었다. "그래서 급하게 그 집에서 이사 가신 겁니까? 딜러니 사건 때문에요?"

"아닙니다." 데이비드가 말했다. "솔직히, 그 일로 좀 당황하긴 했습니다. 그래서 예정보다 빨리 이사 나가긴 했지만, 향후 2년 치 업무가 잡혀 있어서 계속 여행을 다녀야 합니다. 그래서 그 집을 처분했죠."

경사가 고개를 끄덕이며 그를 바라보았다. "딜러니 부인과 지금 통화하시겠습니까?"

그는 어깨를 살짝 으쓱한 후, 직접 만나서 얘기하는 편이 나을 거라고 말을 꺼내려 했다. 그런데 경사는 이미 수화기를 들고 애나벨의 전화번호가 적힌 폴더를 펼쳐 교환원에게 전화번호를 불러주었다. 통화를 기다리는 사이, 데이비드는 최대한 차분히 말했다. "아니면 제가 부인을 만나러 갈 시간을 경사님이 잡아주셔도 좋습니다. 저는 내일하고 화요일이 괜찮습니다."

경사는 대답하지 않고 인상을 쓰며 다른 얘기에 집중하는 것처럼 보였다. 시간이 흘렀다. 애나벨이 집에 없나? 아니면 하트퍼드 교환원이 이제 막 연결을 시도했나? 테리 경사가 끈질기게 기다렸다. 데이비드는 털썩 앉았다. 긴장해서 그런지 어깨가 뻐근했다. 테리 경사가 말을 하자 데이비드는 몸을 살짝 틀었다. "네, 알겠습니다. 수고하세요." 경사가 전화를 끊었다. "부인이 지금 집에 안 계십니다."

"제가 내일 전화하겠습니다." 그는 한숨을 내쉬며 말했다. "부인을 꼭 만나도록 하죠."

"꼭 전화하십시오. 그건 그렇고, 뉴메스터 씨. 저희가 연락할 수 있는 곳을 알려주십시오. 아니면 당신과 연락 가능한 지인의 연락처를 주시든가요. 혹시나 또 잊으실까 봐 그럽니다."

데이비드가 씩 웃었다. "경사님이 생각하시는 것만큼 제가 그렇게 찾기 힘든 사람은 아닙니다. 오늘 밤은 뉴욕 웰링턴 호텔에 묵을 생각입니다. 55번 스트리트와 7번가가 만나는 코너에 있는 호텔이죠. 『뉴욕 타임스』에 제이슨 맥레인 씨라고 있는데, 그 사람이 제 행방의 90퍼센트는 압니다. 적으시겠습니까?"

테리 경사가 받아 적었다. "뉴메스터 씨, 저희 경찰은 당신에게 반감도, 당신에게 해를 가하고 싶은 마음도 전혀 없습니다. 하지만 당신이 딜러니 부인에게 전화했는지는 확인해야겠습니다. 혹시나 연락을 안 하시면…… 사실 그게 저희가 당신한테 원하는 전부이고, 또 부인이 원하는 전부이기도 합니다."

"알겠습니다." 데이비드는 솟구치는 화를 꾹꾹 누르며 말했다. 아무튼 거의 다 끝나간다. 경사가 그를 문까지 배웅했다. 데이비드는 경사가 먼저 작별 인사를 꺼낼 때까지 기다렸다.

"딜러니 부인에게 내일 아침 일찍 전화해서 당신이 경찰서에 찾아오셨다고 말씀드리겠습니다." 테리 경사가 말했다. "안녕히 가십시오, 뉴메스 터 씨."

"그럼 안녕히 계십시오." 그는 이렇게 인사한 후 손을 흔들었다.

데이비드는 테리 경사가 지켜보지 않는다 해도 뉴욕을 향해 차를 몰았을 것이다. 테리 경사가 그가 차에 탄 모습을 봤거나 벡스브룩 경찰서로 출두할 일이 생길 경우를 대비해, 아예 색상도 메이커도 다른 차로 바꾸는 게 현명하다고 생각했다. 오늘 거둔 성과에 비하면 차를 바꾸는 건 사소한 귀찮음에 지나지 않았다. 테리 경사는 약간 의심하는 것 같았다. 그러는 게 당연했지만, 그렇다고 심각한 것도 아니었다. 하마터면 그는 더 많이 취조당한 후 경찰서에 붙들렸을지도 모른다. 그는 애나벨을 직접 만나는 대신 편지를 보낼 작정이었다. 그 편지가 애나벨을 만족시킬 거라 자신했다. 사실 애나벨이 제럴드에 대해 듣고 싶은 거지, 뉴마이스터를 꼭 만나야 하는 건 아니다. 그는 집에 가서 편지를 쓸까 했지만, 발신지가 뉴욕이어야 하기에 그건 말이 되지 않았다. 뉴욕으로 계속 차를 몰았다. 호텔에서 타자기를 빌릴 수 있을 것이다. 웰링턴 호텔에 윌리엄 뉴마이스터의 이름으로 투숙할 것이다. 그는 벡스브룩 경찰이 호텔로 전화해 그를 찾기를 바랐다. 경찰이 전화하지 않으면 그가 경찰서로 전화하면 된다. 그는 휘파람을 불기 시작했다. 오늘 오후에 편지를 부치면 애나벨이 월요일에 받을지 모른다. 그래도 화요일에 받을 가능성이 가장 컸다. 그가 월요일에 애나벨과 통화하지 않았다고 경찰이 화를 내면, 월요일 스케줄 때문에 하트퍼드 시간을 맞출 수가 없어서 명쾌하게 편지를 써서 애나벨에게 부쳤다고 할 것이다.

그는 자정에 뉴욕에 도착했다. 8번가 주차장에 차를 세운 후 웰링턴 호텔까지 걸어갔다. 그는 호텔 카운터에 짐은 없으며 1박만 하겠다고 말한 다음, 한 시간 정도 타자기를 빌릴 수 있는지 물었다. 타자기가 방에 도착하자 곧장 자리를 잡고 앉았다. 애나벨에게 편지를 쓰는 기분은 여전했다. 딱 절반만 속이는 거잖아? 그는 호텔 편지지에 거침없이 두 장을 써내려간 후 밑에 여백을 조금 남기고 왼쪽으로 기울어진 필체로 뉴마이스터라고 서명했다. 그리고 지갑에서 우표를 꺼내 붙이고 항공우편이라고 표시한 후, 복도에 있는 우편 슈트(호텔의 각각의 층에 연결된 통로로, 우편물이 1층에서 모이도록 설계됨) 속에 넣었다.

그러고 나니 갑자기 피곤이 밀려왔다. 손수건으로 이마의 땀을 훔쳤다. 거짓말 때문인 것 같았다. 오후 4시부터 줄곧 거짓말을 했고 성공리에 무난히 끝났다. 호텔 방 한가운데서 서성이자 살짝 어지러웠다. 마음속에 있는지도 몰랐던 범죄자의 면모가 존재하는 사실을 처음 깨달았다. 말도 안 돼. 그는 옷을 벗기 시작했다. 모두 필요한 일이었다. 만일 그가 거짓말을 안 했는데 애나벨이나 경찰이 잘못 판단해 그를 제럴드의 살인범으로 기소하면, 그의 죄가 둘 중 그나마 덜 나쁘지 않을까? 머리가 핑 돌았다. 저녁 식사를 건너뛰었기 때문이다. 벡스브룩 경찰에게 거짓말할 마음은 더는 생기지 않았다. 애나벨은 경찰에게 웰링턴 호텔 마크가 찍힌 편지를 받았다고 말할 것이다. 그거면 충분했다. 그는 침대 위로 쓰러졌다.

다음 날 아침 월요일, 호텔에서 조식을 먹고 요금을 정산한 후 체크아웃했다. 앨범을 몇 장 사고 이른 오후에 이탈리아 영화를 봤다. 맨해튼에서 차를 알아볼까 했지만 생각만 해도 지긋지긋해서 위험을 무릅쓰고 트로이에 가서 차를 바꾸기로 했다. 시동을 걸고 집으로 향했다. 화요일 아침, 그는 트로이에서 2년 된 하늘색 더지 컨버터블을 골랐다. 지금 타는 검은색

투 도어 크라이슬러보다 1년 정도 새 차였다. 다음 주 월요일에 차가 배달된다고 했다. 그는 애나벨이 하늘색을 좋아한다고 짐작만 할 뿐, 실제로는 알지 못했다. 남은 화요일 오후를 집에서 보냈다. 그날 저녁, 집이 75퍼센트 정도는 보여줄 만하자 애나벨에게 전화를 걸었다.

웬 남자가 전화를 받았다. 데이비드는 애나벨과 통화하고 싶다고 말했다.

"누구십니까?"

"데이비드 켈시입니다."

잠시 후, 애나벨의 목소리가 들렸다. "여보세요. 데이브." 애나벨은 그를 반기며 행복하고 따스하게 인사했다.

"여보세요, 자기. 새집 전화번호를 알려주려고 전화했어." 그녀의 아파트에 남자가 와 있다니 마음이 무너져 내렸다. "연필 있어?"

"응, 그런데 잠깐만, 데이브. 오늘 뉴마이스터한테서 소식을 들었어."

"그래?" 그는 순간, 잠시나마 실제로도 놀랐다. "오늘 만났어?" 그는 좀 더 조심스레 물었다.

"편지가 왔어. 아주 다정한 편지야. 내가 읽어줄게. 정말 좋은 사람 같더라. 그래서 그런지 기분이 한결 나아졌어, 아무튼."

"그 남자가 뭐래?"

"그날 일어났던 일을 자세히 알려줬어. 내가 듣고 싶은 게 바로 그거였거든. 지금 뉴마이스터 씨가 뉴욕에 있대. 캘리포니아에 갔다가 막 돌아왔대."

"그랬구나. 새로 알게 된 내용은 있어?"

"물론이지. 아닐 수도 있지만. 여하튼 뉴마이스터한테 편지를 받아서 참 기뻐. 일요일에 뉴마이스터 씨가 벡스브룩 경찰서에 들렀는데 우리가 자기를 찾는 걸 아예 몰랐대."

"거봐, 내가 신문에 뭐라도 내야 한다고 했잖아. 그랬더라면 조금은 더 빨리 소식을 들었을 텐데." 데이비드는 말을 멈추었다. 술술 나오던 말이 뚝 끊겼다. "연필 있어?" 그가 물었다. 애나벨이 연필을 가져오자, 그는 전화번호와 집 주소는 물론 딕슨-랜드 연구소 주소까지 알려줬다. 옆에서 남자가 무례하게 뭐라고 구시렁거리는데도 애나벨은 열심히 받아 적었다. 남자가 무슨 소리를 하는지는 잘 들리지 않았다. "언제 시간 내서 우리 집에 올래? 난 이번 주 내내 휴가고, 다음 주말에도 약속이 없어. 내가 내일 그쪽으로 데리러 갈 수도 있어."

"이 동네 사는 사람처럼 말하네."

"너희 집까지 얼마 안 멀어."

애나벨은 주중에도 힘들고, 주말에도 시간을 낼 수 있을지 모른다고 했다. 토요일까지 꼭 마무리해야 하는 바느질거리가 있고, 일요일 저녁에는 손님이 온다고 했다. 데이비드는 이번 주말에도 못 만날 것 같은 예감이 들었다.

"나만 시간이 있네, 애나벨……" 그는 아무 소용이 없다는 것을 깨닫고 말을 하려다 말았다. "알았어. 그럼 다음 주말에 보자. 내가 전화할까, 아니면 네가 할래? 수신자 부담으로 전화해. 낮이든 밤이든."

"명심하고 있을게." 그녀는 웃음기 섞인 목소리로 말했다. "그리고 하는 일마다 행운과 성공이 가득하고 새로 다닐 직장에서도 뭐든 다 잘되기를 바랄게."

그는 격식을 차려 인사하는 애나벨이 우스웠다. 이제 '안녕'이라는 말이 나올까 봐 온몸이 굳는 순간, 그 말이 곧장 들렸다.

"전화해줘서 고마워, 데이브. 안녕."

"안녕." 그도 인사했다. 잠시 앉아 과일 바구니에 가득한 큼직하고 윤기 나는 아보카도를 바라보았다. 하루만 지나면 딱 먹기 좋게 익을 텐데. 애나벨과 점심을 먹을 때 곁들일 생각이었다.

그날 저녁, 그는 식전주로 마티니를 두 잔 마신 후, 딕슨-랜드 연구소의 어느 과학자가 쓴 핵 방사능 관련 책자를 식탁 위에 펴놓고 저녁을 먹었다. 이 집에서도 윌리엄 뉴마이스터라는 이름을 쓰고픈 묘한 유혹이 마음속에서 꾸물거렸다. 뉴마이스터는 데이비드 켈시보다 훨씬 에너지 넘치는 사람이었고, 그는 그럴 만한 이유가 있었다. 애나벨이 뉴마이스터더러 굉장히 멋진 사람 같다고 했다. 데이비드는 그가 만일 오로지 데이비드 켈시라면 앞으로 이 집에서 애나벨과 같이 있는 모습을 상상하기 어려울 것 같았다. 그는 이 집을 뉴마이스터의 명의로 군이 살 필요가 없어서 그러지 않았다. 그래도 이 집에 있을 때만 혼자서, 절대로 실패를 모르는 뉴마이스터인 척하는 건 어떨까? 데이비드는 마음을 다스렸다. 그 어리석은 이름을 쓰지 않기로 해놓고 다시 쓰려 하다니. 그건 목발에 지나지 않는다. 쓰면 쓸수록 허약해질 뿐이다. 그러는 건 로라와의 불행한 결혼 생활에 종지부를 찍는 고통스러운 결정을 피하려고 술을 퍼마시는 웨스와 다를 바 없었다.

월요일에 데이비드는 출근했다. 암반 분석 연구소에서의 그의 업무와 우수한 연구진, 분위기까지, 모든 게 기대했던 대로였다. 부지가 넓고 관리가 잘되어 있어서 그가 차에서 내려 지구물리학 연구소까지 판석이 깔린 길을 걸을 때면 매일 아침 기분이 좋았다. 행정동 근처에는 키가 크고 푸르른 전나무가 자라고 있었다. 새들의 물통으로 쓰이는 해시계가 지금은 꽝꽝 얼었다. 테니스 코스, 포도 덩굴이 휘감고 자라는 로시아(복도나 거실의 한쪽 편이 트인 공간)도 있었고, 여기저기 돌 벤치가 있어서 날이 좋으면 동료들과 앉아서 얘기도 할 수 있을 것 같았다. 데이비드의 상관 월버 오스번 박사는 키가 작고 등이 굽었으나 눈에 장난기가 가득했다. 게다가 성격이 좋아서 괴짜 같지는 않아 보였다. 데이비드가 출근한 지 닷새가 되기도 전에 오스번 박사는 자기 연구실에 틀어박혀 문을 잠그고 방해받기를 거부하고 전화도 일절 받지 않았다. 심지어 주말에도 연구실에 나왔고, 밤이면 연구실 가죽 소파에서 잤다. 이상한 직원들도 있었다. 같은 부서에 있는 젊은 엔지니어는 비를 너무 좋아해서 맨머리로 고개를 쳐든 채 비를 맞는다고 했다. 또 다른 연구원은 회색 페르시아 고양이를 매일 연구소로 데려왔다. 그레고리 킵 박사는 날씨에 상관없이 매일 아침저녁으로 4킬로미터를 걸어서 출퇴근했다.

데이비드처럼 다른 연구원들은 대부분 개인 연구소는 없고 아주 넓은 공간을 두 발로 누비며 일했다. 그곳에는 진공관, 광석 분리기, 초대형 분광기, 물리적 분석을 위한 다양한 장비 등이 갖춰져 있었다. 유티카 대학에서 물리학 전공으로 학위를 받으려는 학생 대여섯 명도 보였다. 데이비드의 일과는 광석 분리기와 분광기를 관리하고, 장비에서 분출된 먼지를 제거하고, 무게를 기록하고 라벨을 부착하는 것이었다. 또한 오스번 박사와 두세 건의 프로젝트를 같이 진행했다. 딕슨-랜드 연구소 소유 다원호의 지난번 탐사로 파생된 업무였다. 그는 이보다 더 이타적일 수는 없는 일들을 수행했다. 딕슨-랜드 연구소에서는 연간 수백 건의 암석 및 토양 샘플을 의뢰받아 분석한 후 개인 및 기업체에 결과를 무료 배포했다. 체스윅 섬유에서의 관행과는 현저히 달랐다.

에피 브레넌은 데이비드에게 회색 리넨 식탁보와 쥐색 냅킨, 대나무 식판 녘 장을 선물했다. '새집에서 행복하길.' 에피는 카드에 이렇게 적었다. 꽤 근사한 리넨 세트여서 데이비드의 눈높이에 맞았다. 이는 애나벨을 위한 그의 기준에도 맞는다는 얘기였다.

데이비드가 새집에서 맞이하는 두 번째 주 내내 애나벨은 시간 약속을 잡지 않았다. 데이비드는 초조하고 불행했다. 저녁에 두 번 전화를 했는데, 한 번은 아예 받질 않았고, 또 한 번은 애나벨이 나갔다 지금 막 들어왔다며 통화할 시간이 없다고 했다. 그리고 그 주 내내, 그다음 주 주말에도 시간이 없다고 했다.

3월 7일 토요일이 되었다. 데이비드는 금요일에 오스번 박사의 토요일 저녁 초대에 응했다. 오스번 박사는 지난 토요일에도 데이비드를 초대했지만, 데이비드는 혹여 애나벨을 만날까 봐 거절했었다. 오스번 박사가 또다시 초대하자, 그는 목요일 저녁이 되어야 대답할 수 있다고 요상하게 대답했다. 애나벨에게 전화해 주말 약속을 잡으려고 스스로 정한 데드라인이 바로 그때였다.

"자네가 그리 인기가 많은 줄은 몰랐네." 오스번 박사가 경쾌한 목소리로 말했다.

데이비드는 잠시 망설이다가 박사의 집에 면바지에 트위드 재킷을 입고 로퍼를 신고 가기로 했다. 딕슨-랜드 연구소에서는 캐주얼한 차림이 튀지 않았다. 그는 오스번 박사가 그래프용지 위에 그려준 작은 약도를 따라갔다. 검은 잔디밭 뒤로 물러나 앉은 육중한 2층짜리 주택이 나왔다. 현관에는 불이 켜져 있었다. 오스번 박사가 악수로 그를 반겼다. 흑인 가정부가 그의 외투를 받아 들었다. 견고하고 고풍스러운 스타일로 꾸며진 거실로 들어갔다. 벽난로에는 불이 켜져 있었다. 살집이 있고 부스스한 흰머리의 오스번 부인이 소파에 앉아 은제 볼에 대고 호두를 까고 있었다.

"안녕하세요, 데이비드!" 부인은 전부터 잘 아는 사이인 양 인사했다. "일어나지 못해서 죄송해요, 일단 이렇게 자리 잡고 앉은 이상…… 어머나 키가 크시네! 그이한테 키가 크다는 소리는 들었어요. 뭐 마실래요?" 은제 호두까기 속에서 호두가 우지직 부서졌다.

데이비드는 부인이 금세 마음에 들어 기분이 편해졌다. 그가 술을 거절했는데도 부부는 이상하게 생각하지 않았고, 강권하지도 않았다. 대신 두 사람의 고집에 그는 벽난로 근처 스툴 위에 앉았다. 오스번 박사는 버번을 마시고 부인은 셰리를 마셨다. 부인은 이런 날씨에 사람들이 왜 면 옷을 입고 돌아다니는지 이해할 수 없다고 했다.

"지적인 열기로 움직이는 친구라서 그래." 오스번 박사가 말했다.

"훗!" 부인이 웃었다.

저녁은 근사했다. 묵직한 은제 그릇에 요리가 담겨 나왔다. 부인의 처녀 시절 이니셜이 박힌 은제 그릇을 두고 농담이 오갔지만, 데이비드는 무심코 들어 넘겼다. 오스번 박사는 데이비드가 캘리포니아 대학 시절 얼마나 대단했는지, 오클리 연구소에서 얼마나 인정받았는지를 아내에게 설명했다. 데이비드는 그럴 때마다 온몸이 근질거렸다. 부인은 남편의 말을 듣더니 그를 칭찬했다. 오스번 박사가 그를 추어올리며 연구소에 채용하게 되어 행운이라고 했다. 데이비드는 그 소리를 듣자 기뻤다.

"죽을 때까지 여기서 일하고 싶습니다." 데이비드가 말했다.

"그이가 그러던데, 벌써 집을 사셨다고요." 오스번 부인이 말했다. "어디에 있는 집인가요?"

데이비드는 부인에게 트윌링이라는 사람들이 살았던 집이라고 설명했다.

"트윌링요? 그 트윌링 부부 집요? 여보, 그 집이 트윌링 부부네 집이라고 왜 얘기 안 했어?"

"나도 몰랐어." 박사가 말했다.

"제가 아주 잘 아는 집이에요. 트윌링 부인하고 친구라서 그 집에 자주 갔어요. 그이는 트윌링 씨를 좋아하지 않고, 그쪽 남편도 마찬가지고 그래요." 부인이 웃으며 말했다.

"트윌링은 몹쓸 사람이지." 오스번 박사가 데이비드와 자기 잔을 더 채우며 말했다. "그런 몹쓸 남자들이나 부인들하고 어울리지 말게. 그러기엔 인생이 너무 짧다네."

"다시 집 얘기나 해요. 그 집 정말 매력덩어리죠? 방이 부족한 집은 아니니 계속 혼자 지낼 생각은 아니실 테고." 부인이 물었다.

"이 친구가 왜 혼자겠어?" 오스번이 말했다. "게다가 결혼할 운명이야. 내가 장담컨대 느낌이 와." 오스번 박사는 뭔가 잃어버린 물건을 찾는 듯 테이블 위에 놓인 물건을 일일이 훑어보았다. 데이비드는 아까 저녁을 먹을 때 박사에게 소금을 건넸다.

"글쎄요, 데이비드의 큰 그림 속에 언젠가 그 계획이 들어 있기를 바라요." 부인이 말했다.

데이비드는 살짝 몸을 세웠다. "사실을 말씀드리자면, 계획이 있습니다. 언제가 될지는 모르고요. 날짜는 올해 안이 확실합니다. 여름이 가기 전에 할 생각입니다." 그는 더욱 자신감 넘치는 목소리로 대답했다.

"와, 축하해요, 데이비드! 아내 되실 분은 어디에 있어요? 성함은요?" 부인이 물었다.

그는 주저하면서 너무 앞서나간 건 아닌지 궁금했다. 부부가 기대에 찬 눈으로 그를 바라보았다. "코네티컷에 있습니다. 이름은 애나벨입니다."
그 순간, 그는 더 행복해지고 뭐든 더욱 확실해지는 것 같았다. 오스번 부부도 그의 친구이기에 당장 부인에게 애나벨을 소개시켜주고 싶었다. 유난히 그런 마음이 들었다. "부인께서도 애나벨을 좋아하실 겁니다." 데이비드가 웃으며 덧붙였다.

"흠," 오스번 박사가 말했다. "그런데 결혼을 앞둔 사람이 높은 연봉을 포기하고 그보다 훨씬 덜 받는 직장으로 옮기다니."

"맞습니다. 제가 편지에서도 설명드렸습니다만, 저는 합성수지 공장 일이 전혀 마음에 들지 않았습니다."

"그럼 애초에 그곳을 왜 택했지?"

"그때는 돈이 필요하다고 생각했습니다. 결혼을 하려면요." 그는 이렇게 말했다. 민망함 때문인지 분노 때문인지, 얼굴이 점차 달아오르는 것 같았다.

"같은 여자인가?"

"네, 그렇습니다."

"그런데 자네는 그곳을 2년 가까이 다녔어. 무슨 일로 여자가 결혼을 망설였지? 혹시 마음을 정하지 못했던 건가?"

"여보!" 부인이 남편을 타박했다. "대답하기 곤란한 질문일 수도 있잖아."

아이스크림이 나왔다. 부인이 아까 거실에서 까던 호두가 그 위에 장식으로 올려졌다.

"아닙니다. 괜찮습니다. 다 대답할 수 있어요." 데이비드가 솔직히 말했다.

"그 여자가 자네 일에 관심이 있나?" 오스번이 물었다.

"아주 많습니다."

"잘됐네."

오스번 부인이 데이비드와 다른 얘기를 시작했지만, 여전히 그의 뺨은 불타올랐다. 그는 오스번 박사가 입을 다물고 듣지 못한 대답에 여태 고민하는 느낌을 받았다. 그 상황. 오스번 박사의 1급 두뇌라면 워낙 추상적인 것에 익숙해서 구체적 사실 두세 조각만 있어도 퍼즐을 맞춰 데이비드 켈시의 진실과 관련된 추론이 가능했다. 데이비드는 갑자기 공황 상태에 빠졌다. 오스번 박사가 벌떡 일어나 큰 소리로 이럴 것만 같았다. "젠장! 그러니까 자네 말은, 이렇게 희망이 아예 없는 상황에서 2년이나 마음 졸이며 살 만큼 둔하다는 거군?" 오스번 박사가 그렇게 말하면 그는 못 견디고 완전히 허물어질 것 같았다. '희망이 없다'는 단어가 떠오르자 울화통이 터지더니 에피 브레넌의 바보 같은 말과 웨스 카마이클의 헛소리가 다시금 떠올랐다.

"너무 더워요, 데이비드?" 오스번 부인이 끼어들며 물었다. "다른 방으로 가실래요?"

"아닙니다. 정말 괜찮습니다. 고맙습니다. 박사님께서 물으신 질문에 제가 아직 답하지 않았는데요. 전 박사님께 회피하는 인상을 드리긴 싫습니다. 저희가, 저와 애나벨이 결혼을 미룬 이유를 말씀드리겠습니다. 애나벨의 집안에 일이 있었습니다. 두 분이나 돌아가셔서 그렇게 되었습니다. 그 때문에 결혼이 미루어졌을 뿐, 다른 이유는 없습니다. 박사님."

경악스러운 침묵이 흘렀다. 오스번 박사는 지혜로운 분위기로 압도하면서도 의심스러운 눈초리로 그를 바라보았다.

오스번 부인이 공손한 말투로 다 이해한다면서 불쾌한 분위기를 몰아내려고 다시 나섰지만, 불쾌감은 사라지기는커녕 오히려 버티고 앉았다.

분위기는 더욱 나빠졌다. 오스번 박사가 자신을 괴짜로 볼까, 아니면 미쳤다고 할까, 데이비드는 그게 궁금했다.

세 사람은 거실에서 커피와 브랜디를 마셨다. 데이비드는 부부가 키우는 실리엄 테리어를 미처 보지 못해 깔고 앉을 뻔했다. 그는 이상할 것도 없는 분노를 느끼며 45분을 간신히 더 버텼다. 겉보기에도 뻣뻣하고 부자연스러울 것 같았다. 작은 잔으로 브랜디를 두 잔이나 마셨지만 전혀 도움이 되지 않았다. 부부는 현관에서 작별 인사를 나누었고 부인은 꼭 다시 오라고 한 후, 남편이 혼자 말할 수 있도록 일부러 자리를 피해주었다.

오스번 박사는 요점을 말하기 전에 종종 고개를 뒤로 당겼다가 말을 꺼냈다. "아까 사적인 문제에 대답하라고 강요해서 미안하네, 데이비드. 자네가 어떻게 일하는지 궁금해서 그랬던 걸세. 사생활에 문제가 생기면 정신이 몹시 혼란하고 상상력에 방해가 되거든. 내가 이런 말까지 할 필요는 없지만."

"아닙니다, 박사님. 그래도 제게 문제가 있다고 생각하지는 않습니다. 설사 있어도, 업무와 철저히 분리하겠습니다. 믿어주세요. 제겐 두 개의 세상이 별개로 존재합니다. 이런 식으로 평생 살아왔습니다."

오스번 박사는 고개를 끄덕였지만, 뭔가 미심적은 눈치였다.

데이비드는 천천히 차를 몰고 집으로 향했다. 오스번 박사가 그려준 약도를 떠올려 거꾸로 따라가다 보니 익숙한 도로가 나왔다. 그날 저녁은 생각보다 어색하진 않았다. 그가 한 말과 오스번 박사가 한 말 중에서 특정한 문장이 머릿속을 헤집고 다녔다. 뭐가 그리 나빴나? 그는 머릿속에 고통과 어색함을 늘 담고 다녔다. 스스로 불편함을 늘 부풀리면서 그 불편함이 온몸으로 불거졌다고 느끼지만, 사실 그건 그의 생각일 뿐 남들 눈엔 그렇게 보이지 않았다. 이런 생각이 들자 기분이 한결 나아졌다. 그는 차를 차고에 세우고 따스하고 편안한 집으로 들어갔다. 거실에 켜놓고 간 스탠딩 램프 불빛이 소파 끝에 놓인 테이블 위 전화기로 곧장 쏟아졌다. 애나벨이 아까 전화했는데 못 받은 건 아닐까?

전화기를 비추는 조명이 그렇다고 대답하는 것 같았다. 그는 급히 시계를 들여다보았다. 11시 10분이었다. 애나벨이 다시 전화할 것 같진 않았다. 만약 애나벨의 전화를 놓친 거라면? 애나벨이 전화할 마음이 별로 없는데도 그냥 한번 전화했다가 통화가 안 되었다면, 다시 전화할 생각이 들지 않을 것이다. 오늘 밤 애나벨이 전화했을 것 같은 느낌이 강하게 드는 이유는 뭘까? 이건 말이 되지 않았다. 사실 애나벨은 새집으로 전화한 적이 한 번도 없었다. 스무 번도 넘게 전화벨이 울리는 것 같아 그는 침실에서 부리나케 계단을 내려가기도 하고, 밖에 있다 안으로 뛰어 들어오기도 했다. 그러나 수화기를 들기 직전에 전화가 울리지 않는다는 걸 깨달았다.

그는 침대로 갔다. 아까 마신 브랜디와 커피 때문에 잠이 오지 않았다. 몇 시간 뜬눈으로 누워 있다가 잘 생각을 아예 접었다. 애나벨한테 무슨 일이 생겼나? 그는 마음이 불편했다. 어디 아픈가, 사고가 났나. 데이비드는 전화하고 싶었다. 그러나 아무 일도 없을 것이다. 그가 깨우는 바람에 애나벨이 짜증 낼 것이다. 불길한 예감이 들었다고 말하면 애나벨이 미쳤다고 하겠지? 그는 기분에 상관없이 오늘 밤 전화하지 않기로 마음을 다잡았다.

가운을 걸치고 응접실로 가서 겉봉에 매카트니 부인 하숙집에 사는 비첨 부인의 이름을 적었다. 그런 다음, 새 직장과 새집에 대해 쓰고, 주방과 거실, 침실에 동쪽으로 난 창 얘기도 적으며 식물을 키우기에 아주 좋다고 했다. 그의 기억으론 부인에게 베고니아 화분이 없었기에 그는 얼마 전에 산 베고니아를 갖다주겠다고 적었다. 그 순간, 그는 비첨 부인을 찾아가 한참 얘기하고 싶은 욕망이 일었다. 물론 이런 마음은 오래가지 않으리라. 편지엔 적지 않았지만, 비첨 부인을 이 집으로 초대해 하룻밤 재우고 저녁때 다시 하숙집에 데려다줄 생각까지 했다. 결국 편지는 두 장이나 되었다. 데이비드 켈시. 아무것도 숨길 게 없다. 그는 편지를 봉해 우표를 붙이고 현관 옆 테이블 위에 올려놓았다.

그러고 나니 한결 기분도 나아지고 기운도 났다. 냉장고에서 맥주를 하나 꺼냈다. 맥주를 마시면 잠드는 데 도움이 될 것 같았다. 맥주와 책 한권을 들고 침실로 가면서 앞으로 열흘간 애나벨에게 전화하지 말아야겠다고 다짐했다. 이 집을 보여주고픈 마음에, 이제 그녀가 혼자이기에, 그는 그동안 애나벨을 귀찮게 했다. 그런데 그녀가 전혀 좋아하지 않았다. 애나벨이 전화를 기다리게 만들어야지. 그의 목소리를 다시 들으면 반가워하게 만들어야지.

그는 잠들기 직전에 애나벨을 떠올렸다. 하트퍼드 거실에서 그녀가 서있다. 애나벨이 평소처럼 움직이다 몸을 돌리자, 그의 심장에 작은 칼끝이 꽂히는 것 같았다.

정확히 열흘 후 화요일, 저녁 7시에 전화를 걸었다. 아이 같은 목소리가 전화를 받았다. "여보세요?"

"여보세요. 애나벨 있습니까?"

"아뇨, 그랜트하고 나갔어요."

"누구요?"

"그랜트요. 그랜트 바버. 같이 영화 보러 가셔서 늦게 오실 거예요."

"얼마나 늦죠? 몇 시에 옵니까?"

아이가 전화를 뚝 끊었다.

데이비드는 당황한 채 소파에 잠시 앉았다. 그랜트. 모자를 쓰고 시가를 물고 수염을 기른 18대 미 대통령 율리시스 그랜트가 떠올랐다. 투박한 견인차 위에 실린 중형 전차 그랜트도 떠올랐다. 그는 자리에서 일어났다. 바버가 그 남자의 성인가, 이름인가? 데이비드는 어깨를 으쓱했다. 애나벨이 바버라는 사람 얘기를 한 적이 있었나? 말한 것 같기도 했다. 하지만, 언제, 어쩌다 그런 얘기를 했는지 기억나지 않았다. 내일 밤에 다시 전화해야겠다. 이제 하루만 더 기다리면 된다.

23

다음 날 저녁, 애나벨이 집에 있었다. 데이비드는 할 말을 미리 연습한 터라 유쾌하고 가볍게 말했다. 토요일에 집에서 점심을 먹자면서 그가 데리러 갔다 데려다주겠다고 했다.

"그렇게 멀리까진 못 가, 데이브." 애나벨이 한숨을 쉬며 말했다.

"그럼 잠깐 들렀다 가. 점심을 안 먹으면 되지." 그는 이미 상심했다. 긴 침묵이 이어지자 그가 미친 듯이 물었다. "여보세요? 교환원! 전화가 끊겼나요?"

"아냐, 나 듣고 있어."

"제발, 애나벨." 그는 애원했다. 차분함도, 단호함도 모조리 사라졌다. "벌써 몇 주나 지났잖아. 딱 두어 시간만 내줘." 그는 징징거리는 자기 목소리에 굴욕감을 느꼈다. "만약 힘들면……"

"알았어, 데이브. 3시경 어때?"

"그럼 3시에 데리러 갈까? 내 차 타고 우리 집에 오면 되겠다."

그러나 애나벨은 그 뜻이 아니었다. 차를 타고 왔다 갔다 할 시간이 없으니 하트퍼드 근처에서 보자는 것이다. 애나벨은 아이를 챙겨야 한다는 이유로 집에 가자는 제안을 거절했다. 데이비드는 가슴의 절반은 무너져 내린 심정으로 대답했다. "어디든 네가 편한 곳으로 가자, 애나벨. 3시에 데리러 갈게."

"더 일찍 와도 돼. 2시에 올래?"

전화를 끊고 나서, 데이비드는 애나벨을 설득해 집으로 데려오는 게 불가능하지 않을 것 같다고 생각했다. 토요일 밤에 이 집에서 저녁을 먹을 수 있을 것 같았다. 만일 그녀가 베이비시터가 필요하다면 전화로 구하면 된다. 다시 전화해서 아기도 데려오라고 할까? 그는 마음을 접었다.

그는 주머니에 손을 찔러 넣은 채 집 안을 돌아다녔다. 2층에 두 번 올라가서 왔다 갔다 하며 애나벨만 생각했다. 다시 전화해 피아노 얘기를 꺼내려다가 꾹 참았다. 애나벨도 피아노가 있었다. 물질적인 것들로-아니, 피아노가 정말 물질적인 것인가?-그녀를 유혹할 수는 없었다. 그럴 수 있다고 생각한 자신이 부끄러웠다. 최근엔 애나벨에게 편지를 쓰지 않았다. 편지를 보냈다면 도움이 되었을까?

"젠장, 다 집어치우라지!" 데이비드는 불쑥 웅얼거리다가 아래층으로 내려가 맥주를 꺼냈다. 맥주는 진정하는 데 도움이 되고 칼로리도 꽤 되는 것 같았다. 최근 들어 입맛이 없어서 살이 빠졌다.

전화벨이 울렸다. 데이비드가 전화기를 향해 뛰어갔다.

교환원의 목소리가 들렸다. "75센트입니다." 데이비드가 재빨리 말했다. "수신자 부담으로 하라고 전해주세요." 그러나 동전 떨어지는 소리에 그의 말소리가 묻혔다.

"애나벨?" 데이비드가 말했다

"데이브, 나야 웨스."

"아! 웨스, 잘 있었어?"

"어떻게 지내는지 궁금해서 전화했다. 에피하고 다른 사람들도 같이 있어. 잘 지내지?"

"그럼. 고마워. 넌 어때?"

"아주 좋지. 마이클스 태번에서 전화하는 거야! 왜 전화도 편지도 아무 것도 안 했어?"

"글쎄다."

"오늘 기분이 안 좋나 보네. 에피하고 통화할래?"

그는 됐다고 하려다가 아무 말 하지 않았다.

"안녕, 데이브. 잘 지냈어요?" 에피가 물었다.

"아주 잘 지냈어요. 집들이 선물 고마워요, 에피. 편지라도 보냈어야 했는데. 정말 예쁘더라고요. 식탁 매트 매일 쓰고 있습니다."

"편지했잖아요." 에피가 웃으며 말했다. "아주 근사한 편지였는데. 잊었어요?"

"내가 그랬군요. 미안합니다." 그는 입술을 적셨다.

"애나벨이 집 구경하러 왔었어요?"

"아, 그럼요." 그가 목소리를 높이자 그의 귀에도 쩌렁쩌렁하게 들렸다. "몇 번 왔었어요. 이 집이 마음에 든대요. 애나벨하고 통화 안 했어요?" 그는 정중하게 물으면서도, 혹시 두 사람이 통화했을까 봐 몸서리가 쳐졌다.

"아뇨, 안 했어요. 당신이 통화하는 편이 훨씬 낫죠. 잘됐네요."

"맞아요, 더 좋죠."

"웨스 다시 바꿔줄게요." 떨리는 목소리가 들렸다. "여기요"

"이봐, 애나벨인가 아기벨인가는 또 누구야?"

"아, 내 차 얘기야." 데이비드가 얼버무렸다.

"하하하, 그 여자가 애나벨이야? 그 유명한?"

"아니, 아니라니까." 데이비드가 부인했다.

"지금이라도 말해."

"에피 다시 바꿔줘."

그러나 웨스는 그의 부탁을 무시하고 일은 어떤지 묻더니 에피가 올라가서 그를 보고 싶어 한다고 전했다. "나랑 같이 가면 혹시……" 웨스가 망설였다. 웨스가 수화기를 바싹 대고 숨 쉬는 소리가 들렸다. "데이브, 그날 밤엔 미안했다. 우리 둘 다 취했던 것 같아. 난 확실히 취했었고."

"괜찮아. 웨스. 우리 다 잊자." 그는 순간, 그날 밤 기억이 희미하게 떠올랐다. 웨스를 친구로 두고 싶다는 마음이 더 중요했다. "언제 한번 올라와라, 웨스. 내가 우리 집 지도 그려서 편지로 보낼게."

"그럴래, 데이브? 당장 보내. 잊지 말고."

"그럴게, 웨스."

"에피하고 같이 가도 돼? 그냥 된다, 안 된다만 말해." 웨스는 목소리를 낮추었다. "지금 에피가 못 들어."

"에피가 끼면 분위기가 달라질 거야. 나중이면 모를까……"

웨스는 무슨 말인지 알아듣고 혼자 올라가겠다고 했다. 데이비드는 웨스에게 토요일에 올 거면 하루 자고 가라고 했다. 웨스가 기뻐하는 것 같았다.

"처음에 올 땐 에피한테 말하지 마라." 데이비드가 말했다.

전화를 끊고 나니 묘하게 우스웠다. 진정한 대화는 하지도 못했다. 믿기지 않았다. 아무리 실수라지만 웨스 앞에서 애나벨의 이름을 부르다니. 말도 못 하게 부끄러웠다. 에피가 결국 못 버티고 데이비드가 사랑하는 여자가 애나벨 덜러니라고 인정하고 나머지 것까지 죄다 털어놓을지 모른다고 생각하자 데이비드는 온몸이 벌벌 떨렸다. 웨스가 에피의 말을 믿을까? 제럴드 딜러니 부인의 이름이 애나벨이라는 걸 기억할까? 데이비드는 두려운 마음에 웨스가 이 집 거실에서 그와 같이 앉은 모습을 떠올려보았다. 상상만 해도 무서웠다.

이봐, 데이비드 켈시, 왜 이래? 뭐가 무섭고 위험하지? 애나벨이 이 집을 방문하는 첫 번째 손님이 되어야 한다는 법이라도 있나? 집주인 빼고 이 집에 처음 발을 들이는 사람이 왜 꼭 애나벨이어야만 하는 건데? 웨스가 오기 전에 애나벨이 이 집에 들를 가능성은 여전히 존재했다. 토요일에 그는 애나벨을 만날 것이다.

토요일을 생각하니 기분이 나아지고 기운이 펄펄 나는 것 같았다.

그는 자리에 앉아 웨스에게 보내려고 트로이에서 이 집까지 오는 약도를 그렸다. 몇 글자라도 적고 싶었지만 할 말도 없고, 할 기분도 아니었다.

데이비드는 하트퍼드로 가는 내내 기분이 좋았다. 하트퍼드에 도착해서 한 시간이나 때워야 했다. 차를 주차 미터기에 세우고 도심을 거닐며 보석가게 쇼윈도를 들여다보았다. 그는 애나벨에게 어떤 결혼반지를 끼워줄지를 지금 이 순간까지 한 번도 생각해본 적이 없었다. 애나벨이 지금 낀 반지는 평범하고 볼록한 금반지였다. 데이비드의 취향에는 너무 평범했다. 블루 혹은 화이트 다이아몬드가 박힌 아주 가느다란 은반지가 더 좋을 것 같았다.

그가 정확히 2시에 빨간 벽돌 아파트에 도착하자, 애나벨이 계단에 서서 기다리고 있었다. 그녀가 손을 흔들더니 차로 다가왔다. 데이비드는 곧장 차에서 내려 애나벨에게 인사했다.

"안녕, 자기! 우리 둘 다 시간을 딱 맞췄네!" 그는 그녀의 팔을 잡고 뺨에 재빨리 입을 맞추었다. 연습했던 동작이 아니어서 그런지 뭔가 어색했다. 그는 중심을 잡으려고 애나벨의 팔을 꽉 붙들었다. 애나벨이 몸을 뒤로 살짝 빼자 그는 꽤 충격을 받았다. 애나벨이 처음 보는 검은색 코트를 입고 두꺼운 베레모처럼 생긴 검정 모자를 썼다.

"당신 눈이 이렇게 생겼었지." 데이비드가 말했다. "반짝이는 사파이어 같아."

애나벨은 미소를 지으며 고개를 돌렸다. "당신 차야?" 애나벨이 놀라며 물었다.

"응, 새로 샀어. 컨버터블로 바꿨어." 그는 애나벨에게 차 문을 열어주었다.

"차 타고 어디 가는 건 안 돼, 데이브. 시간이 많지 않아. 저쪽 코너에 새로 생긴 식당이 있어. 중국 음식점이야."

"그래도 타. 내 차에 태우고 싶어서 그래."

그녀는 고개를 저었다. 묘한 긴장감이 흘렀다.

그는 마지못해 차 문을 닫았다. 제대로 닫으려고 두 번이나 세게 닫았다. "알았어. 그럼 걸어가자." 애나벨을 차에 태우고 집으로 가는 건 이제 불가능했다.

골든 드래곤이라는 중국 음식점은 작고 촌스러웠지만 꽤 조용했다. 두 사람은 반원처럼 생긴 칸막이 좌석에 앉았다. 데이비드는 애나벨에게 점심을 먹었는지 물었다. 애나벨이 아직 식사 전이기를 바랐지만, 그녀는 먹었다고 했다.

"아직 안 먹었으면 뭐라도 먹어." 애나벨이 말했다.

그는 배가 고팠지만, 그냥 차만 두 잔 주문했다. 애나벨이 먹지도 않는데 혼자 먹으면 우울해질 것 같았다. 애나벨 손가락에서 결혼반지가 보이지 않았다. 그는 그게 무슨 뜻일지 궁금했다. "차 마시면서 술도 한잔할래?"

"아니, 됐어, 데이브. 난 이 집 중국차가 좋더라." 애나벨은 이렇게 말하고 그를 쳐다보지도 않고 끈기 있게 기다렸다.

전에 둘이 같이 이 집에 와본 느낌이었다. 점심을 먹으러 당당히 불쑥 들어왔던 것 같았다. 말을 앞쪽으로 한 칸 옮겼으나, 다시 원래 자리로 후퇴시키는 정신 나간 체스 게임을 하는 기분이었다. 그는 재킷 안주머니에서 봉투를 꺼냈다. "집 사진을 가져왔어. 너한테 보여주려고." 그는 애나벨이 같이 가지 않겠다고 할 경우를 대비해 내키진 않아도 집 사진을 챙겨왔다. 이런 상황이 가장 속상하리라 예상은 했지만 진짜로 이렇게 되자 실망스러웠다. 그래도 아무것도 못 하는 것보다야 훨씬 나았다. 실내 사진도 두 장 있었다. 그중 하나는 피아노 뚜껑을 세워놓은 사진이었다.

"정말 근사하네." 애나벨이 놀라며 말했다. 데이비드는 그 말에 미소를 지었다.

"널 위해 준비했으니 당연히 근사해야지. 대체 언제 올라가서 볼 거야?" 결혼반지를 끼지 않은 그녀의 손이 가까이 있었다. 그는 붉은 의자 위에 놓인 애나벨의 손을 갈구하듯 부드럽게 쥐었다. 가슴에서 한숨이 흘러나오더니 순간 온몸에 힘이 쫙 빠지는 기분이었다.

"데이브, 내가 그 집을 봐서는 절대 안 될 것 같아." 애나벨은 그가 대답하기 전에 서둘러 말했다. "그 말 말고 할 말이 없어. 아무튼 그건 나쁘고 잘하는 짓이 아니야."

"흠……" 그는 말을 더듬다가 그녀가 손을 빼려 하자 풀어주었다.

"내가 그 집을 보면 당신이 더 힘들어. 그게 내 진심이야. 예쁜 집이겠지. 당신이 돈도 많이 들였고……"

그는 신음소리를 냈다. "네가 그 집을 좋아하기를 바랐어. 날 좋아하기를, 사랑해주기를 바랐어. 나한테 기회를 주면 너도 날 사랑할 수 있어. 애나벨, 나한테는 기회도, 시간도 거의 내주지 않았잖아. 둘이 같이 보낸 시간이 얼마 안 돼서 분간이 안 되겠지. 우리를 봐! 이렇게 부지깽이처럼 뻣뻣이 앉은 모습을 보라고." 헛웃음이 터졌다. "대체 이럴 필요가 있어? 주말마다 네가 날 보러 올 수도 있었잖아. 주말이 얼마나 많았어? 아이를 데려와도 됐고."

"여자들은 혼자 사는 남자 집을 주말에 찾아가지 않아." 애나벨이 웃으며 말했다.

"젠장!" 그의 말투에 애나벨이 충격받은 것처럼 보였다. "그럼 보모를 구하면 됐잖아. 지금이라도 그러자, 어때?"

그녀는 고개를 흔들더니 모자를 벗다가 헝클어진 머리카락 한 올을 검지로 훑어 제자리로 보냈다. 애나벨이 반쯤 남은 찻잔을 흔들며 응시했다. "뉴마이스터가 보낸 편지 볼래?"

"물론이지."

애나벨이 주머니에서 편지를 꺼내 건넸다.

데이비드는 편지를 펴서 재빨리 읽었다. 정말 처음 보는 편지처럼 흥미진진했다. 그가 일부러 틀리게 쓰고 연필로 고친 오타 두 곳에 시선이 잠시 멈추었다. 그가 쓴 글이지만 꽤 잘 쓴 것 같았다. "편지 참 괜찮네." 그는 다 읽고 이렇게 말했다.

"나도 그 편지 받고 참 좋았어. 계속 간직하려고."

데이비드는 애나벨이 주머니에 편지를 도로 넣으며 눈물을 흘리는 모습을 바라보았다. "편지가 와서 다행이다." 그가 부드럽게 말했다. "그래도 난 지금도 궁금해…… 네가 언제 우리 집에 올 건지."

"데이브, 당신하고 말하기 정말 힘들다."

"이런, 농담인데. 무슨 말 하려고 그래? 내가 도와줄게."

"이제 날 놓아줘. 마음에서도, 다른 모든 면에서도. 당신이 이런 말 한 거 알지? 아니, 정확히 이렇게 말한 건 아니지만, 제럴드가 떠나고 나자 '이제 내가 사귈 차례다'라고 했어." 찻잔을 뚫어져라 보던 두 눈에 갑자기 눈물이 그렁그렁 맺히더니 한쪽 뺨을 타고 내렸다. 데이비드가 주머니에서 수건을 꺼냈다.

"자기야, 이거 써."

애나벨이 지갑에서 미용티슈를 꺼냈다. "지금도 변한 건 없어, 데이브."

"아직도 제럴드를 사랑해?" 그는 절대로 그렇게 믿지 않았기에 이렇게 쉽게 물어볼 수 있었다. "그렇다고 평생 과부로 살 건 아니잖아?"

"그건 아니야." 그녀는 무미건조하게 대답한 후 축축해진 미용티슈를 가방에 집어넣었다.

"그럼 내가 얼마나 더 기다려야 해?"

"내 말이 바로 그거야. 유감스럽지만 우린 함께할 수 없어. 이 말을 하기가 정말 힘들다. 당신은 이해하지 않을 테니. 나도 이해가 안 되거든."

그녀의 예쁜 눈에서 눈물이 흘렀다. 애나벨은 데이비드보다 더욱 지독한 고문을 당하는 것 같았다. 그는 옆에 바싹 붙어 앉아 그녀의 어깨에 팔을 두르고 손수건을 다시 내밀었다. "자기가 이러는 거 못 보겠어."

"제발, 데이브." 애나벨이 그를 밀쳤다.

데이비드는 아이의 눈물을 닦아주듯 애나벨의 눈물을 닦아주고 싶었을 뿐이다. "네가 날 이해하지 못하는 것 같은데, 애나벨. 널 향한 내 마음이 어떤지 이해 못 하는 건 너야. 내 감정은 아주 깊어서 절대로 닳지 않아."

애나벨이 입을 꾹 다물었다. 다시 눈물이 흐르자 그의 손수건을 썼다.

"이제 집에 갈래? 집에 가서 쉬었다가 오늘 저녁때 다시 만날까?" 그는 필사적으로 물었다.

"오늘 저녁엔 바빠. 데이브. 내가 지금까지 한 얘기 무슨 말인지 알아 들어?"

그는 아무 말 없이 고개를 끄덕였다.

"그러니까 앞으로 나한테 전화해봐야 아무 소용 없어. 알아? 난 당신을 친구로도 못 만나. 왜냐하면 당신이 다르게 생각하기 때문이야. 이게 다 당신을 위해서야. 악몽 같겠지만, 난 매정하진 않아, 데이브."

"매정하다니! 난 전혀 그렇게 생각 안 해!" 그는 말을 멈추었다. 갑자기 돌 담벼락에 부딪친 것 같았다. 겁이 나서 눈을 끔뻑였다.

"이해하리라 생각해." 애나벨의 말투는 부드러웠지만 내용은 잔인했다.

데이비드는 억지 미소를 지으며 양쪽 잔에 차를 더 따랐다.

"라호이아에 계시는 당신 작은어머님이 편지하셨더라. 당신 걱정 많이 하시던데."

"작은어머니가? 대체 뭐라고 하셨어?"

"당신 얘기였어. 나와 관련해서. 나도 답장을 보냈어."

데이비드가 인상을 찌푸렸다. "뭐라고 썼어?"

"내가 당신한테 말한 내용 그대로 적었어. 나도 다 이해하고 굉장히 안 타깝게 생각한다고. 하지만 그건 내가 어쩔 수 없는 일이라고. 데이브, 나 도 언젠가 재혼하겠지만 당신하곤 아니야. 나한테 문제가 있겠지, 그렇게 됐어."

"그러니까 지금, 다른 남자가 있다는 뜻이야?"

"응, 그래."

"그랜트?"

"어떻게 알았어?"

"그 자식 누구야?" 데이비드는 인상을 더욱 구기며 물었다.

"하트퍼드에 사는 남자야. 회계사고, 동네 이웃분 아드님이야. 안 지 꽤 됐어." 애나벨은 다소 미안해하며 말했다.

"바버. 저번에 당신 아파트에서 시비 걸던 늙은이 아들 맞지?" 데이비드는 놀랍다는 듯이 물었다.

"부인이 언제 그러셨다고 그래."

"회계사 좋아하시네!" 데이비드는 슬쩍 웃었다.

"지금 그 남자하고 사귄다고만 했잖아." 애나벨이 얼굴을 붉히며 말했다.

"아니. 넌 그 녀석하고 재혼할 생각이라고 말한 거야."

"내가 재혼하면 어쩔 건데?" 애나벨은 벌떡 일어나 가려는 것처럼 양손으로 테이블 모서리를 붙들었다.

데이비드는 놀란 가슴으로 코앞에 닥친 위기와 싸우고 있었다. 그가 차분히 말했다. "애나벨, 이게 뭐야? 그러니까 그동안 그 많은 시간을 그 녀석과 보낸 거네? 나한테도 기회를 줘. 끔찍한 생활로 다시 돌아갈 셈이야? 널 조금 더 귀하게 여길 수는 없어?"

"그랜트는 우리 아이도 좋아하고 굉장히 다정해." 애나벨이 곧장 반박했다. "이런 말까지 해서 미안해, 데이브."

"나도 미안해." 그가 의자에 몸을 기댔다. "난 너를 아주 잘 알아." 그는 살짝 미소를 머금고 말했다. "너도 날 잘 알아보지그래?"

그녀는 대답하지 않았다. 웨이터를 부르려는 듯 주위를 두리번거렸다.

"애나벨, 트로이에서 살아보는 건 어때? 애도 데려와. 내가 아파트 구해 줄게."

"그만해, 데이브."

그는 여태 화난 게 아니라 놀라웠다. 바버 부인의 아들이 어떻게 생겼는 지 상상했다. 애나벨이 같은 실수를 두 번이나 저지르는 게 믿기지 않았다.

"할 말이 아직 남았어, 데이브." 애나벨이 가방을 열며 말했다. "이거 못 받아." 상자를 꺼냈다. 그가 2주 전에 다이아몬드 핀을 넣어 우편으로 부 친 베이지색 상자였다.

"갖고 있어." 그가 말했다.

"받아, 제발."

그는 애나벨의 손에서 상자를 건네받았다. 무슨 이유인지 모르겠지만, 스타인웨이 피아노와 이 작은 베이지 색 상자만 한 검은 미니어처 피아노 도 떠올랐다. "갖고 있을게. 고스란히 간직하고 있을게."

"나는 빼줘."

"너도 포함해서야."

"데이브, 이제 그만 일어날까?"

"너 하고 싶은 대로 해. 웨이터!"

밖으로 나오자 데이비드는 구역질이 올라왔다. 이마를 스치는 바람이 차가웠다. 숨을 크게 두 번 들이마시자, 잠시 뒤 구역질이 가셨다. 애나벨 이 아무 말 없이 걸음을 재촉했다. 데이비드는 느긋해 보이고 싶었다. 애 나벨이 무슨 말을 해도 흔들리지 않는 모습을 보이고 싶었다. 그랬더니 진 짜로 동요하지 않았다. 그래도 사실은 변함없었다. 애나벨을 아파트에 도로 데려다주려니 그의 손에 닿지 않는 곳에 그녀를 가두는 것 같았다. 그는 언제 전화하면 되는지, 다시 만날 수 있는지를 겁이 나 물어보지도 못했다.

"에피가 새집에 구경 왔어?" 애나벨이 물었다.

"아니."

"왜 오란 소리 안 했어?"

"전혀 생각도 못 했어." 손에서 땀이 났다. 그는 집으로 가기 전에 아무 데나 들러 햄버거라도 먹어야겠다고 생각했다. 약간 현기증이 났기 때문이다.

애나벨을 들여보낸 후, 그는 차를 몰고 술집으로 가서 두 잔이 한 잔에 담겨 나오는 더블 마티니를 마셨다. 화장실에 가자 속이 메슥거렸다. 출발하기 전 바텐더에게 물을 한 잔 부탁했다. 거울 속 창백한 얼굴을 보며 웃었다. 그랜트 바버. 데이비드의 도전 정신이 솟구쳤다. 얼마나 말도 안 되는 도전인가. 라이벌이 하찮잖아!

24

1959년 3월 25일 수요일
애나벨에게

일부러 상당히 많은 시간을 흘려보냈다. 나흘이면 남들이 보기엔 그리 길지 않은 시간일까? 그동안 뭘 하느냐에 따라 다르긴 하지. 매번 널 만날 때마다 난 점점 우리에게 자신감이 생겨. 내가 바버 씨 때문에 화가 난 걸 조금이라도 내색했다면 그건 그때만 그런 거야. 제발 그 남자를 이용하지 마. 우리 사이에 그 남잘 끼워 넣지 말라고, 자기야. 생각할 시간이 더 필요하다면 원하는 만큼 줄게. 나는 멍청한 녀석이 등장했다고 낙담하는 그런 남자가 아니야. 내 전화가 방해된다면 전화하지 않고 네 전화를 기다릴게. Tyler 5-0934로 수신자 부담으로 전화해. 아니면 소식 한 줄이라도 전해주든가.

날씨가 점점 좋아진다. 아기도 쑥쑥 자라겠지. 모두에게 유쾌한 모습 아닐까?

이 집은 여전하고, 여름이 되면 더욱 근사해질 거야. 딕슨-랜드 연구소의 다윈호 출항이 7월 중순으로 미뤄졌어. 필요한 장비를 마련하다 늦어진 거지. 나도 그 배에 오를 것 같아. 두 달 여정이고 연장이 될지도 몰라. 내가 너에게 조른다고는 생각하지 말아줘, 자기. 지금 생각하는 최선의 시나리오는 우리가 7월 전에 결혼하는 거야. 연구소 사람들이 그러는데-다들 특출 난 인재로 대우받고 다녀-너도 같이 그 여정에 동승하도록 해주겠대. 중국해와 인도양으로 갈 거야. 너도 좋아하지 않을까? 아내와 동승하는 걸 이미 허락받은 사람도 있어. 젊은 동료야.

제발 전화해줘, 자기야. 네 전화 한 통이면 나는 이번 주말이 화창할 것 같아. 웨스가 이번 주 토요일 아침에 올라온대. 웨스 카마이클이라고 내가 몇 번 말했을 거야. 체스윅에서 만난 친구지. 내가 은둔자처럼 살지 않는다는 걸 너도 알아주었으면 해. 오스번 박사 부부를 우리 집에 한 번 초대했었어. 내 요리 솜씨가 괜찮았나 봐. 이젠 네가 맛을 봐주지 않을래?

모든 사랑을 담아, 영원히 널 사랑하는
데이브가

내일 아침에 부치면 금요일이나 토요일에 들어갈 것이다. 웨스가 이 집에 있는 걸 알고 애나벨이 이번 주말에 전화할 것 같은 예감이 더욱 강하게 들었다.

다음 날 저녁, 데이비드가 샤워하는 사이에 전화벨이 울렸다. 밖으로 뛰쳐나가 타월을 부여잡고 아래층으로 냅다 뛰었다. 그는 전화벨 소리에 귀를 세우고 살았다. 혹시 전화가 올까 봐 벨 소리를 들으려고 침실과 욕실 문을 늘 열어놓고 사는 게 버릇이 됐다.

웨스가 토요일에 못 간다며 전화했다. 목소리가 침울했다.

"무슨 일인데?" 데이비드가 물었다.

"로라 때문에 그래. 에피 일로 로라가 생지옥을 만들었어."

"이제 와서?"

"웃기지도 않아. 나 해고당할지 몰라, 데이브. 에피도 직장을 잃을지도 모르고. 내가 에피네 집에서 필름이 끊겨서 그대로 곯아떨어졌거든. 그런데 에피 주인집 아주머니가 그걸 로라한테 말했어. 난 그 아줌마가 내가 누군지 아는 줄도 몰랐어. 좁은 동네에 사니 정말 끝내주지?"

"그래서 로라가 이혼하재?" 데이비드가 물었다. 막상 일이 닥치면 이혼하지 않을 사람은 웨스 같았다.

"뭐가 좋다고 이혼하겠어. 로라는 동네방네 나하고 에피를 망신 주고 싶은 거야. 그런데 에피가 처신을 참 잘하고 있어."

"정말 장하네, 에피."

"널 만났으면 좋겠다. 넌 행동거지가 바르니. 이 동네엔 성인군자가 얼마나 많은지."

"올라와라, 웨스."

"못 가. 여기서 꼼짝 말고 로라를 달래야 해. 그런데 에피가 간도 크지, 로라한테 전화해서 자초지종을 설명했어. 내가 소파에서 잠이 들었다. 끝. 그나저나 직장 때문에 걱정이다, 친구."

"르위슨한테 누가 일렀어?"

"로라지 누구겠어?" 웨스가 크게 외쳤다. "그게 아내란 사람이 할 짓이냐! 자기 밥줄을 끊으려고……" 그러더니 웃었다.

"진정해, 웨스. 이번 주말에 아무 짓도 하면 안 되겠네."

"안 해. 내일 르위슨을 만나야 해. 얘기 좀 해야지. 젠장, 무슨 빅토리아 시대도 아니고. 난 소파에서 에피한테 손도 안 댔어! 차라리 내 여동생 집에나 가서 잘걸."

데이비드는 마음이 바뀌면 언제든 올라오라고 했다. 냉장고에 음식이 꽉 차 있으니 이번 주말이 힘들면 다음 주말에라도 오라고 했다.

"혹시 회사에서 잘리면 딕슨-랜드에서 일하는 건 어때?" 데이비드는 갑자기 신나서 얘기했다. "내가 알아볼까?"

교환원이 끼어들었다. 웨스가 동전을 더 넣었다.

"이쪽 일이 어찌 되는지 보고. 로라가 있으니 내가 돈을 더 벌어야 하잖아."

"뭐 하러 그래. 그것도 버릇이야."

"친구, 기분이 좋은 것 같네. 애나벨하고는 어찌 되어가나?"

이 소리에 갑자기 심장이 쿵 내려앉더니 반응이 느려지는 것 같았다.

"데이브? 그 여자가 딜러니 부인 맞지?"

데이비드는 말이 나오지 않았다.

"왜 그래, 데이브? 그냥 궁금해서 그러는 거야. 너, 그 여자 알잖아, 아니가?"

"몰라." 데이비드는 앞뒤가 안 맞는다는 걸 알면서도 아니라고 우겼다. 웨스도 그의 말을 믿으려 하지 않았다.

둘 다 한참 입을 다물었다.

"데이브, 난 네 적이 아니야. 그날 밤 알겠더라. 넌 그 여자를 분명히 알아. 그 여자가 딜러니 부인 맞지, 데이브? 넌 뉴메스터도 알아."

"아니, 모른다니까."

또다시 침묵이 흘렀다. 데이비드는 무슨 말이든 해야 한다고 생각했다. 할 말을 찾아야 한다. 웨스의 의심을 싹 쓸어버릴 말을. 그러나 머릿속에 아무것도 떠오르지 않았다. 설사 떠올랐어도 말하지 않았을 것이다.

"알았네, 친구." 웨스가 다정히 말했지만, 말투에는 실망감과 분노, 불신이 묻어났다. "에피는……"

"에피는 전혀 몰라." 데이비드가 말했다.

"알았어, 친구. 이 일부터 해결하고 주말 건은 나중에 통화하세." 이제 웨스가 오고 싶지 않다는 소리처럼 들렸다.

전화를 끊고 나자 데이비드는 웨스를 만나고 싶은 마음이 싹 가셨다. 에피가 웨스에게 이러쿵저러쿵 말한 게 분명했다. 에피가 말하지 않았다 해도, 웨스는 데이비드가 뉴마이스터의 집으로 들어가는 모습을 목격했다. 몇 가지 질문에 에피가 그저 '맞다, 아니다'라고만 해도 웨스는 전말을 파악할 것이다. 게다가 웨스는 믿을 수 없는 사람이다. 몇 잔 걸친 후-어쩌면 술이 전혀 필요 없겠지만-애나벨에게 전화해 데이비드 켈시와 뉴마이스터가 동일 인물이라고 떠들지 모른다.

다른 쪽으로 생각이 흘러갔다. 웨스가 그걸 알 리도, 알 수도 없다. 웨스가 그런 짓을 저지를 만큼 그에게 악하게 군 적이 있었나?

웨스와 에피가 둘이 머리를 맞댄 결과 누가 봐도 '희망 없는' 구애를 종결할 방법은 애나벨에게 사실을 알리는 길뿐이라고 결론 내린 건 아닐까?

"젠장, 둘 다 저주나 받으라지. 저주나 받으라고!" 데이비드가 노래를 불렀다.

물기를 닦고 옷을 입었다.

그날 밤, 데이비드는 거의 저녁을 먹을 수 없었다. 어쩌면 둘이 오늘 밤 애나벨에게 전화할지 모른다. 그럼 애나벨이 당장 그에게 전화하겠지? 아니, 경찰서로 전화할 확률이 더 크다. 그럼 벡스브룩 경찰이 상당히 관심을 가질 것이다.

그때 이런 생각이 들었다. 웨스가 에피 때문에 그 난리를 겪은 마당에 오늘 저녁마저 에피와 같이 있을 리가 없다. 오히려 한심하게도 웨스는 아내가 처음 휘두른 화끈한 반격에 몸을 사린 채 로라에게 도로 기어가려고 애썼다. 웨스는 돈을 많이 벌어야 한다고 했다. 그건 로라와 계속 결혼 생활을 유지하려는 이유 때문일 것이다.

데이비드는 그날 밤 커피를 마시지 않았다. 마셨다간 잠을 설치리라는 걸 알기 때문이었다. 9시경, 책을 읽으려다 에피에게 전화해 웨스에게 어디까지 얘기했는지 물어보고 싶은 충동이 일었다. 그러나 자존심이 그를 말렸다. 이제 에피가 웨스에게 모든 걸 말했다고 가정하는 편이 가장 신중을 기하는 태도 같았다.

그날 밤 내내 전화는 전혀 울리지 않았다. 딱 한 번, 10시 45분께 벨이 울렸다. 데이비드는 욕실에서 아래층으로 뛰어 내려가 벨이 진짜로 울리는지 확인했다. 변기 물탱크에 물이 다시 차면서 나는 이상한 소리였다. 데이비드가 그 소리에 속은 건 이번이 처음이 아니었다.

그날 밤, 데이비드는 한숨도 자지 못했다. 그런데 꿈인지 악몽인지 모를 무언가를 겪었다. 작은 거북들이 어두운 방 안 타일 바닥을 기어갔다. 거북들이 대각선으로 잔뜩 밀려왔다. 데이비드는 그 방을 가로지르며 거북을 밟지 않으려고 갖은 애를 썼다. 한쪽 구석에 매카트니 부인의 하숙집에서 쓰던 침대가 보였다. 얇은 이불보를 덮은 작은 형체가 보였다. 그가 이불보를 젖히자 아리따운 젊은 아가씨가 알몸으로 누워 있었다. 조앤이었다. 그가 열일고여덟 살 무렵 사랑한 소녀였다. "데이브, 난 널 아직도 사랑하고 앞으로도 사랑할 거야." 조앤이 말했다. 데이비드는 낮은 목소리로 단언했다. "사랑은 그런 거야." 사실 조앤은 그를 전혀 좋아하지 않았다. 신기하게도 꿈을 꾸는 동안 그가 예전에 조앤이 나오는 꿈을 꾼 것 같아서 이제 꿈이 현실인지 꿈인지조차 분간이 가지 않았다. 그러더니 아름다운 장면이 연속으로 펼쳐졌다. 그가 크고 하얀 꽃을 들고 있는데 거미줄처럼, 새장처럼 꽃봉오리가 벌어졌다. 데이비드는 그 모습이 아름다워서 감탄했지만, 그 방에 같이 있던 서너 명—여자 둘과 남자 하나—의 관심을 끌지는 못했다. 그는 하얀 새장처럼 생긴 꽃봉오리 안을 들여다보았다. 곤충처럼 생긴 작고 어두운 무언가가 보였다. 거북이었다. 다른 거북보다 큰 거북이 다쳤다. 누군가에게 밟혔는지 등딱지가 뭉그러지고 피가 흘렀다. 그는 갑자기 측은한 생각이 들어 저 거북을 고통에서 구해줄 방법을 고민하며 그 방 사람들에게 미친 듯이 소리쳤다. 그런 다음 등딱지 밖으로 흐르는 피를 최대한 막고 우그러진 등딱지를 폈다. "어떻게 해야 하는지 잘 아는군." 방에 있던 남자가 그에게 무례하게 말했다. 이제 거북이 소리를 내지 않고 심하게 토하더니 창자처럼 생긴 무언가를 토해냈다. 갑자기 등딱지 안이 텅 비었다. 이 모든 걸 지켜보다 진이 빠진 데이비드는 남자에게 등딱지를 먼 곳에 묻어달라고 부탁했다. 그런 다음, 과학적 흥미가 아닌 단순한 호기심에서 더 잘 살펴보기 위해 거북의 토사물 일부를 수돗물에 대고 헹궜다. 토사물은 세 부분이었다. 첫 번째 부분은 거북의 머리였고, 두 번째 부분은 폐 조직처럼 불그스름한 지방층이었고, 세 번째 부분은 허리와 조금 더 두터운 지방층이 또 나왔다. 그의 손에서 벗어나려는 듯, 토사물이 온몸을 비틀기 시작했다. 그는 죽은 내장이 아니라 거북 한 마리를 통째로 들고 있었다. 데이비드는 등딱지 속에 있던 게 거북의 영혼 같았고, 그걸 두 손으로 들고 있다는 데 경악했다. 그는 진땀을 흘리고 헉헉대며 잠에서 깼다. 그 꿈과 공포를 되짚자 심장이 더 빨리 뛰었다. 일어나 옷을 입었다.

주말이 느릿느릿 지나갔다. 일요일 오후가 중반을 넘어가자 무슨 일이 있어야 하는데 아무 일도 일어나지 않아 우울하고 두려웠다. 자신의 집이 배우도 액션도 없는 연극 무대 같았다. 그가 할 수 있는 거라곤 그저 기다리는 것뿐. 애나벨이 분명 토요일에 편지를 받았을 것이다. 그는 유쾌한 말투로 애나벨에게 전화해달라고 적어 보냈다. 그런데 오늘은 일요일이다. 애나벨이 하루 종일 그랜트 바버와 같이 지내는 걸까? 웨스가 직장에서 잘리지 않으려고 안간힘 쓰며 금요일을 잘 넘겼을까? 웨스가 애나벨에 대해 안다는 사실이 떠오를 때마다 데이비드는 머릿속에서 작은 폭탄이 터지는 것 같았다. 그건 그랜트 바버라는 존재보다 훨씬 더 중요했다. 그랜트는 그저 잠재적 실수, 하찮은 존재에 지나지 않았다.

데이비드는 이 집에서 처음으로 너무 산만해서 책에 집중할 수 없었다. 오스번 박사가 주말에 읽으라고 한 이 책은 온통 방사성 탄소 분석 관련 표와 그래프로 돼 있었다. 그는 책에 집중하려고 네다섯 번이나 시도했지만, 고작 몇 분 만에 생각이 애나벨에게 스멀스멀 흘러가는 바람에 정신을 단단히 붙들어 매야 했다. 바로 지금, 애나벨이 윌리엄 뉴마이스터에 관련된 얘기를 듣는다. 웨스가 애나벨에게 말한다. 술에 취한 웨스, 아니 에피가 달콤하고 진실한 목소리로 애나벨에게 속삭인다. "당신이 꼭 알아야 한다고 생각해요, 애나벨." 에피 브레넌을 향한 욕이 그의 입에서 또다시 튀어나왔다.

그날 밤 8시 30분, 데이비드는 에피에게 전화했다. 분노가 자존심을 삼켰다. 만약 그가 보는 앞에서 에피가 애나벨에게 윌리엄 뉴마이스터의 정체를 폭로한다면, 그는 에피를 때려눕힐 것 같았다. 전화벨이 열 번도 넘게 울렸다. 데이비드가 끊으려는 찰나, 에피가 헐떡이며 전화를 받았다.

"여보세요, 데이비드 켈시입니다."

"데이브! 어머나 좋아라! 아휴, 지금 계단을 막 뛰어 올라왔어요. 전화가 울리는 거 같더라고요. 잘 지냈어요?"

"그럼요, 당신은요?"

"나도 잘 지냈어요. 여기서 난리 난 얘기 웨스한테 들었죠?" 에피가 허탈하고 편안하게 웃으며 물었다.

"네, 대강 들었어요. 웨스가 잘린 건 아니죠?"

"네, 저도 안 잘렸어요. 저희 사장님이 그걸 나쁘게 받아들이지 않으셨어요. 유머가 있으신 분이라. 남자가 정신을 잃고 남의 집 거실 소파에 쓰러져 하룻밤 잔 게 뭐 그리 천지개벽할 일인지 모르겠어요. 웨스를 궁지로 몬 사람이 다름 아닌 로라였어요."

"그러게 말입니다." 데이비드가 긴장한 채 말했다. "사실 그것 때문에 전화한 건 아니고요, 혹시 애나벨 얘기를 웨스한테 했는지 궁금해서 전화했습니다."

"아무 말도 안 했어요, 데이브." 에피가 경악하며 말했다. "정말 한 마디도 안 했어요. 맹세해요. 기억 안 나요?"

"네, 기억나요. 그런데 웨스가 그 여자 이름을 알더라고요. 누군지도 알고."

"웨스가 그 이름을 아는 건, 당신이 그날 밤 전화에 대고 말해서 그래요. 웨스가 당신한테 들었다고 했어요. 나도 놀랐어요, 데이브. 당신이 애나벨 전화를 기다렸다던데요?"

"그래서 당신이 '그래, 그 여자 맞아'라고 했나요? 웨스한테 또 뭐라고 했습니까?"

"솔직히 말할게요. 난 아무 말도 안 했어요. 웨스가 추측한 거예요. 웨스가 '애나벨이 딜러니 부인 맞지?'라고 묻기에 '모른다'고 했어요. 그런데 웨스가 짐작해냈어요. 신문에서 본 이름이 기억났나 봐요. 데이브, 난 웨스한테 애나벨을 만났다는 말은 입도 뻥끗 안 했어요. 진짜예요. 그런데 웨스는 내가 당신이 사랑하는 여자를 만났다고 한 말을 기억해냈어요. 그래서 난 애나벨이 당신하고 결혼할 것 같지 않다고 했죠. 웨스는 그 여자가 애나벨이라는 걸 이제 알긴 알아요. 하지만, 그날 밤 당신이 이름을 부르는 바람에……"

"됐어요, 됐다고요."

"데이브, 화내지 말아요."

"화 안 났어요, 당연히 안 났죠."

"난 웨스한테 아무 말도 안 했다니까요! 웨스가 '그래서 딜러니가 데이비드한테 그런 거군.' 이러더라고요. 뉴메스터가 당신 친구가 확실할 거라고 했어요. 왜냐, 웨스는 그날 뉴메스터가 당신을 보호하려고 제럴드 딜러니와 싸웠을 거라고 생각해요. 당신이 그날 그 집에 있었을 거라고 믿더라고요. 그래도 당신이 뉴메스터라는 가명을 썼을 거라고는 조금도 의심하지 않더군요. 난 끝까지 웨스에게 아무 말도 안 할 거예요, 데이브."

"고마워요." 데이비드는 살짝 마음을 놓으면서도 여전히 에피가 싫었다. 에피가 염탐으로 이만큼 알아냈기 때문이다.

그는 전화를 끊고 방사성 탄소 분석에 관한 책을 읽으려고 한 번 더 시도했다. 이제는 흥미진진하게 읽혔다. 그는 전체를 훑은 후, 오스번 박사가 목차에 작고 깔끔하게 표시한 장들만 집중적으로 읽었다. 꼬박 두 시간을 읽자 졸려왔다. 또다시 에피와 웨스가 떠올랐다. 두 사람이 그와 아주 동

떨어진 존재 같았다. 웨스가 뉴마이스터 사연을 모른다면 절대로 애나벨에게 얘기할 수 없다. 에피가 그럴 리는 없을 테고. 에피는 확실히 믿어도 되는 사람이다. 윌리엄 뉴마이스터, 그 운 좋고 오래된 친구가 다시 등장했다. 처량한 데이비드 켈시는 모든 면에서 성공하지 못했다.

2층에 올라가 침실을 들여다보자 말도 안 되는 환영이 보였다. 애나벨이 침대 위에 엎드려 베개를 껴안고 있었다. 그는 침실에 램프를 켜둔 채 나왔다. 그런데 침대는 매끈하고 깔끔히 정리된 상태였다. 그는 눈을 끔뻑이며 그 모습을 응시했다. 눈이 피로해서 환영을 보나? 아니면 뇌가 이상해서 그런 것일까? 유물론인가 유심론인가? 이거야말로 형이상학과 관련된 문제였다.

데이비드는 애나벨의 전화를 한 통도 받지 못한 채 한 주를 보냈다. 그중 하루는 케니스 랭의 집에서 저녁을 먹었다. 랭은 그와 같은 부서에서 일하는 서른다섯 살 먹은 물리학자였다. 나머지 날에는 집에서 저녁 시간을 보냈다. 매일 저녁 애나벨에게 전화하고 싶은 충동이 일었다. 랭의 집에 갔다가 돌아오는 길에는 특히 그랬다. 집으로 들어오는 사이 벨이 울렸는데 혹시나 해서 확인차 전화하는 거라고 애나벨에게 말할 순 없을까? 그래봤자 애나벨에게 이 말은 그저 딱하게 들릴 것이다. 애나벨은 그에게 전화한 적이 거의 없었고, 이 집으로 전화한 적은 단 한 번도 없었다. 게다가 앞으로도 전화하지 않을지 모른다. 그런 생각이 들자 그는 안락의자에서 일어나 읽고 있던 책을 침대 위 베개를 향해 집어 던졌다. 최대한 숨을 참았다가 다시 숨을 들이켜기 전에 전화가 올 거라는 내기나 하며 자신을 속이는 그따위 장난을 쳐봐야 아무 소용 없었다. 누구와 내기를 하나? 변기 물소리가 날 때마다 계단을 뛰어 내려가 봐야 헛짓이었다. 만일 계단을 뛰어 내려가는 시간을 절반으로 줄인다면, 그런데 뛰어 내려가는 시간의 절반이 대체 몇 분을 말하는 건가?

남들이라면 어찌할까? 윌리엄 뉴마이스터라면 어찌했을까? 윌리엄 뉴마이스터라면 하트퍼드로 올라가 짐을 챙긴 후 아파트에서 애나벨을 끌고 나올 것 같았다. 다른 남자, 여느 남자라면 어떻게 할까? 데이비드는 마루 위를 거닐던 발걸음을 멈추고 계단을 뛰어 내려가 애나벨에게 전화했다.

낯선 여자가 전화를 받았다. 중년 여성의 목소리였다.

"애나벨 있습니까?"

"없는데요. 누구시죠?"

데이비드는 이 여자가 누군지 깨닫는 순간, 분노의 파도가 밀려왔다. "친군데요." 그가 야비하게 말했다. "언제 들어오는지 알 수 있을까요? 다시 전화하려고요."

"글쎄요, 둘이 영화 보러 갔는데요. 커피도 마시고 사탕 가게에도 들른다고 했어요." 그녀는 뭐가 뿌듯한지 악랄하게 키득거렸다.

"정말 잘됐네요. 애나벨하고 그랜트 말입니다."

"네." 상스럽고 우쭐대는 목소리였다. "이봐요, 똑바로 들어요."

"바버 부인이나 잘 들으세요. 아드님한테 애나벨과 거리를 두라고 말하는 편이 좋을 겁니다. 아시겠어요? 애나벨이 어울리는 이들 중에 내 눈에 거슬리는 사람들이 있던데, 아드님도 그중 하납니다."

"당신, 데이비드 맞지? 데이비드 맞는 것 같은데. 이렇게 괜찮은 여자한테 뻔뻔하게 전화나 하고, 사고를 그렇게 쳐놓고 또 난리를 피우려고? 경찰한테 신고할 거야! 내가 신고……"

"그 멍청한 입 다물어! 애나벨한테 메모나 남기시지."

바버 부인이 전화를 끊었다.

데이비드는 수화기를 쾅 내려놓았다. "제기랄!" 그는 웅얼거렸다. 그러고는 고개를 뒤로 젖힌 채 바버 부인이 그를 경찰한테 신고한다고 한 말을 생각하며 웃었다. 버럭 화를 내자 후련함과 만족감이 찾아온 사실에 번질번질하게 한참을 웃었다. 바버 부인 같은 쭈그렁 할망구에게 "그 멍청한 입 다물어!"라고 소리쳤다니. 그 여잔 그런 소리를 들어도 싸다. 그 여자의 면전에 대고 그렇게 외칠 용자가 몇이나 될까? 그럴 수 있는 사람도, 그렇게 속 시원히 해댈 사람도 별로 없을 것이다. 그런 사람이 많았더라면 바버 부인은 그렇게 어이없고 역겨운 자아도취에 빠진 모습으로 이 세상에 존재하지 못했을 것이다. 그 여자는 자기를 쏙 빼닮은 돌대가리 아들을 낳고도 해마다 어머니날이면 자축하고 멋 부리는 그런 엄마일 것이다. 부인은 천박한 모습으로 매년 명절이면 부산을 떨다가 테이블 상석에 앉지만, 그녀가 만든 기름진 음식을 칭찬하는 이는 자기 말고 아무도 없을 것이다. 그렇게 콧대 높고 반박할 수 없을 만큼 자신을 높이 평가하는 건 정말 대단한 일이 틀림없다. 자기가 한 일이나 자신의 소유물, 자신에 대한 생각이나 감정이 이 세상에서 최고이자 최상이라고 여기는 건 정말 대단한 일이다.

"젠장!" 데이비드는 화가 머리끝까지 나서 외쳤다. 아까 전화할 때만큼 격분했다.

그는 하트퍼드로 차를 몰고 갈 생각을 했다. 운이 좋으면 자정 무렵이면 도착할 것이다. 그런데 자정이면 애나벨이 잠자리에 들었을 테고, 그가 전화하면 애나벨이 짜증을 낼지도 모른다. 그렇지 않을걸, 데이비드는 생각했다. 수동적 태도나 행동력 부족으로 인해 그, 혹은 남들이 어떻게 되었더라?

10분도 채 지나지 않아 데이비드는 도로 위를 달리고 있었다.

그는 코네티컷 주 경계를 막 넘어서 교통 경찰관에게 과속으로 잡혔다. 그런데 경찰은 경고만 하고 그를 보내주었다. 사실 깊이 뉘우치는 척하는 건 그에게 조금도 힘든 일이 아니었다. 그 후로는 도로에 경찰이 보이지 않았다. 12시 10분 전, 애나벨의 집 앞에 도착했다. 3층에 불이 희미하게 켜져 있었다. 애나벨의 침실 같았다. 사실 그 안에 들어간 적은 없지만, 길 가 쪽으로 창이 나 있을 것 같았다. 데이비드는 의기양양하게 초인종을 눌렀다.

한참을 기다린 후 다시 초인종을 눌렀다. 그러자 문 열림 버튼 소리와 함께 문이 열렸다.

"누구세요?" 애나벨이 아래층을 향해 물었다.

"데이비드야." 그는 대답하며 계단을 한 번에 두 개씩 올랐다. "혼자 있어?"

"아니, 아니. 누가 있어."

"잘됐네." 그는 애나벨을 보고 웃으며 손을 잡으려 했지만 거절당했다. "그랜트?"

"응, 데이브. 꼭 이래야 해? 밖에서 얘기하면 안 돼? 무슨 일인데?"

"무슨 일이냐면, 내가 당신을 원한다는 거야. 저 안에 있는 그랜트한테 꺼지라고 얘기하러 왔어." 데이비드는 이렇게 말한 후 살짝 열린 문으로 들어가려 했다.

그랜트 바버가 문 앞에 서 있었다. 키는 데이비드와 비슷했고, 덩치는 더 컸다. 그랜트는 다소 바보 같은 얼굴로 멍한 표정을 지었다. 검정 머리 칼은 아주 짧았다.

"데이비드입니다. 처음 뵙겠습니다." 데이비드는 이렇게 말한 후 그를 스치고 안으로 들어갔다.

"소란을 또 피우려고 온 거라면, 켈시 씨," 바버 부인이 분노로 이글거리는 눈빛으로 이렇게 말했다. "경찰을 부를 테다!" 부인은 전화기를 향해 걸어가면서 데이비드에게서 눈을 떼지 않았다.

데이비드는 양쪽 옆구리에 주먹 쥔 손을 올렸다. "난 맨몸입니다, 바버 부인. 대체 날 뭐로 보는 겁니까?" 목소리가 갈라졌다. 그는 갑자기 그랜트 쪽으로 휙 몸을 틀었다. "바버 씨, 애나벨과의 마지막 데이트를 즐기셨을 텐데 즐거웠기를 바랍니다."

"뭐라고 지껄이는 겁니까? 여기서 나가는 게 좋을 거요, 켈시 씨. 여긴 애나벨의 집이고 애나벨은 당신이 여기 있는 걸 원치 않소."

"난 당신이 마음에 안 들지만, 당신한테 욕을 퍼부어주려고 여기에 온 게 아닙니다. 난 내 아내가 될 애나벨이 당신 같은 작자와 데이트하는 게 못 마땅하다는 얘기를 하러 왔습니다. 알겠어요?"

"어머! 지금 뭐라는 거야! 감히 어디서!" 늙은 할망구가 또다시 안달했다. 마당에 풀어놓은 닭 같았다. "딱 1분 줄 테니 이 집에서 나가요, 켈시 씨. 만약 안 나가면 경찰한테 전화할 거야!"

"닥쳐!" 데이비드가 일갈했다.

"데이브, 제발." 애나벨이 애원했다. "여기서 이러면 안 돼."

"자기야, 미안해. 그래도 이럴 수밖에 없어. 짐 씨."

"세상에, 데이브!" 애나벨이 절망한 듯 고개를 뒤로 젖혔다. 데이비드는 한 번도 이런 모습을 본 적이 없었다.

데이비드가 그녀의 어깨를 부여잡았다. "애나벨……"

"그 손 못 떼!" 그랜트가 고함쳤다. 데이비드는 애나벨에게서 손을 곧바로 떼서 그대로 그랜트의 턱을 갈겼다.

그랜트는 한 방 맞고 비틀거리긴 했지만 쓰러지진 않았다. 그는 뒤로 물러나다 커피 테이블에 부딪쳤고, 그 바람에 커피 잔 두 개가 뒤집혔다. 데이비드는 인내심을 발휘해 잔을 바로 세웠다. 바버 부인이 꼬꼬댁거리며 비명을 내질렀다. 그랜트가 주먹을 쥐고 데이비드를 쫓아가자 애나벨이 뒤에서 붙들었다. 데이비드는 그랜트가 진짜로 그에게 달려들 생각이 있었는지조차 의심스러웠다. 그랜트가 겁먹은 것 같았다.

"엄마, 얼른요, 얼른 전화하시라고요." 그랜트가 자기 엄마에게 계속 말하자 엄마가 수화기를 들었다.

"거참, 말 많네." 데이비드는 이렇게 말한 후 부드럽게 그러나 단호히 부인의 손에서 전화기를 빼앗았다.

"데이브, 제발 이러지 마. 정말로 날 걱정한다면." 애나벨이 애원했다.

"난 저 녀석 무섭지 않아." 그랜트가 신경질적으로 중얼거렸지만, 애나벨이 아니라 자신한테 하는 소리 같았다.

"그랜트, 전화기 뺏어!" 그의 엄마가 명령했다. 데이비드는 양손으로 전화기를 들어 부인의 손이 닿지 않는 높이에서 흔들었다. "아래층에 가서 사람을 불러, 그랜트! 아니다, 내가 내려간다!"

"짐 싸서 이 사람들한테서 벗어나자!" 데이비드는 바버 부인의 어깨 너머로 애나벨에게 소리쳤다.

그때 아이가 침실에서 울음을 터뜨렸다. 데이비드의 귀에 울음소리가 조금 거추장스럽게 들렸다. 일이 이 지경에 이르자 세 사람이 동시에 그에게 소리쳤다. 옆집에서 누군가 벽을 쳤다. 주도권을 놓친 데이비드는 패배를 직감했다. 이제 그는 애나벨의 손목을 붙잡고 침실로 끌고 들어간 다음, 챙길 게 있으면 챙기라고 거듭 말했다. 바버 부인의 흉하고 주글주글한 입매가 시야에 가득 들어오자, 데이비드는 참을 수 없는 역겨움이 일었다. 만일 부인을 건드릴 수만 있다면 흐뭇하게 저 면상을 떠밀어 침실 건너편으로 보내버렸을 것이다. 그랜트가 데이비드의 어깨를 끌어당겼다. 순간, 그는 몸을 한 바퀴 돌렸다. 이번에 그의 주먹이 그랜트의 턱에 닿자, 빠지직하는 소리가 몹시 만족스럽게 들렸다. 그랜트의 머리통까지 날아간 것 같았다. 그랜트의 양쪽 어깨가 반대편 벽에 부딪쳤다.

바버 부인이 비명을 지르자, 미친 듯이 중얼거리던 여러 목소리가 갑자기 뚝 끊겼다.

"데이비드!" 애나벨이 양손으로 얼굴을 가린 채 소리쳤다.

"내가 딱 하나만 부탁하잖아!" 데이비드가 고함으로 받아쳤다. "나랑 오늘 밤에 같이 가자!"

"미쳤어!" 애나벨은 그를 겁내며 외쳤다.

데이비드는 주변을 둘러보았다. 바버 부인은 바닥에 주저앉은 아들 옆에 웅크리고 있고, 그랜트는 몸을 움직이지만 기진맥진 일어서지 못했다. 데이비드는 바닥에 넘어진 스탠딩 램프를 천천히 세웠다. 흉한 램프였다. "가자." 애나벨에게 조용히 말했다.

노크 소리가 들렸다. "딜러니 부인? 무슨 일입니까?"

그 순간, 애나벨이 문으로 달려가 누군가를 불렀다. 바버 부인이 쩍쩍거리며 주먹을 흔들자, 데이비드는 눈과 귀를 막았다. 부인은 출렁거리는 팔뚝으로 그에게 문으로 나가라고 했다. 희끗한 흰머리와 검은 머리가 섞인 남자가 인상을 쓰며 안으로 들어왔다. 데이비드는 저자가 주먹을 쥘 만큼 용기가 없다는 걸 간파했다.

"딜러니 부인이 나가달라고 하십니다. 아니면 경찰을 부르겠습니다." 남자가 데이비드에게 경고했다.

"경찰을 부르세요." 데이비드가 대답했다. "이 두 사람을 치워버리고 싶습니다." 그는 바버 모자를 가리켰다.

"저 남자 취했나요?" 남자가 물었다.

"아뇨." 애나벨이 대답했다. "데이브, 끌 만큼 끈 것 같아. 이 말을 하는 편이 낫겠어. 나, 그랜트하고 결혼해. 당신이 할 수 있는 게 하나도 없어. 하나도."

데이비드가 애나벨을 쳐다보았다. 믿기지 않았다. 지금은 화도 안 나고, 그저 살짝 멍하니 느려진 기분에 당혹스러웠다. 그는 때릴 태세를 하고 꼿꼿이 서서 인상 쓰는 남자를 쳐다보았다. 그리고 일어서려는 그랜트를 바라보았다. 엄마가 아들의 팔을 붙들고 있었다. 바버의 머리통을 날려버리는 건 충분히 가능해 보였다. 그렇게 하면 그랜트가 애나벨하고든 누구하고든 결혼하는 걸 막을 수 있다. 하지만 그건 귀찮고 복잡하고 점잖지 못하다. 데이비드가 웃음을 터뜨렸다. "못 믿겠어. 1분도 못 믿겠다고. 날 조용히 내보내려고 이러는 거잖아."

"진짭니다." 나이 많은 남자가 거들었다.

"제발 가, 데이브. 시간도 늦었고, 이 건물 전체가 완전히 난리 났어." 애나벨이 말했다.

"젠장, 그게 나랑 무슨 상관인데!" 데이비드가 갑자가 폭발했다. "내가 이 건물이 난리가 난 걸 왜 신경 써야 하는데? 내 인생이 뒤집어졌고, 넌 또다시 네 인생을 망치겠다고 하는 마당에!"

"내 마음은 내가 알아, 데이브. 맹세코 말하건대, 당신이 내 인생에 끼어드는 게 지겨워. 지금 내가 무슨 말을 어떻게 하든 신경 쓰지 않고 다 말할래. 난 할 만큼 했고, 참을 만큼 참으며 이해하려 했어. 그래서 당신이 모욕하는 것까지 참았다고!"

"모욕?" 그는 애나벨에게 다가서며 말했다. 그녀의 아름다운 모습에서, 그가 사랑하는 얼굴에서 저런 말이 나오다니. 그는 순간 혼란스러웠다. 나이 많은 남자가 그에게 달려들었다. 데이비드는 그랜트 바버 쪽으로 몸을 틀어 또다시 주먹을 날리려 했지만, 팔이 붙들렸다. 주먹이 짧았다. 남자에게 붙들리자 데이비드의 팔이 욱신거렸다.

"이봐, 나가라니까!" 남자가 소리쳤다.

그랜트도 싸움에 뛰어들었다. 한쪽 팔에 한 명씩 들러붙자 데이비드는 그들을 떼어낼 수가 없었다. 바버 부인이 열어놓은 문에 가까워지자 그는 문틀에 양쪽 발을 대고 버텼다. 또 다른 남자 하나, 아니 두 명이 복도에 나타났다. 데이비드가 몸을 굽혀 그랜트를 향해 돌진했지만, 머리로 벽을 들이받고 말았다. 차라리 의식을 잃는 편이 나았으리라. 데이비드는 온 힘을 끌어모아 버텼다. 계단을 한 칸씩 내려갈 때마다 남자들과 몸싸움을 벌이고 있다는 걸 자각했다. 5 대 1로 격투를 벌이는 것 같았다. 남자들이 양쪽 발목과 손목, 머리 등 손에 잡히는 대로 그를 붙들었다. 데이비드는 예전에 미처 몰랐던 억울함에 북받쳐 버둥거렸다. 다섯인지 열인지 이들이 모두 다 제2의 바버 부인처럼 느껴지자, 이제야 데이비드는 저들을 때리고 찰 완벽한 권리가 생긴 것 같았다. 데이비드와 남자 둘이 1층 바닥에 나뒹굴었다. 데이비드는 다시 두 다리가 들리는 기분이 들었다. 몸무게가 깃털처럼 거의 느껴지지 않았다. 그러고 나니, 이젠 두 다리가 땅에 질질 끌렸다.

재잘거리는 목소리가 들렸다. 그 속에 애나벨의 목소리도 섞여 있었다. 그는 대응할 수 없었다. 차라리 온몸이 마비되는 편이 나았을 것이다.

사람들이 차 문틀에 데이비드의 머리를 찧었다. 차 문이 쾅 닫혔다. 데이비드는 자기가 두 눈을 감은 채 앞좌석에 엉거주춤 누운 채로 꼼짝하지 않는다는 걸 알았다. 그래도 여전히 들끓는 분노가 온몸을 휘감았다.

그는 다시 버둥거리며 핸들 옆으로 몸을 세우다 우연찮게 클랙슨을 눌렀다. 애나벨의 집과 건물 전체가 완전히 소등 상태였다. 라듐 시계를 보려고 손을 오목하게 모았다. 새벽 2시 50분. 당장 시동을 걸고 차를 몰았다. 앞니가 시큰거렸다. 혀를 대보니 이가 빠지거나 깨지진 않았다. 그는 생각했다. 그래서 뭐, 어쩌라고?

그 순간, 등 뒤로 멀어지는 수많은 것들에 넌더리가 났다.

25

다음 날은 월요일이었다. 데이비드는 출근하지 않았다. 9시에 전화를 걸어 비서 로잘리에게 장염에 걸리는 바람에 의사가 하루 더 집에서 쉬라고 권고했다고 둘러댔다. 사실 긁힌 얼굴과 퉁퉁 부운 입술이 문제였다. 멍든 눈과 욱신거리는 몸은 말할 것도 없었다. 그는 화요일까지는 외모가 나아지기를 바랐다. 몸싸움을 한 사실이 부끄러웠고, 싸움에서 진 것도 창피했다. 그가 패한 건 의심의 여지가 없었다. 애나벨이 그랜트 바버와 결혼한다고 했다. 그것도 그의 얼굴에 대고 말이다! 데이비드를 그 집에서 내쫓으려고 애나벨이 그 말을 써먹기로 한 것일까? 악몽에 나올 것 같은 상스러운 노파가 끔찍한 손으로 그를 잡아끌기까지 했다!

데이비드는 얼음을 수건에 감싸 눈과 입술, 뺨에 대고 집 안을 거닐었다. 재킷의 어깨 재봉선이 뜯어져 오후에 트로이 시내로 나가 재단사에게 수선을 맡겼다. 해가 떨어지기 전까지 얼굴이 크게 나아질 리 없었다. 그는 연구실 사람들에게 좀도둑이 들어서 이리되었다고 둘러댈까 고민했다. 연구소 사람들이 그가 술을 마시고 주먹다짐을 했다고 짐작하게 하고 싶지 않았다. 그에게도 사생활을 지킬 권리가 있다. 제럴드 딜러니는 살면서 이보다 더 아랫입술이 퉁퉁 부르트는 경우에도 누가 그에게 이유를 물을까 걱정할 필요가 없다. 제럴드는 애나벨과 결혼까지 했다. 데이비드가 웃자 입술이 갈라졌다. 일찍 잠자리에 들었다.

아침에 눈을 뜨자 완전히 다른 사람이 된 것 같았다. 다시 머리가 맑아졌다. 애나벨이 그랜트 바버와 결혼하게 내버려둬야지, 한 번 더 뻔한 실수를 하게 둬야지, 오래가지 않을 테니. 그런데 재혼하게 되면 어쩔 수 없이 바보처럼 일정이 뒤로 밀린다. 그 자식이 애나벨이 누운 침대에 기어들어 간다고 상상하자 식은땀이 흘렀다. 뭔가 확실히 해둬야 한다. 편지를 또 보낼까? 그는 편지는 포기했다. 그랜트의 목을 졸라 쾌감을 선사하며 죽이는 방법도 있지만 그랬다간 그가 감옥에 가야 한다. 증오심은 대다수의 사람들에게 약간의 위안과 미움, 경멸을 선사한다. 그래도 그는 애나벨을 완전히 미워할 수 없었다. 애나벨은 그저 이리저리 속았을 뿐이다. 그녀는 스스로를 추함과 평범함 속에 가두었다. 왜 그럴까?

데이비드는 차를 타고 연구실로 출근했다. 그곳은 워낙 고요해서 거의 회개하는 분위기였다. 그는 주먹을 써봐야 아무 성과도 거두지 못했고, 앞으로도 거두지 못한다는 걸 깨달았다. 오늘 혹은 내일, 어쩌면 그다음 날이면 무슨 일, 무슨 생각, 무슨 해결책이 떠오를 거라 굳게 믿었다. 무슨 문제든 자연스레 해결되기 마련이다. 그저 인내가 필요할 뿐. 고심한 다음 긴장을 풀고 상상력이 작동하게 내버려두자. 그는 오늘은 일에만 집중하기로 하고, 오후에 있을 오스번 박사와의 회의 시간에 정신 바짝 차리고 밝게 행동하기로 했다. 6시가 되기 전에 애나벨 문제를 해결할 기발한 조치가 떠오를 것 같았다.

케니스 랭이 데이비드를 한 번 더 쳐다보더니 무슨 일이냐고 물었다.

"이번 주말에 오랜 숙원을 풀다가 이 지경이 됐어요." 데이비드가 웃으며 대답했다.

랭이 휘파람을 불었다. "누가 이겼나요?"

"저요."

그는 더 이상 말이 없었다. 랭은 평범한 스타일이 아니고 일정 거리를 유지하는 사람이었다.

그날 오후, 데이비드는 오스번 박사와 설전을 벌였다. 데이비드는 그날 무엇에 대해 토론할 것인지 스스로 점검했기에 모두 문제없이 굴러갔다. 오스번 박사가 지적하기 전까지는 그랬다. 박사는 데이비드가 특정 시기, 특정 장소에서 실시한 석회암과 관련된 방사성 탄소 활동에 관한 내용 중 무언가를 지적했고 심지어 농담까지 했다. 그 말에, 방사성 탄소 활동이 살아 있는 유기체에 미치는 중요성을 반박하다 보니 데이비드는 자가당착에 빠져 어느 쪽으로든 빠져나올 수가 없었다. 그래서 과학자의 자세와 임무에 대해 목소리를 높였다. 오스번 박사는 그건 그의 주장과 전혀 무관하다고 질타했다. 데이비드가 오스번 박사의 지적을 듣고 자신의 주장을 살펴보니, 앞뒤가 맞지 않았다. 그렇다고 입 다물고 있을 수도 없고, 논제를 바꿀 수도 없었다. 그는 살상무기 개발로 이어질 수도 있는 프로젝트를 매번 중단시키며 나불거리는 과학자들에 반기를 들며 열변을 토했다. 동시에, 말이 안 된다는 걸 알면서도, 세계 전역에서 실시될 향후 방사성 연구를 매도했다. 현재 방사능 수치가 낮고 무해하다는 사실을 알게 된 이상 지표면 및 대기 중 방사능을 더 많이 검사하고 측정하게 된다는 근거를 들었다.

"혼란스럽기도 하고, 놀랍기도 하군." 박사가 웃으며 말했지만, 데이비드는 입 다물고 박사의 말을 듣고 있을 수가 없었다.

"제가 모두 명확히 조사했다고는 말씀드릴 수 없습니다." 데이비드는 재빨리 반박했다. 방금 전까지 올라오던 오스번 박사에 대한 반감과 분노를 꾹꾹 누르자, 이제 그 감정은 깡그리 사라졌다. "제가 시스템을 만든 사람은 아닙니다만, 이 세상을 더 나은 곳으로 만들 시스템을 산출해온 사람입니다. 요지는 수용이냐, 거절이냐 하는 것입니다. 이건 보잘것없는 사람부터 외교 정책을 수립하는 인물에까지 고루 퍼져 있습니다." 이건 데이비드가 작정하고 한 말이 아니라, 샤워하거나 밤에 자려고 뒤척이다 그저 스쳐 지나간 생각이었다—아침 몇 시간은 머리가 팽팽 돌아가긴 해도 제대로 사고하기에 좋은 시간은 아니었다—. 데이비드가 중얼거리는 동안 오스번 박사는 한쪽 손으로 턱을 괴고 들었다. "박사님께서는 무엇을 수용하고, 무엇을 거절할 것인지 아셔야 합니다."

"그걸 부정하는 사람은 아무도 없지. 일단 자네가 의견을 좀 더 다듬은 후에……"

"하지만 박사님께서 지금 일부는 이해하시지 않습니까." 데이비드가 말을 잘랐다. 자신감이 다시 충천했다.

"이봐 데이비드, 혹시 싸우다 뇌를 살짝 다치지 않은 게 확실한가? 아니면, 오늘 아침에 술을 두어 잔 하고 왔거나. 내가 상관할 바는 전혀 아니지만, 말해보게. 난 이 연구를 계속하고 싶거든."

데이비드는 왠지 모르게 모욕당한 듯한 기분을 느끼며 자리에서 일어섰다. "저는 이 자리에서 박사님과 토론하면서 연구와 관련된 내용을 설명하려고 노력했습니다."

"유감스럽게도 자네는 그러지 않았네. 그렇다고 자네 얘기가 옆길로 샜다고 말하는 건 아닐세. 데이비드, 나, 화 안 났어!" 오스번 박사가 싱긋 웃었다. 그러나 데이비드는 박사가 그를 매섭게 쳐다보고 있음을 알았다.

만일 오스번 박사가 지금 그의 사생활에 관해 한마디라도 한다면, 그는 이곳을 뛰쳐나가 다시는 돌아오지 않을 것이다. 연구소 사람들에게 한마디도 하지 않고 그냥 나가버리겠다고 스스로 다짐했다.

오스번 박사는 아무 말도 하지 않았다. 그저 살짝 고개를 끄덕였다. 마치 속으로 얘기하면서 자기 말에 혼자 동의하는 것 같았다. 박사의 미소는 기분 나쁘고 우월해 보였다. 박사는 데이비드에게 손으로 의자를 가리키며 말했다. "미안하네, 데이비드. 이제 좀 앉지. 계속 얘기할까, 아니면 그만할까?"

데이비드는 당황스러웠다. 뭘 해야 할지 몰랐다.

"그럼 내일 다시 얘기하지, 데이비드?" 박사가 웃으며 일어섰다. "우리 둘 다 요즘 안 좋군. 이렇게 바람이 부는데 상황은 더 좋아지지도 않네." 그는 엄지를 조끼 주머니 속에 찌르고 몸을 살짝 틀어 뒤쪽 창밖을 내다보았다.

"고맙습니다, 박사님." 데이비드가 말했다. 갑자기 그의 아랫입술이 천근만근 무겁게 느껴졌다. "혹시 괜찮으시다면 제가 실례를 해도……"

"물론이지, 데이비드. 여기서는 일을 서두를 필요가 없네. 자네가 부담을 갖는 건 싫으니."

그 후 한 시간가량 데이비드는 뭔가 색다른 경험을 했다. 일이 되지 않았다. 그는 한 달 치 그래프 기록의 평균을 작성해야 했다. 만약 비서가 그래프를 볼 줄 알았다면 직접 했을 것이다. 그는 억지로 했지만 반밖에 하지 못했다. 그래서 좀 더 복잡한 일에 손을 댔으나 그것 역시 잘되지 않았다. 누가 봐도 나태해 보이자 그는 당황한 나머지 랭에게 가서 몸이 좋지 않다면서 혹시 오스번 박사가 내려와서 물으면 그렇게 전해달라고 했다. 데이비드는 오스번 박사가 내려오는 일은 거의 없다는 걸 알았다. 랭의 표정을 보니 데이비드의 말이 이상하게 들린 것 같았다.

차를 몰고 집으로 가는 도중에도 이러지도 저러지도 못하는 불쾌한 감정이 계속 들었다. 차를 돌려 다시 연구실로 가야 하나? 애나벨에게 전화해서 그녀가 무시하지 못할, 듣고 넘기지 못할, 잊지 못할 말을 해야 하나? 전화하지 말고 다시 하트퍼드로 가야 하나?

그는 집에 도착해서 집을 치우고 진공청소기를 구석구석 돌렸다. 사실청소할 필요가 별로 없어서 청소는 순식간에 끝났다. 그러고 나니 하루를 온전히 망치진 않은 것 같았다. 이제 우편물을 확인하기로 마음먹었다. 보통은 퇴근길에 우체통을 확인했다. 그는 우비를 걸치고 질척한 길을 걸어 길가 맨 끝에 있는 우체통으로 갔다. 이 세상이 오묘한 칠흑 같아 보였다. 그렇다고 캄캄해서 아예 안 보이는 건 아니었다. 마치 먹물을 풀어서 하늘에서 내리붓는 것 같았다. 새들이 날아가는 모습이 보였다. 우체통이 손에 닿는 순간, 천둥이 쾅 소리를 내며 하늘을 갈랐다. 이게 징조일까? 그는 우체통을 홱 열었다.

사적인 편지는 작은아버지가 보낸 것밖에 없었다. 그는 뜯어볼 마음이 아예 나지 않았다.

그는 집 안으로 다시 들어와 싱크대 수도에 대고 구두를 적셔서 휴지로 잘 닦은 다음 광을 냈다. 그런 다음 작은아버지의 편지를 뜯었다. 사사로운 가족 이야기가 가득했다. 루이스에게 남자 친구가 생겼는데, 나이가 너무 많은 것 같다고 했다. 그러더니 작은아버지는 아주 좋은 의도로, 작은아버지로서 충고를 시작했다. 데이비드가 열다섯 살 때부터 작은아버지의 다정한 목소리로 듣던 바로 그 말이었다. "나는 이제 네가 네 삶을 꾸릴 만큼 다 컸다고 생각한다. 내가 관여할 마음은 없다만……" 작은아버지는 모든 게 걱정이었다. 7월에 떠나는 다윈호 탐사도 염려했고, 데이비드가 행복하다고 하는 말도 거짓이라고 여겼다. 정말 행복한 거니? 애나벨하고 무슨 일이 있는 거지?

지난번 편지에서, 네가 그랬지? 너희 둘이 6월까지는 결혼할 거라고. 정말이냐, 데이비드? 요전 날 길에서 우연히 애나벨의 어머니를 만났는데 그분 생각은 그게 아니던데. 난 그 얘기를 꺼내지 않았다. 그저 네 얘기만 했지. 사실, 그분이 네 얘기를 아예 피하더라. 제발 무슨 일이 벌어지고 있는 건지 말해다오, 데이브. 넌 내가 이 일을 대체로 어찌 생각하는지 알고 있잖니. 지금이야말로 네가 다른 여자를 보는 눈을 키울 때다……

그가 6월까지는 애나벨과 결혼할 거라고 편지에 적었던가? 그랬던 것 같다. 데이비드는 편지를 다 읽지도 않고 주방 식탁 위에 내려놓았다.

한 시간 정도, 거실 소파에 앉아서 마티니를 세 잔째 마시자 취기가 살짝 올랐다. 식전주로 마티니를 마셨지만, 막상 저녁 식사를 할 입맛이 없었다. 그는 세 번째 잔을 마시다 말고 내려놓고, 부리나케 2층에 올라가 샤워를 하고 옷을 갈아입었다. 샤워 물줄기를 맞으며 서 있으니 기운이 샘솟았다. 그는 반항하듯 휘파람을 불며 윌리엄 뉴마이스터를 떠올렸다. 운좋고 오래된 친구! 샤워하다 보니 발라드의 그 집에서 행복하게 샤워하던 때가 떠올랐다. 그때 하던 샤워가 훨씬 더 행복했다. 돌이켜보니 발라드 그 집이 축복처럼 느껴졌다. 제럴드가 결국 그 집에서 윌리엄 뉴마이스터의 손에 최후를 맞았으니.

그날 밤, 그는 다시 윌리엄 뉴마이스터가 되었다. 그것은 꽤 도움이 되었다. 저녁을 조금 먹은 후, 앨범을 전축에 걸고 소가죽 러그 위에서 아이스 팩을 입술에 대고, 고급 비프스테이크용 고기에서 잘라낸 차가운 생고기를 멍든 눈에 붙이고 음악을 감상했다.

쇤베르크의 현악 6중주 〈정화된 밤〉이 끝나갈 무렵, 그는 전화기 옆으로 가서 애나벨에게 전화를 걸었다. 바버 부인이 받을 경우, 욕을 할지 말지 마음을 정하지 않았다. 그저 자신감이 넘쳐흘렀다.

"애나벨 부탁합니다." 그가 차분히 말했다. 그 추한 노파가 받았다.

"데이비드로군? 데이비드 켈시?" 부인이 공포에 찌든 목소리로 물었다.

"아닙니다. 빌입니다."

"누구요?"

"애나벨과 통화하고 싶습니다."

"이봐, 잘 들어요, 켈시 씨. 내가 전해줄 소식이 있어. 애나벨이 결혼했어."

"흠," 그가 건방지게 말했다. "아무튼 바꾸라고."

"여기 없다니까. 그랜트하고 멀리 갔어."

"결혼?" 데이비드가 당황해서 말을 제대로 잇지 못했다. "둘이 결혼했다고?"

"그래, 두 사람은 당신한테 고맙다고 해야 해, 켈시 씨. 일요일 밤 이후 애나벨이 격분하자 의사가 1분이라도 빨리 결혼하는 게 좋겠다고 했어. 그랜트가 애나벨하고 결혼하고 어제 멀리 떠났어. 이 마을을 떠났다고. 만일 당신이 또다시 소란을 피우면 두 사람은 경찰한테 신변보호를 요청할 거야. 똑바로 알아들어."

"애나벨 어디 있어?"

"절대로 말 안 해. 억만금을 줘도 안 해!" 쾅 하는 소리와 함께 전화가 끊겼다.

데이비드는 그랜트가 나이아가라 폭포 애기를 꺼냈다면 아마 거기로 갔을 거라고 짐작했다. 그는 전화기에서 몸을 돌려 주방으로 들어갔다 도로 나왔다. 거짓말일까? 하지만 돌대가리 바버 부인이 저렇게 거짓말을 잘할 리 없다. 데이비드는 자기도 모르게 어깨를 으쓱하고 씩 웃더니 양손을 주머니에 찔러 넣고 아무렇게나 휘파람을 불었다. 그러고 나니 기분이 묘해서 창문을 열고 창틀에 몸을 기댄 채 숨을 깊이 들이마셨다. 그래도 도움이 되지 않았다. 그는 화장실에 가서 저녁 먹은 것을 토했다. 자동으로 아래층 전화벨이 울리는 환청이 들렸다. 변기 물통에서 나는 소리조차 그의 피 끓는 소리에 묻혀버렸다. 그는 이를 닦으면서 세면대 위에 달린 거울을 들여다보지 않았다.

계단을 내려오자 군데군데 어두웠다. 그는 두려운 마음이 들었다. 그림자 속에서 뭔가 튀어나올까 봐 두려웠다. 저 문으로 뭔가 들어올까 봐 두려웠다. 다시 전화기를 조준하며 비추는 스탠딩 램프 덕분에 갈색과 베이지색으로 꾸민 거실이 극도로 고요해 보였다. 데이비드는 마티니를 한 잔 더 들고 집 안을 거닐며 천천히 음미했다. 그가 먼저 나서지 않아도 그랜트 바버가 진정한 추악함을 스스로 드러낼 때까지 기다릴 것인가, 아니면 두 사람이 어디 있는지 알아내 찾아갈 것인가를 피상적으로 갈등했다. 그 늙은 노파가 경찰을 부른다고 협박했기 때문에 그가 다소 주저하게 된 건 의심의 여지가 없었다. 거기에 진실이 조금은 담겨 있었다. 일단 경찰에 체포되면 설명해봐야 소용없다. 게다가, 낯을 들기 어려울 것이다.

진정해, 윌리엄 뉴마이스터. 이 집에서 계속 흥분하면 안 돼. 그는 창문을 열었다. 그래도 가슴이 끓고 손이 뜨거워서 열이 펄펄 나는 것 같았다. 애나벨이 실수했다. 그뿐이다. 첫 번째가 아니라 두 번째, 그리고 마지막 실수다.

비첨 부인이라면 그에게 무슨 조언을 해줄까? 그는 궁금했다. 그는 비첨 부인이 그에게 사랑하는 여자가 있다는 사실을 알고는 그를 동정한 사실이 떠올랐다. 부인의 눈이 반짝거리더니 애처롭고 따스한 눈길을 보냈다. 그는 친구가 생긴 것 같았다. 비첨 부인은 여전히 옥탑 뒷방에서 지낸다. 그곳은 생의 뒷문에 위치한 천국과 가장 가까웠다. 그는 전화기를 향해 걸어갔다. 전화기가 1층에 있어서 비첨 부인이 1층까지 내려오지 못한다는 것을 곰곰이 따졌다. 게다가 자정이 가까운 시간이었다.

6시, 그는 거실 소파에서 일어났다. 거울 속에 비친 모습이 훨씬 나아지니 추한 경험도 덜 추해 보였다. 그는 휘파람을 불며 샤워를 한 후 면도하고 옷을 입고 느긋하게 아침을 먹으러 내려갔다. 큰 잔에 우유를 붓고 거기에 커피를 살짝 섞고 깔끔하게 진을 두 잔 넣은 것이 아침 식사였다. 윌리엄 뉴마이스터는 오늘을 잘 헤쳐나갈 것이다. 오늘 하루 일과도 잘해낼 거라는 걸 이미 예감했다. 어제의 실수를 만회하고도 남을 만큼 꽤 잘해낼 것 같았다.

26

"여보세요? 데이브? 나야 웨스. 우리 트로이에 왔어. 너무 이른가?"

"아냐." 데이비드는 멍하니 대답했다.

"우리가 너무 일찍 온 거면, 여기서 시간 좀 죽이다 갈게. 이제 시내에서 외곽으로 나가는 피터버러 로드를 타고 네가 그려준 지도를 따라갈 참이야. 맞지?"

"응, 맞아."

"왜 그래? 혹시 우리가 깨운 거야?"

"아냐, 일어나 있었어. 어서 와. 이따 보자, 웨스."

"그래." 웨스가 전화를 끊었다.

데이비드는 시계를 쳐다보았다. 토요일 아침 11시 15분이었다. 좀 짜증스러웠다. 게다가 '우리'라니. 아마 에피도 같이 오는 것 같았다. 만약 로라가 같이 오는 거라면 두 사람을 집 안으로 들이지 않을 생각이다. 다툴 필요도 없다. 꼭 나가봐야 하는 약속이 있다고 둘러댈 것이다. 데이비드는 인상을 구긴 채 초조하게 집 안을 돌아다니면서 혹시나 바로잡을 데가 있는지 여기저기 둘러보았다. 아무것도 없었다. 주방으로 들어가 냉장고를 살폈다. 두께가 10센티미터나 되는 두툼한 스테이크용 고기가 기름종이에 싸여 냉동실을 거의 차지했다. 여섯 명이 먹어도 충분한 양이다.

그는 전축으로 음악을 듣다 금방 멈춘 다음, 프랑스 여가수의 음반을 걸었다. 에피가 아파트에서 듣던 앨범과는 달랐다. 그는 전축에 프랑스와 이탈리아 인기 음반을 몇 개 더 걸었다.

차 문이 쾅 하고 닫히는 소리에 데이비드는 화들짝 놀랐다. 차 문이 닫히는 소리가 한 번 더 들렸다. 그는 현관으로 가서 문을 열었다. 에피와 웨스였다. 에피는 흰 행주가 덮인 바구니를 들고 있었다.

"안녕, 데이브! 집이 정말 근사해요!" 에피가 말했다.

"안녕! 친구! 반갑다!" 웨스는 데이비드와 악수하며 도어매트에 발을 굴렀다.

"먹을 것 좀 챙겨왔어요. 프라이드치킨 조금하고 파이예요. 어머나, 피아노도 있네! 피아노도 쳐요, 데이브?"

두 사람은 거실을 둘러보며 보는 것마다 칭찬했다. 데이비드는 2층까지 구경시켜줘야 했다.

이제 데이비드와 웨스가 주방으로 들어갔다. 데이비드는 웨스의 술잔에 넣을 얼음을 꺼냈다. 에피는 화장실로 사라졌다.

"친구, 살이 좀 빠졌네. 연구소 일이 많나?" 웨스가 물었다.

"아니. 다들 잘해줘."

두 남자는 아무 말 없이 다시 거실로 나왔다.

데이비드가 애써 말을 걸었다. "여기서 하룻밤 자고 갈 거지? 둘 다?"

"그러려고, 괜찮지?" 웨스는 두 손을 비비며 물었다. "네가 말했던 그 스테이크 기대된다. 친구, 목요일에 네 전화받고 걱정 많이 했는데, 괜찮아 보여서 기쁘네."

데이비드는 민망하게 고개를 끄덕였다. 목요일 언제 전화를 했더라? 공장으로 했나, 아니면 웨스의 집으로 했나? "그래서, 아직 안 잘린 거지?"

웨스가 웃었다. "다 지난 일이다. 그냥 겁만 준 거야. 로라도 남들처럼 그런 거야. 모두 다 제자리로 돌아왔어. 로라와도 사이가 회복됐고. 사실 집사람은 에피 걱정은 전혀 안 해. 그냥 걱정하는 척만 하는 거지. 그래서 알게 뭐람? 이러면서 이번 주말을 에피와 같이 보내기로 했어. 당연히 네 집에서. 이런 걸 점잖지 않다고 보는 사람이 있다면, 자기들은 그 지저분한 마음으로 뭔 짓을 하는지 스스로 돌아보라지." 웨스가 웃었다.

그렇지만 데이비드는 웨스가 몸을 돌려 거실로 들어오는 에피를 보는 순간 걱정과 두려움이 얼굴에 드리우는 모습을 간파했다.

"데이브, 이 집 끝내주게 근사한데요!" 에피가 소파 가운데에 꼿꼿이 앉으며 말했다.

웨스는 에피에게 술을 갖다주려고 주방으로 들어갔다. 데이비드는 술을 마다면서 이따 저녁때 한잔 마시겠다고 했다. 그는 앞으로 남은 길고 긴 오후 시간이라는 묵직한 짐덩이를 떠안은 것 같았다.

데이비드는 점심 식사로 햄 오믈렛을 만들지, 아니면 캔과 소포장 재료로 후딱 만드는 중식이 좋을지 고민했다. 그런데 에피가 들어오더니 그를 보자마자 프라이드치킨을 꺼냈다.

"이제 샐러드만 넉넉히 만들면 돼요." 에피가 신나서 말했다.

데이비드는 술을 새로 따라 웨스에게 갖다주었다. 웨스는 거실에서 책장을 구경하고 있었다.

"이번 주에 애나벨하고 통화하려고요, 데이브." 데이비드가 주방으로 돌아오자 에피가 살짝 말을 건넸다. "결혼 얘기 들었어요. 유감이에요, 데이브."

그는 고개를 끄덕였다. "소문 한번 빠르네요."

"생각보다 당신이 맥 빠져 있지 않아서 다행이에요." 에피가 미소를 짓자 납작한 뺨에 대각선으로 주름이 여럿 잡혔다. 에피는 통이 좁은 검정 스커트에 레이스가 풍성하게 달린 흰 블라우스를 입었다. 에피도 전보다 야위었고 배는 납작했다. 그런 에피를 바라보며 그는 왜 웨스가 작업을 걸다 말았는지 이해가 되었다. 부풀린 갈색 머리칼 말고 에피는 전혀 매력적이지 않았다.

"오래 못 갈 겁니다." 데이비드는 차분히 말하면서 에피가 그만 쳐다보기를 바랐다.

에피가 그가 만든 샐러드드레싱을 맛보더니 감탄했고, 에스프레소 머신을 칭찬했다. 그는 이제 에피가 인신공격을 할까 봐 마음을 다잡았다.

"애나벨하고 직접 통화하진 못했어요. 전화했는데 없더라고요. 이번 주 목요일 밤에 걸었으니, 당신이 웨스하고 통화한 후였죠. 데이브, 애나벨이 행복할 것 같아요? 내 말은 애나벨이 그 남자를 정말 사랑하는 것 같냐는 뜻이에요."

"아뇨." 그는 에스프레소 머신에서 몸을 돌려 흐르는 물에 상추를 마저 씻었다. 그런 다음 문 밖으로 한쪽 발을 빼고 물이 떨어지지 않을 때까지 채반을 털었다. "최근에 벡스브룩 경찰 소식은 들었어요?" 그가 주방으로 다시 들어오면서 물었다.

"아뇨, 왜요?"

"윌리엄 뉴마이스터가 경찰서에 가서 그동안 연락이 안 된 이유를 설명했어요. 시내에 없었거든요."

"진짜로 경찰서에 간 거예요, 데이브?" 에피가 놀라서 숨도 못 쉬며 물었다.

"게다가 편지도 보냈어요. 애나벨에게 그 망할 놈의 사연을 편지로 또다시 설명했죠." 데이비드는 샐러드볼 위로 몸을 숙이고 상추를 담았다.

"경찰이 잘해주던가요, 아니면……"

"아주 잘해줬어요." 데이비드가 그녀를 바라보았다.

에피는 소금 기둥으로 변했을지 몰랐다.

"애나벨이 그 편지를 받고 아주 좋아했어요." 그가 덧붙였다.

"의심은 안 했어요?"

"왜 하겠어요?"

에피는 화가 치민 눈치였다. "당신이 뭘 믿고 그렇게까지 자신만만하게 구는지 도저히 모르겠군요. 당신을 이해할 수 없어요."

그때 웨스가 들어왔다. 그러지 않았더라면 그는 에피에게 어쩌면 그렇게 지긋지긋하게 펄쩍 뛰는지 모르겠다고 쏘아붙였을 것이다.

에피는 술을 한 잔 더 따르더니 잔을 들고 식탁으로 갔다. 웨스는 와인보다 맥주를 더 좋아했다. 데이비드는 웨스에게 맥주를 건네고 자기 것도 하나 챙겼다. 치킨이 굉장히 맛있었다. 점심 식사 중반까지는 상당히 즐거웠다. 두 사람 모두 데이비드에게 말을 시켰고, 그러다 보니 점점 사적인 내용으로 흘러갔다. 작은 바늘로 찔러 죽이듯 고통이 점차 심해지자 데이비드는 고개를 내젓고 침묵하고 타협하고 인상을 쓰며 대답을 회피했다. 그런데도 두 사람은 여전히 그에게 달라붙어 몸에 작은 구멍을 잔뜩 냈다.

"그래서 그랜트는 만났어요? 어쩌다 거기까지 간 거예요? 그 남자가 괜찮아 보이던가요, 데이브?"

"그 남자 괜찮던데요. 눈 두 개에 코 하나 달렸더라고요."

"네가 전화로 그 남자가 2류에 바보라고 그랬어. 이 집에서 계속 살 생각이야, 데이브?"

"응, 왜 계속 살면 안 돼? 왜 묻는데?"

"내가 미리 알아챌 걸 그랬어. 여자는 보통 당장 결단을 내리지, 그게 아니라면 넌 아니라는 소리지, 넌 아니라고…… 넌 아니라고……"

데이비드는 땀을 뻘뻘 흘리며 식탁에서 일어섰다. 속이 약간 매슥거렸다.

그런 후에도 질문은 멈추지 않았다. 웨스는 괜히 농담을 하다가 에피가 잠깐 피아노를 똥땅거리자 그걸 들으며 놀라는 척까지 했다. 에피가 재잘거리지 않으면, 웨스가 중얼거렸다.

"뒷얘기 있으면 다 털어놔, 데이브. 에피랑 난 네 친구잖아. 네가 뉴메스터하고 아는 사이라서 그 남자가 일부러 숨겨준 거지?"

5시가 되자 웨스는 식전주를 마시겠다고 했고, 데이비드도 그러자고 했다. 데이비드는 웨스에게 자기 방을 쓰라면서 손님방이 있긴 한데 거기는 에피가 써야 한다고 했다. 자기는 책을 대부분 넣어둔 응접실에서 잘 거라고 했다. 6시가 되자 에피는 2층으로 올라가 옷을 갈아입었다. 데이비드는 벽난로에 불을 때면서 다른 때보다 훨씬 더 신경을 썼다. 그도 그렇지만 다들 불을 지피길 원했기 때문이다.

"데이브." 웨스가 불렀다. "우리가 너무 많이 물어서 미안하다만, 목요일에 네 목소리가 어땠는지 넌 모를 거다. 지금이랑 완전히 달랐어." 웨스가 차분하고 진지하게 말했다. 취기가 올랐는지 몽롱한 표정이었다.

"글쎄, 내 목소리가 어땠는데?"

"절망한 목소리였지. 나더러 꼭 만나자더라. 마티니를 몇 잔은 마신 것 같았어. 그래도 난 네가 한 말이 진심이라고 믿었기에 와서 자고 간다고 한 거야. 기억나?"

데이비드는 기억나지 않았다. 기억나는 거라곤 그가 취하지 않았다는 사실뿐이었다. 그는 목요일도 잘 넘겼고, 금요일도 연구소에서 잘 보냈다. "내가 몇 시에 전화했어?"

"9시경이었지. 로라가 받았어. 네가 인사를 했는데…… 집사람에게 굉장히 친절하게 대해서 로라가 꽤 좋아하더라."

"내가 또 뭐랬어?"

"이제 끝이랬어." 웨스는 농담을 읊조리듯 유쾌하게 말했다. "그러더니 약간 떨리는 목소리로 애나벨과 끝났다고 했어."

"애나벨과 끝나?" 데이비드가 되물으며 웃음을 터뜨렸다. "내가 정신이 나갔었군."

"내가 '왜'라고 물었더니 넌 애나벨이 재혼했다고 했어. 애나벨이 별 볼일 없는 남자랑 결혼했다고, 아니, 또다시 2류와 결혼했다고 그랬어. 2류에 바보라며 한참을 떠들더라." 웨스가 웃었다. "넌 그 남자가 마음에 안 들겠지만, 애나벨이 유일하게 좋아하는 스타일이 그런 남자인 걸 어쩌겠냐."

"말도 안 돼. 제럴드 때처럼 애나벨이 이번에도 덫에 걸린 거야." 데이비드가 반박했다.

"무슨 덫? 경제적인 덫?"

"그것도 이유 중 하나고."

"네가 있는데도?"

"그땐 내가 덫으로 보였나 보지. 내가 너무 세게 들이대니까. 내가 제대로 행동하지 못해서 그랬을 거야. 그래도 아직 시간이 있어. 이 결혼이 오래갈 리 없어. 이건 농담이다." 데이비드는 일어나 벽난로로 걸어갔다.

"있잖아, 난…… 네가 그 여자를 포기했다고 생각했어."

그걸 말이라고! '그 여자를 포기했다'니. 마음만 먹으면 뚝딱 할 수 있는 일처럼 들렸다. "이제 그 얘긴 그만하자." 그는 벽난로의 불을 노려보았다. 수, 목, 금 저녁에 그는 그 게임을 다시 시작했다. 윌리엄 뉴마이스터 게임 말이다. 식전에 마티니를 두 잔 마시고 발라드에서 주말을 보낼 때와 거의 비슷하게 지냈다. 그런데 목요일 밤 9시가 생각나지 않았다. 그때가 아예 생각나지 않았다. 그 당시 머릿속에서 무슨 일이 벌어졌을까? 정신을 잃었나? 웨스가 그를 쳐다보고 있다.

에피가 몸에 딱 붙은 검정 바지로 갈아입고 내려왔다. 웨스는 에피에게 스카치와 소다가 섞인 잔을 건넨 후 냉장고에서 마니티 주전자를 꺼내 데이비드의 잔을 다시 채웠다. 데이비드가 밖으로 나가 스테이크를 구울 불을 피우겠다고 했다.

"나도 나가서 도울게요." 에피가 말했다.

"솔직히, 나 혼자 하는 편이 나아요." 데이비드는 손으로 머리칼을 쓸어내렸다. 머리끝이 엉킨 느낌이 들었다. 그는 주방에서 마티니 잔을 비운 다음, 성냥과 석탄 주머니와 오래된 신문을 들고 밖으로 나갔다. 오늘은 액체 연료를 쓰지 않을 것이다. 종이와 잔가지로 우직하게 불을 작게 피워서 서서히 석탄을 집어넣고 싶었다. 불은 아주 굼뜨게 붙었다. 아무리 바싹 마른 잔가지라도 물기가 있기 때문이다. 불이 점점 붙자 데이비드는 신이 났다. 그때 주방문을 열고 웨스가 나오다가 뒤꿈치가 계단에 걸려 살짝 비틀거렸다.

"방해하려는 건 아니고, 간식 좀 챙겨왔다, 친구." 웨스가 새로 만든 마티니가 담긴 주전자와 잔을 들었다.

"고마워, 웨스. 그런데 나 마실 만큼 마셨어."

"왜 이러시나." 웨스가 술을 따랐다.

데이비드는 지저분한 오른손으로 잔을 받았다. 지옥에 있는 기분이었다. 웨스가 주방으로 도로 들어가자 그는 바비큐 그릴 가장자리에 올려놓은 잔을 들어 땔감 나무에 술을 쏟아버렸다.

그 후 한 시간 동안 데이비드는 마티니를 두 잔도 더 마셨다. 마티니는 없어서는 안 될 마취제 같았다. 그는 샤워하고 깨끗한 셔츠와 바지로 갈아입었다. 감자가 다 구워지자 에피는 바구니 맨 밑에 있던 아보카도를 꺼내 샐러드를 만들었다. 잠깐이지만 데이비드는 기분 좋고 행복했다. 웨스가 스테이크를 나중에 먹겠다며 계속 사양해도 전혀 짜증 나지 않았다. 그는 치즈와 크래커와 블랙 올리브를 더 내왔지만 얼음이 바닥났다.

"지금 문제가 뭐냐면 데이브가 우리를 기다리지 않았다는 거야. 이 친구는 나한테 전화한 것도 기억 못 해. 맞지?"

에피가 멍하니 놀랍다는 표정을 지었다. 이 끔찍한 소식을 이해하려고 애쓰자 얼굴에 주름이 자글자글 잡히는 것 같았다.

"혹시 딴 사람이 전화했을지 누가 알아?" 데이비드가 이렇게 말하자 순식간에 민망함이 사라졌다. 웨스는 분명 그때 필름이 끊겼을 수도 있다. 데이비드는 주전자 속에 얼마 남지 않은 마티니를 마저 잔에 부었다. 거의 얼음 녹은 물이었고, 유리 조각처럼 생긴 얼음 부스러기가 조금 있었다.

웨스가 음악을 크게 틀더니 에피와 같이 춤을 추었다. 웨스는 비틀거리다 에피의 발을 밟았다. 데이비드가 웃었다. 에피는 아파하며 웨스에게 모욕당한 듯이 그를 바라보았다. 에피는 데이비드가 예의상 말려주기를 바라는 눈치였다. 그러나 데이비드는 에피의 허리를 팔로 감쌀 생각만 해도 찝찝해서 안락의자에 그대로 앉아 있었다. 그때 에피가 말했다. "뉴메스터가 직접 경찰서에 출두했대요. 벡스브룩 경찰서로요. 지난주에 경찰한테 들었어요."

"뉴메스터가 그랬다고요?" 웨스가 웃으며 물었다. "당신이 그 얘길 들었다면 나한테 말했을 텐데…… 나더러 믿으라고요?"

에피가 웨스의 어깨 너머로 데이비드를 힐끔 쳐다보더니 살짝 윙크했다. 에피는 자기가 여전히 거기에서 그를 막아주고 있다고 항변하는 것 같았다. 데이비드는 의자에 버티고 앉아 바닥을 내려다보았다.

"에피, 당신 말이 도대체 믿기지가 않아요." 웨스가 놀라서 중얼거렸다. "뉴메스터를 감싸려고 이러는 거죠? 대체 그 작자가 누굽니까?"

짧지만 격렬한 침묵이 감돌았다.

"너도 알았어, 데이브? 뉴메스터가 경찰서에 나타났다는 거?"

"오늘 에피한테 듣기 전까진 몰랐어." 데이비드가 대답했다.

"대체 거긴 왜 간 걸까? 딜러니를 죽였다고 자백했나?" 웨스는 더욱 흥미진진하게 캐물었다.

"당연히 아니겠죠." 에피가 다급히 말했다. "경찰이 뉴메스터에게 몇 가지 더 물을 게 있었대요. 딜러니 부인이 뉴메스터와 얘기하고 싶다고 한 것 같아요." 에피가 딸꾹질했다.

"애나벨." 웨스가 말했다. 데이비드는 자신에게 꽂힌 웨스의 시선을 느꼈다. "애나벨이 뉴메스터하고 얘기하고 싶었다고요?"

"네, 뉴메스터가 하트퍼드로 부인을 만나러 간다고 경찰이 말했어요."

"하트퍼드. 거기였지." 웨스가 웅얼거렸다. "그래서 어떻게 됐대요?"

"아무 일도 없었대요. 뉴메스터가 부인에게 사건 경위를 설명한 것 같아요. 사고였다고."

"사고라." 웨스가 따라 말했다. "흠, 이해가 안 가네, 이해가 안 가." 웨스는 열심히 춤을 추다가 에피를 한쪽 팔로 꼭 안았다.

"그만해요, 웨스! 이거 놔요!"

"그런 게 아니라니까 그러네!" 웨스는 에피를 안으려 했지만, 에피가 웨스를 거칠게 떠밀었다.

에피가 비틀거리며 벽난로 쪽으로 물러났다. "내가 사랑하는 건 당신이에요." 에피가 데이비드에게 말했다. "당신이라고요! 내가 왜 이 말을 하면 안 되죠?" 에피가 웨스에게 소리를 질렀다. "아무튼 당신은 알았잖아요. 당신이 뭘 어쩔 건데요? 아무것도 못 하면서!"

"나보고 뭘 어쩌라고요?" 웨스가 물었다.

"데이비드! 데이비드 켈시 말이에요!" 에피가 무릎을 살짝 구부리고 양팔을 데이비드를 향해 뻗으며 울부짖었다.

데이비드가 안락의자에서 일어났다. 에피가 그를 덮칠까 봐 겁이 났다. "스테이크나 구워야겠다."

"데이브!" 에피가 데이비드의 팔을 붙들었다. "잠깐만 내 얘기 들어주면 안 돼요?"

데이비드는 에피의 손목을 최대한 살살 쥔 후 그의 팔을 붙든 에피의 손가락을 억지로 떼어냈다. "스테이크 구워야죠."

"내가 술을 너무 마셨나 봐요. 그래도 취하면 본심이 나오잖아요, 데이브. 잘 들어요. 이번이 내가 당신을 보는 마지막일지도 몰라요."

"데이브가 바라는 게 그거지!" 웨스가 웃으며 말했다.

데이비드는 웃고 싶었다. 동시에 두 명이 비틀거리는 난리 통에 마음이 어지러웠다.

"이유를 모르겠어요," 에피가 웨스에게 진지하게 말했다. "속마음 몇 마디 털어놓았다고 내가 당신한테 조롱당해야 하는 이유를 모르겠다구요, 웨스 카마이클."

"내가 언제 그랬어요? 내가 딴 방으로 갈까요?"

데이비드는 천천히 주방으로 향했다. 에피의 인기척이 등 뒤에서 들리자 그는 에피를 피하려고 몸을 틀어 옆으로 살짝 비켜섰다. 에피가 문설주에 부딪쳤다.

"내가 인기 없는 거 알아요, 이제. 그렇지만 당신을 향한 내 감정과 내가 진실하다는 사실은 변하지 않아요. 데이브, 그 여자 때문에 인생을 허비하고 있어요. 다른 여자를 찾아요. 내가 아니더라도요." 에피가 떨리는 목소리로 말했다.

데이비드는 자리를 피하려 했지만 에피가 그를 껴안았다. 웨스는 담배에 불을 붙인 다음 성냥을 재떨이에 내던지더니 열불 나고 불쾌한 표정을 지었다.

"데이비드가 알아서 살게 놔둬요. 당신이 무슨 말을 해도 제 갈 길 갈 사람이니까." 웨스는 빈 잔을 들고 주방으로 향하다가 데이비드와 부딪쳤는데도 사과하지 않았다.

데이비드가 목에 감긴 에피의 팔을 치우자, 에피의 얼굴이 그의 가슴에 닿았다. 그는 한 걸음 물러서며 에피에게 붙들린 손목을 빼려고 했다. 그런데 겁에 질려 갑자기 숨을 몰아쉬며 한쪽 팔을 미친 듯이 휘둘렀다. 웨스가 주방에서 다시 중얼거리며 씁쓸한 목소리로 지껄였다. 에피는 더 심했다. 가냘픈 목소리로 칭얼거리고 징징대더니 달팽이처럼 들러붙었다. 데이비드는 주방 한가운데로 뒷걸음쳤다. 에피를 한 방 갈길 것만 같았다.

"뭐 마실래?" 웨스가 술이 가득 담긴 잔을 들고 물었다.

"둘 다 제발 가라!" 데이비드가 말했다.

에피가 싱크대 모서리를 부여잡고 고개를 숙이더니 흐느꼈다.

웨스가 덤빌 듯 몸을 홱 돌리자 데이비드는 웨스가 있는 쪽으로 걸어갔다. 웨스가 술잔을 어디엔가 쾅 내려놓았다. "알았어. 간다! 고귀하신 집주인 곁을 떠나주면 되잖아!"

"에피도 데려가!" 데이비드가 외쳤다.

"그럼 나 안 갈래." 웨스가 말했다. "우리가 왜 너한테 이렇게까지 베풀어야 하는지 모르겠다, 켈시 씨."

"빌이라고 불러." 데이비드가 명령했다.

"뭐?"

"데이브, 입 조심해요!" 에피가 싱크대 옆에서 비틀거리며 말했다. "말하지 말아요, 데이브."

"빌이 누구죠, 에피?"

"아무도 아니에요." 에피가 대답했다.

아무도 아니다. 데이비드는 뒷문을 활짝 열고 밖으로 나간 다음 문을 쾅 닫았다. 온몸에 싱그럽게 차가운 바람이 와 닿았다. 그는 노랗고 벌겋게 불타오르는 석탄불을 지나서 숲 언저리로 걸어갔다. 거기 서서 기울어진 하현달을 바라보았다. 숨소리 말고 아무 소리도 들리지 않았다. 숨이 콱 막혔다. 눈물이 차올라 눈이 흐려졌지만 정신은 맑았다. 완전히 말짱했다. 무거운 달이 아주 느릿느릿 느긋하게 푸르스름한 구름을 헤치며 지나갔다. 전에 애나벨이 이렇게 말했다. "나도 사랑해, 데이비드." 그날 밤에도 달이 떴었다. 지금 바라보는 달과 같은 달이었다. 그때 그 고백은 어디로 사라졌을까? 아직도 허공에 떠 있지 않을까? 허공을 떠도는 그 말을 긁어모아 두 손으로 꽉 쥘 수는 없을까? 어딘가에, 어딘가에 잘 있을 것이다. 말은 사라지지 않는다. 진실은 거짓이 될 수 없다. 애나벨은 그 말이 아직도 살아 있음을 알기에 그 때문에 괴로워했다. 언젠가 그녀는 그에게 돌아올 것이다. 아직 때가 되지 않았다. 시간이 많이 흘러야 한다. 오로지 그 시간을 버티기가 힘들 뿐. 그래도 언젠가 애나벨이 이 집에서든 어디서든 그와 같이 살 것이다.

"그래, 윌리엄 뉴마이스터." 그가 중얼거렸다.

그때 차 문이 쾅 하고 닫히더니 시동 거는 소리가 들렸다. 차가 후진하고 회전해 흙길을 따라 내려가는 소리가 났다. 하느님 고맙습니다. 가슴을 짓누르던 갑갑함이 덜어졌다. 그는 고개를 들어 달을 바라보았다. 혼자 있으니 다시 행복해지고 자신감이 충만했다. 두 번 깊게 호흡한 후, 몸을 돌려 집으로 향했다. 주방 문을 열고 안으로 들어갔다. 눈앞에 펼쳐진 난장판을 봐도 아무렇지 않았다. 혼자서 청소할 시간이 충분했기 때문이다. 시간은 많아! 많다고! 그는 책을 읽고 음악을 듣고 애나벨에게 편지하고 사실이 아닌 것을 사실인 것처럼 말하다가, 언젠가 애나벨이 그의 침대 속으로 들어오는 꿈을 꾸며 자유로이 홀로 밤을 지새울 것이다. 데이비드는 술병을 들고 얼마 남지 않은 술을 마저 따른 다음, 비현실적인 동작으로 잔을 들어 올려 한 입에 털어 넣었다. 예전에도 술병을 과감히 성공리에 비웠던 기억이 났다. 그때가 언제였더라? 그는 잔을 내려놓았다. 식탁 저쪽 위에 낡은 손목시계가 보였다. 데이비드는 어깨를 으쓱했다.

그는 거실을 거닐며 휘파람을 불었다. 머릿속에 뭔가 쾌적하고 큰 구름이 두둥실 뜬 것 같았다. 솜털처럼 푸르스름한 회색 구름이었다. 애나벨의 눈동자와 같은 색이었다. 어떤 문제나 고민은 그 속에 들어갈 수 없다. 그 건 윌리엄 뉴마이스터의 구름이었다. 그 속에서 그는 무척 똑똑하고 운이 좋은 친구 윌리엄 뉴마이스터가 되었다. 데이비드는 계단을 올라갔다. 옷을 벗고 그날 오후의 모습을 샤워로 씻어낸 후 다시 청바지를 입고 싶었다.

침실 문지방에 섰다. "애나벨……"

애나벨이 베개를 팔로 감싸고 갈색 머리를 깊이 파묻은 채 곤히 자고 있었다.

그는 그녀에게 달려가 어깨를 감싸 쥐고 그녀의 몸을 살살 돌렸다. 바로 그때, 그는 기겁하며 손을 떼는 동시에 베개에서 고개를 드는 얼굴을 후려 갈겼다.

"데이브!"

그는 양손으로 그녀를 부여잡고 침대에서 끌어내 내팽개쳤다. 에피가 큰 의자 팔걸이를 짚고 일어나 그를 보며 울부짖었다. 이제 데이비드가 이를 악물고 그녀의 어깨를 쥐었다.

"닥쳐! 닥치라고!" 그는 낮게 으르렁거리며 그녀를 떠밀었다. 그는 침대로 몸을 돌려 멍하니 손바닥으로 이불을 쓸어 판판히 정리했다. 에피가 이불 속이 아니라 위에 누웠지만, 그는 이불 밑에 있던 베개를 움켜쥐고 뒤쪽 벽으로 냅다 집어던졌다.

에피는 일어나지 못했다. 그가 다가가 그녀를 일으켜 세워 달래주기를 기다리는 것 같았다. 그는 음산하게 웃더니 욕실로 들어가 손을 씻었다. 양손에 물을 받아 세수한 다음 수건으로 벅벅 문질렀다. 이 집과 끝이다. 에피가 망쳐버렸다. 그가 이 집에서 원하는 건 이제 없다. 웨스와 에피가 오기 전 오늘 오전에 벽난로 선반에 있던 애나벨의 사진을 서랍 속에 넣어

두었는데, 필요한 건 그것뿐이다. 책상에서 몇 가지 서류도 챙겨야 한다. 그리고 다시는 돌아오지 않을 것이다. 절대로.

데이비드는 응접실로 들어가 수표책을 집어 든 다음, 보관함에 숨겨둔 여윳돈을 꺼내고, 지갑과 고무 밴드로 둘러 보관하던 중요 서류 뭉치도 챙겼다. 옷을 몇 벌 가져갈까 했지만 옷을 골라서 여행 가방에 집어넣기가 신물 났다. 아래층으로 뛰어 내려갔다. 불을 여기저기 켜놓은 게 떠올라 잠시 망설였지만, 현관 옷장에서 트렌치코트를 홱 잡아당겼다.

그는 차고 문을 열고 후진으로 차를 뺐다. 흙길을 따라 내려가자 찻길에 서 있는 자동차 헤드라이트 한 쌍이 보였다. 데이비드는 진입로를 빠르게 내려가다가 도로에 합류하기 직전에 차를 세웠다. 웨스의 차가 보였다.

"이봐, 데이브!" 웨스가 외쳤다. "잠깐 기다려!"

그러나 데이비드는 웨스의 차를 끼고 돌아 앞질러 고속도로로 향했다.

27

그는 제한 속도를 무시하고 차를 몰았다. 이 시커먼 고속도로를 따라가면 어디가 나오는지 몰랐지만 상관없었다. 헛헛함과 졸렬함이 뇌리에 음울히 박혔다. 그는 언젠가 집에 돌아가야 하는 걸 알면서도 지금은 차마 거기까지 생각할 수 없었다. 그가 돌아가면 최소한 두 사람은 가고 없을 것이다. 그는 오늘 밤, 아마 내일도 돌아가지 않을 것이다. 웨스가 주방에서 비틀거리면서 그에게 정신과의사나 만나라고 지껄이던 모습이 떠오르자 그는 분노와 수치심에 속이 아직도 부글거렸다. 웨스는 죽도록 술이나 퍼마시는 자신을 되돌아보기나 했을까? 그는 지난하고 밋밋한 결혼 생활을 하는 웨스를 볼 때마다 애나벨과의 관계에서 느끼는 우울함을 느꼈다. 애나벨이 재혼했다. 그게 사실이라서 너무 참담했다. 그래도 그는 태도만큼은 긍정적이어야 한다고 스스로를 다잡았다. 언젠가는 그때가 오리란 걸 알았다. 웨스 카마이클을 보고 긍정적으로 말할 구석이 있을까?

그는 갑자기 기운이 쭉 빠지자 속도를 줄였다. 시속 50킬로미터로 차를 몰면서 양손으로 핸들 아래쪽을 쥐고 힘을 뺐다. 오늘 밤엔 집에 가지 않을 테다. 아무 모텔이나 들어가 윌리엄 뉴마이스터라고 이름을 댈 생각이다. 웨스가 혹시나 술에 취해서 데이비드를 찾아달라고 경찰에 신고할 경우를 대비하기 위해서다. 웨스가 경찰에 신고할 것 같진 않았다. 웨스는 아마 술이나 한잔 더 하고 데이비드가 무례하다고 신나게 욕한 다음 에피를 태우고 가버릴 것이다. 내일 웨스가 전화로 사과할지 모른다. 그런데 에피는 상황이 달랐다. 데이비드는 에피를 때린 게 미안했다. 그런데 진짜로 에피를 때렸나? 데이비드는 에피를 침대에서 밀쳤을 뿐이다. 바닥에 쓰러진 에피의 모습이 떠오르자 자책감이 들었다. 아무리 사과한들 무마할 수 없으리라. 그가 심했다. 그때 침대에 누운 사람이 애나벨이라고 완전히 착각했었다. 에피의 머리색이 애나벨과 흡사했기 때문이다! 웨스에게 빌이라고 부르라고 한 일도 지금 기억났다. 너무 혼란스러웠다. 그래도 웨스는 기억하지 못할 것이다. 혹시나 기억했다 해도, 빌과 뉴마이스터를 연관시키진 못할 것이다. 데이비드는 에피가 경고조로 '데이브, 입 조심해요'라고 말하던 모습이 떠올랐다. 그는 액셀러레이터를 끝까지 꾹 눌러 밟았다. 두 사람과의 거리가 점점 벌어지고 있다는 생각이 그에게 유일한 위안이 되었다.

여러 마을 이름과 그곳까지의 거리가 한꺼번에 적힌 표지판이 눈에 띄었다. 시선이 곧바로 '프로스버그 37킬로미터'에 머물렀다. 그는 프로스버그 방향 도로를 탔다. 그곳에 도착하면 시간이 꽤 늦을 것이다. 사실 거기에 간다 해도 하고 싶은 일은 하나도 없었다. 그래도 그쪽으로 마음이 이끌렸다. 컴컴하고 추한 그 길을 다시 달려가면 무슨 일이 생길지 모른다. 비첨 부인을 만날 수도 있다.

프로스버그에 도착하자 곧장 하숙집으로 향했다. 애쉬 레인으로 접어드는 코너에서 속도를 줄였다. 울퉁불퉁 우그러진 타르가 두툼하게 깔린 도로 위로 차를 천천히 몰았다. 안 봐도 훤했다. 아주 편안한 신발을 신은 듯 그 길을 따라 올라가 늘 세우던 듬성듬성한 산울타리 왼편에 차를 댔다. 하숙집에는 전등이 딱 한 곳 켜져 있었다. 지금 다른 이가 살지 않는다면 멀더븐 씨의 방이었다. 데이비드는 덜렁거리는 철문 문고리를 비틀었다. 복도에는 불이 꺼져 있었다. 멀버븐 씨의 방문은 닫혀 있었지만 발소리가 들렸다. 놀랍게도 세라의 방문이 열렸다.

"잘 있었어요, 세라."

"켈시 씨!"

"다들 자요? 찾아오기엔 시간이 너무 늦었죠." 그가 안으로 들어갔다.

"매카트니 부인을 만나시려고요? 지금 주무시는데." 세라가 말했다. 그녀는 이미 특유의 심드렁한 표정을 다시 지었다.

"실은, 비첨 부인을 뵈러 왔어요." 그는 조용히 말했다. 이 집에서 풍기는 익숙한 냄새가 느껴지자 묘하게 기운이 나는 동시에 울적해졌다. 낡은 카펫에서 올라오는 냄새, 정체불명의 음식 냄새. "중요한 일이라서요. 혹시 지금 뵐 수 있을까요, 세라?"

세라가 머뭇거리는 사이 멀더븐 씨의 방문이 열렸다. 맨발에 잠옷 바람이었다.

"이게 누군가, 데이비드 켈시!" 그는 잠옷 차림이라 그런지 민망해서 복도로 나오지 못한 채 손만 내밀었다. 데이비드가 그에게 다가갔다.

"잘 지내셨어요, 멀더븐 씨?" 이 나이 든 남자의 친근함과 꽉 잡은 손이 느껴지는 순간 데이비드는 가슴이 울컥했다. "어떻게 지내셨어요?"

"잘 지냈죠. 아주 좋아요. 여기 사람들이 많이 보고 싶어 했는데, 데이비드."

문제는 전혀 없어 보였다. 갑자기 이 하숙집이 괴짜와 풍문이 아닌 오랜 친구들로 꽉 찬 것 같았다.

"저도 다들 뵙고 싶었어요." 그는 아주 조용하게 말하며 잡은 손을 놓았다.

세라가 계단으로 올라갔다. "정말 부인을 불러드려요, 켈시 씨?"

"네, 부탁합니다. 제가 왔다고 전해주세요." 그는 부인이 자신을 보면 좋아할 거라고 자신했다.

"가끔 와서 얼굴들 보고 가요, 데이비." 멀더븐 씨가 말했다. "일요일 저녁때요."

"그러겠습니다." 데이비드가 말했다.

"잘 자고, 행운을 빌어요, 데이비."

"안녕히 주무세요, 선생님. 저도 행운을 빕니다."

멀더븐 씨가 그를 '데이비'라고 부른 적은 단 한 번도 없었다. 그 역시 그 나이 든 남자를 선생님이라고 부른 적이 전혀 없었다. 데이비드는 계단통을 올려다보았다. 시간이 흘러서일까, 지금 이곳이 소중해 보였다. 여기서 살 때가 더 좋았고 훨씬 진지했으며 열정적이었기에 이곳이 소중해 보였다. 이 집에서 살 때 애나벨과의 관계도 더 좋았던 것 같았다. 그런 생각이 들면서 사실을 깨닫자 가슴이 아렸다. 결국 왜 여기로 왔을까? 그건 차 안에서 그 사실을 깨달았기 때문이다. 데이비드는 트렌치코트 주머니 속에 있는 서류를 아주 조용히 만지작거리며 계단을 올랐다.

세라가 3층에서 막 내려오는 중이었다. "들어오시래요, 켈시 씨."

"고맙습니다. 아직 안 주무시는 분이 또 계십니까?" 그는 어색하게 말을 이었다. "사실 두 사람의 서명이 필요합니다. 세라와 멀더븐 씨가 해주셨으면 좋겠는데요."

"서명요?"

"잠시 후에 설명해드릴게요." 데이비드는 이렇게 말하고 한쪽으로 비켜서서 세라가 내려가게 했다.

비첨 부인의 방문이 살짝 열려 있었다. 데이비드가 노크했다.

"어서 들어오게, 데이비드!" 비첨 부인이 높다랗고 행복하고 반가운 목소리로 외쳤다.

데이비드는 안으로 들어가며, 감사와 안도감에 주체할 수 없는 미소가 얼굴에 퍼졌다. 부인은 흰색 취침용 모자를 쓰고 긴소매에 러플이 달린 하얀 나이트가운 차림으로 침대에 기대고 있었다. 분홍색 반원 램프 갓이 씌워진 작은 램프가 협탁 위에 켜져 있었다. "너무 늦은 시간에 들른 걸 용서하세요."

"당연히 그래야지. 나 같은 노인네한테 낮이든 밤이든 무슨 상관이 있겠어? 안경 좀 건네줘, 데이비드. 얼굴 좀 보자. 저쪽 바느질 물건 옆에 두었네. 옆에 있을 텐데 오른쪽인가? 아침에 일어나면 안경이 필요 없어. 일어나서 그저 옷이나 입으면 되니까. 뭐가 어디에 있는지는 다 알고 있으니까."

그는 부인에게 안경을 건넸다.

"이제 자네 얼굴을 제대로 봐야겠어."

부인이 그를 쳐다보았다. 램프 불빛을 받자 오른쪽 눈에 낀 뿌연 백내장이 또렷이 보였다. 부인은 눈을 부릅뜨고 궁금함과 다정함이 어린 시선으로 바라보았다. 데이비드는 부인의 러플 달린 소매를 쥐고 어색해도 애정을 담아 살짝 흔들었다.

"얼굴이 여위었어. 무슨 고민이 있나, 데이비드? 무슨 일이야?"

"아닙니다. 고민은요. 제가 온 이유는……"

"앉게, 데이비드. 저기서 의자 끌고 와."

"조촐한 선물을 드리려고 왔어요. 어떻게 보면 선물일 수도 있어요. 부인께 선물이 되었으면 좋겠네요." 그는 자신을 까발려야 하는 난처함과 민망함에 괴로웠지만 마음을 굳게 먹고 당당히 말했다. "제 생명 보험과 관련된 간단한 일입니다." 그는 서류에 집중하며 말했다. "부인께서 제 수익자가 되어주세요. 딱 한 줄만 바꾸면 돼요. 제가 내일 보험회사에 편지를 보내려고요."

"무슨, 수익자? 왜 나를, 데이비드?"

"부인께서 받으셨으면 좋겠어요."

"생명 보험이라면 자네가 나보다 오래 살 텐데."

"그건 아무도 모르죠." 데이비드는 서둘러 말한 다음, 애나벨 스탠튼 켈시라고 적힌 이름 위에 펜으로 취소 줄을 긋고, 그 위에 정자로 '몰리 비첨 부인'이라고 적었다. 하숙집 주소도 적었다. 그러는 사이 비첨 부인이 한사코 거절했지만 그는 신경 쓰지 않았다. 그는 서류와 펜을 부인에게 내밀었다. "이제 여기에 서명해주세요. 부탁드려요. 여기 수익자라고 적힌 칸에 서명해주세요. 이걸로 말씨름하지 마시고요." 그가 애원했다.

부인은 협탁에서 독서용 안경을 집어 들고 계약서에 적힌 작은 글씨를 돋보기로 살펴보았다. "애나벨이라," 부인이 말하며 고개를 들어 그를 바라보았다. "그 여자 아닌가, 데이비드?"

부인이 어디에서 들었을까? 대체 어디에서 정확히 들은 거지? 노인이 가진 통찰력으로 추측했을까? 부인이 어떻게 알았느냐는 이제 중요하지 않았다. 그건 사실이고, 부인은 사실을 알았다. "네," 데이비드는 한숨을 섞어 답했다. "그 여자 맞아요. 하지만 그 여자가 안 받을 거라는 걸 알게 되었어요. 그래서 다른 사람 이름을 여기에 적어야 합니다."

"무슨 일 있었어, 데이비드?"

"아무 일도 없었어요! 그냥 그렇게 됐어요. 그 여자가 이 돈을 안 받을 거라는 걸 제가 어쩌다 알게 됐어요. 그래서 여기에 그 이름이 적혀 있어도 아무 소용이 없어요."

"그럼 에피는 어때, 데이비드?" 비첨 부인은 서글프게 물었다. 그 속에 원망이 살짝 섞였다.

데이비드는 어깨를 으쓱했다. "에피를 계속 못 보다가 이번 주말에 봤어요. 에피하고 제 친구 웨스가 저희 집에 왔는데, 아직도 거기 있을 겁니다." 데이비드가 일어섰다. "제가 잠시 제 집에서 나와야 할 일이 있긴 했지만, 다시 가야죠. 오늘 밤 저한테 뭐가 문제였는지 모르겠어요. 이제 가야 해요. 비첨 부인, 제발 서명해주세요. 해주실 거죠?"

"알았네, 데이비드. 원한다면." 그녀는 아이의 응석을 받아주듯 진득하니 큼직하게 서명했다. 데이비드가 너무나 잘 아는 필체였다.

그는 가만히 있지 못하고 방문까지 걸어갔다가 오더니 조심스레 서류를 받아 들었다. "아래층에 내려가서 서명을 더 받아야 해요. 혹시나 증인이 필요할지 몰라서요. 사실 증인이 필요한지도 잘 모르지만요." 그는 갑자기 목이 말랐다. 방에 아예 공기가 없는 것 같았다. "용서하세요, 비첨 부인."

"용서하고 말고 할 게 어디 있어, 데이비드? 오늘 밤은 자고 가는 게 좋겠어. 트로이까지 운전해서 갈 생각 말고, 2층에 빈방이 있어. 자네가 쓰던 방은 아니지만." 부인이 웃으며 말했다. "새로 온 사람이 자네 방을 쓰고 있네. 세라가 자러 들어갔어도 원래 이 시간까진 깨어 있으니 그 방을 보여……"

"아닙니다. 가야죠. 고맙습니다, 부인. 고맙습니다." 그는 문을 열며 말했다. "안녕히 계세요."

"몸조심해, 데이비드. 날 보러 또 오게."

아래층에서 데이비드는 머뭇거리다 멀더븐 씨의 방문을 세게 두드렸다. 방에는 이미 불이 꺼져 있었다.

데이비드는 펜을 들고 기다렸다. 멀더븐 씨는 놀란 기색으로 몇 가지를 물었지만, 데이비드는 대답을 피했다. 그는 그저 멀더븐 씨에게 감사하며 깨워서 미안하다고 사과했다. 그런 다음 세라의 방으로 향했다. 그때 왼쪽 뒷방에서 세라가 나왔다. 웨스가 이 집에 살 때 쓰던 방이었다. 세라는 러플이 달린 파티 드레스를 입고 있었다. 데이비드와 마주친 게 민망한 눈치였다.

"데이트 가려던 참이었어요. 댄스장에서 만나기로 했거든요."

두 사람은 누추한 복도 조명 아래에 섰다. 세라가 고리버들 테이블 위에 서류를 내려놓고 서명했다. 저 테이블 위에 애나벨의 편지도 꽤 많이 놓여 있었다. 꽤 많았나? 고작 대여섯 통이었다. 데이비드는 눈을 감았다.

그는 세라를 목적지까지 태워다 주었다. 댄스장은 메인 스트리트 사무실 건물 2층에 있었다. 데이비드는 그런 데가 있는 줄도 몰랐다.

이제 그는 또다시 자유로이 혼자가 되었다. 미치도록 고단했다. 30분 정도 운전하다가 그저 그런 모텔로 들어갔다. 숙박계에 '윌리엄 뉴마이스터, 뉴욕 시'라고 적고 카운터 뒤에 졸린 눈으로 선 백발 남자에게 선불로 5달러를 건넸다.

"모닝콜 해드릴까요?" 남자가 물었다.

"아닙니다. 제가 일어나죠." 데이비드가 대답했다.

데이비드는 샤워를 하고 깨끗한 시트 속에 알몸으로 누웠다. 완전히 진이 빠져 온몸이 노그라졌다. 너무 지쳐서 허기진 배도 거슬리지 않았다.

곧장 곯아떨어졌다.

눈을 떴다. 손목시계를 보니 8시 정각이었다. 햇살이 베니션 블라인드를 뚫고 쏟아졌다. 그는 몇 분간 그대로 누워 생각에 잠겼다. 집에 돌아가기 전에 전화부터 해야 하나? 사과를 하든 두 사람이 간 걸 확인하든 하긴 해야 한다. 그렇다면 그가 사과를 해야 하나, 아니면 두 사람한테 받아야 하나? 결론을 내릴 수 없었다. 신경 쓰이지도 않았다. 확실한 건, 두 사람과 마주치고 싶지 않다는 거였다. 그는 일어나 옷을 입었다. 조용한 곳으로 차를 몰고 가고 싶었다. 혹시 숲을 찾을 수 있다면 그곳을 거닐다가 오후 서너 시경 집으로 돌아가고 싶었다. 면도를 해야 했지만, 집에 가서 해도 상관없다.

데이비드가 문을 열고 나가려는 찰나, 노크 소리가 들렸다. 깡마른 백발의 남자가 놀라며 한 걸음 물러섰다.

"막 깨우려던 참이었는데." 남자가 말했다. "혹시……"

"필요 없습니다. 고맙습니다." 데이비드가 말했다.

"경찰이 전화했어요." 남자가 흥분하며 말했다. "차량 번호를 불러줬는데, 그게 손님 차였어요."

"네?"

"경찰이 켈시라는 사람을 찾고 있어요. 손님은 아니시죠?"

"아닙니다." 데이비드는 대답하면서 남자 어깨 너머로 고속도로 위에 있는 모텔 사무실을 살폈다. 경찰차는 없었다.

"무슨 착오가 있었나 봐요. 10분 전에 경찰 전화를 받고 숙박계를 찾아봤는데, 손님이 어젯밤에 차량 번호를 안 적으셨더라고요. 아무튼 전 켈시라는 사람은 여기에 없다고 생각했어요. 그런데 지나가다가 손님 차 번호판을 보는 순간, 아까 그 여덟 자리 번호가 떠오르지 뭡니까. 혹시 데이비드 켈시를 아십니까?"

"모릅니다." 데이비드는 차로 걸어가 문을 열었다.

"손님 차 맞죠?"

"그런데요." 데이비드가 대답했다.

늙은 남자가 방문 앞 낮은 계단 위에 서서 그의 차량 번호판을 뚫어져라 보더니, 손에 든 메모지를 보며 다시 확인했다.

저 남자가 경찰에 신고할지 모른다. 그럼 경찰은 뉴마이스터라는 이름을 받아 적을 것이다. 데이비드는 이상하게도 자신의 목소리가 멀리에서 들리는 것 같았다. "사무실로 가서 차를 세우고 숙박계에 제 차량 번호를 적는 게 낫겠네요. 분명 무슨 착오가 있었을 겁니다."

"알겠습니다." 남자는 이렇게 말하더니 사무실 쪽을 별 의미 없이 가리킨 다음 걸었다.

데이비드는 사무실 바깥에 차를 세웠다. 차머리를 고속도로 방향으로 두고 시동을 끄지 않았다. 그는 늙은 남자가 십수 장의 숙박계를 뒤적이는 동안 꾹 참고 기다렸다. 남자가 손을 떨며 숙박계를 내밀었다.

"경찰이 그 남자를 왜 찾는답니까?" 데이비드는 숙박계를 받아 들며 물었다.

"살인이래요. 살인."

데이비드의 시선이 남자의 시선과 맞부딪치는 순간, 데이비드가 문 밖으로 뛰쳐나가 차에 훌쩍 올라탔다.

"이봐요, 거기! 멈춰!"

데이비드는 시속 100킬로미터, 110킬로미터 정도로 쏜살같이 달리다가 속도를 줄이려 했다. 모텔 숙박계를 재킷 주머니 속에 쑤셔 넣었다. 그건 사실이 아닐 것이다. 경찰이 그 늙은이에게 '살인'이라고 한 건, 그가 차량 번호판을 좀 더 꼼꼼히 살펴보라고 한 말일 것이다. 사실 데이비드는 지금까지 줄곧 에피가 죽었을까 봐 두려웠다. 에피가 바닥에 쓰러진 기억, 바닥에 꼼짝 않고 누운 모습이 제럴드 딜러니가 계단에 기댄 채 미동도 않던 모습과 겹쳐 보였다. 순간, 그는 집으로 돌아가 상황이 어찌 됐든 마주하려 했다. 그러나 그런 생각만 해도 소름이 돋아 액셀레이터를 다시 꾹 밟았다. 에피가 죽었다면 모두 끝이다. 모든 게 끝장이다. 데이비드는 마른 입술 사이로 가쁜 숨을 내쉬며 고속도로 좌우측으로 외딴길이 보이는지 살폈다. 느리게 가는 차들, 심술궂게 샛길도 없는 고속도로, 이런 외부 요인이 일부러 그를 방해하는 것 같았다. 마침내 바퀴 자국이 팬 1차선 흙길이 보이자 데이비드는 그쪽으로 차를 틀었다. 200미터 정도 들어가자 숲이 보였다. 그 뒤에 차를 숨기면 고속도로에서는 보이지 않을 것 같았다. 숲이 있는 쪽으로 가까이 가자 멀지 않은 곳에 농가가 한눈에 들어왔다. 아무튼 그는 트렌치코트를 들고 차에서 내려 다시 고속도로 쪽으로 걸어나갔다.

첫 번째로 지나가는 차를 향해 손을 흔들었지만 차는 서지 않았다. 그 다음 차도, 또 그다음 차도 그냥 지나갔다. 마침내 천천히 털털거리는 트럭이 와서 섰다. 그는 땀을 흘리며 트럭에 올라탔다.

"고맙습니다." 데이비드가 인사했다.

남자가 고개를 끄덕이며 기어를 바꿨다. "어디까지 가십니까?"

"다음 마을요."

"라이더요?"

데이비드는 그게 마을 이름인지 아닌지도 모르면서 그렇다고 했다.

"그럼 이쪽으로 한 1.6킬로미터 정도 더 가서 내려드려야겠네요." 남자
가 말했다.

"괜찮습니다."

경찰차가 트럭을 추월했다. 고속도로 순찰차였다. 그런데 트럭의 속도
계를 보니 경찰차는 규정 속도인 시속 80킬로미터를 넘지 않았다.

두 사람은 사과 얘기를 했다. 남자는 사과 농장을 하는 사람이었다. 그
는 데이비드에게 과수원과 지난 2년간 사과 수확량이 확 늘어난 방법과
이유를 설명했다. 남자는 다리가 굵고 얼굴이 벌겋고 나이는 마흔 정도 되
어 보였다. 아내와 세 아이가 있다고 했다. 그의 생활은 믿을 수 없을 만큼
단순하고 평화로워 보였다. 데이비드는 살짝 의구심이 들었다. 이 남자가
데이비드 쪽으로 몸을 돌려 삿대질하며 이럴 것만 같았다. "당신, 데이비
드 켈시 맞지?"

남자는 데이비드를 분기점에서 내려주었다. 데이비드는 계속 걸었다.
목에 단추를 풀고 타이를 끌렀다. 라이더는 작은 마을로 모든 게 닫혀 있었
다. 데이비드는 그곳에서 몹시 눈에 띄는 존재 같았다. 그는 드러그스토어
에서 다음 버스가 25분 후에 오며 스티넥터디(뉴욕 주 동부에 위치한 도시)
로 가며, 드러그스토어 바로 앞에 선다는 얘기를 들었다. 그는 직원에게 감
사를 표한 후, 커피를 한 잔 시켰다. 입구 옆에 잔뜩 쌓인 더미에서 트로이
지역 신문을 집어 들었다. 일요일마다 그가 집에서 구독하던 바로 그 신문
이었다. 그는 만화 섹션을 빼버리고 1면과 2면, 3면과 4면을 훑었다. 살인
사건 기사는 하나도 실리지 않았다. 그런데 신문을 어젯밤 늦게, 혹은 어제
오후에 찍었을 것이다. 데이비드는 커피를 다 마시고 일어나 비좁은 드러
그스토어 안을 돌아다녔다. 유리 카운터 밑에 진열된 립스틱도 보고, 선반

에 놓인 촌스러운 생일 카드도 보면서 뭘 해야 할지 고민했다. 그러나 데이비드는 자신이 아무 생각도 하지 않는다는 걸 너무나 잘 알았다.

웨스가 곧장 침실로 가서 의식을 잃은 에피를 보았을 것이다. 에피가 정말 정신을 잃은 걸지도 모른다. 웨스가 놀라서 경찰에 신고했을까? 그랬을 가능성이 가장 크지 않을까? 데이비드는 멍청하게도 차를 버린 자신을 저주했다. 차는 금방 발견될 것이다. 경찰은 데이비드 켈시가 정신이 나갔거나, 살인이라는 죄책감을 느꼈다고 여길 것이다. 신문에 실린 데이비드의 사진을 보고 벡스브룩 경찰이 이럴 것이다. "이거 윌리엄 뉴마이스터잖아, 딜러니와 싸웠다던 남자!"

데이비드는 다시 히치하이킹을 할까, 아니면 택시를 대절해 차가 있는 곳으로 돌아갈까 고민했다. 차는 25킬로미터 이내에 있었다.

스티넥터디행 버스가 도착했다. 버스가 왔고, 저걸 타면 이동하는 게 확실했기에 그는 버스에 올랐다. 스티넥터디에 가면 트로이행 버스가 자주 있을 것 같았다.

12시가 조금 지나 스티넥터디에 도착했다. 그는 차에서 내리자마자 트로이행 버스가 있는지 물었다. 2시 20분 버스가 있었다. 그보다 빨리 가려면 기차를 타라고 매표소 직원이 알려줬다. 그는 기차역으로 가야겠다고 생각했다.

그가 버스 정류장을 나서는데, 지역 신문 호외판을 든 신문팔이 소년이 다가왔다. 1면을 보는 순간 데이비드는 고개를 저었다. 많이 보던 의자 다리에 그녀가 고개를 어색하게 기댄 채 바닥에 누워 있었다. 데이비드는 신문으로 손을 뻗었다.

"10센트요."

데이비드의 귀가 윙윙 울리기 시작했다.

"10센트 주세요."

그는 주머니에서 동전을 꺼내 소년의 손바닥에 떨어뜨린 다음, 벤치로 걸어가 앉았다. 혼절할 것 같아서 몇 미터 멀리 보이는 어떤 남자에게 잠시 정신을 집중하려고 기를 썼다. 그런 다음, 고개를 숙여 신문을 보았다. '살인 현장으로 변한 주말 술 파티'가 헤드라인이었다.

엘프리다 브레넌(26세, 뉴욕 프로스버그)의 사체가 침묵으로 증언했다……

데이비드는 두 단짜리 기사를 훑었다. 에피의 목이 골절되었다.

켈시와 피해자의 친구인 웨슬리 카마이클(32세, 체스윅 섬유 화학자, 프로스버그)은 언쟁을 벌인 후 머리를 식히러 차를 몰고 멀리 나갔다가 돌아오는 길에 보니 켈시가 차를 몰고 집을 떠나는 중이었고, 브레넌 양이 2층 침실에서 죽어 있는 모습을 발견했다고 진술했다.

데이비드는 에피의 사진을 다시 들여다보았다. 어깨와 반쯤 돌아간 얼굴이 클로즈업됐다. 그는 이 사진을 찍을 때 이미 에피가 사망했다는 걸 알았다. 그가 집을 나설 때, 아니 그 방에서 나갈 때 이미 에피는 사망했다.

그는 자리에서 일어나 역으로 가려고 길을 건너 계속 걸었다. 그의 손에 죽다니. 제럴드처럼. 그런데 제럴드는 이렇지 않았다. 그때 데이비드는 제정신이었고, 잠시 비웃다가 제럴드를 떠밀자 그 작자가 죽었다. 이번에는 달랐다. 데이비드는 에피를 때린 기억이 없었다. 심지어 목을 조른 것도 기억나지 않았다. 어쩌다 에피의 목이 부러졌는지 알 길이 없었다. 남자가 아니라 여자를 죽였다는 건 처참할 정도로 훨씬 끔찍했다. 그는 공원 벤치에 주저앉았다. 자는 것도 기절한 것도 아닌 상태에 갇혔다. 기계에 전원이 꺼지듯 생각도 정지된 것 같았다. 꼼짝 않고 앉아 있으니 형체 없이 추상적인 장면이 마음속에 차올랐다. 벌떡 일어나 계속 걸었다. 그는 경찰에게 쫓기고 있음을 상기하며 작은 공원 주변과 근처 인도를 살펴 경찰을 찾았다. 혹시 경찰이 한 명이라도 보이면, 그에게 뛰어가서 자신의 신원을 밝히고 쓰러질 것이다. 그럼 그가 알듯 모두 끝이다. 그는 모텔에서 그 호리호리한 남자가 혹시 이름이 켈시냐고 묻는 순간 그걸 깨달았다. 데이비드 켈시가 용서받지 못할 실수를 또다시 저질렀다. 이번에는 동네방네 신문에 실릴 것이다. 이번에는 애나벨까지 전모를 알게 된다.

데이비드는 뛰기 시작했다. 처음에는 빨리 뛰다가 나중에는 속보로 걸었다. 서너 블록을 뛰다가 그다음엔 걸었다. 그러다 한 남자를 붙들고 기차역이 어디냐고 멍하니 물었다. 그는 남자가 알려준 쪽으로 걸어갔다.

아무 생각도 계획도 없이 뉴욕행 기차에 몸을 실었다. 구석 자리에 앉아서 앞에 보이는 녹색 플라스틱 좌석 등받이로 시선을 보내다가 눈을 감고 한 번 더 애써 생각했다. 그러다 잠이 들었고 꿈을 꾸었다. 그가 광산의 일부 같은 깊고 시커먼 틈새로 빨려 들어가는 중이었다. 그를 떠민 사람은 아무도 없었고, 그가 빨려 들어가는 건 중력과도 무관했다. 그런데도 몸을 세울 수가 없었다. 빨려 들어가지 않으려고 그 틈새 양쪽 어디든 붙들고 버티려 해도 손이 닿지 않았다. 소용돌이치듯 떨어지자 정신을 잃지 않으려고 견디다 구역질이 나왔다. 눈을 떴다. 2분, 아니 한 시간, 얼마나 잠들었는지 알 길이 없었다. 시계를 보니 4시 10분이었지만 그건 그에게 아무

의미가 없었다. 에피 브레넌이 데이비드 켈시의 손에 죽임을 당했다는 얘기를 듣는 순간의 애나벨의 얼굴이 데이비드의 눈앞에 아른거렸다. 그는 자리에 앉은 채 몸부림치면서 땀이 흥건한 손바닥을 마주 대고 비볐다. 윌리엄 뉴마이스터였다면 그런 멍청한 실수는 절대로 하지 않았을 텐데. 뉴마이스터였다면 에피 브레넌이 눈물을 흘리며 사랑을 애원해도 그 앞에서 냉정하고 차분하게 행동했을 텐데. 매카트니 부인 하숙집 2층 방에 살던 그의 모습이 또다시 보였다. 그는 끙끙거리며 바닥에 걸레질하고 조용히 책을 들고 침대에 누웠다가 아주 고요히 세 쪽짜리 유리창 옆에 서서 앙상하고 시커먼 나무가 보이는 겨울 풍광을 내다보았다. 그 역시 윌리엄 뉴마이스터였다.

데이비드는 일어나 재킷 주머니 속에 있는 타이를 찾아 다시 맸다. 제대로 맸는지 창에 비추어 확인했다. 오늘 밤 아무 호텔에나 가서 윌리엄 뉴마이스터라고 숙박계에 적을 것이다. 바클레이 호텔로 가서 윌리엄 뉴마이스터의 행운을 마지막으로 실험할 도박을 할 것이다. 데이비드는 씁쓸하게 웃으며 담배가 남아 있기를 바랐다. 그가 탄 칸에서는 흡연이 가능했다. 그는 대뜸 신문을 들고 2단 기사를 다시 꼼꼼히 살폈다. 읽는 게 아니라 뉴마이스터의 대문자 N을 찾았다. 뉴마이스터는 언급되지 않았다.

그는 그랜드 센트럴 역에서 면도를 한 후, 렉싱턴 애비뉴를 따라 올라가 바클레이 호텔에 체크인했다. 카운터에서 짐이 있냐고 묻자, 그는 그랜트 센트럴 역에 보관해두었다며 이따가 찾으러 갈 거라고 했다. 그는 지갑에서 29달러를 꺼냈다. 이제 데이비드의 이름이 적힌 수표책은 당연히 무용지물이었다.

호텔 방은 쾌적했다. 그에겐 유달리 그렇게 느껴졌다. 무거운 방문이 닫히자 묵직하고 안심이 되는 소리가 났다. 창밖으로 렉싱턴 애비뉴가 보였다. 여기는 8층이었다. 그는 마티니를 두 잔 시켰다.

그는 방 안을 거닐며 마티니 첫 잔을 마셨다. 둘째 잔은 애나벨과 윌리엄 뉴마이스터를 위해 건배했다. 행운의 사나이 윌리엄 뉴마이스터! 이 지경이 된 건 뉴마이스터가 아니라 데이비드 켈시 탓이다. 학교 때 시험에 합격한 것 말고는 뭐 하나 변변히 한 적이 없고 어디서든 전혀 성공하지 못한 바보 때문이다. 데이비드 켈시에게 두 번 눈길을 준 여자는 에피 브레넌 말고 없었다. 그는 주먹으로 유리창을 부수고 싶은 충동이 일자, 고개를 홱 돌리고 빈 잔을 내려놓았다.

"나 샤워할게, 애나벨. 그러고 나서 나가서 저녁 먹자. 어디로 갈까?" 그가 물었다.

샤워를 하는 동안 지금보다 더 많이 취한 듯 바보처럼 흥얼거렸다.

"윌리엄 뉴마이스터." 그는 근엄하게 혼잣말을 했다. 그리고 "뉴마이스터 씨! 편지 왔습니다!"라고 외쳤다. 애나벨이 손수 '윌리엄 뉴마이스터'라고 쓴 편지 봉투가 눈앞에 보였다. '뉴마이스터 씨 귀하.' 거의 모든 이들이 '뉴메스터'라고 발음해도, 그 이름에선 뭔가 기분 좋고 진솔한 느낌이 풍겼다. 사람들은 이름을 받아 적을 때마다 '스펠링이 N-o-y인가요?'라고 묻는 경우가 많아서 짜증이 나기도 했다. 몇 명이나 그랬더라? 그의 기억 속엔 벡스브룩의 경찰관 한 명뿐이었다. 뉴마이스터가 딜러니의 위기를 성공적으로 넘긴 기억이 되살아나자 기운이 나고 힘이 솟았다.

데이비드는 옷을 입고 마티니를 더 시킬까 고민하다 레스토랑에 내려가서 마시기로 했다. "애나벨, 내일은," 그는 거울 앞에서 빗질하며 말했다. "셔츠 두 장하고 정장 한 벌을 사야 할 것 같아. 바지에 이상한 재킷 차림으로 뉴욕을 돌아다닐 수는 없잖아. 이러다 우리 엘 모로코스(20세기 맨해튼에 있던 최고급 나이트클럽)에 들어가지도 못하겠어."

그는 수표에 큰 금액을 적어 윌리엄 뉴마이스터라고 서명한 다음 호텔에 제시할 계획을 짰다. 그렇게 하면 현찰을 챙길 수 있을 것 같았다. 여기에 오래 묵으려면 그 방법 말고는 없었다. 거래 은행에 편지를 보내 윌리엄 뉴마이스터라고 서명한 수표를 받아서 구제불능 켈시의 계좌에서 해당 금액을 인출하라고 요청하면 된다. 켈시를 탈탈 털어 빈털터리로 만들 생각을 하자 오히려 흐뭇했다. 아니면, 수표에 큰 액수를 적고 받는 사람을 뉴마이스터로 하고 데이비드 켈시가 서명하는 위험을 감수하는 방법도 있다. 만약 호텔에서 뭐라고 하면, 켈시는 희귀한 이름이 아니기 때문에 서명한 사람이 그 데이비드 켈시가 아니라 동명이인이라고 둘러대면 된다. 데이비드는 담배-이발소 자동판매기에서 몇 갑을 사왔다-에 불을 붙이고 방 안을 계속 돌아다녔다. 며칠만 지나면 살인 사건도 잊힐 것이다. 그런 생각이 들자 마음에 달콤한 위안이 되었다. 상황이 객관적으로 보이기 시작했다. 살인, 사망, 각종 사고가 매주 십수 건씩 발생한다. 그는 그동안 거기에 너무 많은 신경을 쏟았다. 데이비드 켈시는 그랬다. 윌리엄 뉴마이스터라면 이런 일들을 제대로 판단할 줄 알 것이다. 데이비드는 수표에 윌리엄 뉴마이스터 앞으로 큰 금액을 적고 서명은 데이비드 켈시로 하기로 마음먹었다. 만일 타 지역 은행 수표라는 이유로 호텔에서 며칠 후 돈을 내줄 테니 기다리라고 하면 그럴 생각이다.

"내일," 그는 밝게 말했다. "내일 아침에 사러 가자."

그는 렉싱턴 애비뉴에서 좀 외진 작지만 실속 있는 레스토랑으로 갔다. 그가 트위드 재킷을 입어도 눈에 띄게 이상하지 않을 곳이라 판단했다. 마티니 두 잔을 시켰다. 웨이터가 두 잔을 그의 앞에 나란히 놓자, 그는 소금과 후추를 한쪽으로 치우고 한 잔을 맞은편에 놓았다.

"윌리엄 뉴마이스터가 당신에게 경배." 그가 잔을 들고 빠르게 말했다. "사랑하는 애나벨, 당신이 저 호텔 방이 맘에 든다니 나도 좋다."

28

다음 날 아침, 윌리엄 뉴마이스터의 이름이 『트리뷴』에 실렸다. 데이비드는 침대에서 아침을 먹으며 신문을 보는 중이었다. 기사를 읽으니 크게 실망스럽고 안타까웠다. 모두 웨스 카마이클의 입에서 나온 말이었다. 웨스는 엘프리다 브레넌이 살해되던 날, 데이비드 켈시가 '빌이라고 불러'라는 말을 했다고 했다. 또한 지난 1월 제럴드 딜러니가 계단에서 사망할 당시 그 집의 주인이 윌리엄 뉴마이스터라고 밝혔다. 기사에 따르면 경찰은 딜러니가 사망한 이후 몇 주간 뉴마이스터를 찾았지만 찾을 수 없었다고 했다. 웨슬리 카마이클─둔한 자식, 차라리 에피가 훨씬 똑똑하네─은 켈시가 뉴마이스터를 모른다고 부인했지만, 카마이클은 발라드의 그 주택에서 켈시를 본 적이 있다고 증언했다. 데이비드는 웨스가 아직도 그 퍼즐을 맞추지 못한 데 경악을 금치 못했고, 여태 그걸 맞춘 사람이 없다는 게 놀라웠다. 상식적으로 봤을 때, 이제 누구든 그걸 간파하는 건 시간문제였다. 어쩌면 몇 시간 이내에 밝혀질지 모른다. 애나벨은 알 것 같았다. 그럼 당연히 경찰도 윌리엄 뉴마이스터를 찾게 될 것이다.

데이비드는 침대에서 일어났다. 잡힐 날이 다가올 줄은 알았지만, 이렇게 빨리 닥칠 줄은 몰랐다. 그는 호텔 방 책상 위에 놓인 편지지를 앞으로 끌어와 보험회사에 보낼 편지에 그의 생명 보험 증권 수익자를 변경해달라고 요청했다. 이게 오늘 아침 그가 제일 먼저 처리해야 하는 일이자, 오늘 유일하게 할 일이었다. 보험 증권을 반송하려면 긴 봉투를 사야 했기에, 그는 보험 증권과 편지를 재킷 주머니에 넣고 외출할 때 꼭 챙겨 나가도록 했다.

"뉴마이스터, 고개 들어!" 그가 거울을 보며 말했다. "면도하고 이발하면 기분이 나아질 거야." 그는 몸을 돌려 상상 속의 애나벨을 바라보며 미소를 지었다. 상상이라는 걸 알면서도 이런 기분은 처음이었다. 애나벨이 이 휑한 방에 그와 구석에 놓인 베이지 안락의자 사이에 진짜로 있는 것 같았다. 어느 때보다 애나벨이 훨씬 또렷하게 보였다. 파란 가운을 입었는지까지는 보이지 않았지만, 가운을 입긴 입었다. 이제 뭐가 더 중요하겠는가? 그는 애나벨에게 입을 맞추고 욕실로 들어가 샤워했다.

그는 엘리베이터를 타고 내려가면서 어쩌면 경찰이 지금쯤 호텔 로비에 와 있을지도 모른다고 생각했다.

그러나 경찰은 없었다. 데이비드는 방 키를 카운터에 맡기고 외출했다.

그는 셔츠 두 장을 살 돈은 충분했지만, 현금으로 내긴 싫었다. 뉴마이스터라고 서명하는 게 데이비드 켈시라고 서명하는 것보다 아직까진 월등히 안전해 보였다. 경찰이 다가와 묻자 자신은 윌리엄 뉴마이스터이며, 데이비드 켈시는 친구라고 말하는 장면이 잠시 떠올랐다. 안쓰러운 친구, 켈시, 그 녀석은 늘 일을 복잡하게 만든다니까. 뉴마이스터가 법적으로 곤란해질 일을 저질렀나? 아무 짓도 안 했다. 미안하지만 뉴마이스터는 데이비드 켈시가 어디에 있는지 경찰한테 말해줄 수 없다. 몇 주째 소식을 못 들었기 때문이다.

데이비드는 브룩스브라더스로 가려고 했지만, 곁에서 보니 이런 대형 양복점에서는 수표에 서명할 때 운전면허증 같은 신분증을 제시하라고 할 것 같았다. 오히려 규모가 작은 양복점이 덜 엄격할 것 같았다. 그는 작은 양복점에서 와이셔츠 두 장을 골랐다. 한 장은 다림질이 필요 없다고 했다. 그는 직원에게 수표를 받는지 물었다. 직원은 신분증이 있으면 가능하다고 했다. 데이비드는 지갑에서 운전면허증을 찾는 시늉을 했다. 윌리엄 뉴마이스터에게 운전면허증이 있을 리가 없었다. 벡스브룩 도서관에서 발행한 회원 카드가 불쑥 튀어나왔다. 깜빡하고 못 버린 카드였다. 이런 작은 행운이 다 있나! 뉴마이스터는 행운의 사나이였다!

"집에 면허증을 두고 온 것 같은데, 이걸로도 됩니까?"

직원은 도서관 사서가 공동 서명한 카드를 보더니 웃으며 고개를 끄덕였다. "될 것 같아요. 또 필요한 건 없으십니까?"

"양복도 한 벌 사고 싶습니다."

수표엔 총 139.14달러라고 적었다. 물론 이 수표는 무용지물이었다. 벡스브룩에 있는 뉴마이스터의 계좌는 이미 닫혔고 트로이에 있는 은행 계좌에서 출금이 되는 수표였다. 데이비드는 적당한 때 이 양복점에 변상할 생각이어서 영수증을 챙겼다.

데이비드는 50번 스트리트 인근에 있는 이발소에서 면도를 했다. 이발사는 몸을 숙이며 그의 옆모습을 보더니 씩 웃었다. 그는 이발사가 성가셨지만, 적어도 말을 걸어오진 않았다. 면도가 끝나자 이발사는 읽고 있던 신문을 들더니 걸어 들어오는 데이비드에게 신문에 실린 사진을 가리켰다. 사진은 굉장히 낯익었지만, 데이비드가 그걸 알아보기까지 1, 2초 정도 걸렸다. 에피가 그린 그의 초상화였다.

"이 남자하고 닮으셨네요." 이발사가 웃으며 물었다. "아닌가요?"

데이비드도 살짝 미소를 지었다. "무슨 말씀이신지 알겠네요." 그는 차분히 말한 뒤, 돈을 냈다. "하지만 전 뉴마이스터라고 합니다."

"아." 이발사는 여기까지만 하고 더는 말하지 않았다.

데이비드는 문구점에서 봉투를 사서 펜으로 그 위에 주소를 적어 보험 증서를 부쳤다. 그리고 호텔로 향했다. 면도를 하고 나니 기분이 나아졌다. 새 셔츠를 입으면 기분이 더 좋아질 것이다. 그는 애나벨이 호텔 방에서 기다리고 있다고 상상했다. 애나벨은 그가 새로 산 셔츠를 보고 오늘부터 입으라고 할 것 같았다. 두 사람은 남은 오전 시간에 뭘 할지, 점심은 뭐가 좋을지 얘기를 나눌 것이다. 뉴욕 현대 미술관에 가서 한 시간 정도 전시회를 둘러보면 좋을 것 같았다. 애나벨이 마뜩잖아하겠지만, 그가 양복을 새로 샀는데 재킷 뒤판을 손봐야 해서 이따 오후에 다 될 거라고 말할 것이다. 데이비드 켈시의 초상화가 살짝 궁금해진 그는 호텔 근처 가판대에서 신문 두 부를 모두 사서 방으로 들고 올라갔다.

먼저 셔츠 상자를 열었다. 지금은 애나벨에게 진짜로 말하진 않고 상상으로 대화를 나누었다. 애나벨이 미소를 지으며 다림질이 필요 없는 버튼다운 셔츠를 가리켰다. 그는 그걸 입은 다음, 침대 보드에 베개 두 개를 나란히 받치고 신문을 든 채 침대에 누웠다.

피해 여성의 아파트에서 발견된 스케치
켈시 추적에 큰 도움 될 듯

이어서 엘프리다 브레넌의 비참한 사연의 전말이 실렸다. 그녀는 무심한 켈시에게 희망 없는 사랑을 품었다가 결국 그의 손에 죽임을 당했다는 내용이었다. 데이비드는 기사 전체를 훑으며 윌리엄 뉴마이스터의 이름을

찾았다. 거기에도 그 이름은 언급되지 않았다. 그는 여전히 시간문제라는
걸 알았다. 벡스브룩 경찰이 윌리엄 뉴마이스터를 그린 초상화를 알아볼
것이다. 이발소에서 스케치를 봤을 때 그도 당장 알아보지 않았던가? 에
피의 예상대로 그는 그 초상화에게 배신당했다. 어쨌거나 에피가 복수하
는 중이었다. 그는 신문을 다시 보며 한 글자씩 꼼꼼히 읽었다.

데이비드 켈시가 몰던 하늘색 더지 컨버터블 차량이 어제 뉴욕 라이더 남부 고
속도로 샛길에서 발견되었다. 9번 고속도로상에 위치한 선라이즈 모텔을 운
영하는 대리루스 맥클라우드(68세)에 따르면, 켈시가 토요일 밤에 그의 모텔
에 투숙했으나 다른 이름으로 숙박계를 작성했다고 한다. 그러나 맥클라우드
는 그 이름을 기억하지 못했다. 모텔 주인은 자신이 데이비드 켈시의 차량 번
호를 알아채는 순간, 켈시가 도주했다고 증언했다. 경찰은 그가 예전에 살던
집주인 프로스버그의 매카트니 부인에게도 물었다. 부인은 '충격적이고 믿기
지 않는다'며 그는 '모범적인 세입자'였다고 했다. 토요일 자정 무렵, 켈시는
하숙집에 들러 자신의 생명 보험 수익자를 그 집에서 11년째 사는 몰리 비첨
부인(88세)으로 변경했다. 데이비드 켈시는 똑똑한 괴짜 젊은 과학자로, 지난
2년간 요양원으로 어머니를 만나러 간다는 얘기를 꾸며서 주말마다 홀로 지낸
'은둔자'로도 알려졌다.

잔인하게 제멋대로 지껄이는 기사를 보면서 데이비드는 남의 이야기
나, 심리 장애 교재에 실린 사례를 읽는 것만 같았다. 데이비드는 지금까
지 본 어느 기사보다 오스번 박사의 짧은 발언에 마음이 가장 흔들렸다.

저는 데이비드가 사적인 문제로 위험할 정도로 긴장했다는 것을 알았습니다. 그는 결혼할 여자가 있다고 했습니다. 지난 몇 주간, 저는 그에게 일을 쉬어야 한다고 반복해서 말했지만, 데이비드는 쉬지 않았죠. 그렇게 뛰어난 젊은 이의 미래가 망가져서 안타깝습니다.

'망가졌다.' 그 말이 달콤한 희망을 주었다. 그는 눈을 감고 생각했다. '망가졌다'는 건 죽은 것도, 끝난 것도 아니다. 망가지면 고치면 된다. 이제 초상화와 벡스브룩 경찰이 떠올랐다.

그는 몸을 돌려 옆에 누운 애나벨을 품에 안고 울기 시작했다. 그러다 단 몇 초 만에 눈물을 뚝 그치고 벌떡 일어나 세수하고 머리를 빗었다.

"윌리엄 뉴마이스터," 그는 거울을 보며 경쾌하게 말했다. "기운 차려. 넌 영특한 과학자는 아니지만 애나벨이 네가 좋다잖아. 애나벨은 데이비드 켈시보다 널 훨씬 좋아해. 그러니까 같이 호텔 방에 있잖아. 아직 결혼하지도 않았는데." 그는 나지막이 말했다. 침실에 있는 애나벨에게 들릴까 봐 목소리를 낮추었다. 그는 다시 침실로 가서, 뉴욕 현대 미술관에 갔다가 거기에서 점심을 먹자고 했다. 애나벨은 아주 좋은 생각이라며 반겼다.

"트위드 옷으로 입어." 그는 애나벨이 옷장 옆에 서서 한 손으로 옷을 매만지는 모습을 바라보았다. 그녀는 손으로 훑더니 갈색 트위드 풀컷 원피스를 골랐다. 오래된 그의 재킷 원단과 비슷해 보였다.

애나벨이 허리에 넓은 가죽 벨트를 두르자 주름이 잡혀 육체가 풍만해 보였다. 그는 애나벨이 거울 앞에서 화장하는 모습을 보면서 깡마른 경우를 제외하고 대부분의 여성들은 저런 원피스를 입어봐야 헛수고 같다고 생각했다. 애나벨이 금세 준비를 끝냈다.

두 사람은 5번가까지 걸어간 다음 계속 올라갔다. 날씨는 화창했다. 상점 쇼윈도 안에 걸린 기압계도 보고, 여성용 구두도 보았다. 아프리카 창과 방패가 전시된 여행 용품점 쇼윈도도 구경했다. 그는 박물관 티켓 창구에서 "두 장요"라고 한 후 티켓과 잔돈을 받았다. 박물관 입구에서 회색 유니폼을 입은 남자에게 두 장을 내밀었다.

"두 분이시라고요?" 검표원은 데이비드의 뒤쪽을 살피며 말했다.

"네." 데이비드는 이렇게 말하고 안으로 들어갔다.

아래층에는 사진전이 열렸다. 그날 아침, 데이비드는 그림보다 사진이 더 좋았다. 어떤 사진은 미세 현미경으로 촬영한 것으로 원자의 이동 경로를 보여주었다. 이걸 보는 순간, 데이비드는 예술과 과학이 결합한 모습이 가장 아름다워 보였다. 그는 애나벨에게 동심원 모양과 자기력선이 찍힌 사진에 대해 설명해주었다. 한 여인이 그에게 자리를 내주며 뒤로 물러났다. 데이비드는 미소를 지었다. 키가 큰 백발 남자도 그를 보며 미소를 지었다. 데이비드와 애나벨은 손을 잡고 오클라호마 더스트 보울(모래바람이 자주 일어나는 사발 모양의 분지 지대) 사진 속 인물들과 스타이컨(미국의 사진계를 개척한 사진작가)의 명작들을 관람했다.

복닥거리는 박물관 카페가 이렇게 특별한 날을 맞이한 애나벨과 어울리지 않아 보였다. 데이비드는 53번 스트리트에서 동쪽으로 걸어 미셸스로 갔다. 거기에서도 테이블석 자리가 나기를 기다려야 했다. 그는 바에 앉아서 기다리는 동안 마티니를 한 잔 시켰다. 별로 내키지 않았지만—그는 애나벨이 칵테일을 마시지 않겠다고 한 걸로 가정했다—한 잔 더 시킬 만큼 시간이 남았다. 이윽고 그걸 들고 테이블석으로 자리를 옮겼다. 그는 애나벨이 진짜로 그걸 마시는 것 같았다. 술기운이 오른 건 그만이 아니라는 확신이 들었다. 점심 식사는 훌륭했다. 와인을 곁들이지 않았기에, 브랜디로 식사를 마무리했다.

"이게 우리 신혼여행이야." 그는 투덜거리는 애나벨에게 속삭였다. "그냥 신혼여행 온 척하자." 그는 신혼여행이 아니라는 걸 당연히 알았다. 두 사람은 결혼한 지 한참 된 사이였다. 커피와 브랜디를 마시자 순간 정신이 또렷해졌다. 맞은편 텅 빈 의자 등받이의 곡면이 보였다. 이래봤자 무슨 소용인가? 그는 거의 힘들이지 않고 웃고 있는 애나벨을 다시 불렀다. 보드랍고 긴 머리칼, 갈색 트위드 원피스를 입고 향수를 뿌리고, 밤보다 더욱 순진한 모습으로 애나벨이 맞은편에 앉아 있는 게 느껴졌다.

두 사람은 매디슨 가로 걸어 내려가 정장을 찾았다. 그는 거울 앞에서 재킷을 입어보았다.

"오늘 기분이 아주 좋으시네요." 점원이 뜬금없이 말했다.

그 말에 데이비드는 살짝 놀랐지만 미소를 지었다. "신혼여행 중이라서요."

"아하! 손님이 기대하신 만큼 부인께서도 좋아하셨으면 좋겠습니다."

데이비드가 그 얘기를 듣고 점원을 쳐다보자 그 남자가 씁쓸해 보였다. 데이비드는 그 남자가 자신을 부러워해서 그런다고 생각했다.

그는 담배를 사고, 주류 판매점에서 샴페인을 한 병 샀다. 샴페인을 사드는 순간, 호텔에서 주문하면 된다는 걸 깨달았다. 당장 얼음 바구니를 준비하느라 법석을 떨어야 한다는 의미이기도 했다. 그래도 화장대 위에 술병을 올려놓으면 호텔 방이 더욱 가정집처럼 보일 것이다. 그는 석간신문도 한 부 샀다. 데이비드 켈시와 관련된 기사가 어디까지 진전됐는지 살짝 궁금했다. 그리고 주식 시세도 딱 그만큼 궁금했다. 투자는 하나 많은 돈을 운용하진 않는 사람처럼 굴었다. 모든 게 연관되어 있다. 돈이 별로 없는 사람은 돈을 중시하고 자기 생활과 자신은 전혀 귀하게 여기지 않는다. 그는 스스로에게서 훨훨 벗어나 인생과 영생을 찾은 것 같았다. 행복도 확실히 찾았다. 그는 남의 눈을 똑바로 쳐다볼 수 있었다. 인상을 쓰던 버릇도, 땀을 흘리던 모습도 사라졌다. 느릿느릿 움직이는 엘리베이터처럼 어쩔 수 없는 것들을 못 견디던 버릇도 사라졌다. 그는 윌리엄 뉴마이스터였다. 경찰이 그를 찾는다 해도, 뉴마이스터의 행운은 바닥나지 않는다. 결코.

호텔 방에서 그는 양복 상자를 침대 위에 올려놓고 뚜껑을 연 다음 옷걸이에 재킷과 바지를 걸어 옷장 문에 걸쳐놓았다. "우리 오늘 근사한 거하자." 그가 조용히 말했다. "공연 티켓을 미리 사둘 걸 그랬어." 그는 표를 사지 않았다는 사실에 순간 우울했지만, 애나벨은 개의치 않아 보였다. 뉴욕에는 좋은 영화가 천지라 표를 미리 살 필요가 없었다. 데이비드는 침대에 걸터앉아서 접힌 신문 1면을 보았다. 유럽에서 회담을 열자는 제안이 헤드라인이었다. 그는 전화기로 손을 뻗었다.

"안내 데스크 부탁합니다." 그는 이렇게 말하고 기다렸다. "56번 스트리트 로메오 샐테이션 전화번호 부탁합니다."

그는 9시 반에 뉴마이스터 이름으로 2인을 예약했다. 데이비드는 언젠가 로메오 샐테이션 관련 기사를 보면서 다음에 뉴욕에 가면 들를 생각이었다. 작년 크리스마스를 앞두고 애나벨과 뉴욕에서 만나면 같이 가고픈 식당이었다. 그러나 애나벨은 그를 만나주지 않았다.

그는 천천히 베개에 몸을 기대며 신문을 들었다. 1면에는 아무것도 없었다. 2면으로 넘기자 에피가 그린 그의 초상화가 실렸고 그 위에는 볼드체로 이렇게 적혔다.

켈시의 "이중생활", 살인 사건 새롭게 조명돼

뉴욕 벡스브룩 경찰서 에버렛 테리 경사는 오늘, 엘프리다 브레넌의 살인범으로 수배 중인 데이비드 켈시(28세, 과학자)가 지난 2년간 뉴욕 발라드에서 윌리엄 뉴마이스터라는 가명을 쓴 인물이라고 확인해주었다.

지난 1월 18일에, '뉴마이스터'는 제럴드 딜러니의 시신을 경찰서까지 차에 태우고 온 인물로, 당시……

데이비드는 차마 더는 읽을 수가 없었다. 그 아래 애나벨의 이름이 보였다.

과거 애나벨 딜러니 부인이었던 애나벨 바버 부인(26세, 코네티컷 하트퍼드)은 지난 2년 반 동안 데이비드 켈시와 아는 사이였으며, 부인이 이미 1957년 제럴드 딜러니와 혼인한 상태였음에도 그가 집요하게 사랑을 고백하며 결혼하자고 졸랐다고 주장했다.

바버 부인은 하트퍼드 탈버트 스트리트 49번지 자택에서 오늘 이렇게 증언했다. "이제야 제 남편이 왜 죽었는지 알았어요. 발라드에서 그날 일요일에 남편과 얘기한 사람은 뉴마이스터가 아니라 데이비드였어요. 데이비드가 그이를 일부러 죽였어요. 이제 전 그가 미쳤다는 걸 알았어요. 전 늘 그 남자가 두려웠어요. 그 남자가 편지를 보내고 찾아와 우리를 괴롭히지 않았다면, 그이는 그날 그를 만나려고 하지 않았을 거예요." 그녀는 말을 맺으며 눈물범벅이 되었다.

데이비드는 신문을 떨구고 자리에서 일어났다. 창가로 걸어갔다. 축축한 손바닥을 맞붙인 채, 건너편 건물에서 조명이 켜진 창에 어른거리는 물결무늬를 바라보았다. '그가 미쳤다'라니. 그는 신경질적으로 살짝 웃었다. 저걸 믿으라고? 그게 뭐가 중요하지? 머릿속에서 애나벨의 증언이 히스테리를 부리는 소음처럼 들렸다. 애나벨이 격분하며 떨리는 목소리로 말하는 소리가 들리는 것 같았다. "데이비드가 그이를 일부러 죽였어요." 몸에서 뭔가 영원히 빠져나가는 느낌이 들었다. 창을 등지고 서자, 그는 다른 사람이 되었다. 데이비드 켈시도, 윌리엄 뉴마이스터도 아닌 완전히 딴사람이 됐다. 종교적 체험처럼 뭔가 이상하고 말로는 설명할 수 없었다. 그가 지금껏 살면서 겪은 종교적 체험과 가장 흡사한 경험이었다.

15분 후, 샤워를 하고 새로 산 정장에 두 번째 셔츠를 받쳐 입었다. 다음에 뭘 해야 할지 정확히 몰랐다. 그러나 모든 걸 피할 수는 없어 보이자 서두르지 않았다.

이번에도 로비에 경찰이 없었다. 데이비드는 이해가 가지 않았다. 누군가 방문을 두드리거나, 한 시간 전에 호텔로 들어서는 그를 체포하지 않는 게 이해되지 않았다. 그건 술술 풀리는 행운의 사나이 뉴마이스터의 편린 같았다. 영원하진 않으나 뉴마이스터의 행운이 그래도 남들보다 몇 시간, 며칠은 더 길게 갈 것 같았다. 그는 호텔 방에 열쇠를 두고 나와 카운터에 들르지 않았다. 돌아오지 않을 것이다.

서쪽으로 걷기 시작했다. 화창한 봄날 저녁이었다. 어쩌면 그의 마지막 저녁일지도 모른다. 지갑엔 8달러가 전부여서 저녁을 먹고 칵테일까지 하기엔 부족했다. 식당에서 계산서를 받고 무슨 일이 벌어질지 모르면서도, 아무튼 그건 중요하지 않아 보였다.

"걱정 마, 애나벨." 그는 애나벨에게 속삭이면서 그녀가 붙든 오른팔을 몸에 더 바싹 붙였다.

그런데 애나벨이 걱정하며 살짝 몸을 떨더니 그에게 몸을 움츠렸다. 그녀는 윌리엄 뉴마이스터 겸 데이비드 켈시가 남편을 계단에 쓰러뜨린 다음 시신을 차 안으로 밀어 넣은 사실을 알지 못했다.

"식당에 가면 기분이 나아질 거야." 데이비드가 말했다.

그는 5번가까지 한참을 걸어 올라간 다음 56번 스트리트를 지났다. 아무도 그를 알아보지 못하는 게 확실했다. 데이비드는 무탈하게 오늘 저녁을 잘 넘기기로 했다. 이렇게 마음을 먹자 자신감이 샘솟았다. 무슨 일이 생기든 그는 제대로 말하고 행동할 수 있을 것 같았다. 말 한두 마디로 앞길을 헤쳐나갈 것이다. 그는 대단히 자유로운 몸이라고 스스로에게 말했다. 허공을 떠도는 먼지처럼 진정 자유로웠다. 이제 애나벨의 손을 잡았다. 애나벨이 손을 폈다가 그의 손을 꽉 붙들었다. 오늘 밤 두 사람이 잘 곳이 아직 정해지지 않았어도 애나벨은 아무렇지 않아 보였다. 어디든 있겠지. 아니면 날이 좋으니 밤새 걷든가.

"뉴마이스터입니다." 그는 수석 웨이터에게 말했다. "2인 예약했습니다."

"네, 선생님, 이쪽으로 오시죠."

데이비드는 웨이터를 따라 들어갔다. 와인 병이 좌르르 늘어선 사이를 걸으며 맛좋고 향긋한 음식 냄새를 맡으니 황홀해졌다.

"마티니 두 잔 부탁합니다." 그는 웨이터에게 말한 후 담배에 불을 붙였다. "당신이 생각 없으면 내가 다 마실게." 그는 애나벨에게 말했다. "아니면 다른 거로 할래?"

웨이터가 마티니를 들고 오자, 데이비드는 다이커리(럼으로 만든 칵테일)를 한 잔 시켰다.

"다이커리 말씀이십니까?"

"네, 다이커리요."

데이비드는 웨이터가 옆 접시에 내려놓은 마티니 잔을 메인 접시 옆으로 옮겼다. 웨이터가 돌아오자 데이비드는 다이커리를 옆에 놓으라고 손짓했다. 웨이터는 성대한 동작으로 잔을 그쪽에 내려놓았다. 데이비드는 첫 번째 마티니를 마시며 웨스와 에피와 데이비드의 딕슨-랜드에서의 애석한 조우를 떠올렸다. 그리고 모든 걸 따로 떼어 객관적으로 생각했다. 놀랍게도 불운이 연달아 일어난 것 같았다. 애나벨 스탠튼이 제럴드 딜러니와 결혼했다는 소식을 들은 그날부터 불행이 시작된 것 같았다. 그는 망원경으로 전체 과정을 5초간 살폈다. 애나벨이 거칠게 춤추며 빙글빙글 돌면서 그의 몸에 여러 번 부딪쳐 튕겨나가더니 아예 그의 손이 닿지 않는 곳으로 쌩하니 날아가는 모습이 보였다. 그는 절망적으로 고개를 저었다. 두 번째 마티니 잔을 들었다. 이번에는 의지와 상관없이, 적어도 의도치 않게 애나벨의 이름이 입에서 튀어나왔다. 그의 옆자리가 빈 게 눈에 보였기 때문이다.

"오늘 유달리 예쁘네. 어디 춤추러 가는 것보다 영화관에 가고 싶은 거 맞아?"

애나벨이 발끈하더니 저녁 식사 후에 정하겠다고 했다. 신선한 피처럼 붉은 진홍빛 스커트가 두 사람이 앉은 벤치석 사이에서 그가 입은 짙은 남색 바지에 닿았다.

데이비드는 웨이터를 손짓으로 불러서 메뉴판을 살핀 후 조개 요리와 송아지 피칸테, 믹스드 샐러드와 적포도주 한 잔을 주문했다.

"다이커리를 치워드릴까요?" 웨이터가 손을 뻗으며 물었다.

"아뇨, 그대로 두세요." 데이비드는 인상을 쓰며 말했다. 갑자기 화가 났다. "여긴 두 사람의 식사 자리라고요."

"두 사람요?"

"전부 2인분으로 주문을 넣어주세요." 그는 담배를 또 하나 꺼내 불을 붙였다. 돈은 상관없었다. 그가 애나벨과 관련한 일에 돈을 신경 쓴 적이 있었나?

그는 와인 잔을 하나 더 달라고 했다. 고기 요리가 나오자 와인을 두 잔에 따랐다. 완두콩 요리도 2인분으로 주문했다. 웨이터가 그를 자꾸 쳐다볼수록, 그는 더욱 태연하게 애나벨과 대화를 나누었다. 그는 조개 요리가 나오기도 전에 다이커리를 마셨다. 조심스레 빵과 버터를 먹었다. 건너편에서 어둡고 약간 통통하고 수염을 기른 남자와, 어둡고 약간 통통한 여자가 그를 바라보며 미소를 지었다. 수염을 기른 남자가 데이비드에게 잔을 들었다. 데이비드가 친절히 화답하자 남자도 잔을 같이 비웠다.

"당신이 다원호를 봐야 하는데." 데이비드가 애나벨에게 조용히 말했다. "가서 내가 어디에서 자는지 그런 걸 봐야지. 사실은 나도 못 가봤어. 사진으로만 실내와 실외를 봤을 뿐이야. 지금 브루클린에서 점검 중이지."

그는 식사를 맛있게 하고 와인을 비웠다. 알고 보니 반 병이 아니라 한 병을 다 마셨다. 애나벨은 이렇게 마시면 살이 찐다고 했다. 데이비드는 그러면 남들에게 너무 말랐다는 소리를 듣는 것도 끝이라고 했다. 에스프레소를 시켰다. 섭섭하게도 애나벨은 커피를 마시지 않겠다고 했다. 데이비드는 애나벨에게 커피를 한 모금 맛보라고 자기 잔을 권했다.

식당에서 웃음소리가 들리고, 잔과 은제 식기가 부딪치는 소리가 났다.

에스프레소 속에 든 레몬 껍질 향기가 느껴졌다.

"크리스마스 때 뭘 할까 알아보려고 해." 데이비드가 그녀에게 말했다. 둘이서 유럽에 가는 계획을 의논했다. 그는 브랜디를 마시자고 했지만 애나벨은 됐다면서 그도 마실 만큼 마셨다고 했다. "수긍이 가네." 데이비드는 이렇게 대답하고 여러 개로 겹쳐 보이는 웨이터의 모습을 하나로 합치려고 노력했다. "계산서 주세요." 그는 그 속엔 고작 8달러뿐이라는 걸 알면서도 차분히 지갑을 찾았다.

데이비드 옆 테이블에 있던 여자가 그를 보며 웃었다. 그의 기쁜 표정은 바뀌지 않았다.

도합 16.37달러가 나왔다. 그는 계산서 위에 8달러를 올려놓고 담배를 집어넣고 자리에서 일어났다. 웨이터가 계산서와 돈을 집어 들더니 한 번 더 쳐다보았다. 데이비드는 레스토랑 입구를 손으로 가리켰다.

"코트 안에 지갑이 있습니다." 그가 말했다.

그는 휴대물품 보관소에 있는 여직원에게 35센트를 주었다. 웨이터는 기분 좋게 웃으며 옆에 서 있었다.

"받으세요." 데이비드는 손에 쥐고 있던 동전을 건네며 고개를 끄덕였다.

"8달러를 더 주셔야 합니다." 웨이터가 말했다. 데이비드는 웨이터에게 취한 사람 취급을 받는 것 같았다.

그는 몸을 조금 더 세웠다.

"무슨 일입니까?" 수석 웨이터가 물었다.

"수표를 쓰는 편이 낫겠네요." 데이비드는 이렇게 말하고 트렌치코트 주머니 속에 든 서류 뭉치 가운데서 수표책을 간신히 꺼냈다. "펜 좀 빌려주세요."

"이 지역 은행 수표인가요?" 수석 웨이터는 펜을 내밀며 물었다.

"아뇨, 트로이에 있는 은행 수표인데요."

수석 웨이터가 안타깝게 고개를 저었다.

그는 민망했지만, 취해서 다행이었다. 덕분에 덜 당황하는 것처럼 보였다. 그는 잠시 주저했다. 그 시간이 5분처럼 느껴졌다. 수석 웨이터가 그에게 신분증을 제시하라고 했다. 그는 서명을 데이비드 켈시라고 해야 할지, 윌리엄 뉴마이스터라고 해야 할지 마음을 정하지 못했다. 데이비드 켈시라고 서명하는 편이 나았다. 아무리 바닥으로 떨어질 대로 떨어진 켈시라지만 그의 수표는 지불 능력이 충분했고, 레스토랑을 속이고 싶지도 않았다. 그는 은행에 뉴마이스터의 수표도 받아달라고 통보해야겠다고 생각했다. 어차피 오늘 밤 그는 윌리엄 뉴마이스터이기 때문이다.

"애나벨."

"괜찮으십니까, 선생님?"

데이비드는 갑자기 휴대물품 보관소 카운터에 몸을 숙여 윌리엄 뉴마이스터라고 서명한 다음 그 위에 괄호로 데이비드 켈시라고 적었다. 그러고는 수표를 수표책에서 뜯어 살짝 몸을 숙인 채 웨이터에게 건넸다. 수표에는 20달러라고 적혀 있었다. 웨이터가 수표를 수석 웨이터에게 내밀었다. 수석 웨이터는 재미있다는 듯이 수표를 보았다. 데이비드는 웨이터에게 8달러를 돌려달라고 손을 내밀었다. 수석 웨이터가 놀라서 데이비드를 보았다.

"데이비드 켈시?" 수석 웨이터가 인상을 쓰며 물었다.

추악한 이름이었다.

데이비드는 뒤돌아서 급히 문을 빠져나가다가 계단에 발이 걸려 양손으로 인도 바닥을 짚었다.

뒤에서 고함 소리가 들렸다.

그는 뛰어서 길을 건넜다. 경찰 호루라기 같은 휘파람 소리가 들렸다. 저 앞 6번가에서 소방차가 덜커덩거리며 지나갔다. 그는 소방차 뒤에 바싹 붙어 6번가를 지나 56번 스트리트에서 계속 서쪽으로 달렸다. 그쪽이 6번가보다 어두워 보였기 때문이다. 이제 잰걸음으로 속도를 줄였다.

"제기랄, 애나벨, 젠장." 그가 투덜거렸다. "당신한테 이런 꼴 보이고 싶지 않았는데."

"난 괜찮아, 데이브. 수표는 문제없잖아."

"그럼, 돈 받는 덴 문제없어."

그는 브로드웨이에서 남쪽으로 방향을 틀었다가 마음을 바꿔 반대편으로 향했다. 그가 쫓기고 있는 정황은 전혀 보이지 않았다. 앞쪽에 센트럴 파크가 보였다. 애나벨과 늘 저곳을 거닐고 싶었는데! 가서 바다표범과 원숭이도 보고, 라마도 구경하고 싶었다.

데이비드는 경찰을 보더니 갑자기 달아났다. 서너 발자국을 떼다가 정신을 차리고 마음을 가다듬자 경찰이 그에게 전혀 관심이 없다는 걸 깨달았다. 뒤돌아보았다. 경찰이 인도에 서서 그를 쳐다보고 있었다. 그는 다시 몸을 돌려 계속 걸었다. 몇 발자국을 뗀 후 또 뒤돌아보았다. 이젠 경찰이 쫓아왔다. 그는 공원 경계에 둘러진 돌담을 타고 넘어간 다음 몸을 숙여 풀숲을 헤치며 허둥지둥 달렸다. 달리고 달리다가, 두 사람이 가로등 불빛을 받으며 산책하는 길에서 벗어나 제일 어두워 보이는 쪽으로 뛰어갔다. 그러다 나무에 부딪쳤다. 어깨와 머리 오른쪽이 아팠다. 뛰다가 나무에 부딪친 상황이 어렴풋이 낯익었다. 어디였더라? 언제였더라? 그는 나무가 있는 쪽으로 천천히 되돌아가 한 손으로 거칠거칠한 나무 기둥에 손을 댔다. 움직이지 않고 서 있는 나무가 소중한 지혜나 비밀을 알려줄 것 같은 확신이 들었다. 그런 느낌이 들었지만, 그걸 말로 표현할 수는 없었다. 분명 정체성과 관련된 말이었다. 나무는 그가 진짜 누구인지 알았다. 그는 나무에 부딪칠 운명이었다. 나무가 또다시 메시지를 보냈다. 나무는 그에게 침착하고 조용하라고, 애나벨과 같이 있으라고 말했다.

"조용히 하는 게 얼마나 어려운지 모르지? 나무, 너한테는 아주 쉽겠지만." 데이비드가 말했다.

가로등 불빛 속 길 위에서 경찰관이 어떤 남자를 세워서 데이비드에 관해 묻는 모습이 보였다. 그런데 저 경찰관이 그를 뒤쫓던 경찰관인지는 모르겠다. 모든 게 혼란스러웠다. 그는 당황해서 머리를 흔들었다.

"나무, 네가 우리 둘보다 훨씬 똑똑하구나." 그는 나무 기둥을 토닥이며 말했다.

그는 조용히 또다시 담을 넘었다. 두 손에 힘을 실어 온몸을 끌어 올렸다. 애나벨이 담 너머에서 그를 기다리고 있었다.

"어디 갔다 왔어?" 그녀가 물었다.

"내가 바보짓 해서 미안해." 그는 화장실을 가야 했다. 전철역에 화장실이 있었다. 그는 애나벨에게 중얼중얼 사과하며 지하철 입구로 향했다. 그런데 입구 계단을 가로질러서 체인이 쳐졌다. 그는 침울하게 돌아서서 다른 쪽 입구를 찾았다. 결국 여기가 콜럼버스 서클(뉴욕 맨해튼에 있는 원형 광장)이라니! 저 멀리 널찍한 횡단보도가 보이자 그는 그쪽으로 달려갔다. "여기서 기다려, 자기야." 그는 이렇게 말하고 계단을 내려갔다.

표를 사야 화장실 출입이 가능했다. 잔돈이 얼마나 남았는지 세고 싶지도 알고 싶지도 않았다. 화장실은 한 블록 반 정도 떨어진 지하층에 있었다. 인생은 결코 따분할 틈이 없었다. 데이비드는 수많은 이들이 버둥거리며 살기 위해 애쓰는 모습이 놀라웠다.

마음이 놓이자 그 순간, 어떤 생각이 번쩍 스쳤다. 뉴욕에 친구들이 살았다. 에드 그린하우스는 결혼해서 퀸스 스페리에서 일했다. 마지막 소식을 들었을 때 에드는 맨해튼에서 산다고 했다. 데이비드가 그에게 보낸 크리스마스카드에 답장을 했을 때 적힌 주소가 똑바로 기억났다. 리브스 텔마지, 어니스트 시오피 등 학창 시절 동창들도 뉴욕에 살았다. 그들의 이름과 얼굴이 아주 오랜 친구들처럼 떠올랐다.

"에드 그린하우스한테 전화해야겠어." 그는 애나벨에게 돌아와 말했다.

두 사람은 분홍색 네온사인이 달린 식당으로 향했다. 공중전화 부스 바로 오른편에 남자 화장실이 보였다. 여기로 왔더라면 공짜였을 텐데. 그는 한쪽 눈을 감고 '에드 그린하우스'를 찾았다. 리버사이드 드라이브 410번지. 여기가 정확히 어디지? 오케스트라가 연주하는 건지, 주크박스에서 나오는 소리인지 이런 노래 가사가 흘러나왔다. "저건 그저 종이 달일 뿐…… 마분지 하늘에 걸려 있다네……" 어떤 여자가 노래하고 있었다. 그는 눈을 감고 잠시 듣다가 몽상에 빠졌다. 그가 에드를 만나 악수하고 인사하고 아내를 만나는 모습이 보였다. 10달러, 50달러, 아니 100달러를 빌려달라고 말하는 게 뭐가 민망해? 에드는 그 돈을 돌려받을 텐데. 데이비드는 눈을 뜨고 잔돈을 꺼냈다. 10센트짜리 동전 하나, 5센트짜리 두 개, 1센트짜리 세 개가 전부였다. 그는 손가락으로 10센트짜리 동전을 집어 들었다. 이걸 써버리면 15센트짜리 지하철 표를 살 돈에서 2센트가 모자란다.

"자기야, 혹시 10센트짜리 하나 없지?"

애나벨은 호텔 방에 작은 지갑을 두고 나왔다. 그렇다고 호텔로 돌아갈 수는 없다. 게다가 화장대 위에 두고 온 샴페인도 절대로 마시지 못할 것이다.

"그냥 에드한테 가자." 그가 차분히 말했다.

그가 지하철 동전 교환 부스에 앉은 남자에게 리버사이드 410번지는 어떻게 가냐고 묻자, 남자는 110번 스트리트에서 내리라고 했다. 데이비드는 표를 한 장만 사서 애나벨과 개찰구를 함께 밀고 들어가 지하철 열차에 몸을 실었다.

29

아파트 외관은 크고 우중충했다. 현관 더블도어 주변에 장식된 회색 돌에는 소용돌이 문양이 새겨져 있었고, 그 속엔 도시 매연이 때처럼 끼여 있었다. 현관 양쪽에 입주자 명단이 길게 적혀 있었다. 그는 한참 만에 '에드 그린하우스. 9K'를 찾았다. 초인종을 누르고 나서 황동 손잡이를 쥐고 기다렸다. 또다시 초인종을 누르고 또다시 기다리며 현관문을 열 채비를 했다. 여전히 응답이 없었다. 어떤 남녀가 열쇠로 문을 따고 들어가자 그는 거기에 묻어서 들어갔다. 두 사람을 앞서 보낸 후 데이비드는 엘리베이터를 탔다. 낡은 파란색 유니폼을 입고 머리가 약간 희끗한 남자가 엘리베이터를 운용했다. 그들이 8층에서 내리자 데이비드가 "9층요"라고 말했다.

복도 조명이 어둑어둑했기에, 그는 9층 K호를 찾으려고 몸을 숙여 문패를 살폈다. 그가 벨을 누르자 안쪽에서 차임벨이 두 번 울렸다.

"누구세요?" 남자 목소리가 물었다.

"에드?" 데이비드가 웃으며 말했다. "나야, 옛 친구 데이브."

문이 살짝 열리더니 에드 그린하우스가 그를 물끄러미 쳐다보았다. 데이비드의 기억 속에서보다 에드는 더 땅딸했다.

"나야, 에드!" 데이비드가 문을 밀더니 에드의 어깨를 토닥였다. "잘 지냈어, 친구?"

"데이비드 켈시?" 에드가 눈이 휘둥그레졌다. 에드는 몰린 눈으로 데이비드의 매부리코 양쪽을 살폈다. 데이비드는 에드가 만화에 나오는 부엉이를 닮았다고 생각한 기억이 떠올랐다.

"6년 만인데 나 많이 변했지? 5년 만인가?"

에드가 어깨 너머로 거실 한가운데 선 금발 머리 여성을 쳐다보았다.

"부인이셔?" 데이비드가 물었다. "처음 뵙겠습니다." 데이비드가 여자에게 허리를 숙였다. 이제 그는 에드 부부의 집 현관까지 들어왔지만 에드는 여전히 문을 반만 열고 있었다. "전화도 없이 무작정 쳐들어와서 미안하다." 데이비드가 입을 열었다. "전화를 해야 했는데……" 순간 그는 민망해서 돈 때문에 못 했다는 말을 꺼낼 수가 없었다. 게다가 에드가 너무 딱딱하게 굴며 거들지도 않았다. 원래 에드가 이렇게 답답한 사람이었나. 전혀 안 그랬는데. 데이비드는 인상을 구기고 다급히 애나벨을 찾았으나, 그녀는 눈에 덜 띄려고 그랬는지 뒤쪽 어딘가로 숨어버렸다.

"괜찮아, 데이브." 에드는 이렇게 말하고 드디어 문에서 몸을 뗐다. "여보, 이쪽은…… 데이브 켈시. 학교 동창이야."

"처음 뵙겠습니다." 데이비드가 다시 인사했다.

"안녕하세요?" 부인이 그를 쳐다보더니 숨을 몰아쉬며 인사했다.

"내가 방해했나?" 데이비드가 물었다.

"앉아, 데이브. 뭐 마실래? 커피? 맥주?" 에드는 앞서 걸으며 그를 거실로 인도한 후 등을 돌렸다. 데이비드가 기억하는 에드의 손은 두툼하고 털이 많았다. 에드가 그 손을 양 옆구리에 댔다. 탈모가 시작되었고, 안색이 약간 창백했다.

데이비드가 씩 웃었다. "됐어. 나 금방 갈 거야, 에드." 그리고 소파에 앉았다.

에드는 소파에 앉지 않았다. 그의 아내도 서 있었다. 에드는 아내를 계속 쳐다보며 눈으로 뭔가를 말하려 했다. 에드가 고개를 살짝 끄덕이는 모습을 데이비드가 눈치챘다.

"내가 방해했구나." 데이비드가 일어설 채비를 하며 말했다. "이렇게 불쑥 찾아오면 안 되는 거였지……"

"아냐, 아냐. 만나서 반갑다, 데이브. 여보, 맥주를 마시고 싶은데 집에 맥주가 하나도 없네. 혹시 내려가서 사다줄래?"

데이비드가 발딱 일어섰다. "아냐, 내가 갔다 올게."

"아냐, 무슨 소리야." 에드가 재빨리 대답했다.

"그럼요, 제가 갔다 올게요." 여자는 이렇게 말하고 문으로 향했다.

"코트 입고 가세요. 밖이 꽤 쌀쌀해요." 데이비드가 말했다.

그녀는 어깨 너머로 데이비드를 힐끔 보더니 고개를 저은 후 밖으로 나가면서 문을 꽉 닫지 않았다.

"자." 에드가 유쾌하게 목소리를 낸 후, 예쁘게 생긴 파이프를 입에 물었다. 에드는 불을 붙이려고 애를 쓰다가 성냥을 흔들어 끄고 그 끝으로 타바코를 쿡쿡 찌른 다음 성냥을 재떨이에 버리고 새 성냥에 불을 붙였다. 에드는 1분도 넘게 불붙이기 작업에 전념했다. 데이비드는 그가 말할 때까지 꾹 참고 기다렸다. "좋아 보인다, 데이브."

"너도. 결혼 생활이 잘 맞나 봐. 살이 좀 쪘네."

에드가 고개를 끄덕였다. 데이비드는 에드의 표정에서 냉정히 몸을 사리는 느낌을 또다시 받았다. 에드는 데이비드가 불쑥 찾아온 일로 화가 났고, 그걸 말로 내뱉기 직전처럼 보였다.

데이비드는 입술을 축이고 연두색 카펫을 내려다보았다. 그는 진심으로 묻고 싶었지만 에드에게 일 얘기를 묻기가 갑자기 힘들어 보였다. 차라리 단도직입적으로 용건을 말하는 편이 나을 것 같았다. 대놓고 말하든가, 아니면 일어서서 나가든가. "내가 왜 왔는지 궁금하지? 사실 예정된 일정은 아니었고, 수중에 현찰이 떨어져서 왔어. 내 말은, 주머니에 있는 돈이 떨어졌다는 말이야. 내 거래 은행이 이쪽 지역이 아니다 보니 수표를 현금으로 바꾸기가 힘들어서 그래. 내가 너한테 수표를 써줄게, 에드. 네가 빌려줄 수 있는 금액만큼 적을게. 50달러면 좋을 것 같지만, 여의치 않으면 그보다 적어도 좋아."

"아, 물론이지, 데이브." 에드는 놀라면서도 수긍한다는 듯 대답했다. "내가 가진 게 50달러까지는 안 되고, 솔직히 20달러 빌려줄 수 있어." 에드가 뒷주머니에서 지갑을 꺼냈다.

데이비드가 일어서서 벌써부터 트렌치코트 주머니 속에서 수표책을 찾았다. "하늘이 내려준 은인이다." 데이비드는 순간 행복해서 미소가 나왔다. "여자랑 뉴욕에 오면 다 그렇잖아, 알지?"

"그래? 여자라니?"

"결혼할 여자. 사실 혼인 신고만 안 했을 뿐이지 우린 이래저래 결혼한 거나 다름없어. 요즘 누가 서류를 따지나?" 데이비드는 거실을 가로질러 책상에 있는 펜을 집어와 커피 테이블 위에 수표책을 내려놓고 수표를 썼다. 지금은 윌리엄 뉴마이스터라고 서명할 생각이 아예 들지 않았다. 그럼에도 행운의 사나이 빌에 대해 에드에게 말해주고 싶었다. "우리가 LA에 갔던 주말, 기억나니? 그때, 새해 첫날에 너희 어머님 댁에 간신히 시간 맞춰 도착했잖아."

에드가 웃으며 고개를 끄덕였다. "응, 기억나."

"지금 이 여행이 그때와 비슷해. 저녁 식사에 반주로 먹으려고 와인까지 샀는데. 꼭 마셔야 하는 건 아니지만, 그냥 그러고 싶더라고. 내가 원래 멋을 알잖아."

"좋네." 에드는 다정한 미소를 계속 유지했다. 그는 거실에서 밖으로 이어지는 복도까지 까치발로 살금살금 걸어갔다가—에드가 걸어가자 한쪽 팔과 머리만 조금 보였다—문을 살짝 닫은 다음 도로 까치발로 걸어왔다.

"누가 왔어? 아니면 내 목소리가 너무 커서 그래?"

"아냐, 누가 오긴. 너 정말 커피 안 마실래? 인스턴트커피지만."

데이비드는 거절했다. 그는 에드가 앉았으면 했지만 집주인한테 그런 부탁을 하기도 뭐했다. 거실을 둘러보았다. 벽에는 칙칙한 인상주의 화가의 작품 포스터가 걸려 있고, 빅토리아식 가구와 현대식 가구가 뒤섞여 있었다. 작은 보관함에는 물건이 꽉꽉 들어찼고, 상판이 너저분해서 정신없는 책상도 보였다. 안락의자 옆 바닥에는 분홍색 아기 딸랑이가 두 개, 아니, 하나가 보였다. "신기하네. 아기들 딸랑이는 백 년이 지나도 모양이 바뀌지 않네. 안 그래?" 데이비드가 말했다.

"그러게 말이다." 에드가 껄껄 웃었다. 그런데 데이비드는 그 웃음이 가짜 같아서 살짝 경계심이 들었다. "여자는 어디에 있어?"

"누구?"

"같이 왔다는 여자."

"아 그게……" 데이비드는 대수롭지 않다는 듯 손을 휘젓다 말았다. 에드와 눈이 마주치자 또다시 민망해졌다. 그는 애나벨이 아래층에서 기다리고 있다고 할까 고민했다. "지금 호텔에 있어."

"그래? 무슨 호텔?" 이제 에드가 안락의자 앞에 놓인 스툴에 앉았다.

"이름을 까먹었는데, 찾아갈 수는 있어." 데이비드가 웃었다. 그는 다리를 앞으로 쭉 뻗었지만 자기 다리 같지가 않았다. 손바닥으로 한쪽 무릎을 비볐다. "있잖아, 에드……"

"혹시 바클레이 호텔이야?" 에드가 물었다.

"어, 맞아." 데이비드가 웃으며 대답했다. "거기 맞아."

"오늘 밤에도 거기에 있을 거지?"

"응." 데이비드가 대답했다. "어떻게 알았어?"

"대충 찍었지." 에피는 파이프 담배를 피우며 말했다. "그 여자 이름이 뭐야?"

열린 문틈으로 엘리베이터 열리는 소리가 들렸다. 에드가 자리에서 일어나 현관으로 가서 문밖을 내다보더니 옆으로 홱 비켜섰다.

"안에 있어요." 에드가 말했다.

데이비드가 벌떡 일어섰다.

경찰이 두 명 들어왔다. 셋이었다.

"거기 그대로 있어, 리즈." 에드가 문 밖으로 소리쳤다.

"켈시 씨?" 첫 번째 경찰관이 물었다. 덩치 큰 동료 경찰관도 같이 들어왔다. 모자 챙 밑으로 작은 회색 눈동자가 보였다.

데이비드는 그를 밀치고 팔뚝으로 창유리를 깬 다음, 같은 동작을 반복해 남은 유리를 마저 털어내고 창틀로 기어올라 차양 기둥을 붙들었다. 그의 발목이 붙들렸다. 데이비드는 발로 그 손을 뿌리쳤다.

"켈시!" 경찰이 놀라며 외쳤다. "켈시!"

데이비드는 아파트 건물 전면에 발린 큼지막한 시멘트 벽돌 틈새에 손끝을 끼운 채 창에서 조금씩 옆걸음질 치며 멀어졌다. 구둣발로 15센티미터 너비의 창턱을 디딘 채 섰다. 창턱은 건물 모서리까지 이어지다가 뚝 끊겼고, 그가 있는 위치에서 건물 모서리까지 창은 전혀 없었다.

"돌아와, 켈시! 그러다 떨어져!"

경찰관이 손인지 야경봉인지 모를 것으로 데이비드의 바지 커프스를 쓸었다. 데이비드가 계속 몸을 움직이자 코끝에 시멘트 가루가 갈렸다. 데이비드는 동작을 멈추었다. 이제 경찰관의 손이 닿지 않을 만큼 멀어지자 다시 옆을 쳐다봤다. 덩치 큰 경찰도 데이비드만큼이나 공포를 느꼈다. 경찰은 한쪽 엉덩이를 창틀에 걸치고 중심을 잡은 채 데이비드가 잡았던 차양 기둥을 움켜쥐었다. 그리고 야경봉을 주머니에 찔러 넣고 창틀 위로 아예 기어올라 몸을 폈다. 데이비드는 경찰과의 거리를 더 벌렸지만 그럴 필요는 없었다. 경찰은 차양 기둥을 붙든 손을 놓지 못할 것이다.

안에 있는 사람들이 말문이 막혔다가 지금 이 순간 트인 것처럼 갑자기 방 안에서 웅성거리며 이러쿵저러쿵 외치는 소리가 들렸다. 두 사람이 얼굴을 창밖으로 빠끔히 내밀었다.

"돌아오는 게 좋을 텐데, 켈시." 창틀을 밟고 선 덩치 큰 남자가 소리쳤지만 목소리는 죽음의 공포로 덜덜 떨렸다. "내가 발포할 수도 있어."

데이비드는 씩 웃었다. 너무 어리석고 하찮아 보였다. 그는 여전히 웃으며 총알이 오른쪽으로 뚫고 들어오는 순간 온몸에 기운이 쫙 빠지는 상상을 했다. 뒤로 하염없이 떨어지다가 저 아래 시멘트 바닥에 마지막 키스를 하는 모습을 그리려 했지만 도저히 상상이 가지 않았다. 비교적 따뜻하면서도 서늘한 피가 눈을 타고 들어와 안구를 적시자 그는 눈을 감았다. 손끝에서 피가 나 살짝 미끄러운 걸 보니 손이 베인 것 같았다. 만일 피가 마르면, 손끝이 시멘트에 딱 달라붙지 않을까?

"데이브!" 이제 에드가 창밖으로 몸을 빼고 외쳤다. 경찰관은 보이지 않았다. "데이브, 돌아와서 당당히 상황을 해결해야지! 돌아와, 데이브!"

배신한 건 에드였다. 데이비드는 에드에게 침을 뱉을 기운도 흥미도 긁어모을 수가 없었다. 그는 어쩔 도리 없이 저 아래 도로를 내려다보고, 바로 밑을 지나가는 인도를 바라보았다. 경찰이 임무 수행 중에 조용히 추락한다는 게 절반은 수긍이 되었다. 아무것도 안 보이진 않았다. 여러 개의 선이 하나로 뭉쳐져 발밑에서 가상의 소용돌이를 그리는 것 같았다. 이 장면을 굉장히 기대라도 했는지 추락의 공포심이 사라졌다. 저 아래, 여자 미니어처가 데이비드를 가리켰고, 남자가 그 옆으로 합류해 올려다보았다. 다른 방향에서 걸어오던 두 사람이 남녀의 시선을 따라가다가 그 자리에 붙들렸다. 네 명이 꽃 장식 같은 대형을 이루었다. 고개를 쳐들고 허옇게 질린 복잡 미묘한 표정들이 가로등 불빛에 빛났다.

"돌아와, 그게 나아, 켈시. 그러다 떨어져."

데이비드는 이를 악물고 대답하지 않았다. 코가 계속해서 시멘트에 닿았다. 그는 뒤꿈치가 허공에 들리지 않고 창턱을 제대로 디디도록 발을 살짝 틀었다. 심장이 통제할 수 없는 분노로 쿵쾅거렸다. 이제 피곤해졌다. 이 분노가 어디로 향하는지 그는 알 수 없었다. 경찰한테 화난 것도, 에드나 그의 아내 리즈, 혹은 다른 이들에게 화난 것도 아니었다. 자신이 객관적으로 보이더니 그저 어리석은 기분이 들었다. 이렇게 창턱을 밟고 서서 남들의 시선이나 받고 있다니. 사람들이 창문에서 그의 이름을 부르며 돌아오라고 외치는 소리나 듣고 있다니. 대체 뭘 위해 이러고 있나? 경찰 서치라이트가 그의 몸을 더듬었다.

"나쁜 자식!" 데이비드는 창밖으로 몸을 빼고 손짓하는 경찰관 둘에게 괜히 고함을 내질렀다.

"우리에겐 총이 있다, 켈시. 안 돌아오면 쏜다."

"지옥에나 떨어져!" 데이비드가 신경질적으로 외쳤다.

"넌 살인자다. 네 목숨을 살리는 데에 관심 없어." 큼직한 총이 위아래로 움직이며 데이비드를 조준했다.

"저 밑에 있는 여자한테 손끝이라도 대면……" 데이비드가 웅얼거렸다.

"어떤 여자? 리즈?"

바람이 휘몰아치자 데이비드는 건물 벽에 몸을 밀착시켰다. 두 눈을 감았다. 뜨뜻한 피가 미간으로 흘러내리다가 콧날 왼쪽을 지나며 서늘하게 식었다. 과감히 건물 모서리까지 돌아가면 창문이 있지 않을까? 그래봐야 어차피 무슨 소용인가? 그가 추락을 하든, 한도 끝도 없이 영영 이 창턱에 매달려 있든 그건 중요하지 않았다. 그런 생각이 들자, 자유와 힘이 충만했다. 그는 발끝으로 서서 몸을 살짝 튕겼다. 경찰관의 두툼한 어깨 너머로 같은 층에 사는 두세 명이 고개를 빼고 쳐다봤다. 그의 머리 위쪽에 있는 창문이 들리더니 어떤 여자가 작게 비명을 질렀다. 데이비드는 고개를 들어 쳐다보지 않았다. 그러다 머리 무게 때문에 중심을 잃을 수 있다. 아직은 그렇게 떨어지고 싶지 않았다.

"무슨 일입니까?" 위층 남자가 아래를 보고 외쳤다.

"이자를 체포해야 합니다." 경찰이 성배를 찾아 나선 이처럼 진지하게 말했다. 그러더니 방에 있는 사람들을 향해 고개를 돌려 추하게 화내며 으르렁거렸다.

데이비드는 눈을 감은 채 이마와 코를 차가운 돌에 대고 손끝에 더욱 힘을 줘 매달렸다. 무슨 결정이든 해야 한다. 아니 벌써 한 걸까? 여기에서 평생 이러고 있을 수는 없다. 데이비드 켈시에게 특별히 딱 맞는 결정이 있을 것이다. 당장 갚을 수 있는 돈을 빌리러 옛 동창을 찾아왔다가 배신을 당하다니. 에드 그린하우스와 관련된 기억이 떠올랐다. 에드가 단순히 지인 이상의 의미를 지닌 듯 친근하고 가까운 모습으로 등장했지만, 사실 그런 사이는 아니었다. 어느 날 교실에서 에드가 심하게 코피를 흘렸다. 시험지 위로 피가 뚝뚝 떨어지자 에드는 답을 더는 적지 못하고 교실에서 나가야 했다. 그때 데이비드를 포함하여 두세 명이 그에게 손수건을 건넸다. 에드가 깜짝 놀랄 정도의 미녀를 댄스장에 데려와서 다들 놀란 적도 있었다. 그때 그 여자가 지금의 아내인가?

데이비드는 오늘 밤 에드 그린하우스의 집에서 이러고 있는 게 그에게 정해진 운명 같았다.

"저 남자 누구야?"

"올가미를 써봅시다."

"대체 어쩌려고 저러지?"

"자살하려는 거 아닐까요?"

"아닙니다!" 경찰관은 여전히 그를 실험실 연구 대상으로 쳐다보며 으르렁거렸다.

데이비드는 두 눈을 질끈 감고 저들의 목소리를 차단시키려 했다. 예전에 야유를 견딘 적도 있어서 전혀 낯설지 않았다. 매카트니 부인 집에 있을 때도 이런 식이었다. 애나벨의 집에서도 이보다 규모는 작지만 여러 번 그랬다. 그가 눈을 질끈 감자, 애나벨의 얼굴이 예전 기억 속 모습보다 훨씬 선명하게 떠오르며 그녀의 존재가 깨달아졌다. 마치 자각의 순간을 맞이하는 것 같았다. 아침에 일어나면 헛헛하고 멍했다가 제일 먼저 생각이 그녀에게로 향하면서 그녀가 살아 숨 쉬고 있음을 또다시 기억하는 순간과 비슷했다. 그럼 그는 바람을 받으며 다시 목적지로 향하는 배가 된 것 같았다.

물처럼 축축한 것이 머리 위에서 쏟아졌다. 위에서 여자인지 아이인지 모를 사람의 웃음소리가 들렸다.

"그만해!" 걸걸한 목소리가 외쳤다. "남자를 생포해야 한다!"

날 생포하진 못할 텐데, 데이비드가 생각했다. 목구멍을 따라 웃음인지 반항인지 모를 비명이 올라오듯 날카로운 사이렌 소리가 울려 퍼졌다. 데이비드는 건물 모서리 쪽으로 몸을 더 움직였다. 어디든 가는 것보다 손끝이 아픈 자세를 바꾸는 게 시급했다. 임종을 앞둔 이들이 절대적 신앙심에 기대 이따금씩 성호를 긋듯, 그는 애나벨의 얼굴에 온 신경을 집중했다. 사람들이 저 밑에서 사다리와 그물망으로 부산을 떠는 모습도 덤덤히 받아들였다. 그가 9층에 매달려 있지만 저들이 그가 있는 곳까지 올라올 것 같았다. 사다리가 올라오면 발로 밀어버릴 생각을 하자 왠지 모르게 뿌듯했다. 경찰이 저 밑에서 사다리를 단단히 고정시키려나? 데이비드는 사람들 쪽으로 몸을 돌려야 했다. 그는 이 위험한 동작을 할 것인지 말 것인지에 대한 고민을 짧게 끝냈다. 생각하면 할수록 실행하기가 더 힘들기 때문이다.

그는 오른손을 왼쪽으로 보내고 틈새에 손가락을 꽉 끼운 채 몸을 최대한 틀다가 왼손을 완전히 빼서 주위를 감싸듯 홱 돌렸다. 틈새를 찾으려고 잠시 더듬는 사이 오른손 손바닥을 건물 벽에 딱 붙였다. 전체적으로 봤을 때, 발레리나가 발끝으로 빙그르 돌듯 우아하게 해낸 것 같았다.

"뛰어내리면 안 됩니다, 켈시! 우리가 올라갑니다!" 어떤 목소리가 크게 외쳤다.

서커스 공중 그네를 타고 아래를 내려다보는 기분이 이럴까. 훤한 빨간색 소방차 두 대 주위에 불이 켜져 있었고, 두 대가 서로 직각 대형으로 서 있었다. 대형 스포트라이트가 흔들리며 그를 비추었다. 경찰들이 호루라기를 불면서 차량에게 이동 명령을 거칠게 내리고 수신호를 했지만, 차들은 움직이지 않았다. 리버사이드 드라이브 코너와 옆길까지 꽉 막혔다. 데이비드는 웃음이 터졌다. 그를 위해 이 난리를 떠는 게 우스운 게 아니라, 다 큰 어른들이 하던 일을 멈추고 쳐다보느라 교통 정체를 일으킨 상황이 우스웠기 때문이라고 마지못해 인정해야 했다. 사람이 떨어지거나 몸을 날려 자살할지 모르는데 다들 원숭이처럼 고개를 이상하게 비튼 채 멍청히 바라보고 있는 게 우스웠다.

"걱정 마, 안 뛰어내릴 테니." 데이비드는 뚱뚱한 경찰관에게 조용히 말했다. 경찰은 위험을 자청하는 것 같기도 하고, 창문 밖으로 몸을 잔뜩 빼 창틀에 한쪽 엉덩이만 걸치고 중심을 잡고 앉아 혹시나 그를 바라보고 있을 누군가에게 눈도장을 찍으려는 것 같기도 했다.

두 번째 경찰은 누가 봐도 진지하고 강렬한 표정으로 머리를 밖으로 쑥 빼더니 뚱뚱한 경찰관과 위치를 교대했다. 그가 기다란 자처럼 생긴 것을 내밀었다. 데이비드가 다시 쳐다보니 빗자루 대였다. 경찰관이 빗자루 털 쪽을 쥐고 있었다. "이거 잡아, 켈시! 어서! 널 떨어지게 둘 수는 없어!"

데이비드는 웃고 싶었지만 웃음이 나오지 않았다. 빗자루라니! 저렇게 집에서 쓰는 상징적인 물건을 내밀다니! 이제 데이비드는 조금 더 용기를 내 위아래를 쳐다보았다. 공포에 질린 얼굴들이 듬성듬성 그를 위에서 쳐다보고 있었다. 아래에서는 고개를 거꾸로 돌린 채 바라보고, 옆에서도 쳐다보고 있었다. 데이비드는 마음이 심란했다.

호루라기 소리가 들리더니 누군가 조심하라고 외쳤다. 철제 사다리 일부가 땅으로 떨어지면서 굉음을 냈다. 고무 방화복을 입은 소방관 셋이 마치 절대로 땅에 닿으면 안 되는 신성한 물건을 다루듯 떨어진 사다리 부위를 주섬주섬 집어 들었다. 데이비드는 그걸 보자 웃음이 나왔다.

"커피 좋아해, 데이비드?" 남자 목소리가 들렸다. 왼쪽을 쳐다보니 진지한 표정의 젊은 경찰관이 팔을 뻗어 커피를 내밀고 있었다.

"집사람이 좋아하지." 데이비드가 말했다.

"그래? 부인 성함이 뭐지?"

데이비드는 대답하지 않았다. 리버사이드 드라이브 너머로 늘어선 진녹색 나무숲을 차분히 바라보았다. 발라드의 집 주변과 트로이의 집 주변에 경계 없이 펼쳐진 숲이 떠올랐다. 애나벨은 그걸 한 번도 보지 못했다. 아니 봤었나? 애나벨이 그 집에 안 가지 않았나?

"부인 성함이 뭐지, 데이비드? 우리가 모셔오지." 효과적이었지만 멍청한 목소리가 물었다.

데이비드는 목청을 가다듬고 아무 말 하지 않았다. 건물 모서리를 돌아 다른 쪽 창으로 도로 들어갈 것인지를 한 번 더 고심했다. 물론 그랬다간 경찰이 신나서 그를 안으로 잡아당길 테고 그러면 그는 열심히 싸워서 아파트를 뚫고 빠져나가야 한다. 애나벨의 아파트에서 남자 서너 명에게 공격당한 기억이 떠올랐다. 사람의 힘에는 한계가 있다. 그는 한숨을 내쉬며 고민에 빠졌다. 지쳐도 너무 지쳤다. 몸이 바깥으로 휘청거렸다. 저 아래에서 경악하면서 일제히 헉 하는 소리가 파도치듯 퍼져갔다. 그는 손끝에 힘을 더 주고 다시 몸을 곧게 세웠다. 절대로 추락하지 않을 자세를 잡은 다음, 씩 웃었다.

사람들이 신경질적으로 낄낄대더니 리듬을 타며 손뼉 치는 소리가 들리기 시작했다. 극장에서 공연이 늦어질 때 치는 그런 박수 소리 같았다. 사다리가 올라오는 중이었다.

"좋아, 데이비드. 지금이야." 차분한 목소리가 들렸다. 에드가 창문에서 외치는 것 같았다. 그러나 데이비드는 그쪽을 쳐다보지 않았다. "그래, 데이비드, 마음 편히 먹어."

데이비드는 윌리엄 뉴마이스터가 그를 완벽히 신임하며 쳐다보는 것 같은 기분이 들었다. 윌리엄 뉴마이스터가 팔짱을 끼고 냉정한 표정을 지었다.

"우리가 부인을 모시러 가마, 데이비드. 부인 성함이 뭐지? 애나벨?"

데이비드는 고개를 들고 별을 바라보며 대답하지 않았다.

"부인이 저 아래에서 널 기다리고 있어, 데이비드. 저쪽 길 아래에서. 그러니까 저 사다리를 타고 내려가자." 철저히 기만하는 목소리였다.

진짜는 아무것도 없었다. 단 하나, 고단한 삶과 끝없는 허탈감은 진짜였다.

소방관들이 서로 명령을 복창하며 설명했다. 사다리가 흔들거리며 올라오는 와중에 왜소한 사내가 사다리를 기어오르고 있었다. 데이비드는 경계하고 있다가 저 남자를 발로 차 사다리에서 떨어뜨릴 수 있을 것 같았다. 하지만, 저 소방관이 거칠게 나오지 않는 이상 그래서도 안 되고 그러지도 않을 것이다. 어찌 됐든 저 남자는 그를 걱정하는 게 아니라 그저 할 일을 하는 것뿐이다.

"부인이 저 아래에 있어, 보여?" 창문에서 목소리가 들렸다. "너한테 손을 흔들고 있잖아."

데이비드는 그 말을 믿지 않으면서도 쳐다보았다. 손을 흔드는 여자는 아무도 없었다.

"버티고 있어요!" 사다리를 기어 올라오는 소방관이 겁먹은 목소리로 말했다. 이렇게나 가깝다니, 데이비드는 충격받았다.

몇 초밖에 남지 않았다. 데이비드는 눈을 껌뻑이며 남아 있는 일말의 가능성을 찾으며 주변을 두리번거렸다. 건물 모서리가 보였다. 대여섯 명이 창밖으로 손을 내밀었지만 그가 거기까지 걸어갈 수 없는 창이었다. 머리 위에서 이불이 펄럭거렸지만 그의 손이 아예 닿지 않는 거리인 걸 보면, 장난치고 조롱하는 것일지도 모른다. 아니면, 뛰어내리는 방법도 있다. 그는 전에도 여러 번 생각이 여기까지 미쳤다. 변변찮은 가능성에 둘러싸여 한복판에 선 데이비드. 모든 가능성은 애초부터 무의미했다. 그는 꼼지락거리며 고민에 빠졌다. 피가 굳어서 왼쪽 속눈썹에 들러붙었다.

"좋아요, 그대로 있어요." 소방관이 말했다.

"올레!" 길에서 외치는 목소리가 들렸다.

"소방관이 붙잡을 것 같다!" 저 위에서 굵은 목소리가 들렸다.

하얀 코트인지 밝은 색 우비인지를 입은 여자가 모자도 쓰지 않은 채 미동도 없이 서 있는 모습이 보였다. 여자는 고개를 젖힌 채, 긴장했는지 두 손을 앞으로 모아 쥐었다. 애나벨의 머리색과 같은 색이었다. 어두워서 확신하기가 힘들었다.

"부인한테 인사해야지, 데이비드." 경찰관의 목소리가 들렸다. 그 경찰은 입을 다물지 않았다. "내려가겠다고 부인께 말해. 몇 분 후면……"

사다리가 데이비드가 디디고 선 창턱 바로 밑에 있는 벽돌을 갈았다.

여자는 그에게 손을 흔들지 않았다. 그걸 본 데이비드는 저 여자가 애
나벨일지도 모른다는 생각이 더욱 강하게 들었다. 그가 아무리 원해도 애
나벨이라면 손을 흔들지 않을 것이다. 다른 길은 없어 보였다. 소방관의
손이 그의 몸에 닿는다니 생각만 해도 소름 끼쳤다.

더 생각할 것도 없이 데이비드는 차가운 허공으로 몸을 날려 그녀에게
빨리 내려가는 길을 택했다. 마음속에 아무것도 남기지 않았다. 그저 그녀
의 굴곡진 어깨선을 봤던 추억과 단 한 번도 보지 못한 그녀의 알몸만을
가슴에 품었다.

옮긴이의 말

『캐롤』, 『아내를 죽였습니까』에 이어 하이스미스의 작품 중 세 번째로 만난 『이토록 달콤한 고통』은 내게 묘한 뒷맛을 남겼다. 누군가 내게 이 소설이 어떤 장르냐고 묻는다면 쉽게 입이 떨어지지 않을 것 같다. 심리 서스펜스가 맞긴 한데 작품이 결말을 향해 달려가자 손에 땀이 나는 대신 왜 눈물이 흐를까? 그렇다고 이 작품이 한 남자의 지고지순한 러브스토리도 아니다. 오히려 남자 주인공은 사랑인지 집착인지 모를 것을 하고 살인을 저지르고도 이를 정당화한다.

아무도 몰래 이중생활을 하는 전도유망한 화학자가 있다. 그는 이미 유부녀가 된 과거의 연인 애나벨을 잊지 못해 언젠가 그녀를 되찾아 오리라 다짐한다. 집을 두 군데 얻어서 한 곳에서는 데이비드 켈시라는 실명으로 현실을 살고, 또 한 곳에서는 윌리엄 뉴마이스터라는 가명으로 가상의 세계를 산다. 그는 철저히 분리된 두 세상을 산다고 자부했으나 애나벨의 남편 제럴드를 죽이는 불의의 사고로 두 세상이 한데 뒤섞여 화학 반응을 일으키다 결국 폭발한다. 남편이 죽자 자기에게 올 줄 알았던 애나벨이 다른 남자와 재혼하며 확실히 선을 긋자 데이비드는 현실을 부정하다 파멸에 이른다.

하이스미스의 탁월한 심리묘사 덕분에 사이코패스 같은 데이비드의 모습이 외톨박이 은둔자로 변모되는 설득력을 얻었다. 하이스미스는 주인공 뿐만 아니라 주변 인물들의 심리묘사까지 촘촘하게 그려 넣었다. 데이비드의 첫사랑이었으나 그의 집착으로 남편을 잃은 애나벨, 데이비드에게 반해 그의 비밀을 알고도 적극적인 거짓말로 그를 옹호하고 끝까지 입을 다무는 에피, 직장 동료이자 친구로서 힘겨운 결혼 생활을 이어가며 데이비드에게 의지하는 웨스, 같은 하숙집 3층 뒷방에 살며 휠체어에 갇힌 몸으로 뜨개질하는 비첨 부인, 잔소리나 지껄이는 보잘것없는 중년이지만 오랜만에 재회한 데이비드를 따스하게 맞이하는 멀더븐 씨 등등, 이들은 하이스미스가 다양한 인간 군상을 면밀히 관찰하여 심리묘사에 상당히 공들이는 작가임을 단박에 알려주는 뛰어난 장치다.

단 하나, 이 소설을 즐길 디지털 세대를 떠올리면 걱정이 되는 부분이 있다. 이 작품은 1960년에 발표되었다. 『아내를 죽였습니까』에 비하면 『이토록 달콤한 고통』에 등장하는 경찰은 상당히 느긋해 보인다. 『아내를 죽였습니까』에서 경찰은 적극적으로 수사에 뛰어들어 거짓 자백을 강요하고 고문까지 자행한다. 반면 『이토록 달콤한 고통』 속 경찰은 사람을 죽인 뉴마이스터를 느슨하게 수사한 후 정당방위라고 대충 넘어가는 것처럼 보이기도 한다. 과학 수사를 벌이는 오늘날 경찰에 익숙한 젊은이들이 보기엔 그 부분이 굉장히 허술하게 느껴질 수 있다. 게다가 신용카드 대신 개인 수표를 사용하고 지역 은행에서 발행한 수표가 아니라고 거절당하는 모습이 쉽사리 납득이 안 될지도 모른다.

그럼에도 이 소설이 후반을 향해 달음질하면 그런 사소한 허술함조차 거슬릴 새가 없다. 하이스미스는 발군의 필력으로 데이비드의 심리를 탁월하게 그렸다. 그가 15센티미터 난간을 디디고 선 장면은 어쩌나 실감이

나던지 나도 모르게 코끝을 매만지기도 했다. 인생의 종말을 앞둔 이의 심정이 절절히 느껴져서 눈물이 났다. 데이비드는 한 여자를 지극히 사랑한다면서도 그녀가 낳은 아이에겐 일말의 관심조차 보이지 않는다. 아무 조건 없이 자신을 사랑하는 여인의 마음을 처절히 뭉개고 치명적인 폭행을 가하고도 개의치 않는다. 데이비드 본인이 자초한 비극이라는 걸 다 알면서도 마지막 장면에서 눈물이 흐르는 걸 보면 결국 하이스미스의 마법에 홀려 설득당한 게 분명하다. 마지막 문장을 작업한 후 한동안 먹먹한 감정에 휩싸였다. 데이비드가 한 건 그 나름의 사랑이었을까, 아니면 자기애에 붙들린 집착이었을까? 독자 여러분도 하이스미스의 마법을 또다시 경험하고, 이 질문에 대한 해답을 찾길 바란다.

김미정

이토록 달콤한 고통

초판 1쇄 인쇄 2017년 7월 20일
초판 1쇄 발행 2017년 7월 27일

지은이 | 퍼트리샤 하이스미스
옮긴이 | 김미정
펴낸이 | 정상우
주간 | 정상준
편집 | 이경준 김민채 황유정
디자인 | 박수연 김인경
관리 | 김정숙

펴낸곳 | 오픈하우스
출판등록 | 2007년 11월 29일 (제13-237호)
주소 | 서울시 마포구 동교로13길 34(04003)
전화 | 02-333-3705   팩스 | 02-333-3745
openhousebooks.com
facebook.com/vertigo.kr

ISBN 979-11-88285-06-8 04840
     979-11-86009-19-2 (세트)

VERTIGO는 (주)오픈하우스의 장르문학 시리즈입니다.

이 도서의 국립중앙도서관 출판예정도서목록(CIP)은 서지정보유통지원시스템 홈페이지(http://seoji.nl.go.kr)와
국가자료공동목록시스템(http://www.nl.go.kr/kolisnet)에서 이용하실 수 있습니다.
(CIP제어번호: CIP2017015094)